国际间谍范斯白

孟 烈 著

北方文艺出版社

哈尔滨

图书在版编目（CIP）数据

国际间谍范斯白 / 孟烈著 . -- 哈尔滨：北方文艺
出版社 , 2024.1
ISBN 978-7-5317-4299-9

Ⅰ . ①国… Ⅱ . ①孟… Ⅲ . ①纪实小说 - 中国 - 当代
Ⅳ . ① I247.5

中国版本图书馆 CIP 数据核字（2018）第 114348 号

国 际 间 谍 范 斯 白
GUOJI JIANDIE FAN SIBAI

作　　者 / 孟　烈
责任编辑 / 安　璐　　　　　　　　　装帧设计 / 安　璐

出版发行 / 北方文艺出版社　　　　　邮　编 / 150080
发行电话 / (0451) 85951921 85951915　经　销 / 新华书店
地　　址 / 哈尔滨市南岗区林兴街 3 号　网　址 / www.bfwy.com

印　　刷 / 三河市金兆印刷装订有限公司　开　本 / 880mm×1230mm　1/ 32
字　　数 / 281 千　　　　　　　　　　印　张 / 13
版　　次 / 2024 年 1 月第 1 版　　　　印　次 / 2024 年 1 月第 1 次印刷

书　　号 / ISBN 978-7-5317-4299-9　　定　价 / 68.00 元

西方记者范斯白来华采访时，适逢"一战"爆发，他被协约国远东军谍局聘用，成为间谍

被张作霖聘为情报顾问的范斯白，在奉天大帅府（现沈阳张氏帅府）院内

哈尔滨沦陷后，范斯白又被土肥原胁迫，当了日本特务。但他却暗中与义勇军联系，成为秘密抗日的特工。

日本新人物往来社于1989年5月出版之《目击者亲述昭和史》八卷本

《目击者亲述昭和史》丛书第三卷《满洲事变》之第四章中，有原满洲日报社社长太原要的文章《特务机关员范斯白逃出满洲》，图为该文之首页

来华之初的《华盛顿邮报》自由记者范斯白（左二）

范斯白所著《日本的间谍》中外六种版本的封面

1 2 3 4
5 6

1.1938年英国戈兰茨图书公司英文版
2.1939年香港生活书店版
3.1939年国光印书馆版
4.1945年上海文华出版社版
5.2014年重庆出版社版
6.2015年香港中和出版有限公司版

再版序言
写地方独特　求历史真实

历史纪实性小说《哈埠谍事秘闻》是孟烈先生的代表作之一，曾于 1991 年 9 月 24 日起在《黑龙江日报》上连载，讲述了 20 世纪 30 年代在哈尔滨发生的最具传奇色彩的间谍范斯白的故事。在当年曾引得街谈巷议，传闻一时。现在此书修订再版，可见其价值仍在，魅力犹存。

一

孟烈先生已届耄耋之年，是我们朋友圈中的长者，成就卓著，大家都尊称其为"孟老"。孟老精神矍铄，谈话时引经据典，侃侃而谈，令人敬佩！孟老曾说过，再版此书重点在于探究范斯白的隐秘及历史考证。他"下潜史海深层，捞取那些沉没已久、不易寻得的宝藏"的过程，恰好说明了我要谈到的：

孟老是一位治学严谨的学者！他是个较真的、打破砂锅问到底的人。他坚持正确的历史观和方法论，从不随声附和没有经过他自己深思熟虑的历史结论，在哈尔滨地名的语言族属和释义、哈尔滨城史纪元等重大历史问题上旗帜鲜明，从不含糊。

他是一位博览群书、有扎实文史功底的人。对中国传统文化、古典诗词博闻强记、博学多闻，有些成语、名言警句、古典诗词、俚语、歇后语甚至可以信手拈来。

他是一位勤奋善学、与时俱进、活到老学到老的人。88 岁仍然可以熟练地应用微信，编辑图片，令人感佩。

他是一位才思敏捷、诙谐幽默的人。经常妙语连珠，令人捧腹……

二

说来也属奇缘，我与孟老数十年的密切合作与交往竟始于这位多重间谍范斯白。我们是先闻其声，后识其人，再谋合作的。20 世纪 70 年代末，哈尔滨地方史研究所在哈尔滨市图书馆成立，关成和先生带领我们编辑出版了四辑《地方史资料》。孟老与关先生本为故交，常来电话索要资料，探究有关范斯白的史实及历史背景。一来二去，我们也在电话中成了未曾谋面的熟人。后来，大概是 1992 年，在黑龙江省电影家协会召开的讨论会上，我们第一次见面，便就中国第一家电影院历史问题取得一致意见。再后来，又有了我们一次次的愉快合作：1997年为圣·索菲亚教堂筹办《哈尔滨老照片展》、1998—

2001 年在《退休生活》杂志连载《画说哈尔滨》专栏、2000 年策划出版《哈尔滨旧影》、2003 年编辑出版《画说哈尔滨》《哈尔滨旧影大观》等，2005 年一起创办了哈尔滨乡情文化沙龙，一起合写《名城与城名》……

三

《哈埠谍事秘闻》的连载取得成功后，1994 年由北方文艺出版社改名《在中国的四重间谍范斯白》出版，仍颇受欢迎，好评如潮。二十多年后此书经修订由原出版社再版，足以看出一个好故事不会因时间的流逝而失去其魅力。

钱锺书先生曾说过，史学与文学"不尽同而可相通"，这大概就是对"文史不分家"的另一种诠释吧。笔者认为，史学与文学不尽同之处在于，二者在学科上分属于社会科学和文学艺术，遵循的逻辑和书写的文本上也都有相当大的差异。而历史文学，特别是历史纪实文学则将历史和文学紧密地结合在一起，比起历史论著来更普及、更可读，比起一般小说来创作更困难、更吃功夫。成功的历史文学（包括戏剧、影视）作品需做到：重要的历史背景（年代、地域、职官称谓等）不可时空错位，重大的历史事件不可随意杜撰，重点的历史人物不可张冠李戴。孟老创作《国际间谍范斯白》主要是依据范斯白的自述《日本在华的间谍活动》（1939 年生活书店版）。"这是一本揭开大秘密的书，有着毫无疑问的独特价值"；

这是一本真实而又离奇的故事,情节曲折、惊心动魄,令人手不释卷。但回忆录毕竟只是个人回忆,好多史实有描述而少背景,好多事件有过程而无细节,好多人物有交代而无个性,甚至不得不隐其姓名,给人留下了诸多猜度和遗憾。把回忆录演绎成历史纪实性小说则需交代背景,连接虚线,丰富细节,填补空白,突出人物,渲染气氛,完整故事,增强可读性。这是需要有丰厚的历史修养和扎实的文学功底的,这恰是孟老的长项!

笔者以为,《国际间谍范斯白》最为成功之处有两点:一是与历史接轨,二是与环境对号。这两点成为历史真实之关键,做到这两点,才真能"力求保持真实但不束缚笔墨,忠于史实而又有所演绎"。

1. 与历史接轨

范斯白的自述英文版于1938年在伦敦出版,中文版于1939年在中国香港出版,同年4月国光印书馆又在大后方印发。当时,哈尔滨与上海均处于日伪统治的阴霾之中,为保护当事人之安全,并回避日本人之忌讳,许多人是隐名或用代号表述的,比如S.K.夫人、我的日本新长官、C上校等。半个多世纪之后,再说此事,就必须要和史实吻合,以史补史,力求其真确,要具体落实到人头上,还不能瞎编胡猜,任何虚构假设都将损害其历史价值。孟老所写的与范斯白打交道的几个主要人物都是在有充分依据的情况下,用排除法来确定的,都是十分准确的,经过了"有可能是他,到必然是他,到只能是他"的分析推理过程。例如：

（1）将与范斯白交往最深、影响最大的华人好友、"爱国老人""旧派绅士"确定为马忠骏，这是十环的命中！后经马公子维权证实"在他小时候，范斯白常去他家，并叫其父为'干老'（即义父）"，便是最有力的旁证。

（2）将其引荐给张作霖之人，确实是鲍贵卿，这也是十分准确的。曾有人认为是吴俊升，实则不可能。而鲍贵卿则具备三个条件：与张作霖的关系、与范斯白的关系、职务地位。这个牵线者，确为最佳人选。

（3）在青岛为范斯白解围者确定为沈鸿烈，有较强的可信度。因为沈鸿烈曾是奉军高层，是东北海军司令，与范斯白亦有历史渊源，"九一八"事变后他率东北海军入关，驻防青岛，任青岛市市长兼第三舰队司令。有能力助范斯白摆脱困境者非他莫属。

其他人物，如安藤麟三、荒木贞夫、小矶国昭、东条英机等，都是根据其职务、经历、任期、事前事后的地位变化，用排除法加以推算的。达到了除了他没有别人的境地，自然也就合情合理，提不出不是他的反证。把这些人找对了，才算是与历史事实接上了轨，从而达到了"大事不虚，小事不拘""事真理不妄，事妄理亦真"之境。不像有些作品那样胡编，如把黑龙江省省长常荫槐拿到哈尔滨来发号施令。

2. 与环境对号

写好此书，必须在讲述故事的同时，把当时的历史背景、时代风貌、社会生活、地域特色立体地、鲜活地加以呈现，才能吸引人。引人之处不仅在范斯白的传奇经历，还有在他经历的过程中连带出的历史氛围，并借以展现二十世纪二三十年代国际风云的变幻和哈尔滨独特的、丰富多彩的历史特色。孟老就是经这样缜密推理、果断排除、准确描述、特色语言，实现了他"传神再现历史"的主张。

在书中的30个章节中，涉及几乎所有与当时的历史背景、时代风貌相关的地名、街名、店铺名、军政机关、教堂寺庙、银行、人物，多达数百处，无一不真实可信，无一不准确真实。

协约国出兵干涉新生的苏维埃政权，协约国各国一个个将领准确无误。英军司令诺克斯、捷克兵团司令盖达尔、西伯利亚全俄政府陆军总长伊万诺夫……有些恐怕我们搞历史的人也说不太清楚。

再以地名、街名、店铺名为例："哈尔滨三大块儿，道里、南岗和道外"。在道里和南岗又明晰地介绍了中国大街、石头道街、新城大街、地段街、比利时街、塞尔维亚街；按街道又提到了秋林、马迭尔、松浦洋行、马尔斯咖啡店、公和利、日升恒、同发隆、登喜和、武藏野、丸商、前田时计店、新哈尔滨旅社、格兰德、新世界、阿依卡查尔夜酒店、埃尔姆利酒精厂等。

军政机关：日本特务机关、宪兵队、基督教青年会、俄罗斯法西斯党、俄罗斯兄弟真理会、东省特别区行政长官公署；教堂寺庙：极乐寺、圣母安息教堂、伊维尔教堂；银行：汇丰、麦加利、花旗、信济、横滨正金银行、朝鲜银行；人物：范斯白、中村、井上勇彦、考夫曼、关达基、基斯利岑、鲁德义等。

能把他们之间的关系、沿革、部门、职能、人物生平、建筑风格说得就像历史教科书一样准确无误，这是需要下多大的功夫，看多少史料，有多么扎实的历史功底啊！

四

涉及小说的情节构思、人物塑造、特性语言等文学层面的东西，我是外行，说不出子丑寅卯，只是觉得好，令人手不释卷！好多情节在范斯白的原书中并没有交代和展开，孟老凭自己的历史文学功底和编剧能力，非常成功地构思出精彩的、符合情理的细节，令人拍案称奇！例如，经马忠骏介绍，认识鲍贵卿，又经鲍贵卿引荐，拜在张大帅门下成为洋密探一段，写得丝丝入扣，有情有景，还有符合各自身份的对话，合情合理，引人入胜；再如，"港口伏击""妙计脱身"几章中，描写在青岛港口码头沈鸿烈派人到青岛丸接范斯白夫人，土肥原去青岛向沈鸿烈要人，而范斯白扮成英国商务代表大胡子查理巧妙脱身乘海军汽艇平安抵达上海，悬念迭起，惊心动魄！

我有幸提前看了孟老此次修订再版的《国际间谍范斯

白》的文稿。孟老又对与范斯白关系密切的马忠骏、张作霖、沈鸿烈等身世背景做了深入生动的交代，还加入了苏奉间谍战、李顿调查团密使会见马占山等重大事件，使故事更厚重，情节更引人，人物更鲜活，读来更有历史感，更有可读性。这些不是三言两语能道清楚的，请大家关注新书的出版吧！

汉代王充在《论衡·别道篇》中说："不览古今，论事不实。"孟老恰是博览历史，精心设计开篇布局，而使文中论事确实，不似某些所谓历史文学作品连蒙带唬，胡编乱造，误导读者，遗患无穷。这或许就是我推崇《国际间谍范斯白》的原因吧。

黑龙江省哈尔滨历史文化研究会会长

黑龙江省社会科学院研究员

李述笑

初版自序

在哈尔滨历史上，曾经有过一件轰动世界的间谍案，那就是 20 世纪初期发生的"范斯白事件"。

范斯白何许人也？他是个中国籍的意大利人，原名叫阿姆雷托·维斯帕（Amleto Vespa），是著名的职业间谍，1912 年来到远东，曾长期在哈尔滨活动。素有"东方小巴黎"之称的哈尔滨市，是他从事间谍活动的主要舞台，直到 1936 年 9 月在日本宪兵的搜捕下，逃离伪满洲国为止。

据美、英、日等国的许多史料记载，范斯白是这样一个神秘人物：他曾经是协约国军远东谍报局的情报军官，但同时又是受张作霖雇用的东北军高级"洋密探"。"九一八"事变后，他又成为哈尔滨特务机关（日本关东军情报部）本部特谍班（外籍谍报班）主任（高等特务），却又将大量机密情报暗中提供给东北抗日义勇军。当他的秘密活动被日本当局发觉后，居然奇迹般地逃走，并在上海的租界里继续同日本特务机关进行了一系列的斗争，躲过了所有的明枪暗箭，还营救出被扣押的眷属。

最后在伦敦，以自己的亲身经历，揭露了日本法西斯在中国东北犯下的滔天罪行和利用白俄亡命徒进行种种反苏阴谋活动以及策划秘密战争的内幕。

确凿的史实可以从许多方面得到印证。当年，美国著名作家埃德加·斯诺（《西行漫记》一书作者）、英国著名记者田伯烈（曾于重庆任国民党中央宣传部的顾问）都曾评价过范斯白。范斯白的自述曾被许多国家翻译出版，轰动一时。我国著名作家阳翰笙也曾在20世纪40年代写过他的故事。伪满大同书局出版的《在满天スパイ事件》中也曾列举其事。近年来，美国夏威夷大学历史学教授约翰·斯蒂芬，英国著名谍报史专家理查德·迪肯，都曾在其著作中详述了范斯白事件的始末。日本的《朝日新闻》于1983年曾翻译连载过英国出版的《日本谍报史》，作者唐纳德·麦考米克（即迪肯）是在与日本政府的合作下撰写的，书中的第14节再次讲述了范斯白事件，这是我所看到的关于范斯白事件的最新佐证。

范斯白的故事的确十分离奇，离奇得使人难以置信；但它又十分真实，真实得令人无法怀疑。它之所以能在当年轰动世界，是因为它揭露了鲜为人知的日本特务机关内幕和伪满洲国这个"王道乐土"牌的人间地狱中之种种详情。太平洋战争爆发后，更由于对日作战之同盟国的大力宣传，乃使这个神秘间谍的故事盛传于各国。

50多年的流光逝去，范斯白其人其事久已被人们所淡忘，就连原事件发生地的哈尔滨，也很少有人知道了。

这正是促使我对他产生浓厚兴趣的缘故。

后来，我翻阅了大量有关史料，找到了许多极为珍贵的照片，其中有很多是在当时条件下人们绝对无法见到的，于是我的写作欲望就难以遏制了。每当我走过当年范斯白为之服务过的哈尔滨特务机关（颐园街3号，现为黑龙江省老干部活动中心）和他当年经营过的大西洋电影院故址（现霞曼街），以及与之关系密切的俄罗斯法西斯党总部（中央大街125号）等地，或者徘徊在上海原法租界莫利爱路（现卢湾区香山路）范斯白故居近旁时，在我心灵的屏幕上就会映出一幕幕当年的幻影，还仿佛听到那来自遥远岁月的历史回声，我怎么能不写呢？

按我最初的打算，并没有想写真人真事，而是想以此事件为素材，再虚构一些情节，编写成一个惊险传奇的影视剧本。但经几年的搜集，掌握了多方面的史料之后，便不得不改变初衷了。因为既然史实本身就有极大的魅力，我又何须再去杜撰呢？于是就确定以范斯白的真实事迹为经，以二三十年代的复杂政局和社会逸闻为纬，写成现在这样的历史纪实小说。力求保持真实但不束缚笔墨，忠于史料而又有所演绎。既属历史纪实，便应真实可考，主要人物与基本情节都必须真确，任何随意编造都将损害其价值。然而，小说又毕竟是小说，不可能也不应该完全照搬史志，必然会有某些在真实基础上的艺术处理。处理方法无非是尽量去丰富它的细节，交代背景，渲染气氛，强化悬念，以增强感染力和可读性。

否则，便不能称其为文学作品了。

应该怎样评价范斯白呢？曾有人这样问我。

对此，我无法简单地回答。如前所述，范斯白是一个职业间谍，十月革命后从事过多年的反苏活动，并曾屈从于日本特务机关的胁迫，干了许多坏事，这是事实；但他又良知未泯，对日本法西斯之兽行产生了强烈的憎恨，正义的感召唤起他人性的复归，后来终于采取了反法西斯行动，冒着杀身之险去帮助抗日力量，给了法西斯以沉重打击，这也是事实。

从最后的结局来看，他与日本法西斯的斗争是坚决的、勇敢的、毫不妥协的，乃至拒绝以地下工作者名单去换取家眷的自由，这些当然都值得钦佩。但他本人却认为自己无论做了什么，也都是"一个有着忏悔灵魂的赎罪者"，这也是由衷之言。所以对他的评价既不应拔高，也不该全面贬毁，只能是陈述史实，功过任人评说了。

斯诺曾认为范斯白事件是一个"有着特殊价值的内幕故事"。它之特殊，就特殊在范斯白的经历：一个真正的日本特务，却变成一个真正的反法西斯主义者。唯其如此，对于历史来说他才能够成为一面处于极其特殊角度的镜子，才有可能照见那些阴暗角落里隐蔽极深的罪孽与邪恶。而同时折射出来的，却是铁蹄之下那种地狱的影像和白山黑水间不愿做奴隶的人们斗争烈火的光焰。难道这还不值得努力去写吗？

第二次世界大战之后，虽然陆续披露了许多政治内幕，使一些昔日的高度机密变得庶民可知，但关于当年日本特务活动的内情，却相对来说曝光较少，这就增加了写作的难度。更兼笔者的年资经历所限，视野不宽，涉猎不广，疏漏错误在所难免，故望知其详者不吝赐教，以正谬误，是所至盼。

孟烈

1994 年 4 月于哈尔滨

目　录
CONTENTS

第1章

闹市枪声

一座城市便是一部历史，只要稍加浏览，即可知该城的既往变迁。那密集的建筑，交织的街道，仿佛都在向人们讲述着什么。它们恰似这部史册的字字行行，凝固地记载着这里的千秋荣辱与百年衰盛。

作为大都市来讲，哈尔滨的历史较浅，它不像中原地区那些名城故郡，历史上既无哪朝帝王于此建都定鼎，亦无藩镇诸侯在这里割据称雄。它作为一座城市在地图上出现，距今刚过百年，就连它荣升省会那也还是不太久的事情。但在近代史中，它却有着重要的地位，在国际上知名度很高，这可就有其特殊的原因了。是中东路的修建与松花江的通航，使它一跃成为水旱码头；北方盛产的木材、大豆等物产于此集中外运，促使它商业繁荣；俄国沙皇把它选作侵华总埠，日本军阀将其定为北进基地，两强争霸抬高了它的政治身价；早在民国元年（1912年），中东铁路局就与英国通济隆公司签订了全球客票的联运

哈尔滨老火车站

合同，客货运输可以东抵符拉迪沃斯托克（海参崴）、西达里斯本，横贯欧亚，成为联结太平洋与大西洋之大陆桥的重要枢纽；地处民族文化的边缘，却是接纳西方文化经俄罗斯输入之门户，成为欧亚文化的北方融汇点。这种种的政治、经济、文化、交通、地理等原因，乃使一个名难考证的江畔渔村举世皆知，在短短的十几年时间里，便迅速跨入大都会的行列。

　　到过哈尔滨的人都说它有独特的风韵，充满了异国情调，这种印象大约首先来自那些洋味十足的欧式建筑。它好像是一个建筑艺术的博览会，从古希腊、罗马，到波斯、拜占庭，由中世纪、文艺复兴，到19世纪的新艺术流派，各个时期的代表样式一应俱全，应有尽有。它们被和谐地组合在一起，美轮美奂，相映增辉，蔚为壮观。在20世纪的20年代，它已经成为一座国际化的城市，当时这里曾有22个飘扬着各自国家旗帜的领事馆，其中有 5 国设的还是总领事馆；这里曾居住着 56 个国籍的十几万侨民，开设了 1000 多家外国商号，建立了 54 座供奉着不同神祇的教堂，还有各种祈祷所和修道院，最多时达到过 70 多所。这里不仅有东正教、天主教、基督教、犹太教，还有伊斯兰教、天理教、巴布教、日本神教，更少不了佛道两教。彼时的哈尔滨，真乃诸神共聚、列国同居，华洋杂处，欧亚相邻，实为历史特殊安排的一个多彩世界，也就难怪它会赢得"东方小巴黎"之誉了。

正由于哈尔滨有比较复杂的国际背景，所以才在 1920 年被中华民国大总统徐世昌宣布为东省特别行政区。特别区果有其特别之处，特别到一座城市并行两种交通规则：在傅家甸（即现在的道外区）车辆要靠左行驶，而到了新市及埠头区（即现在的南岗区和道里区）则车辆一律要右侧通行。所以无论是汽车、马车、自行车，都要在跨线桥上自行调整走向，改变左右侧的关系以适应"一城两制"，你说热闹不热闹？

哈尔滨最热闹的时候，是在俄国十月革命之后，资本主义列强进行武装干涉，纷纷派兵来此。当时有美、英、法、日、意、比等国的精锐，外加在欧洲战场上倒戈降俄的捷克军团，还有白俄将领临时招募的"远东义勇军"，他们打着"协约国军"的旗号在此集合，共同进军西伯利亚。这是一支真正的杂牌军，就连段祺瑞的北洋政府也派南苑新编混成团的 4 个加强营，赶来助阵。这支"多国部队"到哈尔滨后，今天演习，明天阅操，不是飞机试航，便是打靶练炮，乒乒乓乓，好不热闹，真使哈尔滨人眼界大开。那些俄罗斯帝国的忠实臣民，更是忙得不可开交，忙于欢迎欢送、募捐慰劳，又是集会游行，又是祝捷祈祷，或慷慨激昂地演说，或声嘶力竭地喊叫，着实狂热过一阵子。怎奈那些威风凛凛的协约国军实乃银样镴枪头，上阵就"卷刃"，连吃败仗后纷纷溜走，这出热闹戏也就随之闭幕了。

在武装干涉失败之后，资本主义列强又给哈尔滨加上了一个神秘的头衔——国际间谍活动中心。各帝国主义国家的间谍机关，环绕苏俄建立了反苏反共的国际情报网，并在波罗的海、东欧和远东，形成了三个间谍活动中心，那就是里加、布拉格和哈尔滨。各国特务组织都派出了强手来此角逐，他们以变来变去的身份，拿着各式各样的护照，干一些不可告人的勾当。秘密战争始终在这里激烈地进行着，只不过鲜为人知罢了。"九一八"事变之后，哈尔滨便成为日本军谍机关实施"北斗谋略"（即针对北方的间谍行动）之指挥中心，这里依然是秘密战争的重要战场。

从满洲里到绥芬河的中东铁路，与通往大连的南满铁路在哈尔滨呈"T"字形相交，把城区一分为三，这也就奠定了城市的基本格局。有个顺口溜说得明白："哈尔滨，三大块，道里、南岗加道外。南岗设衙门，道里开买卖，道外住的是'老勃代'（俄语意为劳工）。"这是指建城之初的情况。当年，俄国人选择了火车站前地势较高的秦家岗作为管理机关的行政办公区，军政官吏与高级职员均聚居于此，因而高楼林立，马路宽敞，带花园的小洋房比比皆是。道里则因临江而辟为商业区，店铺密集，街道繁华，居民当中有钱人居多。而在道外区居住的，则多半是穷苦工人，房舍简陋，街道狭窄，人口稠密，是由市井小民组成的下层社会。三个区明显地分为三个世界，所以才有个流传很广的说法："南岗是天堂，道外是地狱，人间在道里。"

其实在二十世纪二三十年代，仅道里区那三条南北平行的繁华大街，又何尝不是三个世界呢？靠西边的中央大街是西方世界，那里是欧洲味道，满街牌匾都是西里尔字母、俄罗斯名称，什么秋林公司、马迭尔旅馆、维多利亚餐厅、马尔斯咖啡店、罗巴德父子商会、古洛夫兄弟皮毛等。店铺里，洋商卖洋货；街头上，洋人牵洋狗。在众多金发碧眼的行人中，时常会看到留大胡子的神父，穿黑长袍的修女，披皮斗篷的哥萨克，就连讨饭的都是俄国洋乞丐。这样一些人物，再衬上洋门脸、石头道、斗子车，就像是整条街道刚从圣彼得堡囫囵个儿搬过来的一样。

马迭尔旅馆，经历了百年的风风雨雨，建筑室内外均保存较好，20世纪初叶它完全称得上最摩登、最豪华的旅馆之一

中间的那条新城大街（现为尚志大街）则是中国人的世界，虽然也都是新式楼房，街道并不古旧，却集中开设了许多中国商号，像著名的大买卖公和利、日升恒、同发隆、恒顺昌、阜合昶等，家家都高悬着朱漆金匾，斗大的汉字显得十分醒目。街上南来北往的行人也多是长袍马褂的先生，旗袍小袄的女士，熟人见面依然是抱拳拱手，保持着中国传统的礼仪，偶有西装革履的新派人物，在人群中尚属少数。这条街才是中国味十足的。民国十四年（1925年）以前中央大街曾被叫作"中国大街"，那实在是安错了地方。

东边的那条地段街被称作"日本人町"，自然是东洋人的世界。从南端的日本庙东本愿寺，到北头的日本窑子武藏野，中间是一家挨一家的日本店铺，诸如登喜和、丸商百货、前田时计、横滨正金银行、朝鲜银行、柳町料理、奥村吴服、宫本文房具等。就连被称作"银座街"的透笼街路侧的摊贩，也都成了日本风味的了，那里用日语叫卖着金川烧、栗洋羹、甜布拉、奥磨叽等各种地道的日本小吃。置身此地真是满目扶桑、入眼东洋，处处和服木屐，声声哇里哇啦，比起那天津、汉口真正的日租界来，倒更像是"日租界"。

当然，这种划分也不是绝对的，每条街也有少数例外。譬如在中央大街上就有一家著名的日本商店——松浦洋行，是一家批发兼零售的大百货店，开设于宣统元年（1909年）二月，可算得是一家老字号了。该店坐落于中央大街与面包街（即外国四道街，现名红专街）的拐角处，是一幢五层楼的巴洛克式建筑，气势十分宏伟。特别是正门二楼两侧，耸立着两尊人像柱顶起了三楼的圆弧形转角阳台，在阳台的外侧又高高竖起两层楼高的科林斯式的倚墙柱，直抵屋檐，托起了顶部那宛如皇冠一样的穹窿圆顶，整体结构组合得巧妙、和谐。立面装饰虽复杂精细，却绝无烦琐俗气之弊，豪华却不失典雅，庄重之中蕴含着活泼，给人以巍然壮美的感觉。再说它的地理位置十分优越：正门迎面斜对着马迭尔旅馆，左侧橱窗恰与秋林公司隔街相望，左侧的旁门过街便是丽都剧场（现为哈尔滨音乐厅），向东相隔不远又是巴拉斯影院，这样热闹的地方当然是日进斗金的经商宝地。

松浦洋行既是日本人开的，当然要倾销东洋货，从柜台货架到临街橱窗，统统为日货占领。什么花王石碱（香皂）、富士齿磨（牙膏）、东丽人造丝、马兹达电器、惠比须麦酒、明治牛奶糖，乃至人丹、中将汤、老笃眼药水，一应俱全。之所以要对此店详加介绍，因为本书的故事就从这里开始。对过去的哈尔滨之所以要如此赘述，则因为这故事就发生在那个复杂的历史年代里和如此复杂的社会环境中。

话说伪满洲国"康德"三年（1936年）初夏的一个中午，就在松浦洋行的五楼顶上发生了一件不寻常的事情。那天正是雨后初晴，阳光和煦，天气不冷不热，空气格外清新，中央大街和往常一样人群熙攘，车马喧哗。路两侧的欧亚行人摩肩接踵，路中间的汽车、马车往来不绝。秋林公司两侧宽敞的橱窗前的路边长椅上，总有些上年纪的白俄人聚在那里聊天，他们怀着去国的忧伤，沉浸于思乡的梦幻，似乎想在回忆往事中寻找慰藉。然而给秋林公司看门的那个大胡子俄国老头，却没这种闲情逸趣，他戴着一顶小皮遮的船员帽，穿着两排铜扣的制服，立于门侧，谦恭地为每一个光临的顾客启门，他那不变的姿态，不变的动作，不变的表情，真好像特制的机器人。在秋林公司大楼的拐角处，俄国报童在用俄语喊叫着，售卖当天出版的《霞光报》《哈尔滨时报》等俄文报纸。在拐进六道街朝北一座楼房的窗台上，坐着一个衣衫褴褛的俄国盲乐师，摇晃着身躯熟练地按动巴扬琴（老式的六角手风琴）的键钮，奏着凄凉哀婉的俄罗斯民歌。那忧伤的旋律，似在倾诉沦落的流亡者不知归宿何在的内心惆怅。这一切对哈尔滨人来说都是司空见惯了的，和平常的每一天没什么两样。突然，在街道上空响起了枪声，开始两声显得特别清脆，接着便"乒乒乓乓"响个不停。

街上的行人一阵慌乱，开始时不知道是怎么回事，纷纷仰头观看，还以为是淘气的孩子在放"二踢脚"。但很快就发现情形不对，忽然有人喊了一声："不好了！楼顶上开枪了！""快跑哇！这热闹看不得！"这时人们便呼啦一下散开，蜂拥着避向路边，争着钻进店铺里。霎时间，响起了刺耳的警笛声，飞快地开来了十几辆三轮警备摩托车，老百姓管那叫"电驴子"，每辆车上都有三名穿黄呢子军装的日本宪兵，背着"王八盒子"（日制"大正十四年式"手枪的俗称），一直开到面包街口。宪兵们纷纷跳下车来，掏出了手枪封锁住路口，并把松浦洋行包围了起来，这时人们才清楚，枪战发生在松浦洋行的五楼顶上。

经过一阵激烈的对射之后，枪声平息了。接着便从五楼最北面的突出于斜屋面上的老虎窗里，钻出一个人来，满身是血，头部带伤，穿一身蓝布裤褂，手里握着短枪，他大喊了一声："打倒日本帝国主义！"然后便纵身跳下。摔落之后，倒在路边的人行道上，脑浆迸裂，血肉模糊，谁也认不出个模样来。随后，宪兵和警察又从商店的侧门里，抬出三个人来，两个已经没气了，只有一个还能龇牙咧嘴地乱叫唤，看样子伤得也不轻。这时有一辆救护车开来，连活的带死的都被抬上去拉走了，街面很快就恢复了平静，但沸沸扬扬的传说也迅速地传遍了全城。

对此事的街谈巷议其说不一。开始有人说是松浦洋行发生了抢劫案，一伙江洋大盗闯进商店抢走了大笔现金，还想绑架日本经理，被便衣警察发现后，开枪拒捕，所以才有这场枪战。但这种说法很快就被在场的人所驳斥，因为他们确实听到了那位英勇就义的人在跳窗之前曾高呼反日口号，所以断定是抗日游击队进城了，遭袭击的松浦洋行必有重要的政治背景。

第二天早晨，人们抢着看刚出版的报纸，但哈埠各报对此均只字未提。《大北新报》《国际协报》《哈尔滨公报》地方新闻版上，均以大量篇幅报道新任的关东军司令官兼驻满特命全权大使植田谦吉大将昨日抵哈，将视察各部队，本市高级官吏到车站迎接的"盛况"，还登出了植田大将偕参谋长西尾寿造在日伪官吏的簇拥下步出站台的照片。其他消息并不重要，于是人们的传说便转向植田的身上。

原来，这个植田谦吉曾任日军第9师师团长，"一·二八"事变时曾指挥对上海的第二次总攻，因失败被撤换。淞沪停战后，日军在虹口公园举行天长节（日皇诞辰）庆祝阅兵，被朝鲜志士尹奉吉向检阅台"敬献"了一枚炸弹。白川义则大将被当场炸死，植田是中将，被炸断了一条大腿，刚刚养好伤便来接替南次郎。由于有这种"前科"，所以就有人说道里所发生的枪战是冲他来的，是19路军的敢死队来找他算账。还有人说是朝鲜独立党来替尹奉吉报仇。总之是谋刺未成被卫兵发现，

松浦洋行，入口处上方有两个栩栩如生的人像雕塑是雕塑家
阿·罗曼的作品

追到中央大街，于是才有松浦洋行楼顶的那场激烈枪战。还有个更玄的说法，说被追捕的人叫李三横，住在道外的天泰栈，会飞檐走壁，能穿房越脊，练过金钟罩铁布衫，刀枪不入；在马路上一跺脚，就蹿到松浦洋行的楼顶上去了，没想到那里有埋伏中了黑枪，这个李三横就是燕子李三的化名……

其实，各种传说都是人们的猜测，又被传话的人添枝加叶，越讲越神。只有日本宪兵队长井上大佐心里最清楚，这场枪战是他"钓鱼"钓出来的，只可惜是"鱼死网破"，啥也没捞着。事情的经过是这样：十几天前宪兵队破获了一个抗日地下组织的秘密联络点，是在道外老江堤（现大新街）的一家洋铁铺，于是井上队长便布置了便衣，在那里张网待雀，等候有人来接头。开始那几天凡是来焊壶修桶的顾客，都要被拘留审查，但并未获得什么线索。虽然收获不大，麻烦不小，但井上大佐还是耐心地等待，终于叫他等上了。

从松浦洋行楼顶上摔下来的那个人，叫李善恒，确实是抗日地下组织的联络员，也确实是住在天泰栈。昨天他到那个洋铁铺去过，但并没有进去，只在外边转了一下，还在对门的烟摊上买了包香烟，观察了一下，感到情形不对，没进去接头转身就走了。可是他已经被人盯上了，因为在他观察洋铁铺的时候，也同时被人家给观察了。宪兵队知道那是联络点，却不知道报警信号，所以摆了个三角陷阱，在洋铁铺的两边斜对角各安了一个"钉子"，那个卖香烟的老头就是特务化装的。

李善恒还是很有经验的，他靠路南走，临街的玻璃窗在背阴中都是很好的镜子。他不用回头就发现了"尾巴"，于是他就在景阳街口上了电车，但他却发现路侧有辆黑色雪佛兰轿车在不紧不慢地与电车并行，而且每站都停，他知道"尾巴"没甩掉。电车开到道里之后，他在终点站下车，汽车里也下来三个人向他靠过来，他只好向人群里钻，因为越是人多的地方跟踪者越容易失去目标。但是特务们也防备着这点，他们三个散开了，从石头道街拐到中央大街之后把距离缩短了，这时双方都明白再跟下去没什么意义了。既然跟踪目标已经觉察被人盯上，便不会往有价值的地方领，也就是说该动手抓人了。特务们是想尽量逼近，贴上之后再动手。李善恒则想尽量把距离拉开，只要能拉开，在这样人多的地方对方就不便开枪，一旦遇到有利地形便可以伺机脱身。

到了马迭尔旅馆门前时，双方相距不过三米左右，跟踪的特务随时都可能一步蹿上来，这时突然有一辆长车身的日产大"巴斯"（即公共汽车），从北面开来。李善恒蓦然向左一闪身，飞步从汽车前边蹿到路西，特务们跟过来时，却被汽车隔住了。司机突然刹车，伸出头来怒骂，特务们也没工夫理他。待他们绕过汽车追到路西时，李善恒正在人群里左闪右晃地往北钻，刚能瞄着点影，到了面包街口可就连影也不见了，他们站在街角往两边看，不知道往哪边追才好，这时他们都已经把手枪亮出来了。

"往哪边追呀？没影了！"一个特务用日语喊着。

"进里边去啦！"一个日本人指着松浦洋行说。

特务们一听赶紧冲过去，有两个人进店里去搜捕，见一楼没有，便追到二楼，因为三楼以上是办公室，楼梯到此为止。但在二楼售货厅的最西头有扇小门，通连着后院，李善恒正是从那里跑了出去。

原来李善恒知道，从这里转出去，是围着电梯转的盘旋楼梯，下去之后便可从面包街1号的侧门溜出；可是他没想到，留在门口的特务却从侧门兜了进来，他连忙转身往楼上跑。三个特务会合到一起跟着往上追，一直追到五楼顶上，那是个做仓库用的大筒子房，里面堆满了货箱，特务刚一露头里边就开枪了。楼上枪声一响，楼下就挂电话报警了，于是宪兵警察赶到把大楼包围起来。李善恒躲在暗处开枪，把前边的两个撂倒了，后边那个特务与他同时开枪，双方都受了重伤。这时大批宪兵赶来了，李善恒的手枪弹仓已空，见逃跑无望又决心不落入特务手中，便毅然从窗口跳下，壮烈地以身殉国了。

特务从死者的身上并没找到什么可疑的东西，只发现他上衣口袋里有一张佛教会散发的劝善箴言，其内容无非是劝人行善、多积阴德、必有好报之类的话，经过对照，它与普通散发的传单并无区别。但经过仔细观察，井上大佐发现那传单上有五个字的旁边加了双圈，那就是"昔晚""斗""净土"，可能是特意做的记号。为了识破这个哑谜，他请来了日本汉学家、日本高僧、宪兵和86部队（防谍部队）的密码破译专家一起研究。专家们绞尽脑汁穷思苦想，最后终于认定：这哑谜里，藏着个秘密接头的时间和地点。

第 *2* 章

佛刹之夜

却说日本宪兵队长井上勇彦大佐，从抗日地下工作者李善恒身上搜出的那张劝善箴言，经过几位特请的日本汉学家、密码专家和高僧共同研究，最后从加双圈的 5 个字中分析出来秘密接头的时间和地点。根据是什么呢？原来他们认为"昔晚"就是"二十一日晚"，"斗"字即为"十二点"，而"净土"两字则为梵文"Sukhaxati"的本意，按佛教《阿弥陀经》的解释："无有众苦，但受诸乐，故名极乐。"很可能就是指极乐寺。按此推断，整个意思便是："21 日晚 12 点在极乐寺。"时间、地点都有了，但接头暗号是什么那就没法说了，因为李善恒已经死了。

谜团解开了，井上大佐十分高兴，因为他下了很大本钱布下的陷阱，并不是为了打死一个联络员，而是想顺藤摸瓜，可是李善恒一死线就断了，现在他在失望之中产生了希望。他立刻命令特高课课长中村大尉挑选干练人员，在指定的时间隐蔽地埋伏在极乐寺周围，等候抓获那个来接头的重要人物。

日本宪兵队特高课课长兼露西亚居留民（即俄侨）事务局主任顾问官康斯坦丁·伊万诺维奇·中村，在哈尔滨是个"知名人士"。正如他这个日俄"两喝水"的名字所表示的，他是个信奉东正教的俄式日系人，熟悉他的俄国人则称呼他为科斯加。其父是日本浪人，参加过黑龙会，与军谍机关也有密切联系，日俄战争之后在哈尔滨开设旅店和照相馆，成为大老板并娶了个俄国老婆。因此在中村渡海寻父之时才发现，又有了个俄国洋妈，并按洋妈的意见给孩子洗礼成为东正教徒，这就是此人俄国教名的来历。中村的青少年时代是在哈尔滨度过的，他充分利用"母系社会"关系，结交许多俄国的狐朋狗友。后来，他在日本领事馆的授意下，暗中联络白俄的反动势力，组织亲日的反共团体。1924年时，白俄将领亚历山大·库捷波夫在巴黎建立了一个法西斯青年团体，叫"全俄滑膛枪手战斗团"，简称为"NORM"，或称"黑衫前卫队"。队员都穿一身黑，而以银质马耳他十字为标志，口号是"为自由俄国和神圣的教会"。中村立即纠集了一些白俄青年，建立了远东分团，以后这个组织便发展成为俄罗斯法西斯党的特别部，并获得一个美称，叫"满洲黑手党"。对俄国反动势力的操纵和驾驭，成为中村的起家资本，正因为他掌握了一大批白俄亡命徒，所以才受到宪兵队的重用。

遵奉井上大佐之命，中村在21日这天晚上于极乐寺的周围，布下了十面埋伏。他命令两小队的宪兵待命出发，准时于午夜12点封锁极乐寺的外围通路，又把十几名便衣打手派到极乐寺东侧的俄人墓地（俗称"毛子坟"，即现在的哈尔滨游乐园），隐蔽在乌斯平卡娅教堂（即圣母安息教堂）附近的丛林中。他自己则与俄国打手的头目萨沙，潜伏在极乐寺东跨院守株待兔。

哈尔滨的极乐寺位于大直街的东端，占地将近6公顷，正院有4层大殿。进了山门便是天王殿，二层院落是大雄宝殿，再往里走是三圣殿，最后边则是藏经楼。当年的极乐寺香火很盛，曾拥有400僧众，900亩庙产，掌管四大义地，其规模在东三省的佛寺当中也是很够一说的了。就拿山门上的匾额来说，那"极乐寺"三字乃是光绪朝的状元、立宪派的领袖张謇所书。此人曾任南京临时政府的实业总长、北洋政府的农工商部总长，亦曾掌教于江南几家著名的书院，于彼时来说可算得上是名家之大手笔了！不过此时的山门早已关闭，若有人来必然要走东跨院的侧门，这正是中村要等在那里的原因。十一点半便各就各位，部署十分严密，只要是进了这个口袋可就别想再出去。

天公作美，这天还真是个晴朗的夜晚，月悬中天，银光泻地，树影婆娑，万籁沉寂。整个城市已由喧闹转为静谧，仿佛周围

极乐寺

的一切都已经昏然睡去。那巍峨的佛殿由于有深暗的阴影衬托，更显得庄严肃穆。因为皎洁的月光能突出一些东西，也能省略一些东西，它使物体的大轮廓变得鲜明，而使细部变得含蓄。但此刻的中村，却既无诗意，也无倦意，因为他知道即将来到的时刻绝不是情人的约会。他已经多次验看了他的手枪，直到他确信子弹就在膛里可以一勾就响。预定的时间临近了，他那深陷在眼眶里的三角眼瞪得似乎比平时要大，因而使他那本来就塌的鼻子显得更小。因为嘴闭得紧，那两片薄唇自然就显得更薄，而两侧的一对招风耳，在更使劲地支棱着，唯恐漏掉一点微小的声响。他就像一头机敏的猎狗，随时准备着扑向即将发现的猎物。

当手表上的长短指针一齐竖起于顶部重叠时，果然有个人影从东跨院的门外走进来。月光下可以看出那是个中等身材的男子，戴一顶厚呢子礼帽，穿一件毛料的黄褐色风衣，很有点绅士的派头，迈着潇洒的步伐走了过来。这时，潜伏在门侧树后的萨沙已经兜住了来人的后路，中村便背着手握枪挺胸迎了上去。来人机警地站住了，他的帽檐压得很低，看不清面孔，不过可以感觉到帽檐下的阴影中，有一双鹰一样的眼睛在窥视着。而他的手是插在风衣兜里，那里边肯定也有那种一勾就响的要命家什。中村也站住了，他的每一根神经都绷得很紧，两人相隔不过两米多的距离，还没等中村张口盘问，那人倒先朗声地笑了起来。

"哈哈！亲爱的科斯加，原来是你呀！还有……"说时他迅速转身，萨沙呆立在那里来不及把手枪藏起来。

"哦，您的朋友……勃洛托夫先生！"

中村趁那人转身的时候，悄悄地把勃朗宁手枪塞进了马裤兜里，他知道已经用不着了。他没想到来者居然是哈尔滨特务机关的高等情报官范斯白，此人可非等闲之辈，不仅是特务机关长安藤少将手下的红人，而且与关东军二课（情报课）、参谋本部五课（俄国课）均有极密切的联系，据说还有东京的某个大人物给他撑腰，来头大得很哩！对于他，就是井上大佐也要让他三分，中村怎么敢轻易冒犯呢？不过中村心里还是犯嘀咕：这个范斯白，为什么要在这个日子的这个时辰，到这个地方来呢？难道是偶然吗？谁又能保证他不是那个李善恒的同伙呢？中村还不想轻易罢手，因为按照日本陆军的规定，宪兵有预防性逮捕权，在必要时可以拘捕比自己高三级军衔的军官。不过，特务机关可不是好惹的，弄不好自己可就该倒霉喽！

这时，那群隐藏在俄国墓地的打手们赶来了，他们按原来的约定，持枪堵住了门口。范斯白向他们瞥了一眼之后，转身走到中村面前，把插在风衣兜里的手一抽，伸到中村胸口，"咔嗒"一声按开了金属烟盒的弹簧盖，笑着说："中村先生！我记得我没通知过宪兵队，要求你们来保卫我的安全吧？请吸烟！"

"谢谢！范斯白先生，您在这个时候来逛庙，是不是显得太晚了一点呢？"

"与您相比，我确实是个迟到者。不过依我看，如果仅仅是来逛庙的话，您是不是也早该回去了？"

"不，我对这里的夜晚很感兴趣，尤其是半夜 12 点这个时间。"

"很高兴遇到兴趣相投的人，我也有同样的兴趣。"

"哼，我们的兴趣也许恰好相反！范斯白先生，您能否告诉我，您的兴趣所在？也就是说来干什么？"

"有这个必要吗？中村先生，我想我不需要向您出示证件来说明我的身份，我来的目的您不该问！"

"必须要问，先生！因为我是在执行公务。"

"您不会以为我是来这儿欣赏月光的吧？难道我不是同样在执行公务吗？希望您的公务不要妨碍我的公务，以往的教训您总该吸取一些。"

中村很明白他这句话的分量。这是在敲打他！因为以前发生过许多宪兵队与特务机关的矛盾，同一目标双方插手，结果误了事。最高当局认为是宪兵队越权干扰、破坏了秘密战的谋略行动，因而受过申斥，井上大佐的前任便是因此而去职的。可是中村并未因此而却步，他不敢莽撞，可也不甘示弱，继续追问下去。

"多谢您的提醒，范斯白先生！不过今天的情况有所不同，您必须说明您今晚来此的目的！因为上级命令我要问所有来这儿的人，而不是单独地针对您。"

"我也不单独是今天晚上才到这儿来，而是经常来。因为这座庙里的情况复杂，有许多从前的大人物在这儿出家，比方说有当过省长的和尚、有当过警察署长的和尚。安藤将军对他们很关心，责成我常来照看他们，所以到这里来就成为我的公务，我只能说这些。"

"似乎有道理！那么，为什么要在深夜来呢？"

"很简单，深夜是逃走的好时机！"

"我看，深夜也同样是密谋的好时机！"

“中村先生，您不觉得太过分了吗？”

“请您原谅，范斯白先生！因为我们宪兵队确切地知道，今晚有个反满抗日的重要人物要在这儿和一个联络员接头，而您却偏偏在约定的时间和约定的地点出现了。刚才您只说来这儿的比较笼统的原因，解释不了您来此的具体目的！为什么一定要在12点到这儿来？您必须说出足够充分的理由，否则……”

“否则怎么样呢？”

“可能会对您十分不利！”

“中村先生，您应该清楚！特务机关的工作时间表，从来就不需要宪兵队来安排。我已经准确无误地告诉过您了，我到这儿来是奉了安藤将军的命令。至于命令的具体内容不仅您无权过问，就是宪兵队长也无权过问。如果你们一定要问的话，那就去问安藤将军吧！也许他会给你们一个满意的答复。不过，问的时候要当心些！他的脾气不太好，而且对你们宪兵队的某些做法也不够满意，因此还是小心为妙。失陪了！”

范斯白说罢绕过中村，向里边的侧门走去。

中村望着他的背影说：“放心吧！我们会去问个明白的。”他不敢动范斯白，因为证据不足；他又不想放过范斯白，因为嫌疑太大了！他认准了这是个突破口，只要深究下去就一定会抓到把柄的。但就今晚来说，他只好暂时认输了，因为他还不敢来硬的。

这时，那伙膀大腰圆的白俄打手们还在那里堵门站着，黑衫队长勃洛托夫·萨沙凑过来，低声问道：“怎么办？科斯加！”

中村哼了一声，咬着牙根吐出一个字：“撤！”

凡是了解那段历史的人，都会知道宪兵老爷的威风如何，一般是没人敢惹的，这回可是丢尽了面子。他们不仅白折腾了半宿空手而归，而且还挨了人家一番奚落，真是王八钻灶坑——憋气带窝火。那一帮打手各自回家了，可是中村还不能回去，因为井上大佐还在宪兵队里等着听他的结果呢。

哈尔滨的日本宪兵队设在南岗区邮政街95号（现在已拆除）。在井上大佐的麾下有一支200人的队伍，其中有三分之一以上是军官，对宪兵人员的挑选十分严格，要求应有6年的军旅生涯，或具备外语、刑侦、电讯、射击、格斗等特殊的技术专长。宪兵人员在正常工作时身着便服，但需要时可穿陆军制服，不过在帽边的中央有一颗黄色五角星作为特殊的标志。宪兵队之所以被人们看作是"老虎衙门"，那是因为他们不仅可以用"思想犯""国事犯"等莫须有的罪名随便抓人，而且

哈尔滨日本宪兵队本部

惯于使用最残酷、最野蛮的刑讯来逼供。和一般人的印象相反，哈尔滨宪兵队的拷问场所不在地下室，而是在后院的二层楼上。凡属灌凉水、灌煤油、灌辣椒水、上大挂、坐电椅、钉竹签、烫烙铁等一切人间惨剧，均在那里上演。在当年的哈尔滨，无论是中国人还是俄国人，只要一提起宪兵队二楼，便会不寒而栗。

宪兵是20世纪30年代在日本政治舞台上崛起的一支强大而可怕的势力，在陆军中它是个半独立的部门。在本土，宪兵司令只对陆相负责；而在伪满洲国，宪兵司令只对关东军司令官负责。当希特勒的纳粹党在德国取得政权之后，即由戈林组建了一支国家秘密警察部队，其略称为Gestapo，故被称为"盖世太保"，成为第三帝国残暴统治的得力工具。日本为了加紧推行法西斯化便迅速效仿，因而极大地加强了宪兵的权力，使人员骤增5倍。纳粹德国远东事务的总负责人、臭名昭著的"华沙屠夫"约瑟夫·梅辛格曾经夸奖地说："日本宪兵是东方的盖世太保。"

宪者法也，《汉书》中说得明白："作宪垂法，为无穷之规。"可见宪兵这个玩意儿本该是为维护法纪而存在的。但是作为军方政治警察的日本宪兵却是无法无天的，因为它不仅管行动犯罪，而且还管思想犯罪，思想的范畴无边无际，宪兵的权力也就无边无际。一般的人只要被他们认为是危险分子，将有害于帝国利益，便可行使其"预防性逮捕权"，不管你有罪没罪先抓起来再说，因为他认为你"可能犯罪"或"将要犯罪"，这就足够了。尤为可怕的是，宪兵队具有"秘密处决权"，而不需要任何法律程序，在日本人占领和统治的地区，这种"抓"和"杀"的权力被无限制地滥用，不仅曾使无数反日的爱国者成为英灵，而且使更多的无辜者成为冤魂。就是对日本人来说，宪兵也是可以监视一切人，却不受任何人的监视，他们是天皇的"锦衣卫"。

随着军国主义体制的推行和侵略战争的扩大，日本宪兵已由原来的整肃军纪、监视军内异动，进而扩大为全面保安防谍，这就必然要插手秘密战的防御体系，不可避免地要和特务机关撞车。时常发生一件事情，双方介入，互相干涉，彼此争夺，两败俱伤。当分歧导致失误之后，又互相指责，因此在宪特之间摩擦逐步增多，矛盾日益严重，冲突渐趋公开，乃至积淀为一种情绪上的对立。其实，在特务系统中间，像这样狗咬狗的矛盾由来已久，"九一八"事变之前，日本在东北就存在着四股势力，即关东厅（原关东都督府）、关东军、满铁、领事馆。这四家各有一套警特系统，而上边则分属于内阁、陆军省、拓务省和外务省管辖。虽然他们侵略目标是一致的，可以互相勾结与配合，但政出多门、各行其是的弊端很多，总难免要争权夺利，相互拆台，发生种种龃龉之事。为了结束这种四头政治，在伪满初期就实行了三位一体，由关东军司令官兼任驻满大使，又兼关东厅长官，这是兼并的开始。随后便废除了关东厅、撤销了满铁调查部，而由关东军的宪兵司令来兼任警务部长，实行军权高于一切的陆军中心主义，这就使宪兵大展宏图。首先，宪兵系统吃掉了外务省设在18个城市的特务机构；又吞并了关东厅设在满铁附属地的警察系统，并由宪兵人员充任伪治安部的警务司长，完全控制了伪满全境的警察机关，以及国境、滨海、铁道等三支警备部队和分设各市的6个伪满宪兵团。这样大兼并的结果遂使宪兵势力迅速膨胀，唯一它吃不掉的，就只有这特务机关了，现在一切矛盾都集中在它们两家的身上。经过几番较量，宪兵方面未占上风，那是因为特务机关的后台更硬，有陆军大臣和参谋本部在给它撑腰，关东军司令部也有某些偏袒，宪兵方面也只好软下来求和。

当特高课课长中村回到宪兵队，向他的顶头上司井上大佐诉苦时，除了把事情经过详加禀告之外，还把范斯白的话添油加醋地夸大了一番，意在给本已紧张的关系火上浇油。

"大佐阁下！"中村最后郑重地说："范斯白这样傲慢无礼，根本就没把宪兵队放在眼里。他不过是特务机关的一名雇用人员，竟然敢对您这样藐视，这是不能容忍的！"

"不！这种忍让是必须的！"

宪兵队长听完了他部下的报告，面容严肃而平静，尽管眉头也曾短暂地皱了一下，但似乎并未被中村的调唆所动。他稳重地说："中村君，范斯白先生说得很对，以往的教训确实必须牢记。作为帝国的宪兵军官，与帝国的谍报战线指挥机关发生对立行为，那是不能允许的！"

"可是……"

"可是什么？谍报工作和防谍任务是不可分的整体，必须协调一致才可必胜。既然都是为帝国效忠，那就不应该计较个人态度。"

"范斯白是在约定的时间和约定的地点出现的唯一的人，他的嫌疑确实太大了！虽然我不能肯定他一定就是接头人，可是谁又能肯定他一定不是呢？"

"嗯……哼！"井上大佐似乎是在肯定他的看法，又像不是，因为从他的脸上始终判断不出来阴晴。

"大佐阁下！如果就这样轻易地把他放过，那我们长时间的辛苦不就全白费了吗？帝国宪兵所肩负的保安职责是神圣的，即使对特务机关也不可放松警惕！"

"那你当时为什么不逮捕他呢？"

"怕惹麻烦，这起码要经过您的允许。"

"这就对了！记得我曾经多次嘱咐过你们，凡涉及特务机关的事情，一定要小心谨慎。你很辛苦，该回去休息了！"

中村的话匣子立刻就被关上了，因为大佐已经不想再听他说什么了。他连忙脚跟一碰说了声："哈依！"便转身退了出去。

比起中村来，井上大佐确实是成熟多了，也老练多了。他的冷静是出了名的，乃至喜怒哀乐皆不形于色。一副漠然的面孔永远遮盖住他的真实情感，使人无法窥见他的内心世界。所以有人说他的意识和情感都冷到零度以下。据说，这样的人才能成大气候，古往今来的阴谋家大都如此。其实，他对今晚发生的事情也同样感到窝火，也同样排除不了对范斯白的疑心，对特务机关有着更多的气愤，但他不会轻易地流露出来，尤其不能在下级面前流露出来。俗话说得好："咬人的狗不露牙，下口就是狠的！"井上的不动声色绝不是就此善罢甘休，而是盘算着怎样下手更狠。他很清楚，如果仅仅是一个范斯白那很容易对付，但麻烦的是，在范斯白的身后还有个他惹不起的大人物，那就是哈尔滨特务机关长、陆军少将安藤麟三。

第 3 章

明枪暗箭

宪兵队与特务机关虽然都是为日本军国主义侵略政策服务的鹰犬，又同属于关东军司令部统一管辖，但它们的关系却一直不睦。就好像赛场上的两匹马，虽然看起来是在同一条赛道上向同一个目标奔跑，但相互之间却是一种激烈的角逐与对抗，所以横踢乱咬的内讧时有发生，种种的利害冲突演化为明争暗斗，矛盾越来越深。

特务机关里的人都是秘密战的老手，他们对已发现之敌谍总是放长线钓大鱼，加以监视利用。一般是先摸清敌方的用间意图，然后再根据情况确定正用或逆用。正用可示伪引误，诱骗敌方上当；逆用则采取收买或胁迫使其变节，然后反派于敌方；有的则成为双重间谍需严密控制，防止害己利敌。他们的做法正如猫捉到老鼠之后，并不急于吃掉一样，而是欲将其玩弄于股掌。宪兵队的做法则与此大相径庭，他们对敌谍是一经发现立即逮捕，他们认为特务机关玩的这套把戏利少弊多，为了防止危害应该先抓起来再说。特务机关则认为宪兵队是秘密战的小儿科，头脑简单，战术水平不高，往往是零打碎敲，打草惊蛇，对特务机关的战略造成妨碍。

一年前，特务机关的第三班（白俄班）主任情报官山本敏少佐，通过前高尔察克西伯利亚政府的财政部部长、原中东铁路经济调查局局长米哈依洛夫，以重金收买了苏联领事馆的机要报务员，不断取得东京发伯力的外交密电副本，这是需要及时送交东京的重要情报。不料在白俄联络员与苏联领事馆人员秘密接触时，竟被宪兵队逮捕。安藤为此大发脾气，当众怒斥了前任宪兵队长坂本中佐，并亲自禀报了陆军大臣荒木贞夫。结果是宪兵队方面受到了严厉申斥，坂本队长被撤职转入预备役，其职务由井上大佐接替。关东军司令官南次郎大将也特别训示，再次申明宪兵队所担负的是纯粹保安防谍任务，不得干扰特务机关的战略行动。

正因为有这样的前车之鉴，所以才使得井上大佐对此事小心翼翼。他的前任坂本中佐也曾怀疑过范斯白，并曾向特务机关报告，说范斯白与哈市的外国人交往频繁，像基督教青年会会长美国人哈根、共济会会长英国人尼维尔，还有满洲希伯来人联合会的会长考夫曼经常和范斯白在一起，讲过许多对日本帝国很不亲善的话，似乎是在策划着什么反日的阴谋活动，可能对帝国构成危害。对坂本的报告，安藤机关长却一笑置之，反而对坂本讥讽地说："情报工作首要的是准确，凭证据而不能靠猜测，类似'似乎'和'可能'这样的词语，今后最好在报告中少用。范斯白与美英等国的商民接触，是奉特务机关的命令行事，有特殊的使命。今后，请宪兵方面不必加以监视，以免妨碍我们的情报工作。"说到这里，安藤将军拉开写字台的抽匣，取出十几张照片，当然都是宪兵队便衣跟踪范斯白时被偷拍的。他把照片摊开摆在桌上，然后挖苦地说："要想真正了解那些欧美人在哈尔滨的活动，他们在干些什么，想些什么，就必须走进他们的房子里去，打进他们的圈子。这一点我们日本人做不到，这就是我重用范斯白的理由，而像你们这样的监视办法就只能在外边给人家站岗，没入门嘛！"安藤的奚落使坂本十分难堪，只好表示歉意而告退。看来真是冤家路窄，现在井上队长碰到的偏偏又是这个范斯白，难道会旧戏重演吗？

井上大佐确实比他的前任要聪明得多。第三天，一大早他便以电话约见安藤将军，并把所有的怀疑和敌意都化作尊敬与谦恭，一再称呼前辈，对将要进行的质问和对证说成是请示。他果然赢得了将军的好感，当即受到了邀请。

哈尔滨的日本陆军特务机关（当时日本在哈曾同时设有陆军和海军特务机关）是在南岗区尼古拉教堂广场附近的医院街（即现在博物馆广场附近的颐园街）3号，那是一座十分豪华的府邸。在深宅大院中耸立着一幢希腊式的建筑，门前有爱奥尼柱式的廊柱，底部的台基很高，汽车可沿双曲环形坡道一直开到门口。整体立面设计考究，装饰典雅，楼顶两侧是双人字披风的山花，中间由花栏杆式的女儿墙连接，这是当年在欧洲很流行的复兴主义建筑风格。这幢楼始建于1914年，原属于俄籍犹太人斯基德尔斯基家族的产业。后来租给法国政府，用于法国驻哈尔滨的领事馆。现在则成为日本特务机关。

这里虽然名为哈尔滨特务机关，但它的管辖范围却是伪满全境，因为它的内部名称是"关东军情报部本部"。它指挥着

哈尔滨日本特务机关（关东军情本报部），位于南岗区颐园街3号

　　分布于东北各地的 14 个第一线特务机关和下属的分支机构，形成一个庞大的间谍网，主要的任务是对苏的间谍战。只有奉天特务机关是直属于关东军司令部，因为它是专门执行"对满谍报、宣传、谋略任务"的，那里仅在名义上隶属于哈尔滨。

　　日本的间谍机关似乎对哈尔滨有着特殊的兴趣，当这座城市开始修建之时，就开始光顾了。早在光绪二十六年（1900 年）铁路尚未修通，大部分市区还是荒草野甸时，日本的军事间谍陆军大尉石光真清即由俄国潜来，化名为菊地正三，在马家沟果戈里街（曾改为"国课街""奋斗路"，现为果戈里大街）开设浆洗店。翌年又奉日军参谋本部之命，于教堂街（现革新街）开设菊地照相馆，作为间谍活动的据点，并以此为基地建立间谍网。长期潜伏在俄国的日本著名间谍武藤信义大尉，亦曾于此时徒步攀越老爷岭密林，在一面坡搭乘俄国的修路工程车秘

密抵哈，来刺探俄国的军情。此
人便是后来的陆军元帅、关东军
司令官兼首任驻伪满的特命全
权大使，成为溥仪的"太上皇"。
1901年11月，日本黑龙会的首
领头山满又派其爪牙来哈，在道
里区东商市街（现西五道街）建
立了秘密组织"松花会"。从此，
便陆续派遣大批的谍报人员，以
外交官、学者、僧侣、商人、工
匠乃至妓女等不同身份，来到哈
尔滨活动。日俄战争结束后，日
本在哈设立了总领事馆（最初设

日本间谍来哈之鼻祖石光真清

在花园街，即现在的花园小学），一切间谍活动当然也就由它
来包办了。正式命名的哈尔滨特务机关，是在1918年初，由日
军参谋本部第二部（情报部）部长中岛正武中将来哈筹建，同
年8月正式开张，并任命石坂善次郎少将为首任机关长。它在名
义上归属于关东军，但实际上却直接听命于东京参谋本部的第
五课（俄国课），从创建到战败投降的27年间，先后更换过16
任机关长。这是一家制造阴谋与贩卖死亡的"专业商店"，从"开
张营业"到"关门倒闭"，一直在大批量地生产各种奸谋毒计、
讹诈骗局以及种种的灾难与祸患。

　　历任的哈尔滨特务机关长都是俄国通，只是在日军占领后
的最初三个月里，例外地任用了中国通土肥原大佐，那是特殊
需要。三年前，素有"西伯利亚之狐"绰号的安藤麟三少将，

哈尔滨特务机关长安藤麟三少将，范斯白的顶头上司

接替了小松原道太郎的职务，再度出任哈尔滨特务机关长，他全力加强对苏的间谍战，而且成绩显著，后来被称作"安藤时期"。他创建了许多秘密战的特种机构，像白俄事务局、情报文谍班、哈尔滨保护院（苏联逃亡者收容审查所）、特殊移民区（白俄武装谋略基地，在扎兰屯西部山区）。还组建了几支由特务机关直接指挥的特种部队，像浅野部队（白俄别动队）、矶野部队（蒙古别动队）、FM377波作业部队（航空侦察）、471部队（横道河子情报教育所）、322部队（一面坡谍报养成所）等机密武装单位。安藤麟三确实全面刷新了情报工作，开创了一个崭新的局面，他对日本帝国的功劳真是大大的！

当井上宪兵队长到特务机关去拜会时，安藤将军很有礼貌地接待了他，这和他的前任队长所受到的冷遇形成了鲜明对照。井上大佐曲意逢迎，极力恭维，频呼前辈，再三表达敬佩、仰慕之情。安藤少将也很客气地赞扬了宪兵队在维护"王道乐土"治安方面的巨大作用，夸奖大佐年轻有为必成大器，还兴致勃勃地讲起了他与帝国宪兵司令秦真次中将的多年友谊。两人谈得情真意切，机关长还特别吩咐侍从，端来了上等咖啡、点心、糖果以招待嘉宾。主客之间似乎言笑尽欢，相见恨晚，他们的戏演得都很不错。

随后，井上大佐便委婉地谈到了极乐寺的事情，并首先申明宪兵队无权过问特务机关的机密工作内容，但又必须执行保安防谍的任务，为避免误解，因此特来沟通，以协调和融洽双方的关系。他避而不提对范斯白的怀疑，而是绕了个很大的弯子来套安藤的话，以验证范斯白那天晚上到极乐寺去是否真的属于奉命行事。

那安藤是何等的精明！虽无师旷之聪，却也闻弦歌而知雅意，于是便兜了个更大的圈子来谈极乐寺的复杂情况和特务机关重视它的理由，还特别提到庙里的倓虚方丈和静朗法师与范斯白有很深的交往，因此去那里是经常的事，不足以说明什么。

谈到这里，宪兵队长突然打断了安藤的话，单刀直入地问道："将军阁下，您是否曾具体地要求过他，一定要在某一天的某一个时间里必定要去极乐寺呢？"

"是的，我没有这样具体地要求过！但我也同样没有具体规定过某一天的某一个时间里，他必定不能去！"安藤用轻淡的微笑掩饰着内心的不悦，因而笑得发冷。他的话攻守兼备，使对方找不出任何破绽，说完之后便把瘦削的身躯向后斜倚，用手摩挲着那两撇增添威严的胡须，微皱着两道精于世故的眉毛，眯缝起一双犀利如刀的眼睛，斜睨着那位身材魁梧的大佐。他不继续说了，留下一个空隙等待着，好像是在说："年轻人，进招吧！"

"那么……依您的看法，是时间上的巧合了？"

"依我看，首先应该确定的是时间的根据。大佐先生！您所提出的这个某一天的某一个时间，是像猜谜语一样猜测出来的，无法印证答案的可靠程度，您敢保证这种推断的准确性吗？"

"哦……这个……"

安藤的反问果然厉害，因为他抓住了对方的薄弱部位，轻巧地一拨就把攻势给瓦解了。但他还不想让僵局持续下去，不等大佐找到适当的词句来回答时，将军又自如地把话拉回来了。他说："当然，你们做出的这种推断也不能说是全无根据，只不过是难于肯定。如果仅仅以此来作为怀疑的全部凭据，那就显得太不够了吧！"

"是的！因为拿不准，所以才来请示您的。"

"哦，看来慎重是您的长处！哈哈……"

安藤这回真的笑了，不是冷笑和奸笑，而是开心地笑。因为"拿不准"这三个字正是他所要的，棋下到这个份上，等于是中盘交子了！为了不结死疙瘩，他又和悦地说："范斯白先生一向是帝国的忠实朋友，他在参谋本部的一项重要战略任务中起到很重要的作用，并完成得很出色，曾受到荒木陆相和南次郎司令官的赞赏。对这样的人，我认为没必要去轻易地怀疑。当然，特务机关也是以帝国的安全为最高利益，如果宪兵方面对他仍有什么不放心之处，请提出更多的证据。"

"将军阁下！既然您认为范斯白先生是您十分可靠的部下，我们应该尊重您的信任。由此而引起的任何误解都已经消除了！"大佐起身告辞了，鞠躬照样是90度，态度依旧是谦恭而诚挚的，表现出对前辈和长者应有的尊敬。将军也很和蔼地起身相送，双方都是彬彬有礼的，其实两人心里都很清楚，什么也没有消除。这盘棋是下完了，安藤暂时领先，但棋子可以随时再摆上。井上并不认为自己是全输了，因为他也得到了他想要的，那就是安藤说的"不必怀疑范斯白"。文章可以继续做下去，如果真的抓住范斯白的把柄，这个老狐狸便逃不脱祖护之咎；话又说回来了，即使最后什么把柄也没抓到，他也赔不上什么。

　　表面上看，这位大佐的调子很低，招数也软，可他下的茬子比谁都狠。现在他的进攻目标已经不仅仅是范斯白了，他想撂倒的是安藤麟三这棵大树。他之所以能产生这种近乎狂妄的想法，那是因为他比别人更清楚上边最近发生了什么事。原来在20世纪30年代，日本军阀内部分为两大派，那就是"皇道派"和"统治派"，两派都想建立军部法西斯独裁，但采取的手段不同：皇道派主张暴力政变，而统治派则主张合法改变，两派之间难免要钩心斗角和争权夺利。本年初的2月26日，皇道派的一批少壮军官在东京发动政变，袭击了首相府，占领了陆军省和警视厅，杀死了藏相、内大臣和陆军教育总监，政变于2月底被平定，史称"二二六事件"。政变的发生和平息都给统治派带来了好处，他们是两头做买卖，先借皇道派的暴力行动要挟政府让权，回过头来又通过"肃军"再收拾皇道派，达到排除异己的目的。井上大佐的顶头上司关东军司令官东条英机少将，便是统治派的代表人物，事件发生后他立即宣布关东军实行戒严，防止少壮派军官响应东京的行动，然后便借机大力开展"肃军"。整肃的结果使统治派掌握了军部的上层权力，皇道派的荒木贞夫等7名高级将领退出军队现役，建立了以黑龙会首脑广田宏毅为首相的军部核心内阁。

　　下台的荒木大将正是安藤的靠山，而上台的广田大将偏又是东条的后台，两个大将的一上一下使两个少将的分量发生倾斜。而这个东条司令偏偏又是个整人的出身，当初他在任军事调查部长时，井上便是他手下的少佐副官，比他大的、比他小的，他都整过。现在井上确信他的老上司对拿掉安藤会有同样的愿望，所以才盘算着如何运用军内的上层矛盾，来实现自己的目的。因为宪兵队对范斯白早就有所怀疑，还一度监视过，所以掌握的情况也不少。特别是特高课课长中村从白俄法西斯党特别部搞到的一些材料，更能证明范斯白的可疑。井上大佐对这些材料下功夫分析整理，又补充上最新的情况及安藤的暧昧态度，派专人密呈于东条，很快他就被电召去伪都新京（长春）述职。

安藤也因近日上层的政局变化而十分小心谨慎，他对井上大佐的虚晃一招匆匆败走并不放心，他知道这不是拖刀计便是回马枪，更需要小心防备。他是一个久经风浪的老江湖，见过的事多了！所以在井上离去之后，他就开始分析，分析对方也分析自己，分析事态的发展演化，也分析了范斯白可能有的问题，特别是他自己和范斯白的关系。也许是命运的安排吧，安藤麟三与范斯白多次地偶然奇遇，相识已有二十多年了。

早在日本大正四年（1915 年），于参谋本部兵要地志测绘班任中尉测绘官的安藤，随第七次满蒙侦察组潜入内蒙古。在侦察组长步兵少佐小矶国昭（后升为大将并曾任首相）的指挥下，活动于贝子庙（锡林浩特）一带。他假扮成托钵僧到处游方化缘，借以掩护其军事侦察行动。此时的范斯白，正以北洋政府蒙疆矿产资源调查团特聘专员的身份也到东蒙活动。有一天，范斯白专员在锡林郭勒盟的札萨克蒙古王公陪同下，到多伦诺尔的善因寺游览，在山门外与安藤相遇。刚一打照面，范斯白便看出此僧人来历不凡，但他并没有点破反而慷慨解囊，以一枚银币喜结善缘。两年之后欧战方酣，俄国突然爆发革命，打乱了协约国的阵脚。短命的克伦斯基临时政府驾驭不了局势，西伯利亚各地处于不同政权的混乱统治之下。日本早就觊觎着这块肥肉，正伺机攫取，英、法、美等国也怕俄、德单独媾和，都纷纷把触角伸向远东。当时，范斯白已被协约国军远东情报处雇用，被派往西伯利亚地区刺探情报。他以哈瓦斯通讯社（法新社的前身）记者的身份作掩护，从满洲里入俄境，由赤塔东行经伯力到符拉迪沃斯托克（海参崴）。因发生革命，政权陷于瘫痪，火车虽照常运行，但无人管理，流散的俄军纪律松弛难免胡作非为，在途中的一个小站果然遇到了抢劫。范斯白虽然持有外国护照，不怕红军也不怕白军，却怕那些不分青红皂白的乱军，随身财物被搜掠一空，到了哈巴罗夫斯克（伯力）已是身无分文。他踟蹰地走进一家日本餐馆，欲以仅余的金笔换一点食物充饥，却又觉难于启齿。正在犹豫之时，不料侍者却端来了丰盛的酒菜摆在他的面前，还客气地说："先生，请赏光！随便吃点吧！还需要什么，请您吩咐！"他的俄语说得很蹩脚。

"可是……我没有钱啊，难道你们肯赊账吗？"

"不！先生，您的钱早就付过了！"

"我可是刚进来呀！您是不是认错人了？"

"不！先生，这是我们经理特别关照过的，不会错，请用餐吧！"说完便客气地躬身退下。范斯白真是饿极了，也管不了那么多，先填饱肚子再说吧！于是他狼吞虎咽地吃起来，似风卷残云很快就碟空碗净了。当他站起身来正想到里屋去道谢，并顺便问个究竟的时候，那经理却笑着迎了出来，满面春风，衣冠楚楚，礼仪甚恭。

"先生，您吃好了吗？不想再要点什么？"

"实在太感谢了！我们似乎是在哪儿见过？可是一时又想不起来了，请问……"

"哈哈！"那位经理朗声大笑，然后双手合十虔诚地闭目垂首念道："阿弥陀佛，施主您太健忘了！"

"哦，是你！多伦的那个和尚。"

原来这位经理正是日军参谋本部派来的谍报员骑兵大尉安藤麟三，因为身体有些发胖，戴上眼镜又留起了胡子，范斯白居然没认出来。安藤的热情接待使范斯白摆脱了困境，当时日本也属协约国的一员，所以就更不分彼此了。安藤比他早来了8个月，二月革命之后便来到了俄国，虽然日俄战争结束之后两国的关系很好，大战中又结成了同盟，但在日军内部明确制定的"帝国国防方针"中，俄国仍被定为"第一假想敌国"。他们断定待其国力恢复后，俄国必将报复，因而时刻注视着俄国的动向，并在俄国远东地区建立起一个庞大的情报网，哈巴罗夫斯克（伯力）是重要的一环。

因为日本正准备与美、英、法、意等国联合出兵来干涉苏俄，所以在了解俄国形势动向、完成情报侦察任务方面，安藤给予了范斯白巨大的帮助。不过又在两年后，安藤得到了范斯白更大的报答。

第 *4* 章

旧谊重温

日本对西伯利亚虽然垂涎已久，但由于复杂的国际关系制约，一直在耐心地等待时机。直到 1918 年初，海军少将加藤宽治率"肥前丸"和"朝日丸"两艘军舰，以保护侨民为由强行开进符拉迪沃斯托克（海参崴），才拉开武装干涉的序幕。随后，在大井成元中将指挥下的日军第 12 师团登陆符拉迪沃斯托克（海参崴），便在那里正式建立了特务机关，机关长为荒木贞夫中佐（后升为大将，授男爵，任陆相），手下有两名辅佐官，安藤大尉正是其中之一。

刚刚由哈尔滨赶来的原中东铁路局长霍尔瓦特，匆匆宣布成立"全俄临时政府"并自任摄政。其摄政府临时设于符拉迪沃斯托克（海参崴）的东方学院，那里挤满了各部的临时总长、临时次长以及大批临时的文武官员。协约国军远东情报处也派来了两名联络官，恰好正是范斯白和英国史蒂芬斯中校。

日本正是从这时开始首次建立这种公之于众的特务机关，

它不单纯是谍报机关，还包括处理纯作战以外的复杂政治问题，其中重要的便是对傀儡政权的扶植和对自卫军的援助。荒木贞夫在向参谋本部送呈的报告中自己就说："小官作为霍尔瓦特之指导机关……"可见他是"太上皇"。而协约国军的联络处，大体上干的也是同样勾当。

范斯白与安藤既然有相同的任务，关系自然就更加密切，交往增多私谊也就渐趋深厚。范斯白总爱戏称安藤为"和尚大尉"，反过来安藤则称呼他为"乞丐少校"，这其中的奥秘当然只有他们知道。坦诚的相处使他们亲密无间，却无法弥合协约国各政府之间的同床异梦。日本奉行"远东主义"，根本就没想着俄国的复兴，而是要从它身上割下这块西伯利亚；美、英、法等国关心的则是欧洲战场上的胜负，为巩固东线，增强对抗德国的力量，因而力主"全俄方式"。由于出兵目的不同、用兵方法各异，自家人很快就在战场上斗起法来：你扶植霍尔瓦特，我就拥立高尔察克；你若坚守，我就先撤；你要进攻，我按兵不动；你占据了城池，我就控制铁路封锁交通。相互蹩马腿、压相眼的结果，是谁也别想打赢，别扭来、别扭去，最后终于取得一致，那就是共同失败。

但在开始的时候，它们的事业是进展顺利的，日军迅速地占领了俄国远东的三个省，原帝俄黑海舰队司令、海军上将高尔察克，在英、法等国支持下，正统率着20万大军向西推进到伏尔加河，逼近莫斯科。由于侵略军旗开得胜，于是便大赏有功之臣，荒木晋升为大佐，安藤也晋级为少佐。为此，安藤特别在濒临海湾的金角饭店宴请了范斯白，席间两人开怀畅饮，酒酣耳热之际，安藤少佐未免有些得意忘形了。

"我们终于取得了西伯利亚，日本怎么能容忍像'符拉迪沃斯托克'这种名称的城市存在呢？"

"你的话真使我惊讶，如果说中国人难于接受它，那是可以理解的，它和日本又有什么关系呢？"

"范斯白先生，以您的俄语水平应该知道，'符拉迪沃斯托克'的意思就是'控制东方'，这样的名字可不像大彼得湾，它对日本的国民感情构成了一种伤害。"

"东方可不仅是日本哪！"

安藤把杯中酒一饮而尽，然后正色地说："亚洲只有一个主人，那就是日本帝国！其余的不过是仆人或者……还有客人。这场战争的结局，应该是确认日本作为西伯利亚，也就是说直到欧亚分界以东的全权主人。"

"可是根据你们的出兵宣言所申明的，这不是一场战争，而是警察行动，是为了援救捷克军团和守卫协约国存放在符拉迪沃斯托克（海参崴）的军火储备，只要实现了这两个目的，日本就立即撤回所有在俄国领土上的军队。你们和美国不是有协议在先吗？那就是不得利用联合出兵的机会占据领土，或者实行局部的军政控制。"

"笑话，那不是太天真了吗？"安藤哈哈大笑起来："老兄，你以为日美协议能约束我们吗？按协议规定各国出兵不得超过7000，我们日本来了多少？是72 000！他们又能怎么样呢？我们花费了如此的代价，进行了殊死搏斗，打死了一头熊，谁又能阻止我们去占有那张熊皮呢？"

"我明白了，安藤！"范斯白冷淡地说，"你们的出兵与道义无关，与协约国的宗旨无关，仅仅是为了那张熊皮。"

"啊，说这些干什么？会伤害感情的，还是让我们干杯吧！"他斟满了两杯伏特加，递给朋友一杯。

"为了什么？为你们的占有？"

"为了我们共同的胜利嘛！"

"我可不想分得熊皮呀！依我看你们也得不到！"

"为什么？你……说清楚！"

"因为这离俄国的军心、民心实在是太远了！不得人心的政权，内部又钩心斗角，难道还能持久吗？勉强支撑下去也是毫无意义的……"范斯白没必要再往下说了，因为安藤已经醉伏于案，把杯都碰倒了。他抬头望着佐托伊角湾的海面，心潮难平，他在心里问着自己："我又是在为谁效劳呢？这样干下去值得吗？"这时，他才独自端起杯，皱着眉头喝了下去，仿佛那是一杯难咽的苦酒。

后来局势的发展，果然证实了范斯白的预见。进入1919年之后，白卫军和干涉军的日子开始不好过了。当时安藤与范斯白都已进驻伊尔库茨克，后来又撤到赤塔，有一天安藤奉命去与贝加尔湖东部地区的一支哥萨克骑兵进行联络，据说在白军与日军之间有些摩擦。不料在途中遭到红色游击队的袭击，安藤腿部负伤，被日军巡逻队救至驻地，范斯白闻讯后借得英军顾问团的一辆敞篷越野汽车，亲自驾驶赶到叫"尤乎塔"的那个小镇，把安藤接到火车站送进野战医院，经过临时的处置后又送到后方医院。当安藤安全地静卧在病床上的时候才听说：就在范斯白把他接走的当天晚上，尤乎塔被艾胡指挥的红军第五军包围。经过两天的激战，日军第12师团第72联队的第3大队和野战炮兵第12联队的第5中队，除5人带伤逃走之外，

日本在出兵西伯利亚时期印发的宣传画"救俄讨德远征军画刊"

大队长以下全部阵亡。从此，安藤一直对范斯白深怀感谢之情，他很清楚，若不是范斯白的热忱救助，他是很难活下来的，日军全团被歼，这在西伯利亚还是首次。

在安藤负伤的一年之后，高尔察克政权崩溃了，美、英、法、意等国的干涉军相继撤走，范斯白也早随霍尔瓦特返回哈尔滨。在广漠的西伯利亚只有日本侵略军蜷缩在东南一隅，赖着不走，安藤在那里又苦熬到 1922 年的 10 月，他终于随最后撤离的日军第 8 师团，在俄国市民的嘲笑与唾骂声中登上了"春日丸"。当军舰出港时，安藤回首向岸边望去，他又看到了俯临海湾的金角饭店，忽然想起了范斯白的话，心里一阵莫名的苦涩。他想："是啊！4 年多的时间、1 万多人的伤亡、7 亿日元的耗费，结果我们并没有得到那张熊皮。"

安藤与范斯白的第二次交往是在哈尔滨，那也已经是 10 年前的事情了。1926 年初，因中东铁路免费运兵问题，中苏双方发生争执：苏方铁路局长伊万诺夫下令停运南线列车，护路军司令、代理东省特别区行政长官张焕相，以"断绝交通违犯戒严令"罪名扣押了伊万诺夫，因此中苏关系紧张。日本当局十分关注此事，派安藤骑兵中佐接替高桥炮兵中佐，出任哈尔滨特务机关长。当时特务机关设在花园街拐角的日本总领事馆内，对外名义是驻哈军事代表，手下也只有一名辅佐官秦彦三郎大尉（即后来的关东军参谋长，曾代表关东军签字投降）。1926年2月24日，哈埠各报刊载了安藤到任履新的消息，日本总领事天羽英二举行了盛大的宴会替他接风，安藤不忘旧情，特别邀请了大西洋影院经理范斯白，以温旧谊。

当时范斯白已娶妻生子，定居哈市，俨然是个阔绰的商人了，故友重逢畅叙别情自然倍觉亲热。第二天安藤应邀到范宅做客，范斯白的妻子赛罗娜特意烧了几样俄国菜，更引发了两人的旧情。那时范斯白正住在道里区军官街（现霁虹街）西口一幢带花园的平房，客厅的窗户正对着圣·伊维尔教堂，隔窗可见教堂顶部那伸向蓝天的"洋葱头"式的穹隆顶群，宛如一簇含苞待放的蓓蕾耸入云空，玲珑秀美。晚钟传来，悠然悦耳，安藤似乎感受到家庭的温暖，他感慨地说："你现在生活是很不错呀！安居乐业，家庭和美，有个贤惠的妻子和可爱的女儿，真让人羡慕啊！"

"我怎么能比得了你呢？老兄你身居要职，地位显赫呀！我不过是过着普通人的生活，胸无大志随遇而安嘛，我已经和从前的那种冒险生涯告别了！"

"我看未必吧！当着真人别说假话，你不是还在给张作霖干一点那方面的事吗？"说时，他把眼睛一挤弄，神秘地盯视着范斯白。

"不，我只不过是在帮一点那方面的忙。因为严格来讲，奉军还没有正规的谍报系统，也很少有专门的谍报人才，所以……"

"所以才需要你和重用你嘛！"

"你误会了！中国并不像日本人那样重视情报工作，他们缺乏这种战略意识。我之所以不能完全拒绝，是因为我要在他统治的地盘上生活，我已经是一个有家有业的人了，总得适应环境吧！"

"对你的才干和经验来说，这是一种埋没！你还是和我们合作吧，荒木将军很欣赏你，他现在可是身居要职啊！你是我的恩人，当然就更不能亏待了！"

范斯白摇摇头说："我已是有家有业、有儿有女的人了，不再贪玩啦！我现在想的就是怎样做买卖，如何能赚钱，对张大帅我可以应付，对你可就不能了，若实实在在地干我又不愿意，因为厌倦了！所以……"说到这里他把两手一摊，做出无可奈何之状："何必勉强呢？朋友！"

安藤已把目光转向他手里擎着的杯子，似漫不经心，又好像十分认真，缓缓地说："那好，如果你不愿意也不必勉强，只是希望你在应付张大帅的时候，可不要损害我们日本在满的利益。也就是说要维护我们友谊，别使我陷入为难的境地。"

"那当然！但愿如此。来，干一杯！"

"好，一言为定！干杯吧！"

这时，两人差不多已经把话挑明了！既然各为其主，那他们既是朋友，也是对手。幸而在安藤任职期间，中日两国之间没什么大的冲突，两人在礼节性的往来中又都谨慎地避开那些敏感性的问题，所以一直保持着融洽的关系。安藤虽然职位显要，但在经济方面却并不富有，范斯白则慷慨大方，常以厚礼相赠，显得十分豪爽，安藤也不见外，一概欣然接受。

又过了五年，安藤已晋升为将军。1933年7月刚刚上任的关东军司令官菱刈隆大将，让安藤第二次出任哈尔滨特务机关长。这时的范斯白已经被特务机关雇用一年多了，自然也就成为安藤的部下了。此时的特务机关已非当年可比，机关本部有450名军官，共设六个部门：第一班负责总务，第二班负责文书谍报，第三班负责白俄指导，第四班负责技侦器材，第五班负责间谍情报，第六班负责策反宣传。在本部下尚有许多直辖机构，特工人员总数达3200多人，这还不算雇用的外籍人员和由它全面指挥的所属特种部队。

就特务机关而言，所干的一切勾当自然都是见不得人的，诸如派遣密探、收买内奸、隐蔽窃听、密码破译、敌境袭扰、俄蒙别动队训练、职业特工培养等，无一不属高度机密。但极端机密的还要算由特务机关长单线直辖的两个"特甲级企图秘匿"部门，那就是"哈特谍"与"哈专谍"。"哈特谍"日语叫"哈透斯"（"哈尔滨机关特别谍报"之日文略称的音译），其任务就是以每月6000日元的代价，通过白俄情报员从苏联驻哈领事馆报务员那里定期获得情报。其内容涉及苏联国内的军事、政治、经济、民政等各领域，被专家们称颂为"格调很高的谍报活动"，乃至使东京的参谋本部赞叹不已。就连日军的参谋次长亦曾致电安藤说："大本营对哈特谍寄予厚望。对此，本人深表谢意！"哈特谍的活动除机关长外只有直接负责的山本少佐与白俄情报员米哈依洛夫，还有翻译官山路三个人知道。

据传其据点设在花园街西口原中东铁路局副局长的官邸，与设在要紧街（现耀景街）的苏联领事馆斜对门。一直到战后日本人才知道，哈特谍获得的是"诱饵情报"，即平时故意送真情报取信于敌，关键时刻传出假情报使敌上当吃大亏。后来日军在诺门罕的惨败，在很大程度上是受这种诱饵情报的欺骗，招致歼灭性打击，这是后话了。

"哈专谍"（哈尔滨机关专务谍报略称），其任务是通过外籍代理人秘密招募白俄亡命徒，加以武装和训练，然后用他们来对苏联经营的中东铁路实施破坏袭扰，以迫使苏联放弃对这条铁路的使用。同时还策划招募更多的白俄组成武装别动队，潜入苏境实行挺进奇袭，伺机开展游击活动。日本的这个阴谋活动最怕的是被人家抓住把柄，引起外交上的大麻烦，所以要紧的是把自己的狐狸尾巴藏好。必须假托是第三国指使的反苏行动或白俄中自发的反共势力所为，与大日本帝国无关。这个损招正是由日本陆军大臣荒木贞夫男爵想出来的，并且还给这个阴谋计划起了个代号叫"马斯库行动"，日文是"假面"之意，所以也就是"假面行动"。荒木还特别提名让范斯白来当这个外籍代理人，他认为范斯白是亲日的，反苏很坚决，虽然与东北军的上层人士关系密切，但自从张作霖被炸死之后他已经被冷落了，所以使用他很合适。关东军参谋长小矶国昭中将忠实地执行了陆相的意图，所以在日军占领哈尔滨的10天之内，临时任命的特务机关长土肥原贤二大佐，派人把范斯白"请"到了特务机关本部，除了"不干就枪毙你"这句话之外，还是很有礼貌的。

安藤上任之后便了解到，范斯白十分出色地执行了"假面行动"，已迫使苏联同意出让中东路权。一年前在日军占领哈尔滨之后，日本驻苏大使曾向苏联提出收买中东路的问题，并未获得满意的答复。但最近苏联外交人民委员李维诺夫却主动向日本的太田大使正式提出准备出让路权的建议。日苏两国的代表已于1933年的6月25日在东京举行了受让路权的第一次谈判，这说明"马斯库行动"已收到了显著的效果。按理说范斯白既如此效忠于日本帝国，理应论功行赏了，但安藤却惊讶地发现他的前任机关长，已升任为驻海拉尔的23师团长的小松原道太郎中将，在离任之前曾留下一道密令说："受本部雇用之外籍特谍范斯白，在执行马斯库行动中有良好表现，对我军的谋略工作有重大贡献。但该人对我谍报机关的内部情况了解甚详、知之甚多，应适时相机处置，以使我军机密免遭暴露之虞。此嘱！昭和八年七月九日，特务机关长小松原道太郎。"这分明是一纸死刑判决书。安藤麟三对这种卸完磨就杀驴的做法十分不满，也多半是出于他对救命恩人的感谢之情，便将这密令悄悄地撕毁，对范斯白仍是重用不疑，宠信有加。

前几次宪兵队找范斯白的麻烦时，安藤敢替他撑腰，毫不犹豫地为他担保，因为安藤从未怀疑过范斯白，况且上边还有荒木贞夫做后台，自然腰杆也硬。现在情况不同了，井上大佐步步紧逼，揪住不放的话，事态可能扩大，盲目袒护会使自己陷于不利地位。因此他便立即召见了范斯白，由他自己来进行盘问，以弄清楚事情的真相，然后再确定是惩处范斯白还是对付宪兵队的挑衅。当范斯白应召而至的时候，安藤便收起他的满腹狐疑，依然表现出老朋友之间应有的亲热，假惺惺地寒暄一番之后，便把话引入了正题。

"老朋友，听说最近你和宪兵队的中村大尉之间，发生了一点小小的不愉快，是吗？"

"您是说科斯加那个混蛋？我实在是不愿意谈起这个卑鄙的恶棍！我真不明白，宪兵队为什么要重用这种污浊下流的无赖？"

"为什么发这么大的火呢？不就是一个很偶然的误会吗？"

"并不偶然，也不是什么误会！而是一种报复！我知道他们会来找麻烦的，因为恶人先告状嘛！"

"不能吧？据我所知中村先生是个有地位的人，他除了在宪兵队任职之外，还兼俄侨事务局的总顾问、俄侨学校的监督，还是圣弗拉基米尔大学的名誉校长。他在哈尔滨有产业，多年来一直从事着正当的商业，怎么能……"

"怎么不能呢？我知道您会这样说，那么好吧！请您看看中村先生的正当商业有多么光彩吧！空口无凭，我这儿有物证，您不会认为我是伪造的吧？"

范斯白说时，便把几份原东省特别区警察总管理处案卷的副本摆在了桌上。安藤少将细心地翻阅了一下，原来那是关于中村许多劣迹的记载。其中有：

民国十二年初，中村曾以 3000 元日本金票，包养了一个俄国舞女普谢洛娃，这个中年寡妇带着一个 11 岁的女儿。半年之后该舞女向道里区警察分局投诉，控告中村强奸了养女，经警方调查属实将其逮捕，引渡于日本领事馆警署。日本警察署长千田清三郎认为此事并不构成犯罪，按照日本法律解释，中村买下其母之后女孩即系其私产，有权支配，应予无罪开释。此事经滨江警察厅申报东省特别区警察总管理处，金荣桂处长批示："此案事涉日侨，碍于治外法权不宜追究。"

民国十五年，东省特别区警察总管理处获得密报：日侨中村以其开设之照相馆及理发店为掩护，从事大批毒品走私，经探访局派干员突击搜查拘捕，当场人赃俱获。后引渡于日本领事馆警署，经与日本司法领事山田交涉，据称该处所藏毒品系韩人朴某寄存之物，店主中村并不知情，现毒品已经没收，朴某畏罪潜逃，中村准予具保开释。东省特别区警察总管理处王顺存处长批示："此犯既已引渡，应尊重日方判决。"

民国十七年，哈尔滨特别市市政局指控：日侨中村所经营的妇歌川妓院雇用未成年妓女操淫业，应予审查取缔。经调查属实。后经日本司法领事解释，认为该妓馆确曾蓄养一个12岁女孩，但并未强迫其接客。此事因无确证难于深究，中村乃得无罪释放。东省特别区警察总管理处处长又批示说："此类事件无须小题大做，应本息事宁人之宗旨，避免麻烦。"

安藤看罢之后尴尬地一笑说："看来这个中村，确实是品行不端，不过……也无非是些区区小事嘛！"

"这就是他忌恨我的理由，因为我和当时的中国当局关系是比较密切的，他疑心我欲使其受到惩罚。"

"从做人的道德方面来讲，中村是不可取的！不过此人在白俄当中有一定的势力，所以宪兵队才重用他，有些下层的职务并不一定都需要正人君子啊！"

"重用这样的败类，难道不怕损害宪兵队的声誉吗？"

"我们没必要再来讨论中村的人品问题了！需要考虑的是如何向他们解释：你在半夜12点必须要去极乐寺的理由。"安藤手掐着下巴颏儿，侧身斜倚在大转椅的扶手上，故意做出很安详的姿态，但目光却锐利如刀地逼视着，他在静听下文呢！

第5章

扑朔迷离

安藤终于吐露了他心中的疑点，他把一个十分关键的要害问题很尖锐地端出来了。范斯白很清楚，这位老朋友所要求的首先是向他解释清楚，所谓如何向宪兵方面解释那无非是一种托词，否则就太像审讯了！这样就把怀疑和质问巧妙地加上了一层"为你着想"的柔和色彩，以不失其朋友的身份。

"将军，您应该知道，那天晚上有一个盛大的宴会，是原阿穆尔总督、哈尔滨房地产业主联谊会会长尼古拉·洛沃维奇·关达基，为祝贺他82岁寿辰而举行的。我想他也一定邀请过您。"

"嗯，是的！是由我的副手秋草少佐代我出席的。"

"对啊！秋草俊机机关长致了简短的祝词之后，应酬一下就走了。而我却陪着基斯利钦将军和戈洛波夫会长一直坐到夜深席散，增强与他们的合作不正是我的职责嘛！我想陪我喝酒的人是能证明这点的。"

"既然已经很晚了，就该赶快回家呀！从海拉尔街去极乐寺可并不顺路啊！"

"是啊！可是当我走到大直街的时候，我才想起我的部下第5号情报员的一份特别重要的报告，应该在那天送到极乐寺，经庙里的更夫交给我。请看，这就是我急于去取的密函。"说时他把报告放在桌上。

安藤明白了，这一切都是无懈可击的，不管是真的还是假的，在合理性上是找不出毛病来的。所以他没看就把那份报告和记载中村丑行的材料都还给了范斯白。虽然他没说什么，但态度缓和多了。

"请问，还需要我做些什么解释吗？阁下！"

安藤为了缓和一下气氛，给范斯白倒了一杯茶，他自己点着了一支香烟，然后平静地说："你以前认识一个叫李善恒的华人吗？"

"不错！从前认识，那还是在张作霖时代。当时他在奉天东大营的东三省陆军讲武堂任军史教官。我是在讲武堂的教育长鲍文樾家里认识他的，就是曾经在哈尔滨当过东省特区警务处处长的那个鲍文樾。"

"那么……你从前在奉天认识的那个李善恒，是否就是前些天从松浦洋行五楼上跳下来的那个李善恒呢？"

"我怎么会知道！奉天那个李善恒已经七八年没见了，连下落也不知道。哈尔滨这个李善恒，无论是跳楼前还是跳楼后我都没见过，谁知道他长得啥模样啊！"

"嗯，有道理！"安藤不再说什么了，他只是沉默地看着范斯白，仿佛是思绪茫然。

"怎么？难道说连你也在怀疑我吗？"范斯白蓦然站起，气愤地怒视着安藤。

"别发火呀，老朋友！我怎么会怀疑你呢，没有谁比我更了解你了。如果怀疑你，那不等于是怀疑我自己吗？我一直把你当作最亲密的朋友，当作恩人！"

"那是过去，现在不同喽！您是将军，是主宰我命运的上司。而我呢？微不足道的区区草芥，说得寒心一点，无非是供人驱使的……鹰犬。"

"范斯白先生，凭良心说，我这样看待过你吗？难道我不是一直在重用你和庇护你吗？因为我想尽我所能来报答你……"

"可是我得到了什么呢？是侮辱和怀疑……"

"不要再说了！"安藤拍案而起，绕过了办公桌与范斯白面对面地站着，现在该轮到他发火了："你应该感谢上帝！如果小松原将军不调走，或者接任的人不是我，哼！恐怕你早就……"说到这他突然把话咽回去了，但很快又机敏地拐个弯："早就不被重用了！"

"是吗？那我可真得感激不尽了！"范斯白是何等的精明？他已经忖度出那句咽回去的话是什么。安藤因一时激怒而泄露了真情，掩饰是徒劳的。

"好了，事情已经过去了！一切也都清楚了！你就不必想得太多了。你应该像我相信你一样来相信我！"说时，安藤的火气全消了，为了表示亲昵还重重地拍了一下范斯白的肩膀，不够自然地笑了笑。

"还能怎么样呢？除此之外我别无选择啊！"范斯白故作苦笑，也在降调尽量把话往回拉。

"对于有些人的毁谤之言，你不必太介意，还有我嘛！只要我在这个位置上，他们是奈何不了你的。"

"那就承蒙关照了！"

安藤将军为了表示对老朋友的尊重，一直把范斯白送到楼下，并且吩咐副官用他那辆漂亮的雪佛兰轿车将客人送回去，一切似乎都在表明他不忘旧谊。但是在把客人送走之后，他却很难驱散那满腹的疑云。不错，那天晚上确实是关达基举行过宴会，这他用不着核对，因为他也收到了请柬，可是他并没有出席。日本当局一直和这位老总督处于不即不离的关系：他们不想得罪他，因为这个老头儿在白俄中间，尤其是在帝制派分子中有很高的声望；他们也不想抬举他，因为这会激怒中国人。此人于俄国革命后逃亡来哈，后经俄国东正教符拉迪沃斯托克（海参崴）大司祭米夫杰的敦请，又出任西伯利亚短命政府的高等顾问，垮台后又再度逃回并当上了中东铁路局的地亩处长。1923 年 5 月，哈尔滨总商会等团体发起了"驱关运动"，要求把"海兰泡惨案"的元凶、哈巴罗夫斯克（伯力）纵火的罪魁关达基驱逐出境，并在滨江公园举行市民大会，连关达基街（现哈药路）的路牌都被砸掉，吓得老家伙不敢出门。1924 年 10 月，关达基被撤职看押，翌年由东省特别区法院公审其侵吞路款的罪行。后因英、美、法、日四国领事干涉，施加外交压力，才由张作霖具保于是年 9 月 8 日获释。所以日本人对他是想用也不敢用，这就是安藤受请不到又必须派个代表的原因。现在，他倒很想知道那天的详情。

第二天的下午，白俄正统主义党（原名"俄国帝制联合会"，1924 年 7 月 29 日被东省特别区警方查封）的党魁、被日本人十分重用的弗拉基米尔·亚历山德罗维奇·基斯利钦将军，被请到了安藤的办公室。这位将军在帝俄时代不过是一个上尉骑兵队长，内战时投靠了高尔察克，在赤塔指挥第一骑兵师获得了将军的军衔，其后又指挥远东混合满洲师，白卫军溃败后逃亡来哈。不久，这位光杆司令却荣幸地被流亡法国的西里尔大公所看中，封他为骑兵中将。不过这位沙皇尼古拉二世的堂弟，隐居于布列塔尼半岛沿海的村镇里，自封的沙皇西里尔一世本人之王权尚未被公认，都说他领导的是一个"幻影王国"。安藤却还是很有礼貌地接待了这位"幻影王国"里的"幻影将军"，在礼节性的寒暄之后，特务机关长就开始询问了。

"上周末关达基总督的生日宴会开得很隆重吗？"

"那当然！真遗憾您没能出席。"

"很抱歉啊！因为有重要的公事脱不开身，我也感到很遗憾。那天您是和谁坐在一起呀？"

"哦，当然是和总督本人啊！在座的有巴克谢夫将军、费尔比斯基将军、戈洛波夫会长、秋草少佐，嗯，还有……"

"怎么？没有范斯白先生？"

"没有，不过后来我们凑在一起了，一直喝到很晚，最后只剩下我们三个，他和我还有戈洛波夫。"

"你们都谈了些什么呢？"

"主要是讲起了当年在西伯利亚与布尔什维克作战的事。范斯白先生还生动地讲述了1918年的夏天，由尊敬的黑木亲庆少佐指挥的日本特别行动队，在叶卡捷琳娜堡营救落难的沙皇陛下，那真是个杰出和大胆的行动，可惜功败垂成。"

"嗯，我也听说过这件事情！沙皇陛下驻东京的代办、现在仍然侨居日本的阿勃里科索夫曾对我说过，他参与了这件事情。据我所知当时营救沙皇的计划至少有三个，美英的间谍机关也都做过这方面的努力，很遗憾，都没有成功。否则的话，这将成为谍报史上最伟大的创举，整个世界的历史都将重写。"

"这就是上帝的残酷了！"

"你们没有谈过别的话题吗？"

"哦，对了！我们还谈过科斯明将军隐遁的事情。"

"范斯白怎么说？"

"他认为这对俄国的复兴来说是个悲剧！在俄国的流亡将领中，科斯明将军是个忠诚的反共勇士。（二十世纪）二三十年代曾多次组织敢死队潜回俄国，对赤色政权进行殊死的斗争，这是众所周知的。可惜的是，他遭到了党内的排挤，是那个来自布拉戈维申斯克的野心家，用诬陷的阴谋手段把他逼走了！"

"是指他们党的年轻的总书记罗扎耶夫斯基吗？"

"哼！不是他还有谁呢？他是个煽动家，但绝不是个斗士！尽管口号喊得响亮，充其量是个吹鼓手。他之所以能得逞是因为有宪兵队插手，那小子的后台就是那个科斯加·中村大尉。"

俄罗斯法西斯党
总书记罗扎耶夫斯基

"是范斯白这样认为吗？"

"事实也是如此！因为科斯明将军不太买宪兵队的账，而罗扎耶夫斯基想把实权抓在手里。科斯明将军又低估了那个年轻人的力量，没有防备来自背后的攻击，就好像军事上的突然袭击。一方是蓄谋已久，而另一方是猝不及防！"

"我不明白，当初科斯明将军担任俄罗斯法西斯党的主席，不是罗扎耶夫斯基亲自请出来的吗？他待将军有如父亲，充满了崇拜和敬仰之情啊！"

"那是需要！当时罗扎耶夫斯基不过是一个被哈尔滨法政学院开除的学生，他需要从科斯明那里借一点本钱。现在他的羽翼已经丰满了，特别是靠上了宪兵队的中村顾问，河已经过完该拆桥了！"

"这是否是一种猜测呢？"

"这内幕我很清楚，因为我从前的一个卫兵参与了这件事情。他虽然是罗扎耶夫斯基一伙的，却替科斯明将军打抱不平，他说这完全是中村指使的。"

"哦，是这样……"

安藤不想再问下去了，他把一切愤怒都转向了中村、转向了宪兵队。因为科斯明将军在苏联境内搞游击战是特务机关指使的、是马斯库行动的一部分，宪兵队拆科斯明将军的台，也就是拆范斯白的台，归根到底是拆特务机关的台。这虽然是一笔旧账，却是新账的前因，他认为找到了矛盾的根源。既理解了范斯白的苦衷，又了解了中村的用心，因此没必要再去深究一些具体问题了。安藤又和基斯利钦闲谈了几句，故意请教了一些俄国的风俗问题以掩饰调查的目的，然后客气地把那位骑兵中将送走了。

对那位前沙皇的将领，弗拉基米尔·德米特里耶维奇·科斯明，安藤早就认识。当年在符拉迪沃斯托克（海参崴）时，霍尔瓦特政府的总司令普列什阔夫骑兵大将在中东路沿线招募了3 000名亡命徒，由日本人加以武装后开往格罗捷科沃（现名"波格拉尼奇内"），副总司令兼参谋长便是这位科斯明。因为职务的关系，安藤与范斯白都和他打过交道，后来他的军队在沃洛查耶夫被红军歼灭，他便逃亡到哈尔滨。1923年他加入了由留赫登堡公爵和顿河哥萨克酋长克拉什诺夫建立的秘密团体——俄罗斯真理兄弟会，并成为远东分会的头领。这是个以柏林为基地的世界性反苏恐怖组织，在柏林、巴黎、贝尔格莱德、布拉格和哈尔滨等地共有9个分会。主张以暗杀、绑架、纵火、爆炸等残酷的暴力手段向苏维埃政权复仇，其成员主要是白卫军官。范斯白受命执行马斯库行动之后，主要是靠他们来干的，当然不仅是他们。科斯明曾先后组织了9伙白色游击队潜入苏境，他们在边境地区骚扰，占领一些孤村，杀死几个村长、政委，抢掠一些财物，然后就溜走。最远时曾越过赤塔接近贝加尔湖，但他们生还的希望很小，所以被称为"自杀部队"。范斯白要干的事情就是从日本特务机关领受任务目标、行动方案、武器经费，然后转给科斯明。这些武器都是买的西方的走私军火，经费则一律付给汇丰、麦加利、花旗、信济等在哈设有分号的美英银行。范斯白当过协约国远东军谍局情报官，这是众所周知的，他又有意地经常去拜访美、英、法、意驻哈领事，出入于德亚商会、波法商会、美商会议所和英商会议所等处，这一切都造成了一种假象，即白俄分子在西方国家的支持下从事反苏活动，这就叫"假面行动"。

日本宪兵队却不理解特务机关的苦心，总想找点别扭。特务机关对此高度机密又不能明白的解释，仅能暗示一下，宪兵队还总不死心。于是就发生了自家的"后卫"，封死了本队的"前锋"，不是"盖帽"就是"抢断"，想办法不让你"进球"。

他们盯范斯白的结果是捅了马蜂窝，于是便去挤兑科斯明。他们抓住了一张牌，那就是俄罗斯法西斯党的总书记罗扎耶夫斯基，而科斯明却是那个俄罗斯法西斯党的主席。宪兵队操纵了一伙人在党内整治他，这一招果然灵验。

俄罗斯法西斯党成立于1931年5月末，其总部设在中央大街125号（俄侨俱乐部）。它的发起人康斯坦丁·弗拉基米罗维奇·罗扎耶夫斯基当时年仅24岁。他原是布拉戈维申斯克市（原名"海兰泡"）一个公证人的儿子，曾混入苏联共青团。1925年，18岁的他叛逃来哈，进入哈尔滨政法大学，在校时便纠集了一些反苏反共的学生，组织了法西斯主义团体，并与校外的反动组织全俄滑膛枪手战斗团勾搭在一起，很快就结识了那位科斯加·中村。1928年，就在他即将毕业的前夕，因其组织工大、医专、商船、东方文商等七所大专院校的反苏分子到苏联领事馆门前示威游行，并撕毁苏联国旗等闹事行为被校董会开除。

1931年5月成立的俄罗斯法西斯党，是日本的爪牙和鹰犬

"九一八"事变前不久，罗扎耶夫斯基集合了一群党羽，在西经纬街的渔夫楼召开所谓"全俄法西斯主义者第一次代表大会"，并正式宣布成立俄罗斯法西斯党。因其自知名堂太大而实力不佳，尤其缺乏有地位、有影响的上层人物，所以才抬出白俄将领科斯明来当领袖，他自己则屈就总书记成为副手。这在当时也无所谓，反正只有200多个学生、店主、铁路员工，离"全俄"还差得远呢。可是三年以后情况不同了，在日本占领者的支持下党员已发展到两万多，并在世界各地建立了分支机构，在上海、天津乃至东京、巴黎、纽约、柏林、罗马、圣保罗都设有办事处。而且据中村向他透露，一旦日苏开战，日本将依靠法西斯党在西伯利亚建立"远东反共自治政府"。党的领袖有可能成为被占领土上的首脑，与"满洲国"一样，这下罗扎耶夫斯基可动心了，他决心踢掉那位已经用处不大的将军。

　　科斯明将军既是法西斯党的主席又是俄罗斯真理兄弟会的头目，在组织秘密武装活动时靠会不靠党，这使罗扎耶夫斯基有受排斥的感觉。再加上这位主席满脑子拥护沙皇、尊崇王室的帝制派保皇思想，与总书记的法西斯主义之"新潮"主张格格不入，因此两人久怀成见，隔阂日深。而科斯明的老部下，经过几轮的马斯库行动，麾下兵勇伤亡殆尽，故实力大减。可是年轻的总书记此时却羽翼渐丰，并将特别部的黑衫队加以扩大，牢牢掌握在自己手里。由于有日本宪兵队特高课课长中村大尉及其副手野村的支持，因此便野心勃勃地搞起宫廷政变来。

　　罗扎耶夫斯基收买了一个绥芬河的恶棍波里斯·谢普诺夫，此人曾是科斯明的部下，罗扎耶夫斯基指使他向党内揭发科斯明的许多不法行为。总书记立即召开了由他控制的中央执委会，通过紧急决议把科斯明开除出党。另外三个建党发起人早就被罗扎耶夫斯基挤走，于是他就成了当然的领袖，同时又利用他所控制的俄文报《我们的路》大造舆论，对科斯明大肆攻击，把这位前主席搞得声名狼藉。

一个身经百战的将军竟被一个初出茅庐的毛头小伙子所耍弄，使得科斯明愤恨不已。而那位东洋顾问中村却仍是咄咄逼人，扬言要追查其勾结匪类、恣意妄为的不良之举。日本宪兵与黑衫打手又总在科斯明家门附近绕来晃去，使他意识到处境甚危。无数次绝望的冒险，都成了送死行为，他对他的反共复国壮志早已经意冷心灰。经过左思右想、前瞻后顾，终于采取了三十六计中的上策，在范斯白的帮助下潜离哈市，避居上海，从此与"王道乐土"永远地"沙扬娜拉"了。

安藤对此经过素有耳闻，但并不相信是宪兵队插手策动，而仅以为是俄罗斯人的内讧，怀疑是外贝加尔的哥萨克们普遍听命于谢苗诺夫，而对科斯明这位来自奥伦堡的将军不服。现在他不必再怀疑了，分明是宪兵队不顾大局拆了特务机关的台。而那个素有"满洲恶棍"之称的科斯加·中村，在此事件中起了主要作用。看来他确实不是个好东西，这种人成事不足，败事有余。这次极乐寺发生的事，多半又是他在有意找碴儿，可以完全不去理他。

正当安藤顶住了宪兵队的压力，对范斯白仍旧深信不疑的时候，又发生了一件事使将军大吃一惊。原来是由范斯白操纵指挥的另一支队伍，也是为执行特殊任务而建立，由匪首王建基统率的"影部队"哗变了。他们在 6 月 16 日袭击了一列火车，杀死了两名日本军官和 21 名"皇军"，劫走了伪满洲国中央银行由哈尔滨送往齐齐哈尔分行的30万元现款。这件事的发生，当然是对范斯白十分不利，而又给宪兵队提供了攻击的炮弹。虽然说部下叛乱不等于就是长官叛乱，但失察之咎是难辞的，看来就连安藤也难以庇护了。

第6章
斗角钩心

与安藤的担心相反，宪兵队那边并未就此事来找任何麻烦，倒是这位将军自己先向范斯白问及此事。

"你的'影部队'在哪？"

"在王爷庙。"

"那是过去！"

"只能是过去，因为现在它已经不存在了。"

"这么说，你知道？"

"当然知道，不知道不就失职了吗？"

"他们哗变了，先生！"

"不是哗变了，是遣散了，将军！"

"你知道吗？他们劫了火车啦！"

"可是并未劫掠旅客呀？"

"哼，可他们抢了满洲'中央银行'的一笔巨款！"

"那是他们应得的，将军！"

"嗯？岂有此理！"

尽管安藤气得吹胡子瞪眼，暴躁地往复踱步，但范斯白却依然沉静地坐在沙发上，神态悠闲，就好像是在闲聊天。

"这又能怪得了谁呢？从前在招募他们的时候，曾经答应过他们每个人都将得到一笔酬金，若有伤亡抚恤从优，这是立过字据的。可是这张支票很多年却没有兑现，他们的人数很多、伤亡也大，已经很好地完成了要他们做的事。该散伙了，对生者和死者总得有个交代呀！按当初答应的条件，抚恤金和遣散费加在一起，这笔钱还差很多呢！"

安藤站住了，他搔了下秃顶的光头，长吁了一口气，低垂的目光俯视着自己的鞋尖，眼皮接连地眨巴着并咂了一下舌，然后抬头瞪着范斯白。

"部属发生了哗变，你又该负什么责任呢？"

"我什么责任也不负！"

"恐怕你推不了那么干净吧？"

"是的，我什么责任也没有！这支队伍原来是由关东军的满洲自治指导部招募的，交给我的时候曾经保证说这是些经过严格审查而又绝对可靠的人。我不仅没有资格怀疑他们，而且在人事方面无权过问，除了他们的头目王建基以外我不得接触下边的人，也不允许我过问他们内部的事。我的任务无非是向他们转达命令，由我出面是为了把真正的主使人掩盖起来，我不过是个传声筒，一个西洋制造而由东洋人使用的传声筒。在这种情况下，能由我负什么责任呢？"

"难道你就不怕追查到你的头上？"

"不会的，决不会的！您很清楚，按照特务机关的要求，我和'影'的联系是单线单环的，他手底下的人从来就不知道是在给谁干。就是把他们都抓住也咬不到我的头上，这是一个无头案！"

"不一定吧？"

"一定的！当初的招募人——内蒙古自治军的指导官预备役大佐松井清助，早就成为'建国忠灵'了！自治指导部在1934年就撤销了，原来的部长于冲汉当上了监察院院长。王建基到新京去找过他，可是他死不认账，不给钱也否认这件事情。还有一个知情人，那就是化名'杜忠义'的渡边中尉，在劫车之前就先被打死了！现在若想牵连到我，除非他们抓到王建基本人。"

"难道说……你就不怕他一旦被抓住的时候……"

"这是不可能的！现在他已经不在'满洲国'了，躲进了上海的法租界，要抓他恐怕是鞭长莫及了。"

"原来这一切你都知道得这么清楚，不是同谋人怎么会详知其情呢？"

"我可没有这种荣幸。他在离开满洲时曾留下了一封信，不过他约定了要在他到了上海发来电报时，才能转交给我。信在这儿，里边谈得很详细，请您过目。"

范斯白把信和电报都递给了安藤，将军接过来之后瞟了一眼，然后便气愤地扔到废纸篓里，一面怒骂道："呸！这个土匪，该杀的强盗！"

"您说对了，将军！"范斯白站了起来走到安藤的面前继续说："他们千真万确是土匪，原来就是，而且一直都是！可是咱们利用了他们，还欠了他们一笔债，幸运的是他们没把这笔账算到咱们头上。若说责任嘛，你和我都有也都没有！"说到这，他伸手把扔在废纸篓里的信和电报取出，划一根火柴烧掉了，并说："现在什么也没有了！"

安藤沉默不语，他知道现在所有的知情者走的走、死的死了，剩下来的只有他们俩，范斯白是无论如何也不会把自己送到被告席，那么他呢，又何必拿性命和前程去冒险呢？王建基的党羽会随时瞄准他的脑袋，而对这种亡命徒的防范是很困难的。想到这里，他把范斯白烧信时落在桌上的纸灰轻轻地吹掉了。

"你说得很对，现在确实是什么也没有了！"

他们俩凝视着，沉默着，忽然都笑了起来。

这件事发生后并未引起更大的风波，因为 1936 年的 5 月、6 月，是满铁最倒霉的月份。据日伪铁道总局的统计，抗日武装力量在本月内向全满铁路沿线袭击共 786 次，参加者达 44 000 人次。在这样的大背景下，此事也无法特别加以追查，宪兵队根本没有介入此事，因为这是属于铁路警护本队的职责范围，他们管不着这一段。可是从此以后安藤将军却添了点心病，他开始感到这个范斯白并不那么让他放心。难道事发之前他真的一点都不知道？还是知道了不肯说？或者干脆就是同谋？以前他既然能帮助科斯明离境，那么这次他会不会帮助王建基脱身呢？不过想来想去，这件事他还不能深究，那会给他自己惹麻烦。本来就够麻烦的了，宪兵队那边正不断地找碴儿，他怎么能授人以柄呢？也许前任机关长小松原的主意是正确的，可是这事很难由他来执行，范斯白毕竟是他的老朋友，何况还有救命之恩呢？他一直没有忘记在遥远的西伯利亚那一场噩梦，因为他的腿伤每逢阴天下雨时还在隐隐作痛，像是在时常提醒他别忘记过去，他又怎么能下得了手呢？

经过两个月的深思熟虑，左右权衡，他决定要让范斯白走，偷偷地放他一条生路。条件是从此隐姓埋名，远走高飞，绝对严守机密。不料在他正准备向范斯白最后摊牌的时候，别人却向他摊牌了！

1936 年 9 月 2 日，安藤早晨刚一上班，就有贵客来访。原来是新上任的满铁总裁松冈洋右，在满铁哈尔滨事务所的军事代表大内孜少

满铁总裁松冈洋右

佐的陪同下，前来作礼节性的拜会。松冈和安藤早就认识，虽然他们是同乡，但幼年时接触并不太多。因为松冈出身寒门，13 岁便流浪美国，为谋生路当过童工和奴仆。后来靠勤工俭学毕业于俄勒冈大学法律系，当上了驻美大使馆的一等秘书。1918 年松冈担任西伯利亚经济开发拨款临时委员会（实际上是军事拨款）的负责人，安藤曾与霍尔瓦特临时政府的财政总长、原中东铁路局董事普契洛夫向他请求过财政援助，打过不少交道。在安藤第一次就任哈尔滨特务机关长的时候，松冈已经为后藤新平所赏识，当上了南满洲铁道株式会社的经理。当安藤到满铁总社去拜访他时，却受到了不应有的冷落，以至安藤再也不想看到他那傲慢骄矜的脸色了。谁知五年之后，松冈竟成了日本家喻户晓、尽人皆知的风云人物，因为在日军侵占东北之后，国际联盟在日内瓦开会讨论日军侵华问题，松冈被任命为首席代表，这无异于替天皇上被告席去受审。尽管这位超一流的诡辩家使尽了浑身解数，却仍未能完成要赖任务。因为要

把黑的硬说成是白的，还得让许多人相信，实在是困难的！他遭到了日本外交史上最大的惨败：42 票对 1 票（他自己），他只好以抗议的姿态退席。他还打破了外交史上的纪录，在他离开日内瓦时，车站上没有任何人送行。就在他狼狈回国的途中，历史的车轮超过了他乘坐的火车轮子，日本退出了国联。于是这位日内瓦的败将，在东京被当作英雄来欢迎，这是他做梦也没想到的。天皇赐予他旭日双辉勋章和Ⅳ级瑞宝勋章，予以表彰，很快就派他接替林博太郎出任满铁总裁。当年，这是个十分显赫的位置，在沦陷的东北，拥有 30 多个子公司的满铁财团才是真正的主人，关东军不过是它的保镖。

松冈既然身价如此，远非当年可比，他为什么还要纡尊降贵主动来拜访安藤呢？原因是在迫使苏联割让路权的过程中，哈尔滨特务机关曾立下汗马功劳，这当然要首推马斯库行动的威力。此外，安藤还曾密令协和会哈尔滨特别市本部、日本在哈居留民会与在乡军人会（即日本侨民和退伍军人会）组织"收复中东铁路市民大会"，有偿动员（每天 1 元日本金票）许多市民到西大直街，从喇嘛台广场到铁路局之间举行往复的示威游行。还在铁路局门口焚烧了中东铁路管理局局长鲁迪的模拟稻草人，大肆煽动反苏情绪，为夺取路权制造气氛，并以宣传赤化危害治安为名逮捕和迫害苏籍员工，对更多的人则施以恐吓，制造种种的麻烦，因此苏联才被迫同意割让路权，经过两年多的"让渡谈判"，终于签订了《北铁售受协议》，日本支付了 1 亿 4000 万日元买下了中东铁路。

不久前，苏籍员工及家属两万多人已全部撤走，松冈已派来 2135 人接管了中东铁路的全部业务。松冈此行一是研究改组满铁机构，筹备成立满洲铁道总局，二是要实行改变中东路原来的轨距，以实现全满铁路标准轨距（4英尺8.5英寸，即1435毫米）的统一；同时也要代表满铁理事会向哈尔滨特务机关表达谢意，感谢他们为"迫让北铁"所做的巨大贡献。好在外交官出身的松冈总裁面孔多样，表情丰富，演这出戏并不困难。见了安藤首先递交了前满铁总裁、外交大臣内田康哉的亲笔感谢信，然后说尽了恭维奉承的话，致使安藤将军感觉受宠若惊，早忘了从前的冷遇，又叙起了故人之情。

交谈中，安藤得意地谈到了他的拿手戏。他说："你听说过马斯库行动吗？"

"您是说 Masquerade？是假面舞会吧？"

"不！它不是假面舞会，而是假面的战争！"

"有意思，愿闻其详！"

"皇军占领满洲之后，有两条铁路是我们不便于用武力解

苏联向日本及伪满洲国出卖中东铁路的签字仪式在东京举行

决的：一个是奉山铁路，因为有英国人投资和参加经营；另一个是中东铁路，因为是由苏联人管理，都不能来硬的。由于我们承诺英国偿还借款，奉山线就解决了。可是中东路却棘手得多！"

"是这样的！在皇军占领的地方，却由苏联人来管理铁路，我们一直感到如鲠在喉啊！"

"为了迫使苏联人放弃这条铁路的经营权，我们采取了许多谋略，其中最妙的就是马斯库行动。"

"这到底是怎么样的一条妙计呢？"

"现在一切都解决了，我可以向你透露这个高度机密的行动了。这是荒木陆相与我一起制定的，由特务机关秘密雇用一个欧洲人，由他来招募一些白俄并以外国武器来装备他们。然后按我们的命令去袭击中东路，主要是它的东段。也就是说在一面坡到绥芬河之间要接连不断地有事故发生，这样他们的货就运不到符拉迪沃斯托克（海参崴）了。"

"哦，我明白了！让他们改行南满路，走大连口岸接受日本的控制。"

"这是第一步，以后就是让他们无法运行，这就要扩大袭击的范围。有趣的是在每次袭击的时候，我们都要故意打死一两个俄国人，把尸体和武器都留在现场，然后把现场很好地保护起来，留给参加调查的苏联官员们看。这样我方的官员就可以当场向他们指出：看，是俄国人干的！他们是逃亡者，是白匪军的残余，破坏铁路是出于对苏维埃政权的刻骨仇恨。这就是你们的内政问题了，与我们大日本帝国无关。他们看到的是俄国人的尸体，手里握着比利时的枪，口袋里装着美元和英镑，还有证明他们名分的南森护照，那是国际联盟给无国籍俄罗斯人专门颁发的，绝非伪造。参加这种游戏的人到死也不知道他们在给谁干，总认为慷慨的雇主是美利坚合众国，或者是大不列颠及北爱尔兰联合王国的谍报机关，这就是假面行动！"

"精彩！堪称情报史上的杰作，妙不可言哪！将军，满铁不会忘记你的贡献，帝国也不应忽视您的功绩，我要向陆军参谋总长闲院宫载仁亲王殿下禀告，请他给予褒奖。那么请问，这个具体执行的欧洲人又是谁呢？他会心甘情愿地帮我们做这种事吗？"

"此人叫范斯白，是个很有经验的谍报专家。当年曾为协约国军远东情报处干过，所以在符拉迪沃斯托克（海参崴）与荒木大将和我都共过事。在日本他有许多上层的朋友，像寺内伯爵、小矶中将、土肥原少将、田中大佐等，所以应该算是亲日的。后来因为替张作霖干事，得罪了意大利政府，为了寻求庇护加入了中国籍，这就是他必须为我们忠实效命的原因。既然他是中国人，现在当然算'满洲国'人了，不为皇军服务将是不可原谅的！他很清楚这一点，所以干得很出色！很漂亮！"

"哦，一个传奇式的人物！如果有机会的话，我倒真想见识见识。他也该算是满铁的功臣哪！"

"那很容易呀！明天我就可以介绍给你。"

其实，松冈不过是信口说说罢了，哪里是真的十分想见范斯白呢？不料安藤却当真了。第二天松冈在他下榻的满铁理事会馆宴请安藤时，还特别邀请了范斯白，这当然也是为了对安藤表示尊重。

前面讲过，满铁理事会馆就在特务机关的隔壁医院街（现为颐园街）1号。那是一座很典型的法国府邸式建筑，建筑物主体虽然是两层，但下设露半窗的地下室，屋顶有阁楼层，中间部分做通高到顶的凸出体，辅以科林斯式巨型壁柱，增强了垂直划分，显得庄严雄伟。楼顶是孟莎式的双折高顶，更增添了几分气派；阁楼上的一排老虎窗突破檐口山花，与围栏相连形成女儿墙，愈觉高雅别致，其华贵富丽在哈尔滨的建筑群里是首屈一指的。因此，日本昭和天皇的胞弟三笠宫崇仁亲王殿下莅哈时，便曾于此"御临幸"，就连伪满的"皇帝陛下"在进行所谓"康德八年度北满巡狩"时，亦曾以此楼作为驻跸的行宫，由此可见其身价了。

松冈的宴请档次不低，出席者虽人数不多，但亦可谓是冠盖云集，有与松冈同来的原日本驻哈总领事、北铁让渡谈判的首席代表、伪满洲国的外交次长大桥忠一，哈尔滨特别市市长施履本，滨江警察厅厅长于镜涛，日本驻哈领事佐藤庄四郎，日本居留民会长牛褥三郎，在乡军人会长本庄庸三，第四军管区参谋长尚志少将及协和会的代表等，其中偏偏还有日本宪兵队长井上勇彦大佐。当这位宪兵大佐见到安藤少将时，依然是礼敬有加，以标准的军人姿态并足碰踵，挺着胸举手齐眉。

"将军阁下！"

"哦！井上大佐，很高兴在这见到你！"

安藤说的是心里话，因为他是这次宴请的主宾，正是他露脸的时候和露脸的地方。特别是松冈还邀请了范斯白，让这位宪兵队长看看吧！他们所怀疑的人是怎样受到尊敬的嘉宾。出于这个目的，所以在范斯白到场的时候，他特别提高了嗓门来向松冈介绍。

"总裁阁下，这位就是我向您提到过的，值得我们尊敬的范斯白先生！"

"啊，欢迎光临！"松冈向客人躬身施礼。

"阿姆雷托·范斯白，请多关照！"范斯白连忙鞠躬作答。

安藤又向范斯白介绍说："这位便是我们日本最杰出的外交家、满铁株式会社的新任总裁，鼎鼎大名的松冈洋右先生，今天宴会的主人！"

"久仰！久仰！得识阁下，不胜荣幸！"

两人又长时间地热切握手，安藤又故作神秘地低声向松冈说："他才是马斯库方案实施的总工程师，我和荒木大将不过设计了个图纸。"

松冈也成功地扮演了捧哏的角色，连连摇头晃脑咂舌称羡："啧！啧！啧！了不得！"又低声恭维说："不愧为间谍大师啊！你们与外交家不同，是不是讨厌那些政治舞台上令人目眩的灯光，而更喜欢幕后的朦胧？"

"您过奖了！"范斯白机敏地回答说："据我所知，外交家们的幕后活动，远比他在台上的时间更多呀！"

"哦，看来我们彼此彼此啊！"

三人拊掌大笑，欢洽之情，引人注目。当然，在安藤来说，这一切都是有意做给井上大佐看的。因此他不时以视角的余光斜睃着宪兵队长，观察其反应以测定效果，但他很失望，大佐的脸上并没有他希望看到的那种表情，依然是那样沉稳。

少顷宾客齐集，依次入席就座，照例该先由主人致辞。当松冈洋右擎杯站起时，华灯骤亮，掌声和乐声同时响起，掌声的热烈程度与酒肴的丰盛程度大约成正比。外交官出身的总裁是很注重仪表的，他把粗硬的头发剪得很短，像刀削般的平，在一副玳瑁宽边大眼镜的后边，藏着一双不相称的田鼠眼睛。笔挺的黑西服，雪白的衬衣，端正的领花，胸前的口袋里插着常备的白手帕。反差鲜明，可算得上衣冠楚楚了。他煞有介事地把左手一举，乐声和掌声便戛然而止，演说开始了。

"诸君！吾等今日之欢聚，实为欢庆一个新历史的开端。大家知道，自从明治四十年（1907 年）在彼得堡签订了《日俄协定》之时起，就开始有了'南满'和'北满'这样的名词，那是一种势力范围的划分。因此，也就有了'南满洲铁道株式会社'这样的名称，随着'北铁让渡'谈判的成功，这些名称都将成为历史。尽人皆知的'中东路'这个名称，也不复存在了！事实证明，大日本帝国有足够的力量，按照自己的想法去改变事件的结局，去改写世界的历史和改画亚洲的，乃至世界的地图……如果我们认为需要的话！"

他的话至此被捧场的掌声所打断，安藤再次注视了一下坐在另一角落的井上大佐，他投去的目光恰好与射来的目光相对。从对方窥视的眼神中他有一种不祥的预感，因为那目光里不仅有傲慢的藐视，而且隐含着杀机。安藤琢磨不透宪兵队长此时的心理状态，因为他不清楚井上大佐手里握着什么样的牌。他哪里晓得底牌一旦亮出，将置安藤麟三于死地。

第7章

风云突变

安藤的担心是有道理的，高明的赌徒往往能从对手顾盼之间偶然流露的微妙神色中，猜测出那没亮开的底牌，所以才叫高手。井上脸上流露出的心思虽然稍纵即逝，却未能逃过老牌间谍那双鹰一样的眼睛。

特高警尉（即特别勤务高等警察，简称"特高"，是专抓政治思想犯的高级特务）出身的井上勇彦，是一条好猎狗，从学生时代起就干上了这一行。他在早稻田大学就读时，即参加了右翼团体"潮会"，却总和进步学生混在一起，以便随时向警方告密。生活教会他怎样把自己的思想、感情、意向和愿望深深地埋藏在难于发现的地方，可是这次他却失误了！因为他正陶醉在胜利之中，有些忘乎所以了。他刚刚收到关东军司令部从伪都新京给他发来的密电："已查证确凿，果如预料，应立即执行甲方案。司令官东条英机。"电文虽很简短，但足够了。那就是说范斯白确属通敌分子无疑，安藤少将也难脱关系，所说的甲方案便是立即将两人监视起来，听候新的指令，随时准备加以拘捕。井上大佐憋在心里多少天的窝囊气，这回总算是出了！范斯白也好，安藤也好，如今都攥在他的手心里。正是这种情况才使得他按捺不住心潮的涌动，在满铁理事会馆的宴会上露了底。

宴会之后，安藤在回家的路上脑子不停地转，他感觉到情形不对了。井上来者不善，背景也大，比他的前任坂本可要厉害得多。似乎他要攻击的目标还不仅仅是范斯白，而是要把刀子往范斯白的身后捅。想到这儿，安藤不再犹豫了，他决心要快刀斩乱麻，立即处理范斯白的问题，赶快把他打发走就静心了。否则将会成为祸患之源，弄不好也许会连自己也搭进去。

第二天一上班，他就想把范斯白找来，让他赶快设法越过国境，离开满洲。但他的想法又很矛盾，他想到如果把他放走是否会留下隐患呢？万一走不掉落到宪兵队手里，那将会成为攻击自己的重磅炸弹，也许应该按照小松原道太郎将军嘱咐的那样做……就在他还没有来得及采取行动的时候，突然门外开来了几辆三轮摩托，还有一辆日产的大陆卡车，满载着武装宪兵纷纷跳下车来，在井上大佐的指挥下正把特务机关的院子包围起来。当安藤转身抓起电话的时候，一切都已经晚了，电话听筒里没有蜂音，线路被切断了。井上并没有忽略这一点，事实上从前一天中午开始，他已经对这位将军予以"特别保护"了。

大约有一个小队（相当于一个排）的武装宪兵，将医院街3号包围起来，却并不进院。井上勇彦鹄立门前不时地在看表，似在等候着什么人。果然，片刻之间便有一辆黑色的雷姆桑轿车开来，直接驶进院里，车停之后井上大佐趋前一步，毕恭毕敬地拉开车门，垂手恭立。这时，从车里走下一位将军，昂首挺胸，缓慢地环顾了一下院内。此人宽脑门，大脸盘，蓄短髭，戴一副黑框的深度近视镜，目射凶光，嘴含冷笑，满脸阴森。身上穿着将校呢的军服、马裤、马靴，扎武装带，佩日本军刀，戴着少将军衔——满金一个豆。他身材不高，显得粗壮敦实，走起路来大步流星，腰板挺直，似在有意显示军官的威严。此公便是当时的关东军宪兵司令官，后来发动太平洋战争的元凶，在东京被远东国际军事法庭绞死的甲级战犯东条英机。

自从他接到了井上大佐的报告之后，感到此案十分严重，因事涉帝国将领，处理上要特别慎重细致。他一面秘嘱井上不可再去找特务机关的麻烦，以免打草惊蛇；一面由他亲自去调查涉嫌者的关系背景，一旦查证属实便执行甲方案，即由哈尔滨宪兵队对调查对象严密监视，等待东条亲自赴哈处置。如果查无结果便主动去缓解关系，必要时可以当面道歉，这就是乙方案。所以当井上大佐接到电报要他执行甲方案时，虽然没提任何细节，但亦可知道安藤和范斯白的命运已经注定了。不过按照日本条例规定，安藤将军是位"亲任职"，身份上直属于天皇，故取慎重态度，要由司令官来亲自处理。

东条英机出身名门世家，其父东条英教是陆军中将，号称"明治时代的著名的战术家"，所著之兵书《战术麓之尘》被奉作"陆军之宝典"。受其父之荫庇，东条英机在步入军界之后一帆风顺，飞黄腾达。半年前由步兵第24旅团长的职务被特命升任关东军宪兵司令官兼警务部部长，可谓是大权在握了。

此人生性好勇斗狠、刚愎自用、专横任性、傲慢偏狭，处理问题独断专行，素有"剃刀"之称。捧他的人说他"头脑清醒，裁决果断，办事利索，故有'剃刀'之美誉"，实际上无非是心毒手辣罢了。在他着手调查此案的时候，首先打电话给日本原驻哈尔滨副总领事，新上任的伪满洲国总理大臣张景惠的秘书官松本益雄，秘密邀见了那位傀儡宰相，向他询问范斯白与张作霖的关系。张景惠原是张作霖的把兄弟，是奉系军阀的元老。当年张大帅在皇姑屯被炸的时候，他也在那辆火车上，侥幸没被炸死仅受了点轻伤，后来却当上了汉奸的最大头目。

东条的判断是准确的，张景惠果然尽悉大帅府的内情，据他说范斯白名为东三省巡阅使署的经济顾问，但实际上却是奉军的高级洋密探，早在1920年的9月24日即正式加入了大帅府机密军情处的特务机关。当时，范斯白主要是替张作霖搜集政治军事情报，利用他享有的治外法权可以很方便地活动于直系军阀的地盘，并让他在居留于东北境内的外国人中间，进行反间谍的工作。这种高度机密的关系只有东三省最高层的人才知道，除了张作霖之外，只有黑龙江督军吴俊升、吉林督军鲍贵卿和继任的张作相、奉军总参谋长杨宇霆，还有原东省特别区行政长官朱庆澜，这几个人可以向范斯白传达张作霖的命令，指挥其特务活动。但张景惠本人因在第一次直奉大战中战败降曹（曹锟），一度脱离奉军，因而与范斯白不曾直接打交道。后来，张景惠接任东省特区行政长官之时，已经是1928年底，范斯白已经与东北军脱钩了。在张作霖、吴俊升被炸之后，杨宇霆又被张学良处决，这种秘密关系便自然断线了，所以张景惠仅仅是听说而已。

了解到这种情况之后，东条英机又通知伪满洲国参议府的议长臧式毅，召见其属下的参议丁介忱。原来这位丁参议便是原东北军 28 旅旅长、中东铁路护路军代总司令兼滨江镇守使丁超。此人在"九一八"事变之后，曾与东北军 24 旅旅长兼依兰镇守使李杜联合，组织吉林抗日自卫军，被南京政府正式任命为代理吉林省主席，成为名噪一时的抗日将领，后来却在 1933 年 1 月叛国降敌。当初日本人在劝降之时也曾应许过高官厚禄，答应让他做锦州省长，但他屈膝归降之后，并未受到重用，仅挂了个参议的空衔，长期未被理睬。这次东条忽然想到他曾在自卫军总部与李杜共掌兵权，没有什么机要的事情能瞒得了他，因此便找来询问。

此时的丁超已沦为走狗，对主子怎敢怠慢，连忙尽其所知详加禀告。据他说自卫军的情报部门并没有这种直接关系，但是王德林领导的吉林抗日救国军却有很神秘的情报来源，他们掌握的日满军动向既快又准，机密程度也高，很可能是来自日本情报部门内部。他还特别指出：他们潜伏在哈尔滨的特工叫陈浩然，原来是鲍贵卿的副官，当过护路军的情报参谋，与范斯白早有交往。日本的谍报机关几次派特工人员到救国军驻地，试图从内部瓦解破坏，但每次他们都能事先准确地知道：来的是什么样的人，叫什么名字，甚至知道哪天乘哪次车，结果是来一个抓一个，一抓一个准。只有 1932 年 11 月，多门师团谍报队派了个高级特务高博生，因为内部有人保护结果漏网了。但他们也是事先就准确知道有这么个人来，并曾在海林车站戒严搜查，那个特务在站外提前跳车所以没抓到。

在掌握了这些情况之后，东条几乎可以断定像这样的机密情报，能如此准确、及时地透露给义勇军，只能是来自特务机关内部。但丁超提供的情况太笼统了，还不足以作为定罪的确证。为了进一步找确实证据，他秘密地召见了李杜的老部下，在绥芬河最后率部投降的自卫军营长关庆禄。经他证实，由吴义成任司令的吉林抗日救国军前敌司令部，有一个由参谋长直接领导的敌情侦察处。这是一个秘密设立的谍报部门，由副参谋长陈浩然直接领导，一向是潜伏于敌后。1932年4月12日，吴义成部队在横道河子成功地炸毁了日本军列，炸死日军192名，炸伤374名。那次炸车所使用的50磅炸药，就是范斯白所提供的，是由陈浩然带人从磨刀石车站取回的。了解到一这情况之后，东条的调查就完成了，因为他已经找到了他要查找的东西。原来这50磅炸药的下落问题，正是哈尔滨宪兵队原队长坂本中佐追查过的重要疑点之一。当初，这炸药正是由范斯白派人领取的，是准备用于马斯库行动，去炸毁苏联开往符拉迪沃斯托克（海参崴）的货运列车的。随后，范斯白便派手下的2号特务员葛达斯携炸药去穆棱，送给王建基的"影部队"。

1932年4月12日，抗日义勇军用范斯白提供的50磅炸药，在横道河子炸毁日本军列，造成日军重大伤亡

结果却是王建基并没有收到炸药，而葛达斯与炸药却下落不明了。紧接着又发生了横道河子日本军列被炸案，宪兵队立即开始追查范斯白的炸药去向。恰于此时，特务机关长土肥原收到葛达斯从穆棱寄来的一封辞职信，声明他不仅离职，而且还要离开"满洲国"。这样一来，那50磅炸药案，就和范斯白摘得一干二净，宪兵队也就无法再继续查他了。没想到，此案在4年之后，竟成为宪兵司令官东条追查间谍案的突破口。可以说他在来哈尔滨着手解决之前已经成竹在胸了。在一般的情况下，关东军的宪兵司令官拜访特务机关长也属很正常的，虽然这次东条是来向安藤摊牌的，但火候不到还不能轻易揭锅，表面礼节暂时还是需要的。于是先由井上大佐来通报，安藤起身相迎，两位将军互致军礼，然后分宾主落座寒暄了几句。

"司令官阁下突然到来，连个招呼都没打，可真是不速之客呀！"

"贸然来访，不胜唐突，请机关长阁下谅解！"

"不知阁下前来有何赐教？"

"来抓一个间谍！"

"什么样的重要间谍？要劳动司令官阁下亲自来抓呀？"

"是一个谍报高手！他长期潜伏在我们的内部，却干着破坏我们的工作，与反满抗日的地下组织有密切的联系，曾经向敌方提供过大量的机密情报，使皇军蒙受重大损失。这些机密情报很可能与几十起军用设施的爆炸、十几次军用列车的颠覆、哈东地区几次讨伐行动的失败，还有王岗的日本陆军航空站被烧有关。安藤将军，您知道吗？这位杰出的谍报高手正是您的得意部下，可以认为这是'满洲国'的头号间谍案！"

"啊？您是说……是我的部下？"

"嗯，对了！他叫范——斯——白！"

"哦，有这样的事？东条将军，您是在开玩笑吧？"

"哼，我没那个雅兴！"说时，他把几份调查材料置于案头，"机关长阁下，请你自己看吧！"

安藤麟三惶恐地翻看着那些调查的证言，看着看着额头就渗出了汗珠，手在颤抖心在跳，此事后果的严重性他心里比谁都清楚。他十分懊悔没有按照小松原道太郎的嘱咐办事，确实早就该把这个该死的范斯白秘密处死。为什么要对老朋友怜悯宽容呢？干特务这一行本来就应该是心狠手辣、冷酷残忍的。像安藤这样的老牌间谍、大特务头子，一辈子的冒险生涯就好像是干了几十年的大赌博，对他来说一条人命无非是赌注中找零的铜子。可是这次他肯定是输了，输掉的也许是他的乌纱帽，或者连同他的脑袋。想到这儿他能不心神志忑吗？不过，此刻他还不想立即认输，按照军人的天性，他不可能不战就拱手交出阵地，他正在谋划着实施梯次抵抗，以达到有组织的退却。他十分认真地仔细看那些证言，但他寻求的已经不是如何解脱范斯白的罪名，而是想看看能在多大程度上牵连到自己。全部看过之后，安藤倒是感到心里略有底数，便抬头看看那位咄咄逼人的宪兵司令。东条英机正踌躇满志地倒背双手，伫立窗前，悠然地远眺着耸立于广场中央的圣·尼古拉教堂，似乎十分惬意。不知是在欣赏那座精美的建筑呢，还是得意于自己的杀招？

"这个该死的混蛋！"安藤煞有介事地拍案而起愤然说："荒木大将对他如此信任，三宅光治中将对他这样重用，他居然干出这种事来，真是忘恩负义呀！"东条太清楚安藤这么说的用意了，这是想往上边推。当初这个范斯白又不是他请的，特谍班主任这个官也不是他给的，他当然要强调这一点了。想逃脱吗？东条怎么能放过他呢？

"机关长阁下，这个人可就在你眼皮底下呀！"

"是的，像这样的敌对分子，能够长时期隐藏在情报机关，我们三任机关长，土肥原、小松原和我对此都负有无可推卸的责任，应该做深刻的反省！"

东条心中暗想着：这个狡猾的老狐狸，轻轻的一句话又把责任横推出去三分之二。哼！没那么容易吧？他转了转眼珠说："他们两位和您恐怕是不能相比吧？他们无非是奉命行事。而您，安藤将军与范斯白可是关系很深啊！据我所知你们从大正七年（1918 年）出兵西伯利亚的时候，就开始有交往，应该说是老朋友喽！听说，您一向是很尊重他，难道不是吗？"

"不错，您说得很对！我是在大正七年认识他的，当时我是在符拉迪沃斯托克（海参崴）特务机关，仅仅是一个大尉机关员。而范斯白少校是我们特务机关长荒木贞夫中佐的好朋友，他们之间公务接触很多，私谊也很深。对上级的朋友应该保持礼节性的尊重，东条将军，您处在我的位置上也会这样做的，对吧？"

安藤的严密防守，使东条的几次进攻均未奏效。

"机关长阁下，您比谁都清楚这些机密情报泄露的严重后果，有些会导致皇军的惨重伤亡。自从昭和六年（1931 年）满洲事变以来，有多少忠勇的皇军将士为帝国捐躯？他们当中的许多人不是死在敌人手里，而是死在情报机关的机密泄露。当你参加忠灵奉迎祭的时候，面对着供奉在神社里的一排排阵亡官兵的灵位时，将军，你对情报部门的过失没有负罪感吗？"

"司令官阁下，首先您应该清楚哈尔滨特务机关的性质和我到任的时间。哈尔滨特务机关名义上隶属于关东军第二课，但实际上由参谋本部俄国课直接指挥，核心任务是对苏谍报作战。不错，在满洲事变的初期也曾参与了对满行动，包括打击和瓦解抗日武装，鉴别与怀柔亲日分子，向'满洲国'警务机关和治安军第一军派遣参事官和顾问。但在昭和九年参谋本部和关东军司令部做出过决定，要求特务机关从指导满洲军政工作中解脱出来，尽快恢复对苏谍报业务。一切对满的情报工作均由奉天特务机关负责，并划归关东军司令部直辖。这个决定是在我刚刚上任不久时做出的，我完全遵令执行。这是有案可查的！"

"可是，据我所知在特务机关情报勤务规定的范围内，仍有对满进行内部指导的主要任务。在您麾下的佳木斯机关、间岛机关、牡丹江机关，还有富锦、珲春、绥芬河等分支机关都具有常驻侦察参谋的性质，都是按军队分布配置的情报组织。请问，这又如何解释呢？"

"哈哈，真想不到，在欺骗敌人的时候，自己人也会受骗。"安藤便从抽屉里取出一份文件递给了东条："这就是我刚才说的那个'决定'，它才是我们要卖的'狗肉'，而您说的那个情报勤务条例，无非是对外挂着的'羊头'。将军，请您过目！"

东条接过文件后不必往下翻，因为在第一页的眉批上就清楚地写着："特务机关摆脱对满的内部指导，专心致力于对苏是十分必要的，但进行内部指导的招牌却有利于掩盖机关的本质。而抛弃这块招牌，向国内外暴露出今后全力针对苏俄的企图，则很难取得良好的谍报成果。为此，应将对满实行内部指导任务作为主要工作内容，列入情报勤务条例。希陆军省及关东军司令部遵照办理，此令。陆军大臣荒木贞夫，昭和九年十一月十四日（特密）。"看过之后，东条沉默不语，他想：看来一切表面能抓到的问题都已被安藤封死，要想直接揪住这个老狐狸的尾巴，只有抓住范斯白，只要范斯白在我的手里，就跑不了你安藤麟三。

"将军，文件虽然是这样明确写着，但实际上对苏和对满的情报工作是不能截然分开的，在很长的一段时间里是交错并纠结在一起的。我看范斯白正是利用了这一点，把他抓住，一切就都清楚了。我想逮捕您的部下，您不会反对吧？"

"好，我马上就派人去把他抓来！"

"不必了！从昨天起他就已经被宪兵队严密地监视着，为了表示对阁下的尊重，这个逮捕令应该由您和我联合签署。然后嘛，需要由宪兵队去执行，特务机关就不必介入了吧！"

东条笑着把早就填写好的逮捕令放在桌上，安藤看了看，只好在东条英机名字的旁边写上自己的名字，这就等于是签字认输了。东条英机把逮捕令交给了早就在一旁恭立的井上大佐。

"井上大佐，现在范斯白在哪？"

"报告司令官阁下，范斯白于早晨 8 点 30 分离开了住宅，坐马车到石头道街 20 号的东亚矿业公司。9 点 20 分左右赶到大西洋电影院，因为今天上午有早场，所以很可能在经理室里办公呢。"

"你采取了什么措施呢？"

"已经秘密地把电影院包围起来，以免打草惊蛇。"

"他本人对于监视行动有所察觉吗？"

"不会的。监视人员的隐蔽十分成功，范斯白肯定毫无察觉。"

"好！你们动手要快，特别注意防止他畏罪自杀，无论如何要抓活的，我还需要他说话，明白吗？"

"是，司令官阁下！"

"去行动吧！"

"哈依！"井上勇彦举手敬礼，把胜利的笑容献给了长官，稍一转脸便把阴森可怖的凶狠目光投向了安藤。手虽然没放下，但与其说是敬礼倒不如说是示威。原来这个一向不露声色的人表情竟是如此丰富。他转身出去了，咚咚作响的皮靴声表明了他有多么急不可耐。

"安藤君，记得三年前，我们俩在东京九段坂的偕行社里，曾进行过两番手谈。结果一胜一负未分出高下，那决定胜负的第三盘棋一直都没有机会下。现在不正是我们纹枰对坐，一决雌雄的好时机吗？"

"那我只好奉陪了。"

原来东京九段坂的偕行社便是日本陆军军官俱乐部，在靖国神社的近旁，建在山崖上，宛如一座古城遗址。三年前安藤与东条曾在那里对弈过两局，若论实力东条是稍逊一筹的，但在初战中由于安藤偶一疏忽被东条拣了个漏步反败为胜。第二盘再战时安藤执黑先攻，手下毫不留情，结果取得了"中押胜"。这次东条又向他挑战，安藤只好强打精神应战，由于他心神志忐，开局即处于劣势。进入中盘之后，东条逼杀凶狠，在对方未净活的边角二三线上搜根，迫使安藤向中腹夺路求活。东条在紧要之处投了个镇子，必欲置安藤于死地。这一"手筋"果然厉害，安藤处境艰难了。

"安藤君，你的出路不宽了！"

是啊！安藤的危急又何止是在棋盘上呢？

第 8 章

破壁冲霄

凡是到过哈尔滨的人，都不会忘记霁虹桥，无论是见过它还是走过它，都会留下很深的印象。这座桥耸立于火车站近旁，恰是三区交汇之点，也是南岗通向道里的咽喉。任何一个哈尔滨居民，恐怕谁也数不清自己曾在这桥上通行过多少次吧！

作为铁路的跨线桥来说，它的造型与装饰都很有特点：雄踞桥头两侧的，那四座方身尖顶的塔形桥头桩，使它显得威严；矗立桥栏中间的，那四根金属铸造的五花盏灯桩，使它感觉秀丽。从桥下仰观，两墩三孔的拱躯横空飞架，展现它巍峨的壮美；于桥顶侧视，镂空嵌花的铁栏高可等身，装点得纤巧玲珑。此桥乃设计师巴利与施工工程师斯维利多夫之杰作，落成于民国十五年（1926 年），迄今已越 93 度寒暑。镌刻在桥桩上的"霁虹桥"三字，为中东铁路局理事、哈尔滨工业大学校长刘哲所书，字写得潇洒，名起得也漂亮。它使人联想起杜牧《阿房宫赋》里那节华丽的词句："长桥卧波，未云何龙？复道行空，不霁何虹？"据刘哲自己说：是参照王勃《滕王阁序》中"云销雨霁"之成句而命名。总之是桥之精美，无愧此名。最有意思的是每当蒸汽机车穿行在桥下吟啸吐纳之时，瞬间便云雾弥漫，白气迷茫笼罩桥体，栏柱似有如无，虚幻缥缈，朦胧间恍如梦境。须臾，却又云开雾散，景物渐实，恰似显影盘中的相纸，一切由浅变深，那桥缓缓地从虚幻中走了出来。有趣极了！素日里当人们从桥上匆匆走过时，也许不会想得太多。但是在那个特殊的时刻，这座桥对于井上大佐和范斯白来说实在是至关重要的。

且说1936年9月4日，上午10点刚过，霁虹桥上一如既往，车水马龙，行人不断。突然，从站前方向传来一阵尖厉刺耳的警笛声，很快就从大和旅馆楼侧（现为龙门大厦贵宾楼）拐过来一辆开道的警车！后面跟着一长串三轮警备摩托车，车上都

在美丽壮观的霁虹桥上，成功与失败狭路相逢，但却擦肩而过

坐着两名武装宪兵，最后出现的是那辆黑色的雷姆桑轿车，车中端坐的便是宪兵队长井上勇彦大佐。车队呼啸着从霁虹桥上飞快地驰过，驶向了道里，急匆匆地要去抓范斯白。

就在十几分钟之前，道里经纬警察分署的日本警正山田督导官已接到电话布置，早率20多名日满俄三种警察，封锁了外国七道街（现霞曼街），过往行人许进不许出，唯恐跑了范斯白。在大西洋电影院的门前，早有中村大尉带几名便衣盯在那里，当范斯白一进去之后，便立即用电话向井上队长报告："鸟进笼子里啦！"

范斯白在哈尔滨的娱乐业投资很大，他对南岗的敖连特电影院（现和平电影院）和道里的巴拉斯影院均持有很大的股份。而由他直接经营的大西洋电影院在外国七道街，靠近中央大街路口（此剧场于1938年毁于火灾，当年程砚秋剧团来哈时于此演出，曾轰动哈埠），当时在哈尔滨是很有名的。范斯白作为股东兼经理是为了掩盖他的秘密活动，十几年来他一直以这个冠冕堂皇的公开身份，活跃于本市商界。

当井上大佐率领的大队人马赶到影院门前时，他立即布置好了包围圈，把影院围个了严丝合缝，随即带一帮人冲了进去，开始四处搜寻。他们查遍了经理室、办公室、放映室、售票室、休息厅、小卖店、楼梯走廊乃至男女厕所，却不见范斯白的踪影。宪兵们把剧场的四门堵住，开始盘问影院的雇员们。

把门的说："范斯白先生一个小时之前就来了，而且再没有出去过。"

卖票的说："半小时之前，经理先生还向我询问过早场的票房收入情况。"

放映员说："开演之后老板曾来过一次，转一转就走了。"

清洁工说："和每天一样，东家来了以后各处看了一下，然后就回经理室去喝茶看报纸。"

在经理室内，桌上果然放着一张铺开的报纸，旁边放着大半杯咖啡，井上伸手摸了一下，杯子还没有凉，他得意地笑了。

"哼！他的逃跑的没有，剧场的里边去了！现在放映的不要，里边地干活计。快快地！"他断定范斯白是溜进了剧场，混在观众中间，便立即强令停演，进剧场里去搜捕。

这天大西洋影院的早场电影，放映的恰好是好莱坞惊险影片《列车大劫案》，此刻刚好演到警探冲进了匪窟，双方枪战激烈之时。突然一声呐喊，室内灯光骤亮，一大群日本宪兵真人真枪呼啦啦闯进剧场，把座席中的华洋观众吓得目瞪口呆，心惊肉跳。绅士淑女们惊诧地想着："怎么银幕上的那些凶神

位于原埠头区外国七道街（现道里区霞曼街）之大西洋电影院，范斯白是该影院之股东兼经理

恶煞突然跑到跟前来了呢？"一些胆小的太太小姐们不禁尖声怪叫，慌作一团，外国先生们愤怒地高声抗议，乱成一片。经过逐个严格检查，仔细辨认，连老头的胡须和妇女的头发都要薅一下，怕是化装假扮，但搜查的结果还是一无所获。井上大佐眉头紧皱，连忙打电话向东条报告，请求立即进行全城戒严，封锁水陆交通，实行紧急搜捕。

此时东条英机在特务机关长的办公室里，与安藤棋战方酣。本来在开局时他很占优势，在边角争夺中取得了很多实空，又在中腹地区突破了安藤的防区，反而把安藤的两块子切断，眼看是稳操胜券了。

"安藤将军，你的顽强精神值得钦佩，不过恐怕是大局已定，回天无术了。明智一点的话……"

"你是想让我中盘交子吗？没那么容易。"

"我看，恐怕没什么转机了。"

"试试看吧。死马当作活马医啊。"

安藤接连在对方域内投了几个无望的孤子，东条随手而应，哪知中了安藤的圈套，原来安藤故走几步闲招，似若笨拙，实含机谋。这在日本棋术中叫"嵌手"，中国则称之为"欺着"，东条终于上当了。安藤的一大块死子本已陷入绝境，最后通过反复打劫，竟然死里逃生，结果反败为胜。恰在此时，井上大佐的告急电话来了，东条只好递盒"投了"认输。

东条听说没抓到范斯白，气得暴跳如雷，对着话筒大骂"八格牙路"！对井上狠狠地训斥了一顿。很显然，东条此番是冲着安藤来的，但他对一位现役少将，而且是在参谋本部威信很高的人，不敢轻易指控，因为证据不足。他本想在逮捕范斯白之后，审出安藤的过失，抓住把柄然后再发难。可是没想到和那盘围棋一样，到手的猎物却飞了！

安藤在一旁眯缝眼听着，感到如释重负了。他知道，如果宪兵队的笨蛋们堵窝还抓不住的话，再想抓活的就困难了。即使范斯白逃不出国境的话也应该是抢先自杀，绝对不会落到东条的手里。

在井上给东条打电话的时候，中村带一伙人又火速赶到马家沟，对范斯白的住宅进行搜捕。哪知当他们赶到那里时已是人去楼空，不仅没抓到范斯白本人，就连他的老婆也都不知去向了。据邻居老太太讲：大约在半小时以前，他们家的孩子突然生病，范斯白的妻子赛罗娜领着14岁的女儿詹妮芬，护送8岁的儿子伊塔洛，全家都上医院去了。中村和他的部下破门而入，搜了一阵，也只能是瞎翻腾、乱鼓捣，拿桌椅箱柜、锅碗瓢盆撒气，什么用处也没有。

当日中午11点20分左右，关东军宪兵司令官东条英机少将，在南岗石山街哈尔滨特别市警察厅（现一曼街东北烈士纪念馆）二楼，紧急会见了伪滨江省省长闫传绂、哈尔滨特别市市长施履本、警务厅厅长于镜涛、伪满洲国军第四军管区司令郭恩霖等军警政要。东条要求实行全市戒严，立即封锁水陆交通，军警宪特总动员，开始全城大搜捕。

主子有令奴才怎敢怠慢，于镜涛立刻召集本厅下属的警务、特务、刑事、外事、保安五科全员出动，并派遣本厅的7名荐任事务官、23名警正到各区分兵把守，指挥南岗、经纬、南新、北新、正阳、香坊、新安埠、太平桥、松浦镇、顾乡屯……11个警察分署和保安警察总队的3个大队，共3500多人倾巢出动，实行分区划片，剔块搜寻，挨户查找。同时出动的还有日本关东军宪兵队、伪满第四宪兵团和第四军管区的独立警备队，重点搜查火车站、影剧院、图书馆、教堂、公园、学校等公共场所。江上军司令部和水上警察署则派出巡逻汽艇沿江封锁，关闭码头，扣船检查。关东军第 14 师团 27 旅团的两个联队担任外围封锁，堵截主要的交通干线，总之是除了消防队之外，凡是军警都上阵了。从中午到晚上，一直折腾到后半夜，闹得满城风雨，到处鸡飞狗跳，结果还是白忙乎，根本就没有逮着范斯白的影儿。

按理说东条英机的这番筹划，可谓是布置严密，行动迅速，并无任何疏漏。当他在把军情泄密案敲死之后，立即电令宪兵队派便衣把范斯白盯住，在他来到哈尔滨之后，又以迅雷不及掩耳的行动把安藤堵在窝里，采取可靠的隔离措施限制其行动，防止走漏消息。那么问题出在哪儿呢？为什么范斯白能及时获悉逮捕行动，并居然能逃出这个严密的包围圈呢？问题还是出在安藤的身上。

安藤麟三可不是个等闲之辈，当井上大佐率领的宪兵小队在特务机关院外一出现时，他马上就意识到事态的严重性，并迅速推算出原因和后果并预想到可能发生的情况。在通常的情况下，宪兵队对特务机关是不敢如此过分的，东条的警卫并不需要来这么多人，这分明是一种隔离措施。他从电话线路受阻这一点上更证实了宪兵们的来意，东条不打招呼便突然出现是有意让他猝不及防。这一切可能都是为了范斯白，那是一个攻击他的突破口，假如仅仅是要处置一个范斯白，那就应该交由他这个机关长去处理，现在居然把他越过去，这可以说明两个问题：一是攻击目标包括他在内，二是井上的怀疑已得到可靠的证实。想到这里，安藤毫不犹豫地拿起笔来在台历上写了个紧急信号，撕下来之后开门走上了阳台。

与安藤办公室相连的大阳台相当开阔，下面是一间宽敞的花厅伸出于楼的南侧。在阳台的东北角挂着一排精巧的笼子，里边是专用的信鸽，日语叫"传书鸠"，它们是安藤的特殊传令兵，他悄悄地把 2 号放走了。原来安藤对庞大的特务机关采取三种指挥方式：对本部的 6 个班实行直面领导；对所属各特种部队则派辅佐官间接指导；唯独对哈特谍和哈专谍则直接指挥单线联系，下边没横向的关系。安藤与主要情报官之间的联系手段是多种多样的，在非常情况下才使用军犬和信鸽，2 号信鸽是专门发给范斯白的。从井上在门前恭候东条到他上楼通报，这段时间里安藤的戏法早变完了，已经安坐在转椅上等候贵客了。

所以在井上大佐的摩托队出动之前，范斯白的救命天使早已飞临窗外，范斯白当然知道这是安藤的紧急指示到了。在那张撕下来的台历页上写着特殊的暗语："！！！囚忍！"这可是个非常严重的告警。"！！！"是代表情况万分紧急，"囚"是说明已经陷入重围没有脱身的可能，"忍"字最厉害，心上插一把刀是命令他自杀。收到警报后，范斯白立刻明白，安藤的处境肯定是不妙了，也许被监视失去了行动的自由。他连忙到临街的窗前向下俯瞰，果然警察已经在封锁路口，堵住了外国七道街的两端。他估计宪兵队的摩托车队很快就会光临的，他似乎面临着自己的"滑铁卢"。

陷入重围，插翅难飞，这是他已目睹的。情况万分紧急，这也是不言自明的事情，宪兵们的手铐、牢房和刑具早就准备好了。只是这最后一项，向自己的心头捅一刀，他有点不太愿意照办。他想到过日本式的自杀"哈拉乞里"（切腹），中国式的悬梁自尽，欧洲式的饮弹自毙。他是个意大利人却加入了中国籍又替日本人服务，他该选取哪国的方式呢？经过权衡比较，他感到哪一种方式都不够好，共同的缺点是再要想活就困难了！他最后的选择还是想办法脱逃。因为古罗马的先贤奥古斯丁早有明训："杀亲生的父母比杀他人要邪恶得多，但最邪恶的是自杀。"他不想违背这一教诲，可是该怎么跑呢？

这时，忽然有人轻轻地敲门，他紧张地伸手去摸腰间的勃朗宁手枪。门被推开了，进来的是影院里的清洁女工，她每天都在这个时候煮好了咖啡给范斯白送来，幸好他拿枪的手没抬到前边来。

"经理先生，您的咖啡。"

"谢谢，放桌上吧。"

范斯白镇定了一下情绪，装模作样地呷了两口，然后若无其事地端着茶杯站到了朝向后院的窗前，他忽然发现了挽救他灭顶之灾的"诺亚方舟"。因为他隔窗看到了悬于楼侧的露天铁制扶梯，他马上就想到了剧场里的那扇太平门，也就是日本人说的"非常口"，从那出去就可以沿扶梯走到通往另一条街的后院。想到这儿他转身把茶杯放在桌上，揣好了手枪，从卷柜里取出一串全楼所有门的备用钥匙。这是由经理保管着轻易不用的，今天却成了改变他命运的钥匙，将为他打开生路之门。范斯白是喜欢戏谑的，在这种情况下他仍没忘嘲弄他的对手。他把桌上的报纸摊开，用红蓝铅笔写了一行字："笨蛋们，要想欢送我就应该早点来！"

他不敢再磨蹭了，转身抓起鸭舌帽戴上，把帽檐压低到眉宇，便匆匆离开了经理室溜进剧场，穿过观众席中间的过道，走向靠近银幕旁边的侧门。门顶上有个方形的玻璃灯箱，并用中英文注明"Emergency Exit 太平门"，透亮的红字在幽暗中显得十分清楚。灯箱下边垂落着暗紫色的丝绒门帘，范斯白侧身贴墙走过去，并未引起任何人的注意。那扇门是经常锁着的，从前是在散场时才打开，自从后边盖起了房子早已经不临街了，所以渐渐被人们遗忘了。

范斯白轻轻地把门打开，出去之后又从外边把门锁上，便迅速地走下了露天扶梯，后院是凯乐斯西餐馆的厨房。这时，恰好有一辆送啤酒的马车停在院里，刚卸完啤酒，正准备要走，他连忙向车夫招一招手。

赶车的俄国老头儿笑着说："先生，喝啤酒吗？"

"不，我想雇车！"范斯白向他一眯眼，随手掏出几张大面值钞票。"只要你把我拉到偏脸子，这钱就归你了，行吗？"

"上车吧！正好啤酒箱卸了一半。"

那时这马车是专用的，很高的车厢板四下挡得严丝合缝，外面是广告牌，坐车上一哈腰从外边就看不着。走出大门洞就是外国八道街，也叫短街（现端街），往西走不远就是经纬街，那里虽然有警察把守，但他们并没有注意到这辆啤酒车。就这样，范斯白神不知鬼不觉地钻出了包围圈。过了经纬街再往西走，很快就到了铁道口，范斯白在那里下了啤酒车。在符拉基米尔大街（现安国街）路东，有一间小门市房，招牌上写的是"维斯杜拉汽车修理厂"，这里是范斯白经常活动的据点。虽然距离大西洋电影院并不太远，但因隔着经纬街的大道，所以肯定是在包围圈之外，故而是安全的。厂主波兰籍的犹太人雷蒙特

哈尔滨特有的啤酒厂专用送货马车，四面车厢板是广告牌

从前是个司机，因受人诬陷曾无辜被捕，范斯白解救过他并资助其建修车厂。因为雷蒙特的修车技术精良，勤恳而注重信誉，生意便日渐兴隆，修理厂由小到大，他也就成了范斯白的亲信。

范斯白进门之后首先用电话通知了妻子赛罗娜，叫她火速携儿带女离开住宅，到罗马尼亚街（现卢家街）的济慈医院去躲避，将有人去接她。然后便向雷蒙特和安置在这里的当修理工的抗日地下组织联络员秦旭，说明了目前的危险处境，并托付两人设法去营救其家属，尽快离开哈尔滨。

"伙计们，我现在是什么也顾不上了！日本人给我布下了天罗地网，我必须尽快地冲出'满洲国'这个牢笼，老婆和孩子就只好拜托你们二位了！"

"这是义不容辞的！不过要想逃出日本人的手掌，可不是那么容易的事情。听说北边的国境封锁很严，您打算怎么过去呢？"秦旭不安地说。

"不，不能往北！只能往南！这我早想过，但一定要抢在日本人的通缉之前。请你们用汽车把我的家眷送出市区，避开哈尔滨车站，要在下一站上火车去大连，我的好朋友鲁拉契克先生会到车站去接她的。等我到了安全地点之后，会马上和你们联系的！"

"好！我们马上就去医院接她们，正好有一辆刚修好的汽车需要走合。"雷蒙特说时便站了起来。

"我的摩托车呢？"范斯白问。

"在后院！"秦旭说时也站了起来。

"好，再见吧，朋友们！等我的消息吧！"

"您可要多加小心！日本人会把许多的仇恨和耻辱都记到你的账上，为了我们所干过的一切，他们是不会轻易地放过你的！"雷蒙特深怀忧虑地说。

"不必过度担心！我相信上帝也不会帮助日本人的，中国不是有句谚语说'吉人自有天相'吗？"

"多保重吧，范斯白先生！"秦旭深情地握住了范斯白的手，"我的苦难的同胞，将永远感谢你为他们所做的一切！他们需要你活着继续斗争，只要你能平安地离开这个地狱，那就是个巨大的胜利！就是给日本强盗一个狠狠的打击，他们是不会开心的。"

"让他们去诅咒吧！要抓我？哼，休想！"

范斯白用另一只手重重地拍了一下雷蒙特的肩，雷蒙特则张开了双臂，把两个死生相依的战友拢在一起。当三个额头靠近时，都看到了噙在眼睛里的泪珠。

告别之后，雷蒙特与秦旭开着汽车接人去了。范斯白找来一身肥大的旧工作服，套在他笔挺的西装外边，又粘贴上假胡须，戴上一副墨镜，然后便从车库里推出一辆"佳瓦"大摩托车，一踩油门"突突突突"地开走了。他绕道从平安座影院（现儿童电影院）后边，由范塔基亚夜总会（原中苏友协俱乐部）门前拐进了军官街（现霓虹街）西口，直奔南岗驶去。

可真是冤家路窄，当他的摩托车驶过弘报会馆（现黑龙江日报社）门前时，刚一上坡就听到了警车的刺耳尖叫，很快就在霓虹桥顶上与宪兵队的摩托车相遇了。世界上许多巧合的事，有时让人连想都不敢想它，但它却意外地、偶然地发生了，那便是不测与侥幸邂逅的时候。当范斯白若无其事地把摩托靠近路边，与过往行人一起注视那支去逮捕他的队伍经过之时，雷姆桑轿车里的井上大佐，却与胜利擦肩而过了。

第 9 章

东方之梦

命运既可以置人于死地，也就可以绝处逢生，问题的关键是不能失去斗争的勇气和抛掉求生的欲望，而甘愿承认失败。范斯白可不是那种在逆境中倒地不起的人，在他陷于重围的时候还仍旧想着拿破仑的那句名言："胜利在最后五分钟。"当他驾驶着摩托车与宪兵队的大批人马在霓虹桥上相遇时，他沉稳极了，也开心极了。他的沉稳并不完全是因为化装的成功，而是由于出其不意，日本人绝不会想到他能在这儿。他们定然认为已经把范斯白围困盯死在大西洋电影院，在那个严严实实的口袋里。可是，口袋漏了。

日本人显然过于自信。

范斯白从霓虹桥上顺坡而下的时候，他深情地向右侧看了一眼那十分熟悉的火车站的身影，那庄严秀丽的姿容很使他留恋。26 年前，发动中日战争的罪魁，四次出任日本首相的伊藤博文公爵便丧命于此地，可惜的是像这种人打死的实在是太少了！真希望这世界上能有千百万个安重根那样的勇士，来惩罚那些横行的强盗。

范斯白驱车从义州街（现果戈里大街），一直往南驰去，经过满铁医院（现黑龙江省医院）、南岗秋林、铁路苗圃（今儿童公园）直奔马家沟机场。是安藤的纸条提醒了他，那个"囚"字表示四周被围，插翅难飞，为什么能把信送出来呢？是因为鸽子有翅膀，人如果坐飞机不是也可以飞嘛！他早想好了，要把"插翅难飞"变成"插翅南飞"，飞到山海关以南去。因此他毫不犹豫地奔向了马家沟的机场，在机场外边的矮树丛中脱下了那套旧工作服，摘下假须墨镜，和摩托车一起甩掉了，然后大摇大摆地进了机场。

机场的大门上写着"ハルゼン航空港"，门旁的小铜牌上是"Harbin Airport"（哈尔滨机场）。很显然，这是给外国老爷们预备的，东洋的西洋的都有，就是没有中国人的份儿。当时，日本人在哈尔滨设有三家航空公司：一家是日本航空株式会社，主要是经营飞往日本、朝鲜的航线；还有一家叫中华航空株式会社，也叫惠通公司，是儿玉秀雄与汉奸张允荣合办的，主要经营飞往平、津等华北各大城市的，但需持有伪满洲国外交部签发的"出国证"才可乘坐。所以范斯白只能乘坐由满洲航空株式会社经营的所谓"国内"航班，飞往大连然后再乘船离境。

在出闸口（即售票处）范斯白亮出了"关特许"的黄皮军用护照，特务机关的高等情报官那是谁也不敢惹的，所以售票的日本小姐很客气地给他办好了一切登机手续，并顺利地通过了检查。在"乘降待合室"（即机场休息室）里，他度过了最焦急的40分钟，因为他无法预料到会有谁，在什么时候想起他随身携带的那个特别有用的护身符——关东军特别许可的护照。

11 点 30 分，一架德国造的容客双引擎客机的螺旋桨开始转动了，它把范斯白载上了蓝天。当它在哈尔滨上空盘旋升高的时候，全城戒严开始了！可以想象到日本人将会怎样气急败坏，并将如何疯狂地搜捕他。但这已经注定是徒劳的，因为他在天上。

飞机升空后，城市像沙盘般缩小，范斯白俯视着这座松花江畔的名城，深怀依恋之情，这也许是他今生今世最后看一眼哈尔滨了！从空中鸟瞰，松江如带，城卧平原，那些他十分熟悉的街道历历在目。东西大直街与霍尔瓦特大街（现红军街与中山路）十字交叉，贯穿于南岗，联结点上的尼古拉教堂广场，分明像镶嵌在十字中心的宝石。道里的田地街到警察街（现友谊路），横向排列着十几条街道，与纵向排列的地段街、水道街（现兆麟街）、新城大街、中央大街、炮队街（现通江街）、哥萨克街（现高谊街）形成网状的方格，犹如纵横交错的棋盘。他似乎用去了一生的大部分时间，在这里下了一局复杂的棋，赢了还是输了？他感到自己曾经赢过，也输过，因为对手多次更换了。

在空中才看得更清楚，居然有那么多座教堂在全城星罗棋布：圣·索菲亚、圣·尼古拉、圣·伊维尔、布拉维因斯卡娅、圣·阿列克谢耶夫、鲍克洛夫斯卡娅、尼埃拉依、乌斯平卡娅……尖顶的、圆顶的、帐篷顶的、穹庐顶的，像是戴在建筑物上的各种式样的帽子。因为教堂建筑的庞大躯体都高于民宅，所以显得十分突出。一直信奉上帝的范斯白在摇头叹息着，他不由得在想：修了这么多教堂，世界依然充满了邪恶和不平，上帝也好，真主也好，神佛也好，你们都在哪里啊？为什么把这么多善良的人遗弃给日本豺狼呢？"上帝容忍邪恶的人，但不能永远！"既然如此，那么日本强盗在中国的土地上还要行凶作恶多久，耀武扬威几时呢？难道说有这么多苦难的人在呻吟和哭泣，上帝听不到吗？为什么报应还不到呢？

哈尔滨的身影渐渐地变小了，离远了，范斯白的依恋惜别之情却更深、更浓。这里曾是他长期居住的第二故乡，虽然远离他真正的故乡十万八千里，但是20载的悠悠岁月，使他对哈尔滨亲胜故乡。他在这里娶妻生子，安居乐业，这里有他的家庭、产业、欢乐和忧伤。他刚到哈尔滨的时候，这里仅有两个人持有意大利的护照，10年之后增加到72个，在道里的商市街（即外国二道街，现红霞街）建立了意大利侨民俱乐部，那是他常去的地方，目前仍有54个意大利人留在那里；在松花江街93号设有墨索里尼政府的领事馆，不过那与范斯白已经毫不相干了。他早已是中国籍了，现在他感到与他休戚相关的同胞在这座城市里有30万，以前只是从法律上说和他属于同一个国家，现在他感到从情感到命运都和他们拴在一起。

飞机盘旋升空大约已超过4000米，机身已经摆平了，哈尔滨的姿容也早已从视线消失了，难道这就是永别吗？此刻的范斯白既庆幸他能离开，又惋惜他离开。对哈尔滨，他想说声再见，又怕再见，如果真的很快就再见的话，那恐怕就不妙了！

这天风和日丽，晴空万里，只有几片孤零零的云朵点缀着空荡荡的蓝天。眼望着那飘浮的白云，范斯白感叹自己的萍踪浪迹。孑然一身来去的万千感慨，萦绕于这位天涯游子的情怀，惹动他回首人生……

他虽多年姓范，但和百家姓里的"奚范彭郎"绝无关系。他的原名叫阿姆雷托·维斯帕（Amleto Vespa），1924年加入中国籍之后，才改成现在这个名字。1888年他出生在遥远的欧洲南端亚平宁半岛，意大利中部小城阿罗纳（Arona）的一个中产阶级家庭。童年是在故乡度过的，青年时代性喜游历和冒险，22岁接受完教育并服满兵役。1910年，他横渡大西洋，远去拉丁美洲。在墨西哥他参加了革命，投效于弗兰西斯科·马德罗将军领导的墨西哥革命军。当时，墨西哥处在总统迪亚斯军事独裁政权的统治之下。马德罗在墨西哥大选中被推选为总统候选人，他因提出维护民族权利、建立宪政国家、反独裁、反卖国的口号而深受人民拥护，却遭迪亚斯逮捕。不久后马德罗逃亡美国，宣布自己为墨西哥临时总统，并号召人民举行武装起义，推翻迪亚斯独裁政权。范斯白在马德罗将军的麾下当一名情报军官，1911年2月被派往墨西哥北部的奇瓦瓦州，联络北方农民运动的领袖比利亚，帮助、指导起义农民组成游击队，多次打败政府军。当年5月，革命军在美墨边境华雷斯城的激战中，打败了迪亚斯的军队并占领了该城。范斯白在这次战役中负伤，因其荣立战功被授予上尉军衔，并受到马德罗将军的嘉奖。这时，墨西哥南部的农民起义军在领袖萨帕塔的领导下，攻占了库奥脱拉，对迪亚斯政权形成了南北夹击。

在墨西哥人民的革命高潮中，反革命政权土崩瓦解。5月下旬，迪亚斯被迫辞职逃往欧洲，从而结束了他长达34年之久的独裁统治。至11月时，马德罗就任墨西哥总统。他虽然采取一些削弱外国资本的措施，保护民族工业的发展，但并未认真解决农民的土地问题和实行其他社会改革。他下令解散农民游击队，并派军队去镇压要求进行土地改革的农民，把矛头直接指向昨天的同盟者。农民运动领袖萨帕塔拒绝了马德罗的威胁利诱，领导群众继续斗争并控制了南部六州。在这种情况下，范斯白不愿把枪口瞄准昨天的战友，他拒绝了马德罗将军给他安排的职务，领了一笔优厚的退伍金，离开了墨西哥。

1912年初，他开始服务于新闻界，作为《华盛顿邮报国际版》（在欧洲出版）的特约记者和专栏撰稿人，漫游于美国、南美洲、澳大利亚、印度和中国。在他的旅行中到过一些非常偏远荒僻的地方，如中国的西藏、蒙古，俄国的西伯利亚东部边区。到远东去游历，这是范斯白的夙愿，他尤其向往中国，这个东方之梦从童年就开始做。早在中学时代，他就曾向班里的同学们宣布："我发誓，有生之年我一定要去看到那另外的一半！"他所说的"那另外的一半"是指他们意大利的历史上最杰出的旅行家之王——马可·波罗临终时所说的一句著名的遗言。

马可·波罗的名字在意大利是家喻户晓、妇孺皆知的，他的那本享誉世界的《马可·波罗游记》究竟有多少种译本，那是很难统计的，不过包括各种方言的意大利文本则多至21种。而关于他的各种传说流传得更多，乃至每当人们吃面条的时候都会想到他，因为是他把中国做面条的方法介绍给欧洲的，一直流传至今，最著名的便是威尼斯的"马可·波罗面条"。范斯白从童年时代就开始听大人们讲述马可·波罗的故事，有两件事给他留下的印象最深刻。一个故事是说《马可·波罗游记》刚一问世便轰动一时，渐传多国。但书中所述东方各国的奇闻逸事却远超出欧洲人的常识范围，既为其新奇所动又怀疑它的真实，被人们看作是《天方夜谭》之类的神话。马可·波罗虽然名声很大，却一直被人们视为"骗子"，说他是"吹牛大王"。以至在他临终时，亲友们认为他撒下弥天大谎，死后进不了天堂，劝他忏悔并否定他的《马可·波罗游记》，以拯救他的灵魂。马可·波罗断然拒绝，并严肃地说："我不但没有说谎，而且所讲的还不及我所见到的一半呢！"另一个故事是说：当人们还都认为马可·波罗说的是无稽之谈的时候，却有一个伟大的航海家认真地阅读和很好地领会了这部不朽的著作，并坚信其言之非妄，他就是热那亚出生的克利斯托弗·哥伦布船长。原来1492年8月他从巴罗斯港出发的那次伟大的历史性航行，正是欲按《马可·波罗游记》所述去寻找亚洲，出发时还带有西班牙国王致中国皇帝的国书。在他的日记里屡屡提到马可·波罗的记述，从中得到巨大的启示和鼓舞，当他无意中发现美洲时，他还误以为是到了亚洲，竟把古巴当作是日本，把墨西哥当作是杭州，并把当地的土著居民叫"印度人"，"印第安人"一词即是由此而来的。直到他1506年逝世时，还一直以为自己到达了亚洲。在哥伦布纪念馆里，范斯白看到了哥伦布船长读过的那本拉丁文版的《马可·波罗游记》，在边栏上记满了那位著名航海家写的批注文字。

正是这许多动人的故事趣闻，形成了少年范斯白的东方之梦，尤其是在他阅读过那本"世界一大奇书"之后，便更加神往于东方。神往于亚洲的富庶之区，神往于遥远的中国，神往于她的悠久历史和古老的文明，神往于她那辽阔的幅员和勤劳智慧的人民，神往于马可·波罗所描述之神秘的世界。因此，在他与同学们一起到博物馆参观的时候，在马可·波罗的画像前，他宣布了自己的志愿：决心要去看马可·波罗还没说完的另外的一半，而且立志要比他的伟大的先人走的地方更多、住的时间更久。这两点他果然是都做到了，就中国域内而言，他确实比马可·波罗走的地方更多，因为交通工具不同了。从时间上说，马可·波罗仕元不过17年，而范斯白羁旅于华迄今已达24年之久，若不是发生这许多的意外，也许他还会在哈尔滨长住久居。与马可·波罗不同的是，他已经不是"客卿"了，而是堂堂正正地加入了中国籍。

范斯白在来华之初，凭着记者身份的便利条件，可以由东至西、从南到北地在各处游历。他广泛地了解中国的事物，熟悉人民的风俗习惯，写一些旅行中的见闻趣事，并努力学习对欧洲人来说比较困难的汉语。就在他漫游东方之际，西方世界却风云突变，整个欧洲像是个塞满炸药的火药桶，战争一触即发。1914年6月28日，萨拉热窝的一声枪响，就像是起跑线上的发令枪，随之即展开了一场激烈的厮杀，很快就波及欧洲全境。1915年5月，意大利半道加盟协约国。这焉能不引起范斯白对战局的关注，尽管他和意大利远隔万里，但那毕竟是他的父母之邦啊。

1916年10月，正值欧洲激战方酣之时，范斯白在哈尔滨受到了一次意外的邀请，一个素昧平生的人突然请他到马迭尔旅馆去面谈。英国商会在转告他时介绍说，邀请他的人刚从上海来，是英荷壳牌石油公司远东经销部的高级职员，据说有要事商谈。当时，范斯白与商界还没什么太多的来往，但又不想失礼，便如约而至。他没想到这次会谈在很大程度上决定了他的命运和前途，完全改变了他的生活道路。

那位"石油推销商"下榻的马迭尔旅馆乃哈尔滨最豪华的

大饭店，坐落在中央大街最繁华的地段。漂亮的三层楼建筑，占据了从蒙古街（现西七道街）到高丽街（现西八道街）之间的整段路侧。那是一家包括旅馆、餐厅、剧院、舞厅的综合体，是由哈尔滨最富有的犹太珠宝商约瑟夫·凯斯普于1913年建立的。范斯白在约定的时间，指定的房间里，见到了一位风度翩翩的英国绅士，第一眼就看出这是个阅历丰富而又聪明透顶的人。

"请问，您就是史蒂芬司先生吗？"

"正是在下，如果我没猜错的话，您就是范斯白先生。阿姆雷托·范斯白，对吗？"

"认识您很高兴。"

"我也如此。"

说过了一些文雅礼貌的客套之后，正题开始了。

"请问，您邀我来有何赐教呢？"

"想请您协助我们工作，如果您同意的话。"

"请原谅，我对石油销售可是一窍不通啊。"

"不！不！不是这个意思，我请您来与石油销售无关，而是希望您能参加一项崇高而神圣的事业，这是件决定世界前途和人类命运的伟大事业！"

"哦？有那么严重？"

"是的，简单地说就是为了协约国的胜利。现在整个欧洲都浸在血泊里，遭受着空前的劫难，意大利政府已经正式加入了协约国的阵营。作为参战国的国民，先生，您难道就不想为战胜同盟国出力吗？"

"您是以个人的身份来劝告，还是受协约国阵营的委托呢？"

史蒂芬司神秘地笑了笑："怎么说都可以吧！"

"可是，这里远离战场，我想您的意思该不是动员我回欧洲去入伍吧？"

"欧洲着火，亚洲也在冒烟嘛！在这里我们有许多重要的事情要做呢！"

"那么请问，您究竟是代表谁？具体地说想要我替您做些什么？"

"坦率地说，我确实是代表协约国军的军谍局，我们要在这里建立远东情报处，我就是负责人。但是因为目前中国还没有参战，还算是中立国，这里还存在着德国的大使馆和领事馆，所以我们这个机构尚不能公开，但是我们的工作不能等待。"

"哦，这么说是秘密活动！"

"这也是公开的秘密，因为同盟国也在这么做。德国驻华使馆的武官巴宾盖姆大尉，就曾多次组织小股的特务，到北满来破坏中东铁路的运输。受德国人操纵的'巩卫团'，也派许多人到东三省来活动。这件事引起了北京外交部的注意，我们当然更注意。"

"那么，中国的态度呢？"

"中国从一开始就要求参战，但遭到日本的反对，因为日本人想趁火打劫，攫取青岛胶州湾和太平洋上的德属岛屿。中国政府也明知道日本人想干什么，所以在去年和前年曾2次提出参加协约国一方的请求，但是都遇到了日本的抵制，就连英、法、俄三国出面劝说都无效。努力使中国加入协约国，孤立和打击同盟国在远东的势力，遏制日本的扩张又不与它闹翻，这就是我们要达到的目的。"

"这么说，在协约国内部也是矛盾重重呀！"

"是的，但在反对德奥轴心、打击同盟国的总方向上是一致的。日本打的是小算盘，它考虑的主要是战后，不想给中国战胜国的地位，这样它就可以为所欲为。但是现在还胜负难分啊！中国参战对大局有利，去年法国招募了5万华工，英国招募了10万华工来补充本国人力资源的枯竭，因而遭到德国的抗议。这足以说明中国参战的重要性了。"

"我已经注意到了，最近德国正利用不久前发生的郑家屯事件、新疆边界事件和天津租借地事件，大肆宣传中日、中俄、中法之间的紧张关系。而日本报界却莫明其妙地发起了个反英宣传，而且是在大隈内阁的准许下干的。"

"这正说明了中国参战加入协约国的必要性！不能让日本人的企图全部得逞，因为他们的目的与协约国的宗旨无关，而是在抢占下一次战争的有利地位。在这点上，美、英、法、意等国的认识是一致的。但俄国却例外，他们和日本有私下的交易。"

"可是我仍然不清楚我能做些什么？"

"请您参加我们远东情报处，做一名情报军官。"

"那就是说，让我当间谍？"

"也可以这么说。"史蒂芬司神秘地笑着点点头。

第10章
一仆二主

英国谍报军官约翰·史蒂芬司乃是英国军事情报六局（简称 MI6，系英国情报机构海外谍报系统）派驻远东的中校情报专员，最近被任命为协约国军远东军谍局的负责人。由于当时中国尚未参战，属中立国家，故而史蒂芬司伪装成商人进行活动。表面上说，他的活动是针对同盟国的，但实际上更多的却是防止日本乘欧战之机在亚洲的扩张，尤其要注意防止日本势力向中国南部的扩张，妨碍美英的利益。

此前英国谍报机关已经侦悉了日本黑龙会在欧战爆发之后，致大隈内阁的备忘录。黑龙会的首领、日本特务的祖师爷头山满，以书面形式建议日本政府："利用世界大势，以伸张我权势，决定切合实际的对华行动方针。""这样的时机是千载难逢的。"说穿了就是让日本政府以打德国为名，对中国下手，"利用这场战事来攫取对中国的控制权"。当时在日本，黑龙会的势力极大，头山满的话比圣旨还灵，首相也不敢不听。

这不能不引起美英两国的警惕,并对日本就中国参战问题三番五次地从中作梗也十分不满。最近又获悉日俄两国于7月3日签订了密约,显而易见是针对美英的,这表明日俄两国并不忠实于原来签订的《英俄协定》和《英日同盟》。虽然尚不知此密约的具体内容,但肯定不会是反德的,因为当时没有理由对反德的条约"对外严守秘密"。正由于有这些政治背景,又加上大隈内阁准许日本报界发动了一个强烈的反英宣传,便不能不引起英国的特务机关对亚洲局势的关注,于是便建立了这个远东军谍局。史蒂芬司在马迭尔旅馆约见范斯白,正是为了招募同伙,所以便把这些复杂的内幕坦率相告。

"史蒂芬司先生,这么说您是想让我卷进这矛盾旋涡的中心里去了?"

"是的,要下水就到激流中心去,在浅滩上涉足那有什么意思呢?"

"您为什么要选择我呢?"

"条件,先生!据我们所知您曾受过高等教育,有军旅生涯和战争经历,您曾是墨西哥革命军里出色的侦察情报军官。我们也曾拜读过您担任记者以来所撰写的许多精彩文章,我们不仅十分欣赏您那优美的文笔,更赞赏您那敏锐的观察力和对事物的剖析判断能力。这些条件并不是许多人能同时具备的,但更为重要的是您在远东长途旅行所积攒的知识,这一点尤其难得!因此,我们认为您是最佳人选。"

"哦,这么说,本人不胜荣幸!"

"是这样的!在我们认为比较合适的十几个人当中,您是首选。因为我们需要的不是一般的密探,或者打手、刺客之类的小人物，而是政治家、学者类型的高等人才。中国的东三省是个敏感的三角区，它不仅与日俄两国关系复杂，而且和北洋政府的关系也很微妙。这里的实权人物对大总统的训令可以听，也可以不听，要想在这里站住脚就得善于和他们周旋。虽然中国目前还算是一个中立的国家，但由于有 15 万华工在为协约国效力，所以在感情上倾向于我方。"

"这很重要，先生！可否认为您的目标是拉拢中国、牵制日本、盯住俄国、保护英美在华权益呢？"

"真佩服您的概括能力！就好像是一个高明的数学家，不需要演算便可以直接说出得数。不过只有一点您说错了，不是我的目标，而应该是我们的目标。顺便提一句，如果您能同意协助我们工作的话，报酬会是很可观的。"他特意把"很可观"中的"很"字说得很重。

也许正是最后这句"顺便"提到的话起了决定性的作用，他们的谈判成交了，这是范斯白间谍生涯的开始。他很快就拿到了亚细亚石油公司远东销售部襄理的聘书，因为这家公司正是英荷壳牌下设的子公司。这种关系也恰似范斯白与史蒂芬司的关系，后来他在写给史蒂芬司的书面报告中，便称之为 Shell（贝壳）先生，而他自己则署名为 Asia（亚细亚），其实这也同样是协约国军谍局远东情报处与英国军情六局之间关系的一种缩影。丰厚的报酬使范斯白的生活条件立刻得到改观，他马上就从新城大街南口的考夫曼旅社搬进了马迭尔旅馆的高级套间，在那里长年居住，房钱当然就用不着他来操心了。

范斯白的工作很快就受到了上司的赞许，这对他来说并不困难，因为一个优秀的记者本来就应该是出色的情报员：对政治和时局高度敏感，善于挖掘线索收集到有用的信息，并能够把许多错综复杂的零散事物像七巧板似的拼起来，找出内在的联系加以分析判断，整理成有用的情报，只不过最终形成的"文章"不是为了发表而已。这套方式对范斯白来说自是轻车熟路的事情。间谍机关的行家常常这样来评价出色的情报："宛如一流报纸连续发表的优秀评论，同时穿插有关的消息和翔实的背景资料。"范斯白所提供的正是这样的情报，他十分清楚英国情报机关的"读者"希望看到的是什么，在最初的几个月里，尽管他一桶石油也不曾卖出去，但"公司"却两次给他加薪。

1917年2月，德国实行"无限制潜艇战"，即无论是哪国船只，只要为协约国租用或驶向战区，一律不加警告即行攻击。此时恰有法国商船"阿托斯"号载运华工赴欧，途中被德国潜艇击沉，致使500名华工葬身大海，中国政府在抗议之后宣布与德断交。但对德的正式宣战，却因黎元洪总统与段祺瑞总理发生了"府院之争"，又继以张勋复辟，整整推迟了五个月之久。

范斯白受过高等教育，当过记者，读书使他知识渊博，游历使他见广识多，会多种语言，能适应外交场合，在"文"的方面是没的说。他又在墨西哥革命军中当过情报军官，受过严格的训练，参加过前线作战和敌后侦察，精通射击、格斗、驾驶、密写、发报等，"武"的一套亦样样具备。由于他十分能干，很快就获得史蒂芬司极大的信任，拨给他大量的经费，让他招募合适的特工人员，建立起一个小型但完整的特工机构，给他送来了汽车、枪支、发报机等一应器材。在史蒂芬司的全力支持下，范斯白的班底便初具规模了。

在他手下工作的有中国人、朝鲜人、俄国人、波兰人、希腊人，都是他经过精心选择并严格考核之后才吸收的。这些人中有情报员、报务员、司机等比较固定的成员，也有些是临时聘用的，多数是并不公开的。对于范斯白来说，只要给他充足的英镑，做到这些并不困难。

范斯白也的确是个天生的间谍，他思维敏捷，对许多复杂的事务，他的直觉常使他比别人更快地看出内中原委，虽然按照一般常理有时会被认为是不可能的，所以他的手下人甚至怀疑他具备某种神秘的灵感，专为揭开隐秘而存在。

他也很善于发现人才，主要是发现某个人的潜在能力，然后加以诱导使其成为长处，并不计成本地加以培养，因此他也十分爱护自己的部下。这样，在他的手底下聚集了一批有能力的特工人员，为他尽力，同时也因为接受他的大量恩惠而对他忠心耿耿。做到这点也很容易，因为他向上边要多少经费，史蒂芬司就拨给多少经费，他无须向任何人去解释这些钱是怎么花的，为什么要花，因为出卖机密是不能打收条的。

当中国成为协约国第 17 个成员国时，范斯白便以协约国军少校联络官的身份开始公开活动。不久，俄国相继发生二月革命和十月革命，动乱波及远东，哈尔滨的战略地位立刻变得重要起来。先是日本根据与北洋政府签订的《中日陆军共同防敌军事协定》之第七条七款规定："军事行动区域之内，设置谍报机关，并互相交换军事需要之地图及情报。"名正言顺地在远离南满铁路附属地驻军范围之外的哈尔滨，正式建立起特务机关（中岛—武藤机关），机构设于东洋旅馆。随后又以"必须保证派遣军后方及侧翼的安全"为由，先后在齐齐哈尔、满洲里、黑河、绥芬河、珲春等地建立起一系列的特务机关，名义上是针对苏俄，实际上却另怀鬼胎，趁机实现其向北满扩张的野心。范斯白立即将此情况以密电报告史蒂芬司，自然引起了英国情报机关的高度重视，他们迅速地报告了英军统帅部，并指出："日本未与西方国家磋商，单独在北满设立军事间谍机关，显然另有图谋，应立即与中国当局交涉，设立相应的机构，以便就近获取西伯利亚方面的情报，并监视日军在北满的动向。"

这一建议立即为英国最高军事当局所采纳。1918 年 8 月 15 日，英国驻华公使朱尔典奉外交大臣巴尔福之命，以协约国领衔公使的名义照会中国外交部，要求"在哈尔滨及北满各地设立密探总、分局，总局设在哈尔滨，由协约国武装警察管理，并由协约国领事团及滨江道尹监督。任务是检验护照、审查到境之外国人、设立邮检机关，以抵制敌国侦探"。此照会经段祺瑞内阁议决，表示赞同并复照英使，同时责成陆军部参谋处长靳云鹏上将与英法等国驻华使馆武官会商具体筹备事宜。事隔不久，史蒂芬司即来哈与范斯白共同筹划，并与各国驻哈领事及中国有关当局一起讨论议定，于是协约国军远东军谍局便在哈尔滨正式开张了。从此范斯白就取得了公开活动的合法身份，史蒂芬司给他配了几名助手，又从上海公共租界调来一队印度巡捕替他组建警卫队，还在当地雇用了一些流亡的白俄作为密探和打手，从规模上来说绝不逊于日本特务机关。当年，哈尔滨出版的《远东报》对此曾有扼要的报道，其原文如下：

设立军谍局消息

政府前与协约各国拟在北满设立检邮机关及密探局一

节，刻已议决。先在本埠试设军谍局一处，专为审理军事
上通敌之事。已令由本埠各领事及海关人员入手办理矣。

1918 年 12 月 21 日

在军谍局成立之际，恰是协约各国纷纷派兵来哈之时，除
了日本派出 3 个完整的师团（第 3、7、12 师团）之外，其余
各国都是象征性地出兵，当时到达符拉迪沃斯托克（海参崴）
的有：美军两个团，英、意、比各一个营，法军一个半营，以
及由苏炳文少校率领的中国陆军先遣营，均已进入俄境。别看
各国调兵都不多，但遣将却不少，当时的哈尔滨可谓将星云集：
先后来哈的有法军司令福煦大将，美军司令格雷夫斯少将，英
军司令诺克斯少将，捷克军团总司令盖达大将，前线司令吉铁
里上将，日本陆军次长山田隆一中将，第 7 师团长藤井幸槌中将，
西伯利亚全俄政府陆军总长伊万诺夫少将，次长斯切潘诺夫中
将，第 1 军团长普列什科夫骑兵大将，黑海舰队司令高尔察克
海军大将，哥萨克首领谢苗诺夫中将等。中国方面亦有东北防
务特派员弼威将军何宗莲中将、北洋
第 9 师师长魏宗翰中将、联络委员张
天翼少将等相继莅哈。彼时哈埠终日
军旅倥偬，冠盖往还，均与协约国军
谍局有关，范斯白及其属员送往迎来，
联络安排，杂务繁多，忙碌不停。

在此期间，范斯白有许多特殊的
机会参加一些官场的应酬，得以广泛
结识当地的上层人物。其中包括吉林

东省铁路公司督办
兼护路军总司令鲍贵卿

117

黑龙江铁路交涉局
总办马忠骏

省省长兼中东铁路督办郭宗熙，吉林督军兼中东铁路护路军总司令鲍贵卿（后来亦兼督办）、滨江道尹兼外交部特派交涉员傅疆、东省特别行政区长官朱庆澜等。而与范斯白接触最多、私谊较深的则是铁路交涉署总办兼东省特别区市政局长马忠骏。

马忠骏便是哈尔滨尽人皆知的马道台，道台这个官是正四品，比省级小，比县级大，相当于现在的地区专员。马忠骏原名叫马德扬，字荩卿，号遁庵，又称无闷主人，乃辽宁海城人氏。自幼家境寒微，清末时考秀才未中，入盛京将军幕府，做额外效力书记。民国三年（1914 年）他来到哈尔滨，任黑龙江省铁路交涉局总办，是中国政府与中东铁路公司打交道的全权代表，负责处理因铁路引起的各种纠纷。由于他工作出色，民国政府曾先后颁发给他六枚勋章。他与范斯白接触较多，协约国军谍局既然在哈尔滨设立，在许多方面必然需要地方官的协助与支持。因此，两人往来频繁，相处既久，交谊日深。

马忠骏不仅为官很有政绩，诗坛亦负盛名。曾与号称"吉林三杰"的宋小濂（曾任黑龙江都督）、徐鼐霖（曾任吉林省省长）、成多禄（曾任绥化知府）等大诗家，结为诗酒之交。清末民初时著名的文学家林纾（字琴南，号畏庐，是我国最早的大翻译家）曾为马忠骏绘有《遁园图》。《黑水先民传》的作者黄维翰（曾任呼兰知府）也曾在该画上题诗曰："关东豪侠窟，风云时激荡。中有肥遁人，种园松江上。"足可见其豪

118

爽好客、交游广阔、崇侠尚义之性格。如今，仍然耸立在中山路和平邨宾馆院内的贵宾楼，那栋具有欧洲中世纪寨堡式风格的带尖塔之小洋楼，当年便是马忠骏的官邸。作为知己之交，范斯白当然也是那里的常客。

范斯白很敬重马忠骏的学识人品，喜欢他的诗人气质，尤其佩服他具有强烈的民族意识和维护主权的爱国热忱，这在中国畏洋人如虎的旧时官场中，确实是十分难能可贵的。范斯白曾称赞他："虽是老派的士绅，却有着高尚的灵魂，品格如松柏之坚。"闲暇时常到他家去做客。

当范斯白奉命随军进驻西伯利亚时，在出发之前受到马忠骏的邀请，这位好友在吉林交涉署设宴为他饯行，范斯白便应邀而至。吉林交涉署在道里的水道街与地段街之间的横街（现兆麟街中共哈尔滨市委后院办公楼）一个很深的院落里，迎门有一座很大的影壁，墙两侧有一对高大的石狮和上马石，这显然是清朝的遗物。宴席准备得很丰盛，但没有邀请其他客人，只有他们二人开怀畅饮，知己谈心。他们很自然地谈到了俄国的局势和对中国的影响，也谈到了中华古国的沦落和帝国主义对中国的侵掠与欺凌，范斯白愤慨地谴责了日俄两国的强盗行径，表达了对中国人民的深切同情。

马忠骏忽然停杯，很郑重地说："由于职务的关系，我接触的西洋人很多，大多数是傲慢无礼的，就像他们的国家对我们恃强凌弱一样。像你这样对中国人的不幸怀有切肤之痛的人，实在是太少了！"

"是的，我确实是从情感上深爱中国！"

"但是目前我们除了道义上的同情之外，更需要切实的帮助，您能否把这种高尚的同情变成为具体的行动呢？"

"亲爱的朋友，你很清楚，我这个机关虽然名头很大，却是个空架子，没有什么实力呀！"

"我并没有向你要机关枪、迫击炮，但是你有比那更厉害的东西，那就是对我们有用的情报。"

"哎哟哟，好一个正人君子呀！你这分明是让我背叛主人，吃里爬外。"

"如果主人是强盗，那么背叛他就是正义行动！"

"请注意，中国也是协约国的一员，别这么说呀！"

"协约国本来就是一个股份公司，股东之间也在相互倾轧。都在损人利己，哪里有什么坦诚呢？我们绝不想图谋别人，可别人却在算计我们。为了自卫起见，希望你在遇到有损中国权益的问题时，能够袒护我们一些，济困扶危也是一种美德嘛！中国人向来注重信义，对于真诚帮助我们的人是不会忘记的！"

范斯白沉思了片刻之后，严肃地说："你能保证把我透露给你的情报，直接转达给决策人吗？就是说不经过任何中间环节，能够做到绝对保密？"

"请你相信我，这应该是必须做到的！"

"好吧，那我们就一言为定，我将尽力而为。"

当两个人再次碰杯的时候，范斯白笑着说他命中注定要扮演特鲁法尔金诺。马忠骏不解其意，范斯白便把意大利喜剧家哥尔多尼的名作《一仆二主》的故事讲给他听，特鲁法尔金诺正是那部戏的主角。当晚，范斯白便把西方国家对霍尔瓦特政权的态度、领事团内部的分歧，详细地告诉了马忠骏。他说只有日本和英国的领事是全力支持霍尔瓦特的，法国领事态度有

很大的保留，而美国领事墨惠迩
则坚决反对。墨惠迩曾私下里对
英国领事斯赖说，霍尔瓦特长期
歧视美侨，多次使他难堪，这次
组阁很可能和日本人有密约，多
半是以中东铁路路权作为抵押。
日本人则是吞下南满想再吃北
满，对战胜德奥和光复俄国并不
感兴趣，只想占据西伯利亚，从
俄国身上割块肉。所以美英不仅

中东铁路局局长霍尔瓦特

不能支持他，还必须联合制约他！墨惠迩还说他宁可支持中国
收回路权，也绝不让它落入日本手中。这次谈话之后，斯赖的态
度有很大的改变，史蒂芬司还密令他注意监视霍尔瓦特与日本的
勾结，比较而言美英更倾向于支持高尔察克和鄂木斯克政府。

事实上这次谈话便是范斯白向中国提供情报的开始，马忠
骏感到他谈的情况十分重要，因为美国是当时世界上最大的债
权国，它的态度无论是在战时还是战后，都将是举足轻重的。
当晚他就向鲍贵卿做了密报，督军对他大加赞许，并派人给范
斯白送去了丰厚的程仪，范也未加推辞，其实他也并不糊涂。
从此以后，范斯白又陆续向马忠骏提供了一些与中国权益有关
的情报，使他在交涉中取得了很大的主动。

后来在西伯利亚的白匪政权垮台之际，霍尔瓦特匆忙赶回
哈市，并于1920年1月14日以中东路界内俄国最高长官的名义，
发布了第10号命令，声称对中东路内俄人"实行国家统治权"。
这时，范斯白又向马忠骏透露，他从符拉迪沃斯托克（海参崴）

日军司令大井成元中将手下的白俄将军菲拉特处了解到：霍尔瓦特已接受日本政府的建议，由日本提供20亿日元的5年借款，并计划在3个月内出兵40万分驻远东和满洲，日方则索要路权、警权、币权和实业权，要点是在路权。

鲍贵卿接到密报之后立即致电霍尔瓦特，申明"中东路系中国领土，不容他国施行统治，贵会办系路务人员，无政治上发号施令之权，公司俄员及沿线侨民应一律受我国之完全保护"。随后这位督军便派兵到香坊，将俄国护路军全部缴械，紧接着又接管了西大直街上的外阿穆尔军区司令部、护路军参谋部、宪兵总部和警察总局，同时将中东路沿线的俄军次第解除武装，挫败了日霍勾结的阴谋。

事隔不久，哈尔滨人民展开了声势浩大的驱霍运动，并在3月13日举行了大罢工、大罢市和士兵集会，发表了驱霍声明，限其24小时内辞职，否则火车不开。至此，鲍贵卿才照会霍尔瓦特说："民意如此，本督军爱莫能助！兹为维护路务起见，即将阁下中东路会办及局长职务悉行解除。"随后又荣幸地通知他，中国的交通部聘他为高等顾问，请他克日去北京就职。从此这位沙皇的宠臣、流亡政府的摄政、西伯利亚政府的远东留守霍尔瓦特中将，便销声匿迹了。

第11章

离乱情缘

1920 年的夏秋之际，在范斯白的生活中曾接连发生了两件大事，都是属于那种"天上掉馅饼"之类的好事。一件是忽然有一个年轻漂亮的姑娘，一大早来找他发脾气，非要让他娶了当媳妇不可。另一件则是他并没有想着要升官，可是官要升他，还不是一般的升，就像打字机敲错了键盘一样，一下子就把他这个少校弄成了少将。这两件事还真是脚前脚后一起来的。首先是这个长期跑腿子的流浪汉，忽然宣布要结婚了。在哈尔滨的熟人中间也都很惊愕，从哪里冒出来一个未婚妻啊？只有很少几个人知道内情，他们说新娘子来自符拉迪沃斯托克（海参崴），安藤也曾开玩笑说："那个娇媚可爱的美人是西伯利亚的战利品。"范斯白自己则说："那是我靠吹牛骗来的！"

原来范斯白初到符拉迪沃斯托克（海参崴）时，曾是那姑娘家寄居的房客，房东是个波兰商人，他的太太则是个有希腊血统的斯洛文尼亚人，女儿赛罗娜随娘改嫁也入了波兰籍。范

符拉迪沃斯托克（海参崴）市区的中国大街

斯白在她家住宿时，饭伙也是由房东太太包下来，每天都在一起吃饭，相处比较融洽。他们每天饭后都在一起闲谈，范斯白走南闯北，经得多、见得广，所以总是他唱主角，今天讲墨西哥，明天讲澳大利亚，后天又谈起中国，每天都有新节目。房东太太的故乡在伊斯蒂利亚半岛北部的山村，那里自古便是意大利通往多瑙河及巴尔干诸国的交通要道，虽然曾归属于法国、臣服于奥匈帝国，但传统上却历来受意大利文化的影响。范斯白的到来引起了房东太太对故乡和往事的回忆，总爱讲起她家乡的风土人情与生活习惯，同意大利人如何相近，对意大利历史名胜的向往，这恰为范斯白精彩动人的讲述提供了发挥的机会。时间久了，这种晚饭后的闲聊便逐渐成为一种习惯。

那位波兰商人却没有那种雅兴，三句话便离不开做生意，赛罗娜一向厌烦养父粗俗，父女之间共同语言较少。在她生活圈子里接触的人当中，有学问、有见识的人也实在不多，因此她对范斯白由好感而逐渐默默地倾心。

一天晚饭后，房东太太偶然谈起她的外祖母家曾住意大利北部城镇维罗纳，距离威尼斯不远的莱西尼山麓，那里是罗密欧与朱丽叶的故乡。范斯白便信口开河地吹起牛来，他说他的老家就在那座古城，住在离市中心"芳草广场"不远的卡佩罗街，离朱丽叶的故居不远。他每天上学都要走过那所幽静的院落，看到那座有名的大理石阳台，当年罗密欧便是攀上那个阳台与朱丽叶幽会的。在那阳台下有一尊朱丽叶的青铜塑像，深情而又略带哀怨，似乎仍在期待着罗密欧的来临……其实，范斯白只不过是在学生时代假期曾去过那里游览，哪里真的在那古城住过。但赛罗娜却信以为真，在她看来范斯白不仅是罗密欧的同乡，而且简直就是罗密欧的化身。

一般来说少女的怀春之意，往往被眼神泄密，范斯白对她有意地卖弄风情也不会无动于衷，于是两人在眉目之间总传递着某种不难破译的密码。两人虽然都不露声色，谁也不说什么，却是在秘密地挖掘一条沟通两人心灵的通道。有的时候表面的平静，似乎也是一种掩遮，情感方面的走私过境是无法检查的，谁也无法看出隐藏在内心深处那难以按捺的春潮之涌动，尤其是对一个成熟的姑娘。进入青春期后的美人，大都懂得怎样运用自己天赋的魅力，她们在别人的注视中领悟到，自己身上的哪一个部位在何种状态下最吸引男人的目光。这些地方可以隐藏也可以坦露，那乱人心绪、搅动情怀的效果，可以减弱，也可以增强，特别是在她们对目标欲擒故纵的时候，便两方面并用。少女的心所以叫人感到无限神秘难以琢磨，原因恰在于此。

范斯白可不是一个初出茅庐的毛头小伙子，见的世面多了，接触过的女人也多了。有时为了某种需要也涉足过风月场，领略过交际花，但从未真正动过情，因为情和欲毕竟是两码事。与赛罗娜相比，从前所接触的那些女人都像蜡果绢花，有其色而无其丽质，有其形而少其馨香。放荡的妖艳不难做到，而纯情的妩媚却是无论如何也模仿不来的，人们会很容易地就识别出赝品。

赛罗娜长得很美，她的身材、容貌、举止、神态，无一不是迷人的。而她的年华、风韵、肌肤，甚至她的呼吸，所有她身上的一切几乎都有着挑逗人心的过错。她并不很着意去打扮，脸上不敷脂粉，衣着也很朴素，也许那都是用不着的，因为上帝在创造她的时候，已经特别着意地雕琢了，这正是小家碧玉的迷人之处。

人世间最有能力的媒人也许就是机会，也许它正是外国人说的那个丘比特的神箭，或者是中国人常说的月下老人的那根看不见的红绳。一天，房东太太有事出去了，把整个的室内空间留给了他们俩，还有一只并不碍事的猫。当这个难得的机会出现的时候，两人又都不知道珍惜，竟有很长的时间把它错误地交给了沉默。他们就像是两个善于防守的将军，都在按兵不动，等候着对方进攻。

范斯白无法抗拒她那诱人的美丽。虽然是脸面对着窗户，但赛罗娜却发现，他是在从玻璃上的照影里打量自己。她仿佛终于捕捉到了那颗捉摸不透的心，于是便向他做了一个顽皮的鬼脸，这下倒使那个惯藏隐秘的间谍脸红了，于是便厚着脸皮直接去看她，她也并不回避。

两个人看了半天，谁也没把脸转开。最后范斯白忍不住走过去握住了她的手，她没有把手缩回去。他上前吻了下她的脸颊，她把眼睛闭上仰起脸来期待着。然后……然后什么都没有了，因为房东太太回来了。从那以后，两人也曾多次有过某些亲昵之举，但并无越轨之处，尽管两人情投意合，无奈相处短暂，范斯白很快就去了伊尔库斯克。

临行之际，姑娘曾偷偷地塞给他一方手帕，他匆匆揣起也未及细看。后来才发现，手帕上绣了一朵小花和一句话："好人，再会吧！"那是莎士比亚剧本里，朱丽叶在二幕一场里的一句台词，下面的话应该是："这是一朵爱的蓓蕾，靠着夏天暖风的吹拂，也许会在我们下次相见的时候，开出鲜艳的花来。"这内中的含意是不言自明的。他一直把手帕和美好的回忆一起保存着，但没想到她会那样认真。

两年后赛罗娜的养父逼着要她嫁给一个白卫军上校，她便离家出走，但她哪里知道间谍的职业特点就是不说实话。当她按照范斯白留下的地址，找到哈尔滨远东皮毛贸易公司，要求面见经理时，出来接待她的竟是个60多岁的老人，她不禁茫然不知所措了。

当初范斯白去符拉迪沃斯托克（海参崴）时，是经安藤麟三的介绍认识了那位波兰商人，在那种混乱的局面下，新闻记者往往引人注意并容易招惹麻烦。因此便谎称是哈尔滨的皮货商，是远东皮毛贸易公司的总经理，在道里的石头道街也确实有这么一家商店，不过那可不是他开的。当赛罗娜找上门来的时候，一切就都真相大白了！好在那位经理也认识范斯白，于是便派人把范斯白找来，还风趣地说："总经理先生，这里有一位女士找你！"然后便识趣地躲了出去。

这时范斯白只好把自己的底细和盘托出了，他向姑娘说明自己是个穷光棍，既无商号又无产业，所谓的"总经理"纯属假冒。最后他诚恳地说："小姐，我感到非常抱歉，对您说了那么多的谎话。但我绝不是有意欺骗和存心不良，而是职业上的要求。"

"哼！事到如今我还能相信你什么呢？你在我家里住了3个月，我们几乎天天都在交谈，谈了那么多，谁知道你哪一句是真话呀？"

"基本上全是假的，只有'我爱你，永远爱你'这一句是真的。小姐，如果你愿意嫁给我，那将是我一生的最大幸福，尽管我并不富有，但可以保障你衣食无虑，我发誓会做一个好丈夫。如果您不愿意嫁给我，而且来得很后悔，那我一定负责地把您安全地送回家，并诚恳地去向您的父母道歉，说明这一切！"

"你看起来像个很有礼貌的正人君子，但实在不是个很规矩的房客。临走时虽然把账付清了，却把我的心偷走了！我既然来了，还能再回去吗？"

"这么说，你是同意……"

"傻瓜！我连家都不要了，还有什么豁不出去的？经理是假的并不要紧，只要你爱我的心不是假的，那就行了。我并不期望别的。"

就这样他们的婚事就定了，范斯白托人在偏脸子的华沙街（现道里区安平街）租了间房子，买了一些家具和生活用品就算安家了。婚礼的仪式也十分简单，只请了几个比较知己的朋友参加酒宴，祝贺一番便草草了事，就这样也差不多把他的积蓄花空了。幸亏他的好友马忠骏善解人意，知道他阮囊羞涩，馈赠了5000哈大洋现钞以为贺礼，并替他们夫妇俩买好了车票，在北京六国饭店（现北京饭店中楼）替他们订好了房间，让他们去度蜜月。马忠骏此举使范斯白夫妻十分感激，也就恭敬不如从命了。

当时正是直皖战争之后，奉军势力已经入关，张作霖与曹锟共同扶植的靳云鹏内阁开始执政，北洋政府为奉直两系军阀所操纵。因此，范斯白的蜜月旅行自然会十分顺利，除了紫禁城不让进（当时逊帝宣统尚在里面称孤道寡）之外，饱览了燕京名胜。两人鱼水情谐，如胶似漆，形影不离。想这燕尔之欢，于飞之乐，凡是结过婚的人都会知道，而没结过婚的人，怎么对他说也说不明白，所以就不必细表了吧。

待他们蜜月旅行归来之后，正准备去马府道谢，马忠骏却先派人送来一个雕花漆金的小木匣，匣盖上刻有"金屋藏娇"四字。打开匣子一看，原来里边装着一份手续完备的房契，是以范斯白的名义买下了道里高加索街（现西三道街）一栋带小院的房子，很显然这是送给他的厚礼。范斯白对此有些惶恐不安了，便携夫人去登门道谢，马忠骏亲切地接待了他们夫妇。

"老朋友，这次蜜月旅行一定是十分愉快吧？"

"当然，不过这已经使你破费太多，这次又送这样的厚礼，我可实在是承受不起了。"

"不。这次可不是我送的呀。"主人神秘地笑着。

范斯白莫名其妙地问道："除了你之外，还会有谁和我有这么深的交情，肯送这么重的厚礼呀？"

马忠骏笑着："实不相瞒，此乃鲍督军的美意，怕你拒不肯收才假托我的名义，可是我怎好掠美呢？所以向你交了底。你也曾帮过我们许多大忙，区区小事算不了什么，你就不必把它放在心上了。”

“那我总该去向鲍督军面谢呀！”

“现在他已经不在哈尔滨了，你在北京期间，省里的事变化很大。原来的省长徐鼐霖被免职了，督军和省长由鲍贵卿一个人兼任，因此他辞去了中东路督办的职务，推荐了宋小濂接任，护路军司令也由张焕相来接替。他已经赶回吉林去主持军民两署的公务去了，你的心意我可以转达，要想面谢就只好等以后了。”

“哦，这实在是很遗憾，那就只好请您转达了。”

其实范斯白心里很清楚，马忠骏是鲍贵卿的心腹，那位督军大人的主意也多半是由这位总办先生替他出的，所以对他们俩来说，谢谁都是一样，不过话不得不这样说。当日下午，豪爽好客的主人以丰盛的晚宴款待了嘉宾，主客尽欢始别。

马忠骏坦荡诚恳，热忱而讲信义，已经赢得了范斯白的倾心。而且他也很佩服马忠骏办事的成熟老练，正如一位弈棋的高手，每一步走得都很稳重，因此交往便日趋密切。到了这一年的9月下旬，马忠骏忽然找上门对他说：“鲍督军有急电，请范斯白先生到奉天去商谈要事，我已经给您准备好了明天的车票。”

范斯白既不便于细问，又不好推辞，便遵命前往了。鲍贵卿派人把他接到行馆休息，第二天又派秘书陪他游览了沈阳中街和清故宫，到了第三天下午鲍督军才露面，并在行馆设宴招待。席间主人又殷勤斟酒，一再举杯，向范斯白再申谢意，感谢他在对日俄交涉及维护中国主权方面给予的重要帮助，但始终没提请他到奉天来是为了什么事。直到宴席之后，听差献上芳茗，范斯白才忍不住地问起此事来。

“鲍帅，您这么远请我来，究竟有什么要事啊？”

“是很重要！因为有一个重要的人物想见你。”

“他是谁呢？怎么还没有来？”

“等一会儿你见面就知道了。不过他不能到这儿来，我这就陪你到他那里去。”说时看了看表："嗯，现在该去了，咱们走吧。"

当他们走到门外时，一辆华丽的玻璃马车早等在门外，副官马弁也恭立门侧，看来一切都是早就安排好的。上车之后，范斯白发现四面的车窗都拉上了深褐色的窗帘，由里边往外看只能是朦朦胧胧，由外边往里看是绝对看不见。车行不久便拐进了一个胡同，随后又驶入一个深宅大院，朦胧之中也可以看到，马车是进入了一所由高大的青砖瓦房组成的三进四合套院，门前及院里层层设岗，警戒森严。下车后，范斯白在鲍督军的陪同下进入了东侧小青楼的客厅里，室内布置得豪华气派，有些古香古色。鲍贵卿一直沉默，范斯白也不便追问，但他从这种气氛和督军大人慎重的表情上也能猜出几分，今晚的会见非同小可。

奉天张作霖大帅府

131

正猜想间，有两个校级军官从门外并肩走进，一齐举手向鲍督军敬礼，然后分左右恭立于门侧。这时，随着一声咳嗽，由外边走进来一个四十五六岁的中年人，穿一件对襟的便服绸衫，留两撇小黑胡，目光炯炯，拿把折扇迈着方步，笑呵呵地走了进来。

"哦，你们来了，欢迎！欢迎！"

"我来给你们介绍一下，这位就是我多次向您提过的范斯白先生！这位是我的亲家张雨亭大帅！"

原来要会见范斯白的，正是东三省巡阅使张作霖。

对于鲍贵卿与张作霖的关系，范斯白早就听说了，正如鲍督军给他介绍的时候所称呼的，他们是儿女亲家。张作霖的长女张冠英，嫁给了鲍贵卿的次子鲍英麟。正因为有这样的一层关系，又同是海城的老乡，所以鲍贵卿在东三省的军政界才有其特殊的身价。

民国初年时，就全国的军阀而言，多数是北洋新军的将领，清政府的标、协、统、镇，他们原来就都很显赫。唯独奉系军阀大多数出身寒微，像张作霖曾做过农村兽医、张作相是泥瓦匠、张景惠是豆腐匠、孙烈臣是染缸房的伙计、吴俊升是放马的、汤玉麟是赶车运货的……后来即使曾经当兵或为匪，地位也并不是太高，他们既无宦途履历，又与上层的中央政府无因缘，所以其能在政治舞台上叱咤风云才更具传奇色彩。而鲍贵卿毕业于开平武备学堂，曾随袁世凯小站练兵，后来官至协统、旅长、中央陆军讲武堂堂长，所以他和大多数奉军将领似乎并不是一路货。

对于奉军这位最高统帅的传奇经历，范斯白是久有所闻，其好友马忠骏早就对他详细讲过。因为那位马道台与这位张大帅有桑梓之谊，都是海城人，老家隔不远，所以对来自叶家堡子北小洼屯的小同乡张老疙瘩（张作霖的小名，他比马忠骏小五岁）家的那点破事，知道个底朝上：从他爹张有财怎么因为耍钱（赌博）弄鬼（作弊），跟同村一个姓王的动了手，被人家施损招踹死说起——讲到年幼的张老疙瘩又是怎样随娘改嫁，到一个外乡兽医家当了"带葫芦仔"（东北方言指继室带过来的前夫家儿女，南方叫"拖油瓶"），只读了几个月私塾但天资聪颖的他又怎样跟着后爹学会了相马、医马、骟马，因而结识了各路的江湖豪杰与绿林好汉。随后，在青年时代，他又如何为了替父报仇而误伤人命，为躲官司才远走他乡去投效毅军当兵。后来又如何还乡娶妻，因家贫便"倒插门"（入赘）做了赵占元家的养老女婿，并在赵家庙村立起了兽医桩行医治马。哪知时隔不久，又遭乡绅李老恒的诬告，说他通匪窝赃，被押进广宁（北镇）县大牢。经提审判明，张作霖确实是给多股土匪治过马，并且还收了钱，还可以肯定那些钱的来路不正，但据此便说其通匪窝赃，实乃"无限上纲"。县官大老爷当堂反质原告："如果你能证明那些匪徒下馆子吃过饭，难道说你还让本县把饭馆跑堂的、掌勺的、管账的，都抓起来吗？岂有此理！"最终以"事出有因，查无实据"判其无罪释放。经此次蒙冤入狱之后，他便一赌气、一狠心、一咬牙、一跺脚，真去"绺子"（匪帮）"挂柱"（入伙），落草为寇了。由于他胆识出众、机警过人，打得好、交得宽、吃得开、叫得响，很快就混上了匪首，而且越干越大。并在八角台（今台安县）聚群英，与冯德麟、张景惠、汤玉麟、吴俊升等十几位绿林豪雄拜把子换帖，很快就名震江湖。正当他在黑道上显露得手，大展宏图之际，谁也没想到，他突然又去自请招安。光绪二十七年（1901年），由南澳镇总兵（镇台）段有恒（北洋骁将段芝贵的父亲）为其担保，他率300喽啰归降了盛京将军赵尔巽，并拜巡防营总办张锡銮为义父。就这样，马贼头目摇身一变即成为大清帝国之军官，也混上了顶戴花翎。这就是张大帅26岁以前的全部经历，知根知底的马忠骏，都给范斯白讲了个详细。

关于早年当过土匪的事，张大帅本人倒是毫不避讳，民国十二年（1923年）时，上海《密勒氏评论报》主编鲍威尔曾去采访过他。这位来华多年的大主笔对张的老底知道得一清二楚，但他还是拐弯抹角地把话题往出身上绕："请问张将军，您年轻时在哪里读书？"张眨了眨眼睛回答说："我是'绿大'（谐音"陆大"即陆军大学的简称）毕业！"然后又耸肩一笑说："不过不是陆军大学，而是绿林大学。"说完便哈哈大笑起来。张的回答俏皮而得体，在民国时期传为美谈，鲍威尔晚年在回忆录中曾说过"张将军不失为具有幽默感的人""到今印象深刻"。

张大帅之草莽轶闻，在东三省的百姓中间流传甚广，趣事很多。其实，张作霖的马贼生涯相对比较短暂，与之相比，他的军旅岁月却是要长久许多倍。自从归顺官府之后，他曾由营一级的巡警马队管带，晋升为团一级的统带（标统），进而至巡防营之前路统领（协统），一直升至统制（镇统）。因此，说他是行伍出身也绝对是货真价实的。迨至清朝"摘幌关板"、民国"挂匾开张"，他所部之清军第24镇，被改编为中华民国陆军第27师，他也就随之被"折合"为中将师长。至此，他已统兵上万、雄踞一方，有本钱动大输赢。于是他才敢和袁世凯顶牛、向段祺瑞叫号，陆续上演了驱两督、夺帅印、拒南征、扩三师、攫吉黑、霸三省等一连串的精彩剧目。

现在，这位叱咤风云的传奇人物，就站在范斯白的面前，正和他握手并向他微笑呢。

范斯白没想到，这个急于要见他的重要人物居然是东三省巡阅使、镇威上将军张作霖本人。当时，奉系军阀的势力正锐气方涨，不仅牢牢地控制东北三省，节制热、察、绥三特区，而且屯重兵于京津要地，时刻准备着问鼎中原。但这位叱咤风云的枭雄，并没有那种骁悍雄威的仪表，正如他外号所表明的是个"小个子"，不够魁伟，但显得精明练达，机敏过人。尽人皆知他是个马胡子出身，是起于草莽而位及于王侯，但久任封疆大吏，在他身上已看不到绿林好汉的那种粗野蛮横，只余下一些豪爽旷达。张作霖当时也是怀着礼贤下士之心，所以对这位洋客人态度更显得谦和，笑容满面地说："早就听廷帅（鲍贵卿字廷九，因为是督军故称"廷帅"）说你是个能人，而且很讲义气，守信用，对咱们东北外交上的事没少帮忙，所以才请你来当面道谢呀。"

"久仰大帅的威名，我十分地敬佩！能有机会被您亲自接见，这是我来中国以后最大的荣幸！"

"请坐，咱们坐下来好好唠唠。"

他们落座之后，听差的进来献茶，侍女端上来水果，然后分别退下，那两个随从的军官也退出门外。桌上虽然摆着待客的名贵雪茄和卷烟，但张作霖却习惯地抽他的长杆旱烟袋，穿的衣料也很一般，再加上言谈举止都很随便，所以在范斯白看来，怎么也不像他想象中的将军。

"大帅对范斯白先生一直很敬佩，和我提过几次了，让我邀请您来见见面。"鲍贵卿首先开腔了。

"您过奖了，能给大帅这样的印象，恐怕都是鲍督军的美言吧！"范斯白虽然有些受宠若惊，却谦逊地对待这种恭维。

"这些年里我和外国人也没少打交道，可是说实在的，像先生这样真心帮我们的是少数。咱们远的不说，就拿今年3月的事来说吧，你就帮了我们的大忙！详细经过廷九都和我说了。"

"这算不了什么！我无非是给督军通个消息……"

"还多亏了你的妙计呀！"鲍贵卿笑着说。

他所说的妙计，就是指霍尔瓦特与日本勾结，发布非法的10号令之后，中国外交部发表声明，提出边防护路办法三条。这时，日本驻哈总领事松岛肇会见霍尔瓦特重申日本对他的支持，并向中国提出要求在中东路沿线设日本护路军及日本警察机构。这一无理要求当即遭到中国政府拒绝，但日本不顾中国政府的抗议，不断增兵北满。在这种剑拔弩张的形势下，于3月13日又爆发了哈尔滨大罢工、大罢市的驱霍运动，局势更趋紧张。中国当局若想收回护路权，必须采取果断措施，迅速接管护路权，无论如何不能卡住。在此关键时刻鲍贵卿采纳了范斯白的建议，以平息安抚的姿态发起犒军和慰问，一方面以华俄商会的名义给俄国军营送去大量的酒肉；一方面在铁路俱乐部和江上俱乐部分别宴请俄国将校级军官，饭后又举行盛大的舞会，把中上层指挥官都黏住。同时密令滨江镇守使，将驻守双城的暂编第16混成旅步骑两团调来香坊包围俄军营房，并将驻哈的6营警备队集中于道外十八道街烧锅大院（原兵备道衙门），乘势去接管南岗的俄国护路军指挥机关。在军官赴宴、士兵醉饮的状态下，俄军被顺利缴械，在中国军队全面接管之后，日本也就失去了干涉的借口，阴谋便落空了。

张作霖接过话茬儿说："这条酒肉计可真妙，看来你这个人很有本事，少校这个军衔实在太委屈你啦！你若是给我干，我马上就给你个少将，反正是不会亏待你。不过……协约国这个牌子咱们还有用，还得打着，所以不能来明的，只能整暗的，你愿意吗？"

第12章

沈空忆旧

张作霖的意思范斯白很明白，他无非是想把已经发生过的关系固定下来，也就是说把这种情报交易由零星收购改为大宗包销。如果更直截了当地说是打算进一步收买，他愿意卖吗？对他来说已经不存在什么可以干、不可以干的问题，因为他已经干了！只是少卖和多卖的问题，如果价格合适，他为什么不卖呢？现在张作霖已经把价码开出来了，他觉得挺合算，这样，买卖就谈成了。再说协约国军是因为利益拼凑起来的，说不定哪天就散伙，从长远来说也很需要一个可靠

东三省巡阅使兼蒙疆经略使、镇威上将军张作霖

138

的依托。想到这儿，他便站起身来以标准军人的立正姿态回答："感谢大帅的信任，愿意为大帅效劳！"

"哎哎，你快坐下！你是我的客人，咱们是朋友，不要搞这套！"张作霖走过去把他又按到座位上。

"你千万别拘束，大帅是个很随和的人，相处长了你就知道了。"鲍贵卿在一旁解释着。

"咱们可是一言为定，从现在起，我可就把你算作是自家人了！我说给你个少将，那是算数的，别看不戴牌子，待遇和地位可都是一点不差，今后你就归我直接指挥。我的命令只能由督军来传达，不能让太多的人知道，在吉林若有事你就找廷九，在黑龙江你可以直接找吴秀峰。"

"就是吴俊升督军。"鲍贵卿在一旁解释说。

"当然，必要的时候也可以直接找我。不过我这个院子你还真得尽量少来，因为你明面上还是协约国军的少校嘛！来得勤了，人家都知道了，咱们的戏法可就不灵了。"

"大帅考虑得很周到，如果事情泄露，很可能在领事馆那边引起麻烦，所以千万不能露底。"

这时，张作霖写了个条子给鲍贵卿，他说："廷九，你拿我的条子到官银号去找刘锡九，拨一万块钱转到哈尔滨汇丰银行，支给范斯白先生。"他又转向范斯白说："这笔款子你先开个户，以后我再告诉他们按月给你往户头上拨，干这个事没活动经费哪行呢？至于其他一些具体问题，比方说怎么联络，怎么配合，就和廷九再细商量商量吧。"

话说到这儿，客人就该起身告辞了。

从这次会见开始，范斯白就正式成为东三省巡阅使署特别聘用的秘密顾问，或者说是高等洋密探，像这样的洋密探还不只他一个。起码还有个叫斯温哈特的美国人，在他的手下还有一个澳大利亚人和奥地利人，不过在他们之间没有横向的联系，由于任务不同而各干各的。这些人能量都很大，干得很出色，当然价码也相当可观。此外张作霖还公开地聘请了一些外国顾问，最多的是日本顾问，多达十几个，不过张作霖说："有些人是顾问，有些人我雇了他，可以不问。"

与范斯白打交道最多、关系最密切的是鲍贵卿和他的继任中东路督办宋小濂、东省特别区行政长官朱庆澜，这两个人都是马忠骏的好友，因此，与范斯白的私人交往也比较多。

张作霖给范斯白的任务主要是防范外国间谍在东三省的活动，当时日本的军事间谍和黑龙会的浪人，以旅顺、大连为基地，以满铁附属地为依托，活动十分猖獗，所以必须加强反间谍的力量。在范斯白手下原本就有一个效能很高的现成班底，又有协约国军远东情报处哈尔滨军谍局这样一个漂亮的外衣，所以一直干得很出色，不久就破获了两起重大的内外勾结、叛乱谋反及密谋伪造假钞的重大案件。

1920年10月8日，东省铁路督办公署接到北京国务院密电，内称："据库伦报告，有不肖蒙古王公喇嘛，赴哈尔滨与日军勾结，密谋借款购械等情。希即派员密查，遇有可疑者，即予扣留具报。"督办宋小濂当即训令滨江道尹兼东省特别区警察总管理处处长董士恩，立即派得力探员秘密进行侦察，但是过了一个多月仍无任何线索。这时，宋督办只好请范斯白来帮忙，他承认中国警员的侦破能力太差。

范斯白接到这项任务之后，立即布置手下的得力人员进行侦察。他们发现两个从海拉尔来的蒙古人行踪可疑，他们当众说蒙古话，背地里说日本话，肯定有鬼。于是便跟踪到大连，终于弄清了两人的身份，他们不是蒙古人，而是日本人，并且都是预备役军官，一个是中尉，一个是大尉。在大连他们购进了大批火柴、酱油和咸菜，存放在满蒙贸易株式会社的仓库里，3天之后便以三井物产的名义装车发运到哈尔滨，然后再转运海拉尔。

就在这批货运到哈尔滨的时候，东省铁路哈尔滨警察总局派人将那节车皮扣留，理由是怀疑密运鸦片。结果在日本领事馆人员出面作证之下开箱检查，当场发现火柴箱里四周装的是火柴，中间装的是子弹，由于火柴与弹药重量相差悬殊，所以分散装入很多箱里。而在那些酱油桶和咸菜桶里，用二层底隔离，顶上是"福神渍"（日本咸菜）和"米绍酱"（日本大酱），底下则是自来得手枪和迫击炮弹。这种当场出丑的事，使日本领事馆的官员狼狈不堪，只好低头认错。

在扣留了这批武器之后，护路军北满警备总司令部派人抓获了到海拉尔准备提货的蒙古人，从而彻底粉碎了一起阴谋策划的武装叛乱。这是日本特务原京师警备学堂的日本教官川岛浪速，与清朝残余势力"宗社党"领袖肃亲王善耆相勾结，准备发起第三次满蒙独立运动的一起阴谋。

过了两个月，范斯白又悄悄地告诉马忠骏，他从蒙古街希腊饭店的一个白俄情报员处得悉：日本特务机关为祸乱东三省，派来濑尾荣太郎伙同白俄马古力斯及华人金鼎臣，密谋伪造奉天中国银行五元假票，及哈埠中行五元与一元假票，现印版与机器均已运到。他们除了破坏金融之外，还拟在东三省收买退伍军人，网罗匪类，组织暗党，抢购粮食以扰乱地方，请速饬警探密查，以挫其毒谋。

鲍督军接到密报之后，当即派出干练的便衣警探，到希腊饭店进行侦缉，很快便人赃俱获了。使人惊讶的是，当场抓获的还有谢苗诺夫之赤塔远东政府特派员葛拉麦果夫，从他身上搜出了日军司令部第 193 号文件，内容是日本以 5 万日元支持谢苗诺夫招募新军，赤塔政府则将中东路的一切权力让给日本。根据这一线索，护路军于当年年末在小蒿子车站，逮捕了 7 名谢苗诺夫的部下，搜出步枪 174 支，子弹 3 万发，炸弹 80 余枚，地雷 7 个。被捕者招认，他们奉命在此募集队伍，拟于近日起事。这件事再一次显示了情报的重要价值，实际也就是范斯白的重要价值。

对于范斯白这种超高的效率、优异的成绩，张大帅十分赞赏，曾对鲍贵卿说："看人家，这才叫能耐呢！你要逮什么，人家一伸手就给你提溜出来，管保错不了，真是不打歪枪，不放空炮，一勺一个准。廷九啊，你真有眼力，给我荐举了个能人。以后这方面，咱们还得多下点注，别说是管东三省的大权，就是从前当胡子（东北方言，即"土匪"）那时，不还得设'水柜'放'线头子'吗？没有耳目哪行呢？"

在秘密战当中主要的对手，除日本之外，还有北边的苏俄。苏联对华用间，始于 20 世纪的 20 年代初，随着俄国内战的结束，苏联特工总头目捷尔任斯基开始将目光转向国外，首先关注的就是中国，中国的东北，东北的哈尔滨。因为自从十月革命之后，逃亡来华的白俄，一直把东三省作为反苏复国的基地。于是，苏联的"契卡"（全俄肃反特委会之缩写、克格勃的前身）

便派出了许多谍报精英、特工高手，潜入中国，在北京、上海等十几个城市建立了特工站。毫无疑问，当年的哈尔滨正是苏奉之间秘密战争的主战场。

苏联秘密设立的哈尔滨苏谍特工站，位于道里经纬二道街，该站所布设之间谍网覆盖了整个北满地区。1924年秋《奉俄协定》签订后，苏联驻哈总领事馆正式设立，并在南岗吉林街18号大鹰楼的房顶，升起了苏联国旗。很快，哈尔滨苏谍特工站就从道里搬到南岗，设在了总领事馆主楼的三层，安全地隐蔽起来了。而新上任的总领事，恰好就是哈尔滨苏谍特工站的站长吉谢廖夫。他的两个副手季雅特科维奇和毕基耶夫。还有证照部主任捷依特，也都是老牌特务。馆里的"外交官员"也是外交部派来的人少，军情局派来的人多，总领事馆其实就是个间谍窝。

1926年时苏奉关系已经恶化到剑拔弩张的程度了。双方的矛盾加深、冲突不断，背地里的间谍战也在逐步升级。由于苏方的特务活动增多，被范斯白抓获的也不少。其中最著名的便是那个打入奉军内部，官居少将，并于逮捕后被张作霖立即枪毙的中东铁路公司监事、苏联之派遣特务杨卓一案了。这个杨卓原本是中国人，出生在哈尔滨，家住道里偏脸子一个大院。小时候参加

苏联军情局间谍、曾打进奉军内部之中东铁路公司监事杨卓（安德烈·杨）

了一个俄国音乐家组织的少年合唱团，到俄国各城市去巡回演出，参加者多数是俄国孩子。少数是混血儿，纯粹的中国孩子仅杨卓一人。正当该团在俄巡演时，十月革命爆发了，此团的领导人是一个反动贵族，已被当局镇压，团里的管理者又携款潜逃，扔下了一群没人管的孩子，杨卓从此便成为沦落他乡异国的流浪者。随后不久，他因为参与哄抢一家食品店而被捕，押进了警察局。审讯时，坐在警官身旁的一名中年军官一直盯着他。忽然，那军官走过来把杨卓叫到另外一间屋里，低声对他说："你愿意跟我走吗？如果留在这你就是罪犯；如果跟我走你就是红军战士，那就什么事也没有了。"为了摆脱困境，杨卓选择了"跟他走"，而跟他走的结果便是当上了苏联间谍。1917年12月末，杨卓被送到彼得堡市，进入了格罗霍夫大街2号之"契卡"特工培训中心，接受特殊的训练，在这里，他受到了正规的情报学与间谍术之全面教育。

在杨卓结束培训之后，被分配到苏联红军军事情报局第三处（亚洲处）的中国站。在他到军情局报到的时候，首先受到局长的单独接见。当杨卓拘谨地走进局长办公室的时候，他惊诧地发现：坐在大写字台后边转椅上的人，正是当初把他从警察局里领出来的那位军官。是他发现了杨卓，并预见到这个精通俄语的中国小青年，经过特殊培训之后的未来价值。

1920年初夏，杨卓被苏联军情局派回中国，并通过原北洋政府驻符拉迪沃斯托克（海参崴）总领事的关系，以重金替他买了一个少校副官的职务。他本来是在督军署里谋了个闲差，只不过是落脚潜伏下来隐蔽待机。时隔不久，驻防辽源、长春一带的奉军第2混成旅旅长兼吉长镇守使阚朝玺被任命为中东铁路护路军司令，即将赴哈上任。自从是年3月中旬霍尔瓦特下台之后，中国已派兵，进驻中东路沿线，并解除了俄国军警武装。设在南岗西大直街之俄国外阿穆尔军区司令部及通道街下坎之司令官邸，也在3月15日被奉军接管，并组织了临时的看守局，就等着接管呢。得知这一情况之后，杨卓看到了可以被重用的机会。在取得上级支持之后，他开始积极地活动，通过各种关系去运作，想方设法去接近阚朝玺。经过一番打探，得知吉林督军署参谋处有一位少校二等参谋傅金城，刚刚娶了阚的小姨子，成了他的连襟，杨卓立刻就贴了上去。那位傅参谋虽然不认识杨卓，但早就认识"袁大头"（现大洋之代称），而且那位阚司令与"袁大头"也是很有交情，于是在"袁大总统"之鼎力撮合之下，杨卓成功地打入了护路军司令部，并于1920年8月14日跟随阚司令到哈尔滨走马上任了。

护路军司令部成立之初，立刻就要和看守局的俄国人办接管，也免不了和各方面的俄国人打交道。于是精通俄语的杨卓立刻就派上了大用场，并很快就博得俄国人的一致赞扬。当时，所谓的"粉红色政权"——西伯利亚远东共和国刚刚建立，急于要和奉天当局改善关系。首先是派优林率代表团去与北洋政府谈判，随后即派布姆比扬斯基为首任驻哈全权代表，来哈尔滨设立代表部，并与当局展开谈判。在一系列的谈判及礼节性交往中，杨卓的俄语翻译水平获得各方面的一致赞誉，就连东省特区行政长官朱庆澜和铁路督办宋小濂都知道，护路军司令部有一位超一流的俄语翻译。阚朝玺也觉得很有面子，看在"袁大总统"的情分上，立马把杨卓晋升为中校。

随后，杨卓又参与了几次与远东共和国政府的重要谈判，并参与签订了《东省铁路与俄国贝加尔铁路临时交通办法》《黑龙江官府远东政府开通边界章程》《会订东赤两路开通车辆条件》等一系列的协议。他在谈判过程中所表现的尽力维权和据理力争，更是有目共睹。乃至张作霖派来的代表，秘书处长郑谦、交涉署俄文科长张裕恒两人，都对他十分敬佩。乃至后来，在中苏建交之后，苏联派库兹涅佐夫至奉天与当局谈判，郑谦和张裕恒都建议让杨卓参加谈判。随后，奉军总参议杨宇霆又直接向张作霖推荐杨卓，说他才堪大用，是对俄交涉的能人。杨总参议的保举当然很有分量，张大帅也对杨卓重视起来，立即委派他为对俄事务帮办，参与对苏谈判。并将其军衔晋升为少将，以抬高其身价。

1924 年 9 月 20 日《奉俄协定》终于签订，苏联如愿以偿地接管了中东铁路，但对谈判时曾经许诺的许多事项，诸如"羌帖"（指沙俄卢布）赔偿、减免军运债务等项，一律不认账。这还不说，苏方派来的铁路局长伊万诺夫刚上任，未经理事会及监事会的同意，即将原来白俄的两个局长、两个处长撤职看押（后经张作霖保释）。更有甚者是这位局长大人随后又擅自发布第 94 号命令，宣布自 1925 年 6 月 1 日起，凡未加入中、苏国籍之员工均予开除。这将使成千上万不愿加入苏联国籍之俄侨，失去职业，必将酿成社会问题。这分明是红俄在利用职权收拾白俄。中国当局岂能允许？于是由鲍贵卿督办出示布告，宣布局长的命令无效。布告一贴示，苏联大使加拉罕马上提出抗议，要求中国政府取消布告、撤换督办，从而形成外交上的重大纠纷。

至此，张作霖才察觉到《奉俄协议》的签订，是一件吃亏上当的事，苏联人是在愚弄他，而杨卓则是在哄骗他。他开始怀疑杨卓，同时又想到对俄交涉的人多是杨宇霆推荐的，这里边肯定是有问题。于是张作霖便密令范斯白，在哈尔滨找两个精通俄语的可靠专家，对谈判时的俄文记录，进行逐字逐句的审阅复查。在查阅中，果然发现杨卓胳膊肘向外拐，确有里通外国之重大嫌疑，因而对他要一查到底。

其实，这世界上哪里有什么粉红色政权？那分明就是孙悟空拔一根毛变的。1922 年 11 月 15 日，日本军队从符拉迪沃斯托克（海参崴）刚一撤走，那个西伯利亚远东共和国立马就和苏联合并了。因此，以前和它签的协定就都是临时的，因为它本身就是临时的。所以，那时候的几次谈判，杨卓所表现的"维权"和"力争"都是为了骗取信任，与远东共和国交通部长沙托夫一起下的套。

范斯白对杨卓则布置了全面的监控，住宅布点全方位监控，电话 24 小时中俄文监听，出行实施接力式梯次跟踪，接触者无论华俄均进行甄审以区分情报接触与非情报接触，然后分别对待。杨卓是一个职业间谍，对侦察反侦察这一套绝对内行，来华之后他一直小心谨慎。在参与谈判期间，上级曾给他下达过严格的指令："在与苏方代表接触时不论在谈判桌上，还是在送往迎来、餐桌客厅，任何交往中都要严防暴露身份。一切情报只能按严格规定的方式传递。"杨卓也确实严格认真地执行了，所以很难找出破绽。

然而，上级的安排无论如何也斗不过上帝的安排。杨卓的露馅事出偶然，可是人们总爱把偶然发生的事归之于命运，也许这小子确是命该如此吧！事情发生在《奉俄协定》签字之后，杨卓当上了东省铁路公司监事，因此督办鲍贵卿自然成了他的顶头上司。一个礼拜天，杨卓领着老婆在八杂市（即道里菜市场、现哈一百处）闲逛，突然遇见了鲍贵卿的随从副官岳明中校也和太太一起溜达。杨卓连忙上前打招呼，套近乎，他知道随从副官那是督军身边的人，不能论军衔高低。于是杨卓少将便把岳明中校夫妻请到新城大街（现尚志大街）南口之著名西餐馆范塔基亚菜馆，吃一顿豪华的大餐。就在两对夫妻开怀畅饮连吃带聊之际，忽然发现门外有人从门帘的缝隙处，在向雅座包间里边偷看。由于窥视的时间较长，因而被里边的人发现了。此时岳明已然停杯撂筷，站起身来，准备去掀门帘。忽然，一个金发碧眼的俄国女招待冲了进来，两眼直勾勾地盯住了杨卓，用手指着他说："安德烈·杨！你还认识我吗？我是丽莎，是你的……"杨卓赶紧把话抢过去："老邻居！哎呀，多年不见了！改日谈，改日谈……"然后就用俄语和她说，并把她推出包间，简单地交代一下就回来了。

　　这件事虽然当时就引起了岳明夫妻的注意，但都怀疑到花花事上边去了，因为当时男人们泡女招待，是常有的事，就是有地位的人也是如此。所以，没啥稀奇的。不过在半年之后，这件事让范斯白知道了，绯闻就变成了侦破线索。他立刻就去找岳明夫妻仔细寻问。随后，又到范塔基亚菜馆去寻访那个女招待丽莎。那菜馆的老板是个华人叫曲吉东，三年前曾是马迭尔旅馆餐厅的经理，和范斯白是老相识。据曲吉东说，他后娶的老婆是个俄国女人叫罗尼娅，是丽莎姐姐的同学，丽莎是她介绍来的。现在丽莎已经辞职走了，并且离开了中国。所以，关于丽莎的情况可以去问他老婆。这么重要的疑点，范斯白哪能轻易地放过，他专门去拜访了罗尼娅。

罗尼娅对丽莎是知根知底的，两人的家相距不远，都在偏脸子地堡小市跟前。丽莎也和杨卓一样，小时候参加了少年合唱团去俄国演出沦落他乡，好在她的姥姥家是在俄国，所以没有流浪街头。两年前，丽莎辗转回到哈尔滨，但其父母早已迁居巴西，她只好寄居在表姐家，生活很困窘。罗尼娅念在她姐姐是闺蜜的情分上，给她安排了这份工作，她也准备赚够了钱就去南美，寻找父母合家团聚。半年之前，她在餐馆里突然遇到了杨卓，这位童年的伙伴，共患难的好朋友，十分顾念旧情，居然愿意资助她去巴西的路费。这真是出乎丽莎的意料，杨卓还真没想占她什么便宜，唯一的要求就是让她赶快走。丽莎当然会遵命照办，她立刻就向老板娘辞职，并尽快办好了离境手续。不过在她向罗尼娅话别的时候，还是说出了她心中的困惑，因为她在俄国时听说杨卓参加了苏联红军，怎么就忽然间变成了奉军的少将了呢？对此她百思难解，又不敢问。

杨卓曾当过苏联红军，这正是范斯白想知道的。作为识破其伪装，这已经足够了，但范斯白还不想收网，一切监探依旧照常进行。最后，杨卓与苏联驻哈总领事馆信使卢托克夫接头在塔道斯餐馆传递情报，被逮个正着。

塔道斯是一家著名的高加索烤肉店，位于中央大街与西五道街拐角。那天，范斯白已经从监控电话中知道了接头的时间和地点，于是就在塔道斯餐馆设下埋伏，并亲临指挥。让他高兴的是这家餐馆是个地下室，这地形有利于抓捕而不利逃脱。当时，杨卓与卢托克夫是先后进店的，两人没坐一张桌距离还挺远。杨卓刚坐下不久，连饭菜都没上，卢托克夫却起身就走了，俩人没说一句话连个照面都没打。不过在卢托克夫走到门口的时候，从衣帽架上把杨卓的呢子礼帽摘下来，悄悄地戴走了，跟踪监视的人脸朝里，发现不了身背后的事情。当杨卓吃完饭要走时，在门口伸手去摘另外一顶完全一样的礼帽时，"咔嚓"一声手铐给他扣上了。同时，硬邦邦的手枪顶在他的脊梁骨，夺过他手中的礼帽，范斯白微笑着出现了。

在卢托克夫留下的那顶帽子内衬里，发现了一张小纸条，上面用俄文密写着："大帅府正在查会谈记录，你可能已被怀疑，立即停止一切活动，销毁证据，尽快撤离。"很显然，这是在向杨卓报警。随后范斯白带人去搜查了杨卓的公馆，在他家的密室里搜出了一部摩尔斯收发报机，还有"达尔邦克"银行之巨额存款的存折，据说有 100 万之多。在审讯时，杨卓对自己的真实身份以及所做的一切，都供认不讳。据他说，那笔巨款是准备用来策反高官的活动经费，暂时在他的名下存着。

1927 年 1 月 4 日，杨卓被张作霖定为"通敌叛国"的死罪，枪毙于南岗极乐寺下坎的新毛子坟。至于那个去塔道斯和杨卓接头的卢托克夫，却侥幸逃脱了。在杨卓被捕之后，他偷偷地越境回国一直活得好好的。12 年后，他又重回中国，任驻华使馆武官助理，后升任代理武官。二战后他第三次来华，成为苏联驻中华民国大使。新中国成立后，他被任命为苏联驻中华人民共和国的首任特命全权大使。卢托克夫只不过是他当时的一个化名，他的真名是尼古拉·瓦西里耶维奇·罗申。

在杨卓被捕之后，所有在哈潜伏的苏联特务可都吓坏了，因为不知道他会把谁给供出来。若叫张作霖给逮着那可是真杀真砍啊！所以转移的转移、撤退的撤退，不是进关里就是回俄国，

苏联驻中华人民共和国
大使尼古拉·罗申

反正是折腾了一阵子也老实了一阵子。那张大帅对范斯白自然会褒奖有加，那褒奖可不是来虚的，绝对是真金白银不含糊。

在范斯白良久的回忆当中，纬度不断南移，飞机开始降低高度，奉天城已经就在脚下了。

当时的飞机受续航能力所限，必须在途中着陆加油。

乘客则可小憩用餐。当飞机在东塔机场徐徐降落之后，乘客们鱼贯走出机舱步下舷梯。范斯白出了舱门，在舷梯上往四下一看，不由得大吃一惊，只见机场上布满了宪兵和警察，分明是实行了紧急戒严。范斯白心里很清楚：这绝对不是一般的警卫，为什么要这样如临大敌呢？难道是为了我吗？

第13章

炸后硝烟

范斯白控制住了自己的恐惧感，镇定从容地与旅客们一起走进了休息厅，若无其事地坐在那里点着了香烟。这时许多日本宪兵闯了进来，把守住门口，然后逐个盘问每一位旅客。

难道说这出戏该闭幕了吗？范斯白正自想着时，一个年轻的日本宪兵少尉走近他的眼前，用很蹩脚的英语对他说："先生，请出示一下您的证件。"范斯白盯了他一眼，故意装出很不耐烦的样子，伸手从西服上衣的内兜里，以食指和中指夹出那本黄皮护照，不屑一顾地递给了那个少尉，他的谱摆得够大了。宪兵军官接过去之后略一审视，顿时肃然起敬，马上并足敬礼，然后恭敬地双手托还。

"对不起！打扰了！例行公事，请您原谅！"

范斯白接过护照，把它和傲慢一起收起了，和悦地问："年轻人，机场里为什么这样紧张啊？有什么特殊的理由吗？"

"报告阁下！"那少尉俯下身来低声说："是因为有两个德国工程师，在鞍山帮助建设昭和制铁所的4号炉，他们要搭乘下午的日航班机去东京。在来奉天的途中受到了骚扰，因此向我方提出离境前必须绝对保障安全，否则他们就扔下半截工程不再回来了。为了避免在国际上产生恶劣影响，所以……"

"真是小题大做嘛！"范斯白挥挥手，做出不以为然的样子，宪兵少尉敬个礼转身向别人走过去。这时范斯白才放下心来，眼前不过是一场虚惊，如若真是哈尔滨及时发觉了他的去向，下达了通缉令，那可就全完了！他忽然觉得现在应该去喝一杯咖啡，吃一点什么了。

经过40分钟之后，飞机再次升空，那座东三省最大的城市被渐渐抛于脚下。垂首望去，日本站（当时指沈阳南站）前高楼林立，那里集中了许多由日本垄断集团控制的"国策公司"，是实行经济压榨与资源掠夺的指挥机构，就仿佛是吸血管的枢纽阀。而在它的东边则有沈阳旧城，坚固的城垣围着巍峨的宫殿，古塔耸立，庙宇辉煌，依旧是当年大清帝国开基定鼎时的模样。努尔哈赤和皇太极的陵园，静卧于东郊和城北，更使人增添了沧桑之慨，联想起烽台驿站，鼙鼓寒笳的遥远岁月……但此刻萦绕于范斯白脑际的，却是从大帅府到皇姑屯，从柳条湖到北大营，那段并不遥远的历史。他回忆起了为张作霖工作的8年，那位大帅曾对他十分器重，优礼有加；他也同样以忠心耿耿、尽心竭力来回报。他曾几次密进帅府，每次都是在夜幕下，穿上中国服装，戴上黑眼镜，把欧式呢帽的前帽檐压下来遮住眼目，由大帅一个亲信的少校副官引导着，进入那个大院。张作霖接待他的地方是在大楼西北角的老虎厅，那里因为陈设有东边道镇守使汤玉麟送来的两只老虎标本而得名，"二虎"却正是那位汤将军的绰号。如今大帅府的故址犹存，但已经物是人非，它已经成为伪满国军第1军管区的司令部了，这不禁让范斯白生出兴亡之叹！

客机继续南飞，于下午3点40分在大连着陆，范斯白匆匆去找他的好友鲁拉契，拜托这位意大利商人照顾一下将于次日到达的家眷。随后他便立即赶到码头买了当晚开往青岛的船票，登上了日本客轮"白鲸丸"，连夜离开了大连。当时，日本虽然在青岛有很大的势力，但那里的政权总还是在中国政府管辖之下，只要离船登岸，就算逃出了日本人的魔掌。

9月5日，当范斯白在青岛下船之后，日本当局发出的通缉令才下达到大连。此时，赛罗娜领着2个孩子才刚刚抵达大连，通缉令对她们来说一点也不晚。

当哈尔滨实行全城大搜捕的时候，赛罗娜和她的一儿一女，已经被雷蒙特和秦旭用汽车送到了双城堡，并在那里上了南行的火车。按照预定的计划，送到双城以后雷蒙特开着汽车返回，而秦旭则护送她们一直到大连，把她们交给鲁拉契之后才返回。

秦旭的真名叫秦雅臣，是奉天宪兵司令齐恩铭手下的副官，他和范斯白认识的时候，张作霖已经不在人世了。1928年6月4日5点23分，沈阳南北站之间的老道口三洞桥墩上，突然爆发了一声巨响，震惊中外的皇姑屯事件发生了。当时，对日本人来说这是一个绝密行动，如果稍有泄露，后果是严重的，

皇姑屯爆炸案直接执行者、日本关东军司令部高级参谋河本大作

尤其害怕有什么把柄落到中国人手里，但是他们没想到偏偏是在哈尔滨出了问题。在参与这一阴谋行动的人中，除主使授意者关东军司令官村冈长太郎、直接策划者高级参谋河本大作、执行者奉天独立守备队的工兵大尉东宫铁男等这条主要行动线之外，还有2条配合行动的副线。一条是情报线：是由专程密赴北京的关东军侦察参谋竹下义晴少佐和他的助手下永宪次大尉负责，他们的任务是要密报张作霖离京的准确时间和所乘列车的编组详情，以及在京奉线沿途布置监察人员，以便及时报告列车通过的精确时间。还有一条是伪装掩护线，即由奉天日本宪兵队的便衣特务安达隆盛和伊藤谦次郎共同负责，任务是制造假象，转移目标，嫁祸于人。具体做法是在现场制造假凶手、假凶器和假证件，其中最主要的是得有几个中国人的尸体，装扮成南方国民军派来的刺客。

皇姑屯事件现场

最初，伊藤本打算就地取材，在大石桥附近抓两个中国流浪汉顶数。安达隆盛认为不妥，他怕假凶手的身份被人当场认出来，因此决定舍近求远，到北满去移入。安达通过以前日本特务机关收买过的落魄军官，原吉林督军孟恩远之旧部刘载明代为物色，此人原是吉林军第1师师长高士宾的亲信。在张作霖兼并吉林的时候，高士宾因抵制易督、拥孟拒鲍被免职，两年之后他趁奉军在第一次直奉战中失败之机，又勾结吴佩孚发动吉林军旧部在哈绥地区举兵反奉，事败之后刘载明也随之丢官罢职，因此对张作霖积有旧怨。安达隆盛找到刘载明，给了他2万元让他给找替死鬼，结果刘只以先给50元的代价，便找来了3个无业游民，都是扎吗啡的惯犯，只要给钱什么事都肯干，但是他们并不知道这是个要命的差事。刘载明把三人送到奉天日本站前满铁附属地界内的一家日本旅馆，给那三个无赖洗澡换衣服，然后给他们揣上伪造的"国民军东北招抚使"文书密信，于深夜把他们送到皇姑屯老道口的预定爆炸地点。不料其中有一个机警的惯盗见势不妙，在途经西塔十间房附近时，从汽车上跳下逃走，两个便衣的日本宪兵急忙随之跳下，但因街巷复杂，夜色昏暗，两个追捕者只能是徒唤奈何！剩下的两个则被送到现场后用刺刀捅死，在死者手中塞上一枚小型俄制炸弹，然后弃尸于桥涵附近，伪造成爆炸铁路的凶手。

那个跳车逃跑的幸存者叫查大明，他在夜幕的掩护下，摆脱了日本人的追捕，竟然直接投向警察局要求收容保护，警方随即送交奉天宪兵司令部，被齐恩铭控制起来。

在爆炸案发生之后的4小时，中日双方曾进行联合调查。奉天交涉署日本科科长关庚译，两次拒绝在日方拟定的联合调查书上签字，正是因为那个跳车脱身的查大明从报纸上刊登的所谓"炸车嫌犯"之尸体照片上，认出了所谓的"南方便衣队"，其实正是自己的伙伴吴贵生与张文才。但此事暂不宜公开，故只提出："爆炸力如此强烈，绝非人力所能投掷。"日本人在爆炸现场布置的伪证，恰恰是弄巧成拙，露出了马脚。查大明虽然说出事实真相，但有力的证人还是刘载明。

刘载明既替日本特务雇人，又参与伪造文书证件，因此他成为了解皇姑屯事件秘密的唯一中国人。此人在回哈尔滨之后忽然得了神经病，每天胡言乱语，不是喊："大帅饶命！"就是叨咕："我可不是有心让你们送命啊！我也是被逼的！上当了！我错了！我丧尽天良不得好死啊！"这一情况很快就被中日双方的情报人员知道了，秦雅臣当时就是专程来哈尔滨准备把刘载明押到奉天去。不料在他到哈之后却发现刘载明失踪了，因此他才持齐恩铭的亲笔信去找范斯白，请求协助。范斯白经过明察暗访终于发现了刘的下落，原来是被两个日本特务绑架走了，软禁在石头道街著名的日本女特务"满洲阿菊"的家里。

范斯白很早就听说过"阿菊"这个名字，据他所知，被日本人广为传颂的女匪"阿菊"至少有两个，一个是"西伯利亚阿菊"，还有一个是"满洲阿菊"。这两个"阿菊"在间谍活动中都曾显示过不凡的身手，哈尔滨则是她们的共同归宿，由于她们的绰号相同而常被人们混淆，甚至在日本人中间也是如此。

"西伯利亚阿菊"名叫山本菊子，生于九州熊本县天草的乡村，幼年卖身到朝鲜为娼，后漂泊于西伯利亚各地。日俄战时，日本军方利用她精通俄、汉、朝鲜语的特点，吸收她参加谍报活动。在日本的特工队伍中，遍布俄国远东各地的日本妓女是一支不容忽视的力量，军谍机关称她们为"烟花特种部队"，由于她们具有深入敌军被窝的"特殊本领"而屡建奇勋。日本最著名的间谍，参谋本部第二课长、陆军少将福岛男爵写了一首赞美她们的诗，诗的题目是《凋零红粉月初升》，描述一个妓女如何成为一个杰出的谍报员，怎样以石榴裙致敌于死命。据说这个主人公即是以"西伯利亚阿菊"为原型写成的。其实这个山本菊子是一个艳如桃李、狠若蛇蝎的女间谍，她曾一度嫁给日本浪人森田武雄，但在丈夫重病住院之时，变卖了家产私奔到山东，化名为瑞玉菊并嫁给军阀靳云鹏做妾。后又到东宁县老黑山，再嫁给了报字"靠山"的土匪头目孙花亭，随匪帮辗转活动于中俄边境地区，曾协助日军大井师团谍报队抓获俄国游击队领导人莫辛，受到军方的褒奖。1924 年 7 月 31 日，这条美女蛇病死于哈尔滨，年仅 39 岁。旅哈的日本侨民在道里西本愿寺为她举行葬礼时，收到了一封从东京发来的唁电，电文是："谨祈菊子冥福，以其未能生为男子汉而深感痛惜。"发报人竟是头山满，菊子在黑龙会中之地位可想而知。

　　"满洲阿菊"叫河村菊子，是长崎县人，父母早亡，15 岁时来中国投奔姨母。姨夫洪安德是个中国商人，在北京做生意。菊子来华三年后，认识了在北京教学的日本教师冲祯介，两人一见倾心结为情侣。日俄战争中，冲祯介参加了日本驻华使馆武官青木宣纯大佐组织的特别任务班，深入俄军后方实施破坏而被抓获，与同伴横川省三一起被俄军枪毙于哈尔滨郊区。日俄战争后，日本旅哈侨民在马家沟建碑纪念，菊子不远千里赶来，于碑前献花祈祷，并发誓要继承恋人的遗志献身于冒险事业。两年之后，河村菊子嫁给了热河大平房的著名匪首杨大新，成为土匪婆。不久杨大新战死，阿菊便统率其部下成为女当家，报号"小金凤"，并纳有"男妾"，盘踞在辽西一带，曾风云一时。

1913年春，菊子洗手脱离匪团重返哈尔滨，专门经营妓院和鸦片烟馆，与日本特务机关勾结密切。她所经营的醉月楼妓馆在一面街，基本上是个黑窝，雇的打手比妓女多1倍，走私贩毒，买卖人口，倒卖军火，销赃窝犯，啥缺德的事都干。日本特务、大连新闻社的馆龙一郎，带人绑架了刘载明之后，就把他藏在醉月楼后院，除了阿菊的打手之外，还有领事馆警署的便衣日夜看守。

秦雅臣的顶头上司齐恩铭，和范斯白也是老交情了。早在他当第五混成旅长的时候就相识了，1926年他升任奉军宪兵司令，位高权重，但对范依然是十分尊重。范斯白经过详细调查与周密策划，他决心要从阿菊的魔窟中把刘载明抢出来，作为揭露日本关东军阴谋的有力证人。而且要特别防止对方在形势不利时杀人灭口，目前日本人打算在软禁中不留任何痕迹地除掉他，表面上很优待，实际上每天以烟酒毒品和女色来消磨，以使其接近于正常的死亡。为了使他们来不及下手，范斯白想出了一个突然袭击的妙计，要在虎口里拔牙。

范斯白为了把刘载明活着从日本人手里抢回来，确实是费了不少心计，他先把手下的两个心腹白俄派去，假装成是去寻欢作乐的嫖客，黄昏时就先混进了醉月楼。天黑之后又密遣两个得力的密探费加和吉洛夫，从邻街的楼上越窗潜入到妓院的屋顶埋伏着，随后再派两队警察堵住前后门，以防止他们把人转移出去。一切安排就绪，范斯白便开着汽车等候在街口。

晚上十点半，按照事先的约定，混进里边的两个俄国人便发生了口角，然后就找碴儿打架，其中的一个突然鸣枪，门外的警察便闻声闯入。就在这里外呼应造成慌乱的时候，潜伏在屋顶的费加和吉洛夫悄悄于后院跳下，将日本看守的特务击昏，趁乱把刘载明劫走。范斯白开车在后门外接应，那两员俄探把刘载明拖出塞进汽车里，一直开到市郊老五屯，把人藏在地窖里。第二天上午，秦雅臣带着手下的人故意到火车站附近去晃悠，并且买了晚上去奉天的火车票，还特意按人数多买了一张，以布疑阵。

当天的傍晚，一辆大汽车开到了老五屯，悄悄把刘载明押上了车后沿公路开往双城堡，向奉天进发。范斯白把他们送走之后，这才轻松地睡了一宿好觉，以为是打赢了一场漂亮仗。不料当晚在途中即遭日本人的袭击，费加和一名押车的中国特工被当场打死，秦雅臣与吉洛夫都负了重伤，刘载明半死不活地下落不明，一切苦心都白费了。这次的途中伏击是由日本特务工藤铁三郎（后曾任伪满宫内府侍卫处长，溥仪御赐名工藤忠），率公主岭独立守备队骑兵干的。这就是秦雅臣与范斯白相识的缘由。"九一八"事变之后他参加了吉东地区的抗日救国军，被派到城里来搞情报，便和范斯白又接上了头。而那位赫赫有名的"满洲阿菊"，却不像"西伯利亚阿菊"那么短命。据日本史料记载，她是在伪满末期，悄然病死于哈尔滨石头道街私宅。

秦旭把赛罗娜和两个孩子安全地送到大连浪速町鲁拉契的家里，第二天便匆匆返回铁岭老家，去探望他的老母亲。鲁拉契到码头购买翌日去青岛的船票时，大连的日本特务机关已接到通缉令，他们对通缉犯的家属当然不会轻易地放过，连忙电告关东军宪兵司令官。

东条英机在哈尔滨全城大搜捕中没抓到范斯白，他想到范斯白可能已经逃出哈尔滨，却没想到能够逃离"满洲国"。东条猜想范斯白既与游击队有联系，可能会逃向东北部国境，然后伺机越界，没想到他会往南飞。直到第二天，宪兵队在马家沟机场附近发现了范斯白遗弃的摩托车，才准确地知道范斯白是乘飞机逃走的，也就想到了范斯白所持有的特别护照，有这样的护身符，从大连到关内就是很容易的事了。这时，东条把全部的怒气都转向了安藤麟三，却又抓不住人家什么更大的把柄。而那位特务机关长却反过来埋怨宪兵方面不该拒绝特务机关参与逮捕行动，又很无能地把范斯白瞪着眼放跑了！但是这个大娄子毕竟是出在特务机关，安藤逃脱不了失察之罪，因此而被罢职。关东军司令部为了整顿哈尔滨特务机关，在半年之内没任命新的机关长，而是由司令部第二课长富永宫次临时代理。直到第二年初才任命了法西斯秘密团体"樱会"的骨干、东条的亲信樋口季一郎少将将来正式接替，人选的难产恰可说明问题棘手，关系复杂。

　　与安藤的一蹶不振相反，东条却从此青云直上，至年底晋级中将，翌年初升任关东军参谋长，两年后再升为陆军省常务次官，四年后入阁当陆相，五年后便组阁任首相兼陆相，成为陆军大将，随即发动太平洋战争，就这样一步一步地爬上那个最后的绞刑架。

　　1936年9月4日晚10点，日本客轮"白鲸丸"驶离了大连港口，驶离了"围着铁丝网"的"王道乐土"，驶离了具有Made In Japan明显标志的"满洲帝国"。轮船在夜幕下驶向远海，海面上风急浪高，波涛汹涌。客舱里范斯白辗转反侧，心潮难平。此时此刻，一种去国离乡的感觉十分强烈，在范斯白的心目中，早已经把哈尔滨当成是自己的家乡了。但是他将要去的地方是中华民国呀！

作为一个加入了中国国籍的外国人，他的心情是很难平静的。正因为他有中国的国籍，所以日本人不承认他的侨民地位，而强迫他承认是"满洲国"的臣民，以便任意操纵他的命运，强迫他去做他所不愿意做的事。改变国籍那就意味着失去了使领馆的庇护，失去了治外法权，那么他为什么要放弃意大利国籍而加入中国国籍呢？那是因为12年前的一笔军火交易，使他卷进了一场国际纠纷……

自从那次秘密地会见张作霖之后，范斯白便正式加入了奉系军阀的特务机关，当时正是张作霖势力最盛的时候，同时也是东三省，特别是哈尔滨局势最复杂的时候。从北边蜂拥而至的是俄国流亡者。他们在革命、内战、饥饿、动乱中幸免于死，却并不等于就有了活路，他们的命运仍处在生死之间。俄国流亡者人数的骤然猛增，给哈尔滨的社会安定造成了很大的威胁，更不要说在难民的羊群中，也混有披着羊皮的豺狼，而那些所谓的"良人"大多数并不是良人。

从1918年起，5年间有200万俄国难民逃向国外，其中有12万聚居在哈尔滨，占全市人口的四分之一，对他们的管理是个很大的难题。张作霖给范斯白的任务就是要掌握白俄社会的动向，防止白俄势力从事反华活动，协调好白俄中间的各方面关系，并监视持有苏联护照的人，以及对其他国家间谍的防范。总之，张作霖是把范斯白看作他在国际关系方面的耳目。

1923年初，范斯白奉命去沈阳缉查私购军火的案件，因为主犯是意大利人，估计有惊人的数目。最初的两个月他活动于山海关、秦皇岛一带，沿津奉铁路跟踪侦查，很快就掌握了线索。3月2日，范斯白部属协同东三省陆军第16旅齐思铭部，在离山海关9公里的地方截获来复枪500支；3月22日又缉获另外的一批1000支。4月12日在北戴河附近又没收了自动手枪200支，这些枪械全是意大利造的，几个走私者也全被抓获，但身为卖主的外国人却溜掉了。

范斯白参与了缉私活动的情况，很快就被有利害关系的外商们知道了，他们给意大利的外交官施加了压力。当范斯白于6月间到天津时，被意大利驻津总领事加布勒里请到了领事馆，那位总领事先生警告他说："范斯白先生，您已经给我们惹了许多麻烦了，这对您很不利！希望不要再给我们惹麻烦，我们很清楚你来天津的目的。但我得警告你，虽然中国当局会袒护你，可你仍旧是在我管辖之下的意大利人。如果你再给我们惹那种麻烦的话，我就要拘捕你，把你遣送回国，现在住手还来得及，否则就不客气了！"

这种恐吓并没有使范斯白就此止步，5个月之后他又惹了一个大麻烦，总领事果然对他不客气了。

经过那位总领事的警告之后，范斯白也确实想不再惹麻烦了，他也不愿意得罪本国政府，但缉私的工作又不能不干。尽管他有意避免麻烦，但麻烦还是发生了，而且这个麻烦还不小。在11月中旬，范斯白侦悉在天津港口停泊的一艘日本轮船上，私藏有大批的走私军火。在日本当局的同意下，军警登船检查，当即搜出意大利造的来复枪4000多支，那是准备运到广州去的，货主却没有抓到。

这下可着实惹恼了那位总领事加布勒里先生，原来以前查获的那几批走私军火，都是在交货以后，倒霉的是买主。这次却是交货之前犯的事，运输途中扣在船上，倒霉的自然是卖方，蒙受损失者恰恰就包括这位总领事本人,他能不急吗?在第二天的当地报纸上还登出了一则天津意租界总巡署名的通告,原文是:"昨于日本船上搜出并为中国当局所没收之军械,虽系意国制造,然绝非天津意大利海军兵营之所有物。"这种此地无银三百两的声明,看了更使人发笑。三天之后,范斯白应邀到意租界三马路(现进步道)一个朋友家去做客,不料刚一进入意大利租界即被工部局的巡警扣押。他被推进了一辆警车,监视他的有两个警官,他忍不住问道:"请问,你们为什么拘捕我?"

"这你自己清楚!"

"能让我看一看逮捕证吗?"

"没这个必要!"

"我抗议!"

"没有用处!"

"你们要把我送到哪去?"

"意大利,当然是欧洲的那个意大利!"

"这究竟是为什么?能够做出合理合法的解释吗?"

"我们只是在执行命令,先生!"

"谁的命令?是总领事加布勒里的命令吗?"

"不,是公使馆的命令!也就是说是政府的命令!"

范斯白明白了,他终于知道了谁是这笔非法交易的真正卖主。半个小时后他被押送到火车站,关进了一辆载货的车厢里,交给了四个意大利水兵和一个下级军官看管。那两名警官交代完之后就走了,但还留下了一名警士,要等到开车后才能走。范斯白不失时机地利用了这个机会,他对那警士说:"朋友,你看得很清楚,我受到了很不公正的待遇。他们扣押了我,却没有说明任何理由。

帮帮忙吧！我现在只求你一件事，把这只怀表送到西马路河沿的西城洋行，交给经理富克斯，他会转交给我的家人。"

"这……恐怕……"

"您有火柴吗？吸支烟吧……请不要客气！"他送到那警士眼前的不仅是烟盒，还有一厚沓钞票。

"哦，好吧！我很同情你。再说，这点小事也算不了什么。我今晚就会转交给他。"

"我那个朋友是个热心人，也很慷慨，他对你的感谢之情一定会远远地超过我。谢谢你，小伙子！"

范斯白这样说是怕他不肯把表送去，暗示他如果真把表送去会得到更多的钱。果然是有钱能使鬼推磨，那个警士果真于当晚就把怀表送给了范斯白同伴，那是个报警的信物，只要按动键钮便可发出不同的响声，说明处境的危急程度和需要什么援助。富克斯送给了那个警士更多的钱，探听出范斯白是被押往上海，立即给在上海的同伴发去急电，然后便连夜赶赴上海。富克斯很快就了解到，范斯白在 11 月 19 日被押到上海之后，立刻就被转解到意大利军舰盖拉布里亚号，关押在密室里。

富克斯到上海之后，便去找前沙俄驻上海的副总领事梅兹勒，他现在是俄罗斯流亡者联合会的领袖。这位梅兹勒先生虽然已经失去了外交的地位和特权，但在上海滩依然有很庞大的势力。帝俄的驻华外交官在十月革命之后已经失去了政府，也就断绝了外交经费的来源，靠着中国政府的庚子赔款又勉强地支持了三年。现在中国政府也停止了支付，领事先生的日子也就不好过了，靠募捐借债过日子和要饭也差不多，现在遇到这种有偿"帮忙"的事，哪能不尽力呢？

第 *14* 章

追魂夺命

梅兹勒很快就打听到盖拉布里亚号军舰在上海还要停留一周，将在月底之前起锚归国，这就可以有足够的时间来施展他的才智。他又了解到这艘军舰的舰长已接近退役的年龄，处事比较谨慎，行为也很规矩，不大好拉拢。但舰上的大副亨格尔海军少校却是个花花公子，喜好吃喝玩乐，特别是见着漂亮女人就迈不动步，这倒是个良好的突破口。梅兹勒相信只要能设法把这个大副给钩上就好办了。尽管这艘意大利的战列舰装甲很厚，却很难防御金钱的穿甲弹，如果再加上美女的魅力来发射，便足以穿透它那48.3毫米厚的坚硬钢板。

两天之后，这艘军舰上的大副亨格尔海军少校在外滩散步时，极为"偶然"地结识了一位美貌的"贵妇人"。那不过是从黄浦江上吹过来的一阵轻风，极为"偶然"地把一条漂亮的纱巾像抛彩球一样刮过来，缠住了少校的脖子。随之而来的是一串银铃般的笑声，亨格尔蓦然回首就一下子像电影的定格画面一样，惊呆在那里，因为一个活生生的仙女出现在他的眼前，向他莞尔微笑着，那是一个连罗汉也要动心的美人。只见她体态丰盈，容颜俊俏，肌肤细嫩，姿色迷人。往头上看：金发如丝，曲曲弯弯卷起韵味千般；秋波似水，顾盼之间流洒风情无限。往身上看：胸脯饱满，起伏间引得望者垂涎；胯部丰硕，扭动时充满迷人性感。那亨格尔本来就是风月场的里手行家，怎肯放过这天赐的良机呢？于是便大献殷勤地捧着那条漂亮的纱巾，恭敬虔诚得就像捧着佛祖的袈裟一样，送到了女士的面前。

"夫人，您的纱巾。"

"多谢了，军官先生！"

她那近距离的凝视微笑，就像电影的特写镜头，一切都突出真切，更使少校心旌摇动。但那女人却似乎并不想多给他点什么，只是礼貌地伸出她的纤手来送到他的面前。亨格尔可不想就此告别，他握住了女人的手却没有低头去吻。

"夫人，像这样的良辰美景，您自己一个人玩赏不觉得太孤单了吗？"

"那您的意思是……"

"由我来陪伴您，好吗？"

她犹疑地点了点头，亨格尔喜出望外。两人漫步交谈，很快就消除了生疏之感，话越来越多，肩膀也就越挨越近了。从谈话中亨格尔了解到她的丈夫是个富商，刚刚去中东办货，把她一个人留在上海独守空房，正愁着不知如何打发寂寞。少校明白了，这是个很容易进球却没有守门员防守的空门，正等待他大胆地进攻，于是便放开手脚行事了。

两人从林荫道上高雅的漫步，到并坐长椅上的亲昵交谈，接着便是百老汇的餐厅，百乐门的舞池，一直到她家的花园别墅，乃至她的闺房锦帐……就这样，那女人用含有魔法的笑靥，勾魂取命的秋波，迷神乱性的柔声，融心荡魄的媚态，向亨格尔发起了多兵种的协同进攻，很快就突破了海军少校的心灵防线，把那军官完完全全地解除了武装。不仅是佩刀、手枪、肩章、军服，就连个背心裤衩都没剩。

一个色中饿鬼偏偏碰上了欲海情魔，自有一番干柴烈火般地燃烧，任凭百炼金刚，也使真魂出壳。那少校以为自己占尽了便宜，得到了实惠；而在那女人看来，此刻的海军少校，已是她温柔乡、迷魂阵里的战俘，下一幕该演什么戏，她心里十分清楚。

当亨格尔从销魂之梦里醒来的时候，仙女不见了，魔鬼却出现了，一群彪形大汉突然闯进，手持枪刀棍棒，各个立目横眉，将他团团围住。梅兹勒率领的两名俄国打手最后进来，拔出左轮手枪对准了亨格尔的脑门，然后大拇指缓缓地压倒击锤，清楚地告诉了他，现在可是一勾就响。吓得亨格尔魂飞魄散，浑身颤抖，连呼饶命。

这时，忽有一道耀眼的光芒一闪，同时"咔嚓"一声，那是在镁光灯的闪亮中，有人按动了照相机的快门，照下了少校精光赤条的狼狈相。同时，还有一个人把亨格尔的军服、武器等全部装进了一条布袋里拎走了，很显然这已经把一切证据抓到手了。

在这种难堪的局面下，富克斯出现了，他扮演一个态度温和的角色。进门后先给了少校一件遮羞的睡衣，然后把他让进隔壁的客厅，谈判开始了，少校除了接受投降的条件之外已经别无选择了。富克斯提出，只要能把关在军舰的范斯白放出来，他将得到一笔丰厚的报酬，并保证绝对无损于他的前途，也不会给他带来任何麻烦，他们很快就成交了。

又过两天，盖拉布里亚号舰长宣布全体官兵于回国之前放假三天，官兵们可以上岸尽情游乐。这艘军舰游弋远东原是因当时直、皖两系军阀争夺上海，浙江督军卢永祥与淞沪护军使何丰林因抵制曹锟贿选总统，宣布停止与北洋政府的一切公文往来；江苏督军齐燮元则以反对国会议员在沪集会为由增兵昆山，觊觎上海，江浙之虞一触即发。这时，美、英、法、日等国公使提出警告，声言如战争爆发将采取相应手段，于是外国军舰纷纷来沪，各国海军陆战队先后登陆与万国商团协防。在这种形势下，江浙两省督军便暂息刀兵，签署了"保境安民"的《江浙和平公约》，因此各国兵船又都纷纷起锚归国。就在三天假期结束之后，盖拉布里亚号的舰长发现关在军舰底舱密室的范斯白不见了，据说他是经过通气管爬至上层舱，然后从士兵寝室的舷窗钻出去跑的，海上有小艇接应。

意大利皇家海军之装甲巡洋舰——盖拉布里亚号

舰长闻知后大发雷霆，扬言定要追查责任，但被大副叫到一边开导了一番，回来之后态度便发生一百八十度的转弯。派了一名军官致函驻沪总领事罗西，说明他不愿假借意大利皇家海军的军舰给别人做不正当的勾当，除非领事馆能在当日下午4点前提供拘留范斯白的正式公文，否则拘押者将被开释。而事实上在罗西收到函件时，看了看腕上的手表，已经是4点零5分了，不用说人已经给放走了。至于舰长先生为什么会有这种虎头蛇尾的变化？以及这封如此重要的公函会有如此严重的耽搁，那恐怕只有上帝知道了。

　　但是领事先生并未就此罢手，他立即派副领事费拉觉洛给法租界及公共租界的工部局送去了正式的拘票，请求租界当局立即拘捕意大利军舰盖拉布里亚号上的逃兵 A.维斯帕。据悉此人已潜入公共租界，请于捕获后引渡给意大利总领事馆。看来，他们定要穷追不舍。

　　幸而当时公共租界的英国总巡格雷拉是英国军情六局派来的，原是史蒂芬司的好友，早就认识范斯白，当然要加以袒护。况且当时张作霖与孙中山、段祺瑞结成了反直的三角同盟，奉系军阀在上海的势力强大，在法租界古拔路（现富民路）派有常驻代表。张作霖曾密电浙江督军卢永祥及淞沪护军使何丰林，要求其务必保护范斯白安全。更兼当时英法与意大利的关系并不友好，乐得送个人情。于是即由公共租界的工部局总董西姆斯去会见意大利总领事罗西，声明：倘若拘捕令上贴的照片确是所要拘捕的人，那就必须涂掉盖拉布里亚号逃兵的字样，因为据我们所知这位范斯白先生已在中国居留15年了，他分明不是舰上的水兵。反之，倘若要拘捕的的确是盖拉布里亚号上的逃兵，那就必须请你们换一张照片来才行。总领事罗西和副领事费拉觉洛当时都无言以对，只好含混地说："这是一个误会！"

中国当局也曾就此事向意大利公使提出抗议，但得到的答复却说：范斯白是意大利的国民，此事件与中国当局无关，贵政府并无关心此案的理由。他们拒绝撤销范斯白的驱逐令。几天之后，意大利领事馆又给范斯白送去了船票和旅费，附有限期离境的通知，并注明在上船之后将再发给 5000 元离境费，当然被范斯白立即拒绝了。

1924 年 4 月 9 日，当范斯白经过邓脱路（现丹徒路）时，突然被一个蒙面人在胸前刺了一刀，凶手向百老汇路（现大名路）逃跑，据警方调查行刺者是一个意大利退伍水兵。以后又发生过两次企图谋害他的事，主谋仍是意大利人并且一直就住在上海，但他的同谋者三个俄国人和一个印度人却都受到了惩处。那几个俄国人是后来由哈尔滨的中国法庭判的刑，而那个印度人则是由英国的领事警署给予处罚，但他们都不是真正的主谋。

接二连三的暗下毒手，背后都是由意大利领事馆指使的，这使范斯白感到在上海处境的危险，于是便在中国军事当局的保护下秘密返回哈尔滨。但是意大利公使馆却不肯就此罢手，他们拒绝取消驱逐令，一定要把范斯白遣送回国，此事已惹起外交上的麻烦。因此张作霖命东省特别区行政长官朱庆澜与特别区市政局长马忠骏共同与范斯白商量对策，他们俩都是范斯白的朋友，觉得在当时的形势下只有一个办法可以摆脱意大利使馆的纠缠，那就是放弃意大利侨民的地位，堂堂正正地加入中国国籍。范斯白考虑了前因后果，权衡了种种利弊，最后决定要改变国籍成为一个中国人，办理了有凭有据的法律手续，他的保证人便是朱庆澜将军和东省特别区警察总管理处处长魏永兴，还有中东铁路警务处处长姚曾志。从这时起，他在法律上就算是中国人，与意大利一刀两断了。

此后，意大利的公使和领事们再也没有公开干涉他行动的理由，因为他已是别国公民。但这并没有妨碍他们暗中使坏，他们绝不甘心于自己的失败，他们雇用的杀手很快就跟到哈尔滨来了。

一天，范斯白忽然接到一个朋友的电话，请他到阿伊卡察尔夜酒店去吃饭，说是有要事相商。这个朋友叫赛利万诺夫，原来是个木材商，现在正开设埃尔穆里酒精厂，两人曾有一些交往，但关系并不算太密切。他们约定晚上五点半在阿伊卡察尔会面，那个赛利万诺夫5点钟就去了，在他身旁还有个穿黑斗篷、戴墨镜的男人，寸步不离地看着他。他们订好了菜，坐在那里干等也等不来，一直到7点，还不见范斯白的影儿。这时从外边进来两个白俄，向那个戴墨镜的人报告说："咱们白等了，那小子根本就没来！"

"是不是被他发现了什么？"那个戴墨镜的人问起他身旁的木材商赛利万诺夫。

"不能！我什么话也没说错，露不出破绽来。"

"但是你的声音不对头，显得有点紧张，他这个人是很狡猾的！"

这时饭店的经理，送进来一个纸条，说是刚刚有人送来的，人已经走了。赛利万诺夫接过来一看，上面写着："亲爱的赛利万诺夫，谢谢你的美意！这顿饭看来我是无福消受，因为我突然拉肚子，盛情容改日面谢。顺便提醒阁下，以后再请我吃饭时，无须有人持枪作陪，更不必派人在中途恭候，你的葫芦里卖的什么药我完全清楚。但我不会计较的，更不会报复，因为你是被迫这样做的，所以我原谅了你！范斯白。"

赛利万诺夫看完之后，把字条递给了那个戴墨镜的人，那人摘下了墨镜一看，不禁吃惊地说："不好，我们快撤！"但是已经晚了，就在他摘下墨镜那一刹那，他已经被人认出来了，原来这是意大利驻上海总领事罗西派来的特务葛多维洛士。

其实范斯白早就来了，他比赛利万诺夫来得还早，躲在了柜台旁边的酒柜后面，那里正对着木材商所预定的餐桌，虽然距离远些但还是能看清楚。他一下就认出来了那个上海意大利总领事派来的特务，当他摘了墨镜的时候，就更是确定无疑了。

在上海发生谋刺事件时，曾当场抓住一个印度人叫巴尔辛，他供认是被意大利人葛多维洛士所雇用。租界警方虽然也知道罗西和费拉觉洛是主谋，但他们不好把外交官逮起来，因为没有足够的证据，所以就把葛多维洛士当作主犯来通缉。范斯白本来可以毫不费力地收拾他，但他不想这样做，因为不管他做了些什么都是奉命行事，主谋并不是他。再说他也不想让他的家邦故国对他的怨恨继续加深，他希望化解他与意大利外交官们的怨仇，起码是缓和下来，至于那个葛多维洛士只需要吓他一下就行了。

范斯白很坦诚地给意大利驻华公使写了一封信，申明自己并非有意与意大利国家作对，他加入中国国籍也是迫不得已的。但是意大利驻天津的总领事加布勒里、驻上海总领事罗西和副领事费拉觉洛，却一再对他加以谋害。现在他握有充分的证据证明，意大利的外交官卷入了这一不光彩的阴谋活动，如果再不停止这种谋害，他将把这些证据公诸报端，希望你们不要逼我这么做。第二天，哈尔滨出版的英文报纸上刊登出一则消息：

哈埠谋杀间谍失败　谋刺范斯白之印人被引渡

哈尔滨一月十二日特讯：上月谋刺本市无声电影院大西洋股董兼总经理范斯白之嫌疑犯印人巴尔辛一名，业已被捕，移交上海英国当局，但主谋之义人名葛多维洛士者则仍逍遥法外。

此项阴谋发生于去年十二月二十日，英领署立即请求中国警厅引渡巴尔辛。因其有同谋嫌疑被捕也。据一般推测，葛多维洛士并未同时被捕，现仍在哈逍遥法外。殊可异云。

回意上海报载，范斯白曾旅华多年，与沈阳特务机关原有特殊关系。彼对于特务工作功绩至巨，处置共产党活动及军火私贩甚为得力故也。此间众信此种阴谋或因其服务沈阳政府引起私人之仇恨。

报上这消息一发表，吓得葛多维洛士急忙逃往天津意租界躲起来。果然，从那以后意大利的领事馆再没有派人来找麻烦。

改变国籍之后对范斯白的生活来说，并没有带来更多的变化，但从上海到北京的几次谋杀却使他和意大利故国之间的关系恩断义绝。

和中国一样，意大利也是个文明古国，曾经有过光辉灿烂的往昔，但也同样存在着长期的积弱，虽然她仍然跻身于强国之列，但明显是个二流以下的地位，1922年的五强《海军条约》就给她标了明码实价，规定她拥有军舰的总吨位是一流强国的三分之一。第一次世界大战之后意大利在巴黎和会上受到美、英、法等国的冷落，攫取领土甚少，而战争的损失与破坏却很大，这时墨索里尼的法西斯势力便因时而兴，他发誓要使意大利恢复到古罗马的地位，要恢复意大利的国性！因此，他迷惑了众多的国民，范斯白也曾同样是一个忠实的法西斯党徒和墨索里尼的忠实崇拜者，那时在意大利甚至认为爱墨索里尼就是爱国。

但是后来大多数意大利人的梦都破灭了，当然范斯白是由于他被法西斯的意大利国家抛弃了，然而失望的却不仅是范斯白，是墨索里尼的作为破坏了他自己的神话。这时，人们才记起来德国著名将领鲁登道夫在第一次世界大战中对威廉二世皇帝说过的那句警告："陛下！如果意大利反对我们，有60个师就足以摧毁它；如果意大利成为我国盟友，则需要80个师去支援它。"事实表明，鲁登道夫的这种评论尚未过时。因此可以这样认为：范斯白国籍的改变是一种双向的抛弃，不仅是法律手续上的离异，也包括情感上的断绝，他已经与法西斯的意大利国家永远地决裂了！从此以后，无论是顺境和逆境，他再也不曾有过回意大利的念头。

有很长一段时间，他也确实是把中国当成他自己的国家，把哈尔滨当作是他的故乡，因为从情感上说这个第二故乡比他真正的故乡要亲切得多。他不仅户口在哈尔滨，不论走到哪里，当人们问起他的时候他会脱口而出："我是哈尔滨的居民！"他对故乡科尔诺山下的那条小河早已淡忘了，但他忘不了松花江，主要是道里江岸。是的，他忘不了江畔的晨旭、晚霞，月白风清的良夜，烟雨朦胧的深秋，骄阳似火的盛夏，银装素裹的隆冬……那里的四时更替、晦明变化都曾使他陶醉，但难忘的却不止这些。对哈尔滨人来说，松花江畔既是美的享受，又是欢乐的代称，是多种情趣的组合，又是无数往事的凝缩。没有任何一个哈尔滨人会和这条江分开，范斯白的一双儿女在襁褓中即被赛罗娜抱来，而那同一条长椅、同一级石阶却分明听过他们夫妻最初的海誓山盟。这里最能把人们记忆的轻舟，驶向往事的河流……祖国，可以认为是许许多多人故乡的总和，而生活对心灵的长久雕琢，确是在不知不觉中偷换了他的乡土观念，乃至使他有些乐不思"欧"。但从他变更国籍时的具体处境来说，也存在某种权宜之计，可他并没想到 8 年之后他的国籍问题，会成为驾驭他的缰绳。

当张作霖与吴俊升同时遇害，杨宇霆又随之被处决，朱庆澜、鲍贵卿相继离任后，范斯白与奉系军阀的上层关系完全断了。张学良将军在 1928 年底宣布东三省易帜之后，为表明放弃割据，服从统一，连奉军的"奉"字都不要了，改奉天省为辽宁省、奉天市为沈阳市，恢复元明旧称。这时，范斯白已经是扔下 40 奔 50 的人了，家也有了，钱也足了，不想再干那些冒险的行当了，因此就专心于商业，对特务这一行就此洗手不干了。

对那些深知内情的人，他多次坦率地说："对这套把戏我已经玩够了！"但是他没想到在关东军占领哈尔滨之后，日本人找上门来逼着他干，他不干行吗？

"九一八"事变后，日本侵略军迅速地占领辽宁各地，由于熙洽的叛变，多门师团兵不血刃地进驻了吉林，但向哈尔滨的推进却迟滞了4个多月。在此期间日本特务甘粕正彦指使日本浪人，操纵白俄反动分子，也雇用了一些中国歹徒在哈尔滨制造了种种混乱，他们在这条街上放几枪，那条街上点把火，在显眼的地方放置能发现的手榴弹，挑动无赖们打群架，制造一种侨民需要日军来"保护"的印象。像站前的日本总领事馆（现哈铁公安处），日本人经营的哈尔滨日日新闻社（在道里买卖街）都曾在夜间突然被炸，虽然所炸之处无关紧要，但"声势"很大。于是哈尔滨特务机关长百武晴吉中佐，即向关东军司令部发去"为了保护侨民安全，请关东军派来部分兵力"的申请，日本驻哈总领事大桥忠一也发去"已将向哈尔滨出兵问题向币原外务大臣提出请求"的通告。

这套把戏瞒不了内行人，范斯白对日本人想干什么看得一清二楚，虽然表面上日本的陆军大臣公开训令："内阁会议决定：禁止扩大事件，不向宽城子以北进兵；不要干预满铁以外的铁路乃是政府的基本方针。""对哈尔滨侨民，不要就地保护，必要时可以撤退侨民。不派兵的宗旨已于9月22日由总理大臣上奏天皇。"参谋总长也电令"尽管事态急剧变化，也不准向哈尔滨出兵"。但是，范斯白却了解到关东军的方针已定，他们绝不会在宽城子（即长春）停住脚步，关东军参谋长三宅光治少将已决定："如苏联加以干涉，则要下定决心果断处置之。即苏联一兵一卒从满洲里或海兰泡侵入时，我军立即以主力向齐齐哈尔、哈尔滨方面推进。"甚至提出："万一日本政府不接受关东军的方针，在满军人自愿暂时脱离日本国籍，亦要为达到目的而挺进。"

当时苏联与国民党政府断决外交关系已4年，"九一八"后的40天，苏联外交人民委员会主席莫洛托夫在庆祝十月革命纪念日时讲话调子很低，表明对日本的侵略行动无意干涉。其实这一点日本驻苏武官笠原幸雄及山冈道武早就摸清楚了，任何一家大使馆都会有"穿军服的间谍"，武官本来就是军方的耳目。

多年的间谍生涯使范斯白比一般老百姓更敏感，更善于判断和估计形势，他看得出中国政府一个劲地依靠国际联盟，仰仗《九国公约》，实在是个悬门。其实日本在明治维新之初就宣传弱肉强食的强权政策，公开说："百卷万国公法不如数门大炮，几册和亲条约不如一筐弹药。"（日本福泽谕吉《通俗国权论》）和这样的国家去讲道理那不是与虎谋皮吗？当时哈尔滨富有的商人都把钱财存入日本的横滨正金银行（现黑龙江省美术馆）和朝鲜银行（现道里区地段小学），或者是英国的汇丰银行（现兆麟街中国银行）和美国的信济银行。许多人都在和有势力的日本商号疏通关系，以求自保，范斯白也不例外。他已经看透了日本兵进攻哈尔滨只是迟早的事，而难办的是他已经失去了侨民地位，意大利的领事馆是不会对他加以关照的。于是他就去求助日本商会，好在他和日本商会会长、东亚矿业公司的经理私人关系不错，那人慨然给他出具一份英文打字的证明信，主要是为了防止日军入城时对他不客气。因为在日军进入奉天时，对城里的商民之劫掠行为早已是"远近闻名"的了，此信的原件尚存，可资佐证。

从1932年1月开始，日本关东军开始进攻哈尔滨，在双城堡及市郊进行了激烈的战斗，至2月5日哈尔滨沦陷。2月

6日关东军第2师团举行了入城式，他们受到了那些忘恩负义的白俄恬不知耻的热烈欢迎。当长谷部照吾的第3旅团29联队行进在中央大街的时候，沿街的窗户突然一下子都打开，伸出无数面太阳旗来，高喊着"乌拉"，俄国姑娘挥舞花束亲吻着日军。当晚，上万名白俄涌向日本领事馆恭贺新主人。远在法国的西里尔大公也发表声明，欢呼他的25万臣民受到大皇军的"保护"。

范斯白已经有半个月没出门了，这段时间里兵荒马乱的，百业停顿，街市荒凉，人人都躲在家里。就在2月14日的上午10点钟，一个日军中尉率领一名军曹闯进了范斯白的家。那位中尉态度异样地谦恭，深度的三鞠躬之后，用英语对范斯白说："尊敬的范斯白先生，您的老朋友，新任的哈尔滨特务机关长土肥原大佐，请您立刻随我们去见他！"

范斯白感到日本人的所谓邀请，其实就是命令，因为那位中尉把"立刻"这个词说得很重，似乎没有商量的余地而必须执行。为了确定其真实含意，范斯白故意客气地说："劳驾阁下，请您转告土肥原先生，我吃过中饭就去拜访。"

"那是不可以的！汽车就在外面……"中尉的态度急躁而接近于粗暴，但又骤转温和："……恭候您呢！"

"明白了！"范斯白抓起了呢帽斜睨了一眼，冷笑了一下，"我……必须从命！是吗？"

那中尉笑而不答，敬礼的姿态却保持到他离去。

范斯白和土肥原相识多年了，最初是在蒙古，最后见面是在天津，作为谍报高手来说，他们彼此之间都十分熟悉对方的老底。对于土肥原，美国记者马克·盖茵考曾有过一番评价，说他是"本世纪最大的政客和秘密间谍之一，他的侦探活动遍布亚洲"。而英国的谍报史专家理查德·迪肯则称他是"两次世界大战之间日本最杰出的间谍大师"。国际新闻界曾授予他一个众所周知的称号——"满洲劳伦斯"。其实这样说对他们两个人都嫌不够公平。虽然他俩都是间谍舞台上的超级演员，都曾在历史的风云中神出鬼没，然而土肥原贤二

哈尔滨特务机关长土肥原贤二

大佐缺乏那位英国上校的勇武刚毅，托马斯·爱德华·劳伦斯则远逊于这位日本大佐的毒辣与阴损。

1883 年，土肥原生于冈山，幼年家境贫寒门第卑微，靠妹妹嫁给某亲王做妾起家。毕业于日本陆士 16 期。从士官生到大佐曾走过漫长的道路，早在民国二年（1913 年）就到中国来从事间谍活动。当时在日本派华特务总头目坂西利八郎中将（化名班志远，曾任北洋军教习，是袁世凯小站练兵时的军事顾问，本庄繁、板垣征四郎、松井石根等大特务均出其门下）手下任助理武官，"九一八"事变时他已经在中国生活了 18 年。

按当时的地位来说，他并不是第一等人物，从国家范围来看，一个陆军大佐算不上是决定政策的国务活动家。但历史有时也会做出这样特殊的安排，竟使侏儒来决定巨人的命运，譬如说

对那位叱咤风云的安国军大元帅的谋杀，对那位大清帝国末代皇帝的劫持，以及统治3000万人民的伪国家之建立，均与这位制造事端的专家、策划阴谋的能手之秘密活动有关。英国前驻日大使罗伯特·克雷吉爵士谈到土肥原时，曾这样说："历史将无可辩驳地表明，日本陆军的既定政策就是在中国挑起各种争端，从这些挑衅事件中取利。在所有这一切阴谋活动中，日本方面有一个小人物始终在活跃地上蹿下跳，那就是土肥原大佐所扮演的角色。无论什么地方，只要有他沾边就注定要出乱子……"

虽然范斯白此刻尚不清楚土肥原"请"他是为了什么，但是受恶魔青睐，难道还会有什么好事吗？

第*15*章

旧业重操

虽然范斯白摸不清土肥原的意图，但有一点他是清楚的，那就是这次会面与以往不同了！从前他们是同行之间的平等交往，尽管同行是冤家，相互间存在着彼此防范、利用、较量和算计，但谁也不比谁矮半截，因此礼貌仍是必不可少的，哪怕是对手之间。而现在，土肥原已是占领区的军事长官，可他却成为治下的草民了，如果承认他是侨民，则可能客气一些，但也是在皇军保护之下；若把他当作是中国人，那就对他握有生杀予夺之权，战时在被占领土上，居民的生命并不比蚂蚁更珍贵。现在刀把攥在人家手里，无论是意大利还是中国都救不了他，他已经成为一个遭遗弃的孽子孤臣。

到了特务机关之后，范斯白在楼下等了5分钟才被请到楼上，土肥原在他走进办公室之后才离座相迎。当他们像老朋友一样亲切握手时，两人同时都笑了，只不过一个笑得惬意，另一个则笑得苦涩。

土肥原的个子不高，身体粗壮结实，脑袋很大，宽额大耳，蒜头鼻子上窄下宽，下面是剪得齐刷刷的小人丹胡子。眉毛短粗却总是微微扬起，微笑时厚嘴唇张开，露出两排交错不齐、各自为政的牙齿。目光有神，但机敏中隐含凶险；笑口常开，于和善中施其奸诈。他的一生几乎是常与成功结伴，唯一输掉的是最后的结局，赔掉了那颗大号的脑袋。

"哦，范斯白先生，久违了！记得我们最后一次会面是在……""是在天津，是在天津特务机关长田中大佐的家里，倘若我没有记错的话。""对，对，对！是在天津！您请坐！"

范斯白坐在茶几一侧的沙发上，土肥原却并没有坐在对面去陪他，而是回到大办公桌后面的转椅上，这似乎是在提醒客人注意到他今天的地位。

"范斯白先生，我们彼此相知，对不对？因此我们不妨坦诚地把话说得直截了当些，好吗？"

"悉听尊便，大佐阁下！"

"好，那我就照直说吧！从前我曾屡次向你提议，让你放弃中国的职务和日本军事当局合作，你都拒绝了。现在情形不同了，我想您大约也该改变主意了吧？"

"是的，我早就改变主意了！我不想再干从前那种营生了。因为我已经积蓄了一点钱，直接经营着一所剧院并且拥有另外两家影院的股份，足以衣食无虑了。再说，玩从前的那套把戏，我是否显得有点年岁过头了？"

"这么说，你是不愿意为日本特务机关效力了？"

"不，不！我并非不愿意为日本特务机关工作，而是不想再为任何特务机关工作，也就是说洗手不干了！当然，对阁下的盛情邀请……"

"先生，我并不是邀请你！"土肥原的脸上骤然多云转阴，"而是命令你！"

"大佐阁下，在我没有接受特务机关的职务，还不能算是您部下的时候，我们是旧友相邀，何谈命令呢？我可从未怀疑过您那些友好的表示能否兑现啊！"

"范斯白先生！您忘了，这是战时。"

"据我所知，到目前为止还没有正式宣战。"

"哼！宣战不宣战都没有关系，也不必怀疑我们会找不到你的罪名。你虽然是意大利人，但加入了中国籍，现在来说我们不承认你的侨民身份。凡是中国人而又不愿意为日本皇军服务的，都将被看作是敌对分子，而枪毙敌对分子已经成为我们的习惯！"

土肥原凶相毕露，哪里还有什么故友之情呢？

范斯白最怕的就是这手，抓住他的国籍问题加以威胁。果然，土肥原正是直奔他致命的地方打的。他无奈地叹了口气说："看来，我除了从命之外已经是别无选择了。那就吩咐吧，主人！"

"哈哈哈哈，老朋友！我们的玩笑开得过分了，会伤感情的。我知道你会为我们工作的，而且能够做得多么的好！你能在许多方面发挥作用，尤其是在哈尔滨，在白俄中间，我们是有许多事要做的。"

"但愿您指派我的，是我能够胜任的。"范斯白明白，张作霖重用他是因为哈尔滨的情况复杂，十几万白俄不好管理。日本人自然也有同样的需要。

"朋友，合作的开始，总是值得庆祝的！"说时土肥原取出一瓶法国白兰地，斟满了两只高脚杯，然后恭敬地递过一杯："与我们合作，你是不应该有什么顾虑的！您的好友荒木贞夫大将现在身居高位，是犬养内阁的陆军大臣，陆军次长小矶国昭中将也很赏识您的才干，寺内寿一伯爵常称赞您的为人，有这么多朋友的关照，你又何必担心自己的前途呢？我们会重用你的！来，让我们同饮此杯吧！"

"谢谢！干杯！"范斯白在赔笑，笑得很勉强。

"我劝你高兴起来，振作起来，显示出你的本领，在王道乐土的建设中干出一番事业来！我们会给你很高的社会地位，很优厚的报酬，会使你满意的，你将很快就体会到与日本皇军合作的愉快！"

其实，范斯白也并非特别不愿意替日本特务机关工作，干间谍这一行改换门庭另栖别枝的事也不算少。尽管他不太赞赏日本人的某些做法，感觉是接近于流氓和无赖，是谍报工作中的下品，他们目前在满洲的企图和最终的结局尚不清楚，做结论还为时尚早。但至关重要的是日本当局对他本人的态度，倘若诚意相邀，不妨加以考虑；如果是以恐吓威胁来强迫他，那就另当别论了。即使勉强干了，那也不会是真心实意的，你可以把枪发给我，往哪儿打那就不一定了。不过听土肥原最后说这几句还像个样，先干几天试试看吧！想到这儿他把杯中酒喝干了，不愧是法国名牌的白兰地，味道很醇厚。可以想象，这种酒蒸馏酿制之后在橡木桶里一定贮放了很久、很久……但是范斯白这种被尊重的快感，却没有贮存多久。

两个人放下酒杯之后，土肥原又特意走过去坐到沙发上，陪着客人聊天，再给范斯白加点恭维、添点许诺，兑上点温情，

"灌"得范斯白略有醉意了。当这幕友情的戏唱完之后，在两人告别的时候，又加演了一出，那效果可就不好了。"亲爱的范斯白先生，我必须给你一句忠告！就你的本事而言，想摆脱我们易如反掌，但是别忘了你还有五口之家，拉家带口一同离开满洲，可就不太容易了！"

"这么说，从现在起我的家眷就成为人质了？"

"不能够这么说！"

"哼，可就是这么回事啊！"

"范斯白先生，请相信我说的每一句话都是郑重而诚恳的！你和中国军阀政权的上层人物之间，有很深厚、很密切的关系，这一点你清楚，我们也清楚！所以我才好意地劝你，要小心行事，留意你的行止，别忘了你的旧友斯温哈特的遭遇。那个傲慢的美国人正是由于不听劝告，才会有那样的结局。"

土肥原提起的斯温哈特，也是为张作霖服务的人，他在日本遭暗害，尸体被抛入海中，东京的报纸说他"失足落水，意外溺毙"。这种提醒太有震慑力了！土肥原正如马戏团里的驯兽员，必须让狮子、老虎都懂得，他手里有诱惑你的食物，也有制服你的电棍。

就这样，范斯白又成了日本特务，虽然他决心不再干这一行了。英国作家约翰生曾经说过："真正幸运者并不是拿到赌桌上最好牌的人，而是知道该在什么时候离座回家的人。"他倒是很想成为这样的人，但是命运的骰子一掷，连国王都可以变成乞丐，更何况他这个区区庶民呢？他也曾懊悔地想过，早知今日还不如当初就替他们干了，现在却只能看日本人的脸色，吞咽下这难堪的苦。想让日本人完全放心地信任他，或是让他死心塌地去为日

日本陆军大臣荒木贞夫

本人效命，无论如何也是困难的。这正如罗素所说："人生最难学的便是过哪座桥，烧哪座桥。"

从土肥原的谈话中，他猜想出日本特务机关所以如此看中他，是现任的陆军大臣荒木贞夫的保荐，或者说是授意。如此看来，尽管土肥原连吓带唬地威胁了他一顿，实际上也未必敢把他怎么样，因为有荒木当后台。对这位荒木男爵，范斯白实在是太了解了，在日本陆军军官中，他是数一数二的俄国通。早在帝俄时代他就在圣彼得堡居住了8年，开始时做过翻译官员，大使馆武官，5年之后第一次世界大战爆发，他便成为派驻俄军参谋本部的联络军官。这时他已晋升为中佐，3年中他曾细致地研究俄军的指挥及战略部署，并深入第一线部队直接观察俄军的战术及装备情况。他的俄语和日语一样精熟，结识的俄国人很多，在日本出兵西伯利亚之后，他当过第12师团的战地谍报队长和符拉迪沃斯托克（海参崴）特务机关长，霍尔瓦特政府的首席顾问，正是在那4年里他和范斯白交上了朋友。

荒木贞夫在返回日本之后官运亨通，1931年"九一八"事变后，他由熊本第6师团长一跃成为犬养内阁的陆军大臣，两年后晋升陆军大将，达到了他权势的顶峰。虽然他身居高位，但在日常仍保留着俄国人的生活习惯，乃至烧茶都要用俄式茶炊。他不仅是白俄流亡者的朋友和保护人，支持他们的反苏活动，而且和苏联的驻日大使特罗亚诺夫斯基也保持着密切的个人交往，因此有人传说他秘密地信奉了东正教，其实这正是他当间谍出身的职业特点，与信仰无关。

后来在范斯白执行"马斯库行动"时，才完全了解到荒木贞夫为什么要这么下功夫"请"他出山，作为掩盖日本人破坏活动的伪装，没有比他更合适的了。因为他曾是协约国的军官，上过反苏的战场，现在的任何行动都可以看成是历史的合理延续。他是欧洲人，起码可以明显地区别于东洋人，而他加入了中国国籍就更好控制了，可以很容易地就攥在手心里，让他怎样他就得怎样，这些事恐怕荒木都想到了。

范斯白在哈尔滨特务机关干了4年多，也确实曾为日本帝国的反苏间谍活动，卖了很大力气，如果他整天白吃饭，那在日本特务机关里无论如何也是混不下去的。由于从前协约国军远东情报局继承下来的许多关系，和在哈尔滨白俄社会中的广泛交往，利用国境两边俄国人之间的千丝万缕的联系，并以巧妙的方法把训练有素的谍报人员派遣过境，这使他很快形成情报网络。他的工作效能很快就令日本人折服。

在20世纪30年代的初期，那正是哈尔滨特务机关历史上最为得意的时期，尤其是在安藤少将出任机关长之后，全面开展了对苏俄的秘密战争。大量情报源源不断地发往东京，其机密程度甚至使大本营参谋本部都十分吃惊。例如：1932年苏联增调4个步兵师来加强特别远东军，并对其番号、编制、驻地、装备等项详加说明；从1931年开始修缮荒废了6年的符拉迪沃斯托克（海参崴）军港，并通过西伯利亚铁路运送了14艘分解开的M型300吨级潜水艇，将原来的阿穆尔小舰队编为远东舰队，后又改称"太平洋舰队"，两年内海军力量增加5倍；

1933年，在阿穆尔州的帕契卡雷奥机场，发现有十余架 TB5 型四引擎巨型轰炸机，架数还在不断续增，这些超级的"大家伙"摆在那儿可不是为了看着玩儿的，据专家推测其续航能力，可以在轰炸东京之后再返回西伯利亚起飞的基地；从1932年开始，苏联沿苏满边境修筑的"托契卡"（俄文音译，即永久火力点）防线之阵地结构和工程进展；从西伯利亚铁路运输之货运能力，来推算苏联对远东地区驻军的后勤支援能力等。可以想象，对于一直以苏俄为第一假想敌国，认为"俄国军队是我国陆军命中注定的对手"的东京参谋本部来说，这些情报该是何等重要啊！

对苏的秘密战，必然包括攻防两个方面，也就是说还必然包括反间谍作战，哈尔滨特务机关必然要尽最大的努力去对付苏联"奥格别乌"（俄文音译，即国家政治保卫局的缩写）和后来的"纳卡夫德"（俄文音译，即内务人民委员部的缩写，是前者于1934年7月改组成立的。"二战"之后改称"国家安全委员会"，即尽人皆知的"克格勃"）派遣过来的间谍。

双重间谍并不是那么好当的，不干点实事就不能取得信任，不取得信任也就不会有任何另一方面的作为了。日本特务机关对他的信任、重用、庇护，也并不是没有理由的，他对日本特务机关的用处是大大的，所以他才能给日本造成十分严重的损害。他是个货真价实的日本特务，也是个不折不扣的反日间谍，这就是两面特务所必须带有的双重性。在这些不堪回首的往事中，是非功过谁又能够说得清楚呢？

范斯白在轮船的客舱里回忆了很久……

1936年9月5日上午10时，日本邮轮"白鲸丸"经历了一整夜风浪的颠簸，驶过团岛向青岛的大港码头靠近。范斯白走下那艘日本船之后才感到了安全。

他现在需要着重考虑的是，应该到哪里去落脚？从前他没到过青岛，现在人地两生、无依无靠，他能去投奔谁呢？从前也有过两个手下情报员是青岛的，但事隔多年，他们的下落和情况都不知道，因此也不敢贸然去找，因为这里日本人的势力依然很大，虽然它不是伪满洲国。第一次世界大战之后日本占据青岛达8年之久，直至1922年才由中国收回。但日本人却依然在那里保持了强大的势力，他们拥有青岛五分之四的地产，日本领事的地位和权力不低于中国督办。在这个地方日本侨民成堆，他走到哪里都不会有安全感的，除非找到其他可以庇护的力量。

范斯白在海滨沉思良久，并没有找到妥善的去处，无论如何必须尽快找到一个可靠的落脚点，以便与大连的鲁拉契先生联系。他不敢到大旅社去，因为那里肯定有日本人的耳目；又不能到小旅店去，因为一般外国人是不住小店的，那更会引人注目。最后，他决定去找从前认识的一个中国商人，那人过去住在华乐戏院附近的李村路，现在是否还在那儿就很难说了。这时已经接近中午，他便走进附近的一家饭馆去用餐，幸好他口袋里还有些这里可以流通的日本金票，"满洲国"的钱这地方是不能用的。

当他坐在饭馆里等待用餐的时候，看到桌上放着一份当天的《青岛时报》，共有三大张，便随手拿起来浏览一下。只见一版的要闻大字标题是："日本增兵华北，冀察局势已趋空前严重。""日本华北驻屯军司令田代中将，在天津海光寺兵营校阅萱岛联队。""日军增派瓜代部队分三批开到，将分驻平津塘。""华北日货走私空前严重，外部向日方交涉未得要

东北海军司令沈鸿烈

领。""某要员传出惊人消息，日强迫宋哲元附逆。"整版都是这类消息，华北已被日本阴影笼罩得岌岌可危了。他又翻看了一下第二版的地方要闻，一条消息映入眼帘："沈市长莅四方沧口一带检查市政。"他不禁大喜过望。

"啊！上帝保佑，我终于找到了一个庇护神！"

原来那时的青岛市市长恰是原东北海军司令沈鸿烈，乃是张作霖麾下的一员大将，并和范斯白有旧交。想当年在张大帅的全盛时期，东北海军拥有舰艇27艘，约32 000多吨，占全国海军力量的五分之四以上，因此他也应该算是奉系军阀的重要头目。但这个东北海军的创建者却并非东北人，而是个湖北人，出身于书香门第是清末的秀才，曾在湖北新军当文书，很受黎元洪的赏识，经两湖总督张之洞选送去日本留学，留日期间结识了杨宇霆，两人相交莫逆，因此才有日后的飞黄腾达。

东北海军的建立和沈鸿烈的起家，都是从哈尔滨开始的，1919年7月北洋政府海军部在哈尔滨设立吉黑江防筹办处，派海军少将王崇文为处长。那时沈鸿烈在海军参谋本部任中校科长，经杨宇霆的推荐被任命为上校参谋长到哈尔滨来上任。翌年正式设立了吉黑江防公署，但所拥有的"军舰"却都是假牌的，如主力阵容"江平""江泰"两舰，均为木壳商船改装。舰上昂然而立的 4.7 英寸主炮，从来不敢脱下炮衣，因为是木制的假炮，实际上只各有一门迫击炮，其实际战斗能力可想而知。

当鲍贵卿接管了中东路的护路权之后，急需接管松花江的内河航行权，不来点真的哪行？于是就由内地抽调"江亨""利捷""利绥""利川"四舰，从上海出发，经日本海绕行鞑靼海峡，由庙街进入混同江，再上行进入松花江才开到哈尔滨。与原有的几艘小艇组成江防舰队，司令部便设在道里。在此期间沈鸿烈与范斯白常有接触，交往渐多。在他创业之始的艰难时刻，尤其是在接管旧俄的航警机构时，范斯白也帮过他许多忙，助其顺利接管了中东路航务处所属之全部资产。其中轮船部分，并入东北航务局，并将其中两艘改装为江防军舰，命名为"江泰"与"江清"。从而增强了江防舰队的力量。

在镇威上将军公署添设航警处，任沈鸿烈为少将处长筹建海军。这个航警处很快就改为东北江海防总指挥部，沈兼任总指挥，组建海防舰队。1926 年 1 月，东北江海防总指挥部正式组建东北海军司令部，统辖江海防舰队。1922 年第一次直奉战争中，奉军失败，张作霖率领亲随乘火车出关，途经秦皇岛时，被直系海军萨镇冰指挥的舰队从海上追击，险被炮轰。从此，张作霖也有建立东北海军的想法，并将此意图通过范斯白透露给沈鸿烈。沈则立即拟定一个分三步走的书面计划，由范斯白密呈张作霖。即第一步：以航警的名义筹建；第二步：以江海防的名义创建；第三步：以东北海军的名义与直系分庭抗礼。此刻正值东三省宣布独立，脱离北洋政府，张大帅完全采纳了沈的建议。1926 年沈鸿烈策反了直系军阀的"海圻"舰，然后又驾驶该舰赴青岛瓦解了渤海舰队，接管了其余舰艇，由于有这样的赫赫功勋，沈鸿烈便当上了东北海军司令。"九一八"事变后，沈鸿烈率东北海军进关，驻防于青岛军港，后被南京政府任命为市长，并仍兼任海军第3舰队司令。

由于有这样的渊源，所以范斯白就毫不犹豫地到市政府去找沈鸿烈。这位市长大人也很够哥儿们意思，不但热情款待，答应尽力相助，还把他留在市长的官邸暂住。这对范斯白来说真是喜出望外，他连忙化名向大连发一电报告知地址，并很快接到大连的回电，得知妻儿已平安抵达大连，并于当晚顺利地登上了日本客轮"青鸟丸"，现正航行于海途，可在到港之时去码头迎接。这一切竟然是如此一帆风顺，真使范斯白欣喜万分，沈市长设宴与他开怀畅饮，祝贺他即将全家团聚，看来真是天从人愿了。

日本人为什么会把范斯白的家属放走呢？原来这里面另有机关。当日本宪兵队发现赛罗娜之时，便准备立即逮捕，却被大连特务机关长小松已三雄大佐所制止。小松连忙请示东条宪兵司令，征询处置办法，东条命令他慎勿惊动逃犯家属，并准其登船离境。但同时密派得力人员随船同行，到了青岛码头范斯白必然前来迎接，那时便可一并擒押回"满洲国"。小松大佐便依计行事，允许赛罗娜和孩子上船，同时派手下的辅佐官鹈饲芳男中佐（此人后来曾继任大连特务机关长）率领几名干练的白俄特务，将赛罗娜所坐的上甲板一等舱两侧船室通通包下，以便一路监视。

1936年9月5日晚，日本客轮"青鸟丸"起锚离港驶入黄海，绕过山东半岛的蓬莱角，直奔青岛。这一路倒也相安无事，不过到了码头一靠岸，就该有热闹戏看了。

第16章
港口伏击

第二天上午，日本客轮"青鸟丸"从波涛汹涌的大海驶进了风平浪静的海湾，汽笛一声尖叫驱散了旅途的沉寂，从甲板上远眺，陆地已经遥遥在望了。

客舱里已经开始活跃起来，旅客们在忙碌地整理随身携带的东西，有的已经开始把箱包放在舱外。赛罗娜和她的儿女，也在准备下船，因为隔窗已经看到领港员从汽艇登上了大船，并出现在驾驶台上，那就是说轮船快靠岸了。但此时最紧张的却是潜藏在两侧船室里的日本特务——鹈饲芳男中佐和他的部下。按照鹈饲的布置，两名白俄密探已经抢先等在舷梯处，准备在轮船停靠码头之后首先下船守候在舷梯口，待范斯白上船之后截断他的退路。三名日本特务则分兵把口，两个埋伏在甲板两侧，一个与鹈饲一起盯住了赛罗娜和孩子，时刻不离她的左右，就等着范斯白自己送上门来。

轮船停泊之时，缆绳已经绕在系柱上，船上的绞车转动，

青岛老码头

使"青鸟丸"进入码头上的固定位置，人们开始登岸了。从船上俯视，可以看到一张张仰起的脸和一双双搜寻的眼睛。当下船的人流注入迎接者的行列之时，码头上就更活跃了，人群拥挤着推推搡搡，朋友们你呼我应，一旦认出便要尖声地喊叫起来，那喧闹声就像开锅一样，没法听清什么。

热闹了一阵之后，人群已经散去，无论是船上还是码头上都已开始冷清，只有身负重荷的搬运工扛着提箱、行李和柳条包，还在上下地忙碌着，旅客与接船的人已经寥寥无几了。赛罗娜和她的儿女，守着随身携带的东西，站在上层甲板的舱室门前东张西望地寻觅着，而埋伏在船上船下的日本特务们，此刻比他们母子更焦急，他们期望的范斯白始终没出现。

又过了几分钟，才有一名中国的少校军官领着两名士兵走到赛罗娜的跟前，向她打招呼。

"请问，您是范斯白先生的夫人吗？"

"是啊！我正在等着他来接我。"

"范斯白先生有重要的事情脱不开身，他委托我来接您下船。对不起，让您久等了！"说着，他们便动手去拿东西。

"住手！他们不能下船！"随着这一声喊，鹈饲中佐和他的一名部下从两侧的舱门里钻出来，手里都拿着勃朗宁手枪，站在甲板两侧的那两个也端着手枪靠拢过来。

"你们干什么？"来接人的少校说："这里是中华民国的港口，不是你们的占领区！想动武吗？你们是不是把眼光放远点，往四下里看一看。"

特务们扭头往岸上一看，只见码头上已经布满了中国军警，全副武装，人数不少于2个排，呈扇形散开，目光都在注视着船上的少校。再往海面上看，在港湾的外面出现了两艘中国炮艇，在远处徐缓地游弋着，看样子这位少校也是来者不善。

这时，"青鸟丸"上的船长和大副，匆匆赶来向双方劝解着。鹈饲中佐首先把枪收起插进腰间的枪套，他的部下们好像得到了命令，也都把枪塞起来，双方的紧张情绪也就缓和多了。

"船长先生，你们既然是一艘客轮，那就没有权力阻止正常持票的旅客下船。"

"少校先生，此事对我们来说……"

"此事与航运当局无关！"鹈饲芳男接过话茬儿说："如果是一般的旅客，我们当然不会阻止下船。但这位太太是不能下船的，因为她是'满洲帝国'在逃通缉犯的家属，她的先生对我们日本帝国造成了很大的损害，所以我们要追捕他，也不会放过他的家属。"

"请注意，这里是中华民国，满洲伪政权的通缉令在这里是无效的，伪政权判定他有罪，我们可以判定他无罪！"

"我想在目前的情况下，中日两国对政治犯的看法是很难统一的。不过我们要追捕的这个范斯白不仅仅是有反满抗日的行为，他还有其他的刑事犯罪案件必须追究。"

"能否说明一下案件的性质？"

"没有这种必要！"

"那么，既然你们没有抓到他本人，又何必扣留他的家属呢？我相信这位太太和她的两个孩子，不会有什么犯罪行为。"

"哼，这一点可就由不得你们了！我们是奉关东军最高当局的命令，必须把他们原船押回听候处置。"

"如果你们把无辜的妇孺扣在船上不放，那么这艘船也就休想离港！"

这时，站在一旁的日本船长连忙说道："少校先生，我们这艘船是由大连经过这里驶往上海的班船，在青岛停岸的时间是有限的。如果影响了我们的正常航行，那将对我们公司的声誉有所损失，所以……"

"这种麻烦是由你们无端扣留旅客造成的，你们把人放了，问题不就解决了吗？"

"说得倒很轻巧！可以告诉你，你休想把他们从船上接走。"

"那就对不起了！船我们也不能放行。"

鹈饲芳男转身对他的手下耳语了两句，那人随即走开了，然后他傲慢地挑衅说："真想不到，你们中国居然向我们日本帝国炫耀武力。既然范斯白委托你们来接他的家属，显然这个逃犯是处在你们包庇之下了。正如我们不能随便到你那里去抓他一样，你的兵虽然来了不少，但是也不能随便上来抢人，要知道这船的甲板就是大日本帝国的领土。"

"先生，这是商船，不是军舰！"

"哼，如果是军舰，那就没有你的立足之地了！你应该明白，我们扣留逃犯的家属是有充分理由的；而你们扣留日本的商船，那就会引起外交上的重大麻烦。也许会使四年前的上海事变重演，我想这个重大责任你是负不起的！"

"你这是在威胁我吗？"

"谈不上是什么威胁，可也不是说笑话，因为有出现这种重大麻烦的可能。而我们是不怕这种麻烦的，对日本来说这也许是……"他没有把下面的 "求之不得的"5个字说出口，但傲慢骄横之气溢于言表。

虽然双方仍在无言地僵持着，但鹈饲的这番话倒是使那位少校硬不起来了。自从一年前签订了丧权辱国的《何梅协定》，南京的国民政府全部承诺了日本的无理要求，乃至撤出了驻河北的中央军和东北军，取消了设在河北的党政机关，撤换了日本指名的中国军政要员，并禁止一切抗日活动，华北的主权丧失殆尽。南京政府还一再指示："对日交涉应取忍让克制的态度，尽力避免纠纷，务求肇不由我开。"沈鸿烈虽然有意想帮老朋友的忙，但也绝不敢把事情闹大，所以临来的时候也曾慎重地交底："能把人接下来最好，如果实在办不到也别把事闹大，别捅出乱子来惹大麻烦。"所以眼前出现这种僵局，使他既不敢往前，又不甘心后退；软了不是，硬了还不行。

恰好此时市政府的秘书长打来电话，让他立即把带去的人撤出码头，一切由上面来交涉，那位少校也只好怏怏离去了，原来是鹈饲派他的手下去通知了日本驻青岛的领事馆，由领事出面向中国市政当局提出抗议，指责中国无理扣留日本客轮，如不在限定的时间内放行，日本方面将采取断然措施。今后如再有中国海军舰艇干扰日轮的正常航行，日本方面将派遣军舰武装护航。当这位领事找到沈鸿烈，怒冲冲地说完他的抗议时，沈市长却笑呵呵地对他说："已派秘书长将滋事者召回，并给予军纪处分，禁闭一周以示惩罚。'青鸟丸'可以准时离港，所以谈不上是扣留。至于那两艘炮艇属例行巡逻，与此次事件无关，请不要误会。"

经他这么一说，一天云彩立刻化解，领事先生也就无话可说了。正当侍从献上香茶，领事先生还未及端杯的时候，门外喊了一声："报告！"随后那位少校便被两个卫兵给带进来。沈鸿烈怒气冲冲地大声责骂，并让卫兵当场下了他的手枪，押下去关禁闭，这场戏演得有声有色。那位少校带着满脸的怨气一肚子委屈离开了沈鸿烈的办公室，但他的心里却在乐，因为派他去码头接人的是沈将军，责骂他不该去接人的也是这位沈将军。至于蹲一周的禁闭那更是一份难得的美差，因为等他从禁闭室里出来的时候，将被晋升为中校，这种好事谁还不乐意干呢？"青鸟丸"并没有延误班期，它在停岸四小时之后起锚离港，向上海驶去。其实范斯白一直就在码头上，他眼睁睁地看着那船把他的老婆孩子载走，却毫无办法。自从接到鲁拉契的电报他就开始琢磨，日本人会不会发现他妻子的行踪，并派人跟来抓他。他把这种担心告诉了沈鸿烈，所以两人才商量出这么个办法，让范斯白别露面。早在轮船进港之前，他们就先进了码头，范斯白躲在正对着"青鸟丸"停泊位置对面的一幢小楼顶上，隔着天窗用高倍数望远镜窥视。这个高度恰好能清楚地看到轮船的甲板，所以那几个日本特务设下的圈套怎能逃过他的眼睛呢？他已经完全明白，此刻他的老婆孩子就好像挂在捕鼠器里的香肠。

青岛大港码头上的这一场较量，可以说是1比1平局，虽然日本特务们白费心机没能抓到范斯白，但是范斯白也没能把他的妻儿接下船来。范斯白回到沈公馆之后，自然是闷闷不乐，牵挂着妻子儿女的安全，沈鸿烈虽然尽力劝解，又怎能消除他的愁烦呢？在沈市长的帮助下，通过警察局很快就找到了他从前熟识的那个中国商人刘连远。此人从前曾在范斯白的手下当过密探，后来洗手不干开始经商，现在是美国德士古石油公司（即加利福尼亚—得克萨斯石油公司）的经销代理商。现在虽然有了财富和地位，但为人还是很重义气，了解了范斯白的情况后很愿意帮忙，德士古石油公司在各地都有网络关系，他积极帮助他的老朋友打听赛罗娜的消息。

当"青鸟丸"继续向上海航行的时候，赛罗娜和她的两个孩子被关在一个三等舱室，而在旅客名单里并没有她的名字，一路上受到日本特务的严密监视，并被搜去了全部财务。当客轮抵达上海之后，她们被押到黄浦路25号靠近外白渡桥的日本总领事馆，出面和她谈话的是老牌特务田中隆吉。田中大佐的公开身份是日本驻华公使馆的副武官，实际上是日本情报机关的上海负责人，在他们内部来说就是上海特务机关长，略称田中机关。此人曾任天津特务机关长，并确曾与范斯白有过交往，所以笑呵呵地装得很和善。

"夫人，一路上辛苦了！在这里你可以很好地休息，我将会很好地照顾你。"

“你是谁？”

“鄙人叫田中隆吉，和您的丈夫范斯白先生是老朋友，您瞧，这是我和他在一起照的合影，我想在您的家里也会保存这样的一张吧？”说时，他把一张三人合影的照片递给赛罗娜看，果然是范斯白与田中大佐还有他年轻的侍妾在一起拍摄的。其实，这张照片赛罗娜早就见过。

“既然如此，那你为什么还要逮捕我们？”

“不，不，夫人！您并没有被逮捕，您是我们的贵宾，我们十分欢迎您。”

“用手枪？”

“您别误会！我们只是对您施加特别保护而已。”

“既然是误会，那你就放我们走吧！”

“我十分愿意这样做，但我没有这个权力，这要由关东军最高当局来决定，不过您可以自己改变目前这种处境。”

“你想要我做什么？”

“劝你的丈夫回心转意，不要和我们作对，立刻回到‘满洲国’去。”

“他并不想和你们作对，只想逃命！”

“为什么要说得那么可怕呢？只要他肯回去，我可以保证他不会有什么事情的。”

“没有吗？田中先生，不要说这种哄骗孩子的话了！您完全知道他如果晚走一步的话，会有什么后果。这也同样是关东军最高当局的决定，恐怕你也没有权力来改变。你若真是他的好朋友，你应该为他能够逃出而高兴才对。”

“你丈夫和沈鸿烈有什么关系？”

"我不认识沈鸿烈，也从没有听我丈夫谈起过，你为什么要问他呢？"

"因为他在庇护你的丈夫，这个人在青岛的权力很大。"

"听你这么说我非常高兴，这么说他在那里并不孤立，有人能保护他。"

"夫人，难道说你就不为你自己和孩子想一想吗？"

"我想过，但不能因此就出卖我自己的丈夫。"

"如果不听我的话，您将会被押回满洲去，您应该清楚会怎样对待你。"

"我早就料到你们会这样做的，我想您说了这么多，只有这句确是实言。"

田中"哼"了一声，转身离去，鹈饲芳男等人便把赛罗娜和孩子押到虹口北四川路的亲亚酒店，那里是日本特务机关的重要据点。两天之后，她和孩子又被押到船上，被锁在下层船舱送回到大连。

东条英机听说码头诱捕计划失败，不禁大为恼火，他这才知道范斯白这个间谍老手不是那么好对付的。他严令哈尔滨特务机关的代理机关长、关东军情报课长富永宫次，彻底清查一切与范斯白事件的有关失职人员，要严厉地追究责任。但查来查去主要的责任还在前陆相荒木贞夫大将身上，是他直接提名要重用范斯白的，几乎所有的人都这么说，东条也就无可奈何了。

东条英机很清楚，不管有多么充足的理由，对荒木大将也决不能去碰。此人在军界的关系深厚，是陆军"皇道派"的头目，是年轻军官们崇拜的偶像，在陆军官兵和士官生，乃至极端民族主义的文官中享有盛名。尽管两年前在他57岁时离开了权势的顶峰，辞去了陆相的职务，但他庞大的势力与影响依然存在，连广田弘毅首相也要让他三分，东条怎好去追究呢？既然指使人不好去碰，于是他就想到了执行者，也就是当年把范斯白请到日本特务机关的土肥原贤二，此人恰好正在华北，不过已经不是大佐而是华北驻屯军司令部的少将了。解铃还须系铃人，让这个请来范斯白的人去抓范斯白，岂不是一招绝妙的好棋。想到这儿，他便与西尾参谋长议定，以关东军司令部的名义，密电华北驻屯军司令田代皖一郎中将，说明抓回范斯白对保全帝国机密的重要性，而完成此重任则非土肥原莫属。

田代司令官收悉密电后，觉得关东军居然为抓一个逃犯发此专电，可见其性质之重要，于是便依所请，命土肥原少将立即动身去青岛抓人，天津特务机关长大迫中佐还特别为他选派了两名能干的助手。

当时的土肥原已经是田代手下的红人，常被委以重任，他被认为是谋略专家和谈判高手。他非常熟悉中国的政治情况，特别能嗅出叛变附敌分子的味道，网罗为了荣华富贵而诚心诚意为占领者效劳的附敌分子是土肥原的拿手好戏。他的收罗面很广，乃至包括逊位的皇帝、落魄的贵族、倒台的总理、下野的督军、失意的政客、败阵的将军，从商绅巨富到鸡鸣狗盗之徒，只要他用得着都可视为心腹。他不仅劫持过溥仪，而且还游说过曹锟、段祺瑞、吴佩孚、唐绍仪，收买过直、奉、皖、桂各系军阀及各种杂牌军和土匪。

土肥原不仅熟悉中国的风土人情，也熟知中国的历史，他很赞赏800年前金兀术演的那场傀儡戏。当年金朝立刘豫为齐帝，使其对宋称王而对金称臣，土肥原深得其妙。他参与策划建立了各式各样的伪政权，开始是抬出宣统皇帝建立伪满洲国，接着便唆使汉奸殷汝耕成立了伪冀东防共自治政府，随后又扶植亲日的蒙古德王拼凑起伪蒙古军政府，很快又迫使南京政府同意建立冀察政务委员会以适应日本"华北特殊化"的要求。目前，他在华北的任务便是发动一场政治攻势，以向长城以南派遣关东军5个师团并以让"大满洲帝国皇帝陛下"进北京作要挟，推进华北五省的所谓"自治运动"。因为日本内阁的五相会议（首相、外相、陆相、海相、藏相的核心内阁会议）已经确定了将《处理华北纲要》作为其基本国策，它的目标是将中国的华北五省从南京政府中分离出来，建立"自治区"，实现"满洲化"，以确保"满洲国"的安全，此时土肥原在华北的主要任务正在于此。

1934年9月，当时的关东军司令官南次郎大将在把土肥原派往华北时，曾对其幕僚说过："要把'满洲国'西南部的中国地区置于日本的控制之下，最好的办法是策动华北的自治，建立受我们支配的政府。因此只增派军队是不够的，至少还必须显示出中国人自己要这么办，能实现这一点的只有土肥原。"土肥原也果然是不负所望，他一方面通过冀察政务委员长、河北省主席兼29军军长宋哲元的亲信肖振瀛来拉拢宋哲元，一方面也准备好了像王揖唐、王克敏、齐燮元等一些二线班底，随时准备粉墨登场、开锣演戏。土肥原的这种非凡能力应该使所有马戏团的驯兽大师自愧弗如，因为他能把一个好端端的人，驯养成一条狗。他曾经骄傲地说："都说蒋介石是玩政治把戏的高手，但他斗不过我，我们俩玩他总是输家。"这话传过去使蒋介石对他恨之入骨。所以后来日本战败投降，东京国际法庭在审判之前，蒋召见了检察官梅汝璈、法官向哲浚、出庭作证的国防部次长秦德纯，要求"必杀土肥原"！以后开庭时，中国方面果然对他提出的罪证最多，最后在 11 名法官投票表决时，土肥原以全票当选为绞刑架上的最佳男主角。

当土肥原衔命赶赴青岛去抓范斯白的时候，他也深知此人不好对付，所以不敢粗心大意。到了青岛之后，立即命令领事警署多派便衣特务，首先是在沈鸿烈官邸四周安上"钉子"，严密地监视起来；其次是看住了车站码头等交通要冲，防止范斯白溜走。然后便与日本领事一起去拜访沈鸿烈，他要来个单刀直入。

第17章

妙计脱身

说起来土肥原贤二与沈鸿烈也是老相识了，那是 15 年前在特殊的历史条件下，发生的极特殊的国际纠纷事件，把他们两人硬拉到一起了。

1920 年初，拥有 30 万大军、受英美全力支持并盘踞在俄罗斯广阔地盘的高尔察克政权，呼啦啦似大厦倾，很快就崩溃了。这使十几万的外国干涉军处境不妙，但日本人却有他自己的打算。实际上日本真正支持与扶植的是他自己豢养的"三头凶龙"，那就是 3 个投靠他的哥萨克头领，即外贝加尔的谢苗诺夫、阿穆尔州的加莫夫和沿海州的卡尔米科夫。他们受日本的实力援助和支配，在西伯利亚各霸一方，从来就不买高尔察克的账。这时，美英等国已看清日本的双重目的：既阻挡布尔什维克力量的统一，也阻止了反布尔什维克力量的统一。一怒之下，连个招呼都没打，便从西伯利亚撤军了。美、英的军队前脚走，法、意、中等国随后就溜。它们就像足球场上的造越位战术一样配合默契，使西伯利亚战场上一下子只剩下日本孤零零的一个，让它明显地处于众矢之的的位置上。不仅如此，当日本的外交代表企图以干涉国联军的身份讲话时，美国立即声明："日本在任何方面都不代表美国政府。"使日本明显地处于外交窘境。

当时留在西伯利亚的 25 000 名日军处境濒于危殆，请求国内增援。但日本政府十分为难，因为现有的军队赖着不走已经受到谴责，哪里还敢再增兵呢？除非能找到一个有利的借口。恰于此时，发生了"庙街事件"，给日本提供了一个大量增兵的理由。

庙街位于黑龙江的入海口，原是中国最北部的城镇，被沙俄夺占后更名为"尼古拉耶夫斯克"，所以"庙街事件"也被称为"尼港事件"。在事件发生的两年之前，日本海军陆战队即于此登陆，半年后由两个步兵连接防。在这两年当中，日本的陆海军在不断地播种仇恨，日本炮舰在黑龙江上向两岸的村庄开炮，步兵也四处扫荡袭击，使村屯遭焚毁，居民被杀戮。当地居民对日本干涉军恨之入骨，一个名叫特里皮岑的匪首纠合了三千余众，自称为"游击军团"，决心把驻在庙街的 460 名日军驱逐出境。

1920 年 2 月 29 日，特里皮岑率部向庙街进攻，在一阵炮击之后，日军即向进攻者投降，残存的 351 名日军在河本中尉率领下退守日军营房，他们声称愿放下武器停止抵抗，事实上已处于被包围之境地。这时日军驻哈巴罗夫斯克（伯力）的第 14 师团第 27 旅团长山田军太郎少将即指挥第二联队向庙街进击，去救援守备队的残兵。河本中尉得悉援军即将到来，便于

3月12日凌晨2点，违背约定向特里皮岑的司令部进行突然袭击，但遭到惨重的失败，最后只剩下134名残兵败将而且大部分负伤，不得不再次投降。这下可着实惹恼了特里皮岑，他当即将俘虏拘禁起来，并将日本领事及其家属和384名日本侨民都集中关押起来，和俘虏们在一起。至5月27日，当日军27旅团的先头部队逼近庙街之时，特里皮岑匪帮放火焚烧了这个拥有2000幢房屋的城市，被囚禁的日本军民约700人也就同时火葬了。

此事件发生后，日本报纸立即大肆宣传以激怒日本朝野，日本政府终于有了向北扩张的机会，立即大举增兵西伯利亚，同时编成萨哈连军团占领了北桦太岛（即库页岛）以控制鞑靼海峡。当6月3日赶来救援的日军进入庙街时，城里仅剩下江岸仓库等17处建筑物，闹市已成废墟了。这时日本人知道了特里皮岑曾下令勿杀华人，而且在他放火焚街时，曾让中国领事带4000名华侨和700名俄国居民撤离市区。于是日本驻哈巴罗夫斯克（伯力）特务机关长五味为吉大佐便认为中国与特里皮岑匪帮有勾结，当时正有4艘中国军舰在江口外停泊，便无中生有地编造说中国军舰曾炮击日本军民，并且供给匪帮武器弹药。6月14日，原驻鄂木斯克的日本特务机关长高柳保太郎少将在哈尔滨宣称："停在庙街港口的中国军舰曾以机枪扫射日军。"6月23日，中国海军吉黑江防司令王崇文发出快邮代电，驳斥了日方诬蔑中国海军舰队的谎言。至7月7日，日本驻华公使小幡到中国外交部会晤，双方商定共同派员调查，日方派出的便是驻华公使馆副武官土肥原贤二中佐，中国方面派出的恰好便是海军部的中校参谋沈鸿烈。这便是曾经轰动一时的"庙街交涉案"。

当沈鸿烈衔命调查之初，许多人都替他捏了一把汗，主要是事件的严重性与复杂性。日本人死了七八百人，并一口咬定了中国海军参与其事，要求惩办索取赔偿，气势汹汹。再有一点便是交涉的对手"土肥原难斗"，此人奸猾狡诈，刁钻善辩，绝不是善茬子。沈鸿烈自己也不知此行的吉凶祸福，积弱之国无实力作外交后盾，折冲樽俎谈何容易。不由得暗骂段祺瑞："你想捞点资本，派几营陆军去装装样子也就够了。只有那么几条破船，'嘚瑟'出去干什么？净惹麻烦！"

不成想到了庙街之后，形势骤然晴朗，西伯利亚已经成立了远东共和国（号称"微红色政权"）并取得莫斯科的承认。日本派遣军司令大井成元大将也致电，表示赞同新政府的成立。远东共和国已将各游击队编成人民革命军，真游击队很快就打垮了假游击队，攻进了匪帮盘踞的庙街，并将匪首特里皮岑俘获。经过审讯一切都真相大白，7月25日也就是庙街事件发生后的两个月，特里皮岑及其主要帮凶——"雌虎"娜达莎和20名头目一起被处决。因为有匪首的供词和其他人证，以及日军河本中尉的投降书，沈鸿烈的差事也就好办了。他还进一步了解到，匪帮屠城时中国侨民也有三四十人被杀，其中包括庙街商会会长孙盛财，许多房产亦遭焚毁。当时，符拉迪沃斯托克（海参崴）国际红十字会亦曾派员偕外报记者共同调查，可为佐证。掌握了这些筹码之后，沈鸿烈便向土肥原摊牌了。

那土肥原何等精明，他见讹诈不成，纠缠下去也没什么便宜可占。事实证明，那特里皮岑既非红军也非白军，如果公布调查结果，则是日本的堂堂正规军一营之众，竟然向草寇投降，岂不使皇军颜面尽失，所谓"中国军舰参与屠杀，炮击日军，向匪帮提供军火等事"，均属无稽之谈，怎好再提索赔与处罚凶手之事？反正现在库页岛也占了，增援的兵也派出了，再硬撑下去坚持原来的说法，一点用也没有了。于是便向沈鸿烈提出：一、由于情报不确而发生误会，日本收回对中国的指控。二、为维护邦交，此次调查的结果只分别向各自的政府上报，而不必公之于众，以保全面。此时的沈鸿烈心也没在这上头，因为来时途经奉天，由杨宇霆的引荐已经面谒了张大帅，那位东北王已许以重用，所以他乐不得早点了结纠纷，好到奉天去走马上任，于是便慨然允诺。就这样，曾经轰动一时的"庙街交涉案"最后便不了了之，无声无息了。后来日苏建交谈判时，日本曾要求苏联就庙街事件向日本道歉，苏方代表则说："不能道歉，只能表示遗憾。"最后把这个"深感遗憾"写进建交公告中，也就了结了。

由于有这段历史渊源，所以土肥原直接去拜访沈鸿烈是很自然的事。两人见面之后都表现得热情亲切，重申旧谊，畅叙离情，都装得像没什么事一样，其实心里都明白对方想干什么。沈鸿烈是有意识地只谈风月，不谈风云，一个劲儿地顾左右而言他，让土肥原没机会出牌。土肥原很清楚，就这样拘于情面礼节地顺着话茬儿往下说，说到天黑也不会拐到正题上来，只好正面进攻把话挑明了。

"沈市长，我这次来青岛是接手了一个难办的差事，希望你这位老朋友能够特别帮忙。"

"哦，有用我之处尽管说，只要我能办到的。"

"我是奉命来抓一个人，而这个人在您的手里。"

"您是说属于我的部下？是政府部门的呢？还是属于海军方面的？如果一般市民那就更好办了！"

土肥原心想：你这不是当面装糊涂吗？你明知道我要抓的是谁，却偏来兜这个圈子。他淡淡地冷笑着说："您应该知道我要抓的是谁，您的好友范斯白！"

沈鸿烈朗声大笑，然后说："哎哟哟，土肥原先生，您这就弄错了！那位范斯白先生一直在哈尔滨为你们工作，怎么会到青岛来呢？听说还是阁下您亲自请他到你们的特务机关委以重任，应该说是您的好友才对，怎么反倒给我安上了呢？"

土肥原不由得一阵发窘，沈鸿烈这不是在当面揭短吗？而且是在存心地摆迷魂阵，看来只好撕破脸来横的。当即把脸一绷说："沈市长，打破天窗说亮话吧！我这次来就是向你要人，因为我们知道他就藏在你这里。"

"哼！有什么证据吗？该不会是像'庙街交涉案'那样的捕风捉影吧？"

"我劝你还是把他交出来！这个人已经没有什么实际用处了，只不过是他应该受到惩罚。又何必为了他伤了我们之间的和气呢？"

"我已经说过了，我这里没有这个人！"

"不要把话说得太死吧！万一被我们抓到的话，那可就……"

"那好！你就只管抓，如果你能找到他的话。如果有需要，中国军警可以尽力配合！"

土肥原知道，话说到这儿已经等于是向他叫板了："要人没有！有本事你就抓抓看？"再往下谈就没什么意思了。于是便起身告辞，沈鸿烈礼貌地相送，两人的心里都结了个疙瘩。

沈鸿烈回到后屋便与范斯白商量应对之策，范斯白听说赛罗娜和孩子都羁留在上海，便想立刻去上海以便设法营救。沈鸿烈也感到青岛这里日本人的势力太大，不如到上海进入租界躲避更为安全，但是现在日本人看得很紧，如何脱身呢？那土肥原也是个老牌间谍，想在他的眼皮底下钻出去也不那么容易，他肯定已经在他住所的周围布下了看不到的网。

正如他们所估计的那样，土肥原回去之后马上就命令领事警署增派便衣警探，在沈公馆的外围设立第二道监视线。严密注视出入沈公馆的人员和车辆，在确认可疑的情况下，可以拦车检查可疑人物，但要准备好事后道歉。如果中国人提出抗议便说是因为日本领事馆遭到袭击，韩国独立党派人来谋刺日本领事，拦车检查是出于误会等。当然，如果范斯白就在车上，便不怕事态扩大，不必顾虑引起外交上的麻烦，还要强烈抗议中国官员藏匿、包庇"满洲国"的重要逃犯，到时候日本政府会出来撑腰的。如果情况特殊难于抓捕，也可以从暗处下手打黑枪，但不能打错。

经过土肥原的严令督责，特务们自然是不敢怠慢，昼夜进行严密监视。日本人还收买了一个沈公馆的听差，时常从内部透出点消息，最近的监视点用望远镜可以清楚地看到院子里的情形。当晚，土肥原又偕领事警署的头目，一同乘汽车亲往各设伏点巡视。那时的市长官邸是在前海濒临太平湾的别墅区，因有8条纵横交错的马路分别以山海关、正阳关、嘉峪关、武胜关、紫荆关、宁武关、居庸关、韶关命名，故也称为"八大关"。别墅区内地势起伏，到处都栽植着紫荆、海棠、碧桃、松树等花木，乔灌丛生，绿荫葱茏，很适于特务们隐蔽藏身。设伏的特务一个个把眼睛瞪得老大，唯恐范斯白从自己监视的地段上溜走。

一连两天过去什么事都没有，在沈公馆出出入入的都是中国人，监视者可以一目了然，没必要打草惊蛇。据内线报告，范斯白整天躲在屋里，甚至都不敢到院子里去散步，可见其小心谨慎。在第三天的下午，英国驻青岛的商务代表来拜访沈市长，日本人都很熟识他。那人身材魁梧，脸盘宽大，头上散披着长发，腮下蓄美髯，人称"大胡子查理"。他是在市政府秘书的陪同下来访的，进院10分钟后便匆匆辞出，仍与那位秘书一起上汽车离去，并无任何异常，监视的日本特务也就没十分注意。不料1小时之后，那辆汽车去而复返，再次停在沈公馆门前，又一个"大胡子查理"被沈鸿烈恭敬地送出来。宾主在门外还特意多谈了几句，似乎是想让监视者看得清楚：这个才是真的！谈够多时方握手作别，然后登车离去。

日本特务们情知上当，连忙报告土肥原，他无奈只好下令撤销对沈公馆周围的监视，全力加强对车站码头及公路要隘的监视，以便让范斯白能钻出小圈子却逃不出大圈子。随后又动员了一些与特务机关有联系的日侨，在市区注意搜索范斯白的行踪，但这一切都已是徒劳了。

两天之后，他们收到了一封发自上海的电报，电文是："青岛日本领事馆转呈土肥原将军，我已平安抵达上海，请勿念！承蒙阁下远途赶至青岛送行，足见盛情，谨致谢意，后会有期，再见！您的老友阿姆雷托·范斯白。"土肥原看了电报真气个倒仰，也只能徒唤奈何，无计可施了，他知道自己再留在青岛已经无事可做了。正当他以懊丧的心情承认失败，准备动身离去时，偏偏那位沈市长又打来电话，说是这几天因公务繁忙而冷落了嘉宾，今日得闲已备下盛宴款待，敬请光临。这就更使土肥原气不打一处来，这不是给他吃哑巴亏之后，又来拿他寻开心吗？

其实，在沈公馆门前那场"大变活人"的精彩魔术，完全是范斯白的精心编排与周密设计，不过这需要得到沈鸿烈的全力配合。至于那位英国"票友"大胡子查理，则完全是临时请来客串演出的，而扮演穿针引线、里外沟通的重要角色，便是那位德士古石油公司的代理商，范斯白找到的老部下刘连元。是他先把大胡子查理的照片送进了沈公馆，让范斯白做化装的依据，然后又按照范斯白的要求为他提供了改头换面所必需的用品、仿制服装、假须、假发和特殊配制的化学药品。一般来说凡是职业间谍伪装之术都是很高明的，范斯白当然也精于此道，他使用化学药品进行皮下注射可使皮肤臃肿，以填充脸上的凹陷，还可以短时间改变皮肤的颜色达到以假乱真。正是这位刘连元先生在约定的时间里冒充司机，开车把真查理送来，又把假查理拉走。不过他只把车开出去不远，那位假查理便在岔路口换乘了另一辆汽车，一直驶往北郊，过了李村河不久便拐向海边。在那里的一个简易码头上，停泊着一艘海军渤海舰队的专用快艇，这当然是沈司令特别安排的。范斯白换乘的海军快艇穿过胶州湾口，向黄岛的方向驶去，在西岸的胶县境内下船登陆。然后乘汽车北行，到胶济线的一个小站上了西行的慢车，悄然离去，这是一条经过精心设计而制定的一条曲折复杂的路线，土肥原布下的天罗地网就这样被他钻破。

沈鸿烈是在确知范斯白已经安然脱身之后，才打电话给土肥原，邀他去赴宴的。他在电话里说："请老兄务必赏光，难得你来青岛一趟，总得让我尽一番地主之谊呀。"

"算了吧，市长先生！你的戏法变得不错，已经让我欣赏够了，又何必再做虚情假意的表演呢？"

"这是从何谈起呢？我今天可是诚心诚意地恭请大驾呀！"

"多谢了！你的心意我完全领了，虽然我今天不能去，但是我相信用不了多久，我就会有机会来这里狠狠地吃你一顿！你等着吧！"

土肥原真恨不得把沈鸿烈和这座青岛市一口吞下，所以故意把"吃你"这两个字说得咬牙切齿，让对方心里明白，说完就把电话筒摔下了。

也许是历史做了特意地安排，土肥原的话还果然说中了。10个月之后"七七"事变爆发，战火从平津向南蔓延，不知是战争的需要还是历史的巧合，土肥原贤二居然晋升为步兵第14师团中将师团长，率兵去攻打山东。不知道是因为帝国不再需要他的特殊本领及阴谋才干了呢，还是他自己觉得像当间谍那样一个一个地杀人不过瘾，而转向大规模屠杀的战场呢？这就不得而知了，总之他是改行了。

而那位青岛市市长沈鸿烈，则因蒋介石枪毙了韩复榘而接任了山东省主席，他前任的罪名是"不战而逃，失地千里"，因而挨了枪子。猴比鸡聪明多了，所以他没往南跑，而是成为抗战时期第一个地区沦陷而不退出省境的"游击省长"。为了表现他的坚决，首先是把渤海舰队军舰上的海军炮卸下来，以海军陆战队为主干编成两个陆军纵队，然后把舰船沉没水下，堵塞了青岛港口。并且还倾尽南京兵工署所存储的黄色炸药，将日本人设在沧口一带的纺织工业区一举炸平，使所有的日本纱厂变成一片瓦砾。气得土肥原跺脚骂他："这个老兔崽子，真够狠的！"这便是沈鸿烈首倡的"焦土抗战"，后来所谓的长沙、衡阳等地的"焦土抗战"，可以说都是跟他学的。

当范斯白匆匆赶到上海之时，他的妻子儿女已经被日本特务押回大连，拘禁于日本宪兵队。他出于无奈便给哈尔滨特务机关写了一封长信，说明自己出走的原因仅是知道自己受到怀疑，为个人的安全打算，并不想做任何妨害特务机关的事情。现在只希望和家属早日团聚，所以不会与日本为敌，请求尽快释放其家属，今后将隐姓埋名远走他乡。他把这封求和的信送交日本领事馆，同时又致函于他在日本有很高地位的朋友，请求他们协助营救其家属。他的信刚刚寄出，便接到一封从大连发来的电报，电文是："范斯白先生，君之家属被拘禁于此，当局声言如你在 10 天之内不来到这里，她们将被押回哈尔滨且后果堪忧。鲁拉契 1936 年 9 月 19 日。"这封电报更使他心急如焚。

第二天，日本国家通讯社——同盟社向上海各报发了一则大连电讯，内容是说范斯白侵吞了合伙经商的意大利人巴达维和狄勒米逊的巨额款项，债务未清而潜逃，故警宪人员不得不扣留其家属，以维护债权者之合法利益云云。但同一天同盟社又在哈尔滨各报发消息说：范斯白的家属被扣留的原因，是因范欠付希腊商人符托普鲁 25 000 元债款。同一家通讯社，两地的说法不一。范斯白看后不禁愤怒地骂道："真是无耻至极！"他决心反击日本人的谣言攻势。

第*18*章

租界护符

日本人通过同盟社利用新闻媒体对范斯白发动了谣言攻势，图谋是很明显的：首先是以债务纠纷、刑事犯罪来掩盖其政治原因；其次是从人格信誉上把范斯白搞臭，让他说话没人信，这样即使范斯白想对日本的侵略罪行进行揭露，也将变得无力。所以他们才恶人先告状，这自然是东条英机的主意，同盟社无非是遵命行事。

范斯白当然了解日本人的罪恶用心，他不能保持沉默，他深知要想对付这种来自新闻界的恶意攻击，必须同样采用新闻手段。尽管他已经脱离开新闻界多年，但总还有一些老朋友、旧关系，可以去寻求他们的帮助以澄清事实真相。于是他就去拜访了几位新闻界的中国朋友，但是连遭碰壁，他们都表示爱莫能助。因为上海的舆论界自从一年前《申报》发行人史量才遭暗杀，《新生》周刊主编杜重远以"妨害邦交罪"被判刑，《中国论坛》等76种刊物遭查禁，已经变得谨小慎微。随后孔祥熙又花 50 万元现大洋买下了《时事新报》《大晚报》等在新闻界具有极大影响的"四社"，加强对舆论的控制。不久前，南京政府又颁布了《维持治安紧急办法》，再次查禁了《大众生活》等 24 种刊物，更使新闻界惶恐不安，他们哪里还肯为此事去惹是生非呢？自然都敬谢不敏。

不过他还是没白跑，有个好心的中国记者悄悄地告诉他，让他去找两个曾在哈尔滨办过报的英国人。一个是《上海快讯》社的社长哈顿·弗利特，一个是以笔名普提南·维勒称著的英国记者辛普森，其实这两个人他都认识。那位辛普森是天津海关税务司的兄弟，曾在哈尔滨办过英文报纸《哈尔滨论坛》（Harbin Herald），因为他抨击日本人的高压手段，被勒令停刊，印刷设备全被没收，辛普森本人被驱逐出伪满洲国。他曾进行过收回财产的交涉，他的案件甚至提交到英国国会和上议院，英国政府也为此向东京提出抗议，结果日本还是拒绝偿还。由于有这层关系，所以他很愿意帮忙，答应替范斯白申辩。

另一位弗利特先生却是个很圆滑的人，此人曾在哈尔滨办过另一家英文报纸《哈尔滨观察报》（The Harbin Observer）。虽然他曾尽力委曲求全，甚至绝不许任何反对日本的评论出现在报上，但还是不行。他曾多次被日军司令部传去，受到威胁与侮辱，乃至加以抵制，但他仍设法维持，靠贴出和分送来继续出版。到最后终于山穷水尽，毫无办法，才离开哈尔滨。他现在是英国人办的《上海快讯》社的社长，一切以英国政府的态度为转移。幸好此时日本在华北的猛烈扩张引起了英、美的严重不安，日本的大规模走私也严重地侵害了他们的利益，因而促使他们改变一味向日本妥协的外交政策。因此，弗利特先生也慨然允诺，尽力帮助范斯白，也肯于为之辩护。

恰于此时，范斯白聘请的律师普里美通过电报查询，收到了曾与范斯白合伙经商的巴达维先生的答复。巴达维在信里边说："我从未控告过范斯白先生，也没有控告他的动机。至于我的另一位同事狄勒米逊先生，他就更不会提出诉讼，因为他在5个月之前就死了。"有了这样的确证，同盟社的谣言也就不攻自破。随后，范斯白又以攻为守，主动写信给同盟通讯社上海支局长松本重治警告说："倘若同盟社再造谣生事的话，为了自卫起见，我将不得不发表一些日本方面所不愿被人知道的内幕。"这一招果然很灵，从此之后，虽然上海的几家英文和俄文报纸几次登载了谴责日本当局无理扣留人质的稿件，但是同盟社只能装聋作哑，一声不吭了。

这一风波过去，已到了10月中旬，范斯白收到了他在哈尔滨的亲密友人，维斯杜拉汽车修理厂的厂主雷蒙特发来的密函。雷蒙特告诉他说：日本宪兵队的那个著名的"满洲恶棍"——特高课长中村，带领副手野村中尉和四名俄国密探动身去上海，希望他要特别当心这伙人的暗算。范斯白很清楚，麻烦事又来了！日本人肯定也同样不愿意让他与妻子儿女分离，所以一定会竭力设法把他们一起关进"满洲国"的监狱。

中村去上海是奉了井上大佐的命令，那位年轻而自负的宪兵队长，曾因查出特务机关里的重大间谍案而沾沾自喜，傲慢得不可一世，企盼着会得到上司的升赏。不料却因最后一招疏忽，让范斯白在包围中漏网脱逃而功亏一篑，挨了东条狠狠的一记耳光，脸上至今仍感到火辣辣的发烫。他当然要把这笔账记到范斯白的名下，必欲置之于死地而后快。科斯加·中村也很明白此行的重要，如果他能把范斯白给抓回来，东条宪兵司令官肯定会重重有赏。

中村在他部下的白俄打手当中精选了四名强悍的干将，准备潜入租界去绑架或暗杀。他们到上海后即住在北四川路的新亚酒店，那里是日本特务机关设在上海的重要据点。当时，日本在上海也有很庞大的势力，自从"一·二八"淞沪抗战之后虹口区实际上已变成了"日租界"。日本军队虽然陆续撤出了闸北、吴淞等地，却在虹口广筑堡垒，构成以北四川路日本海军陆战队司令部为核心的工事系统。日本军警取代了租界巡捕，可以任意拘禁中外居民，封锁街道。驻沪日本宪兵第 5 大队的重藤大尉对中村进行协助，并指派了两个日本浪人给他们做向导，配合行动。他们已经摸清了范斯白是住在法租界法国公园附近莫利爱路（现卢湾区香山路）的私人住宅，并偷偷派人去调查了那里的周围环境和地形。他们经过一番策划，定于 10 月 23 日夜间动手，还提前一天混进了租界，躲在法国公园东边隔两条街的白来尼蒙马浪路（现马当路）北面一家俄国大菜馆的楼上。饭店的老板自然也是他们的同伙，对远方的来客大献殷勤，不仅备有美酒佳肴，还有漂亮性感的俄国女招待。这些特务均属亡命之徒，惯于花天酒地，反正明天就去玩命，哪肯放过欢乐今宵？酒足饭饱之后便分头行事，捉对寻欢去了。

次日凌晨，特务们尚在温柔乡里心迷魂荡之际，那座小楼已被法租界巡捕房派来的一队安南巡捕包围。随后便有一名法籍警官率几名西捕华探破门而入，把几名日俄特务堵在被窝里，逐个揪出，缴其武器后押往租界捕房。第二天由法捕总巡森罗曼过堂审讯，那中村等人又不敢暴露真实身份，胡诌了一些谎

上海静安寺租界巡捕房

言，稍加盘诘便露出马脚。所幸那位总巡大人也未深究，便以嫖宿私娼、非法持械、图谋不轨的罪名加以拘押。哪知阎王爷好见，小鬼难搪，进了牢房就被监头指使几个膀大腰圆的在押犯好一顿胖揍，打得鼻青脸肿，哭爹叫娘。看守的警员都躲在一边装聋作哑，等他们打到适当程度便走来责骂，然后声色俱厉地把打人的罪犯揪走，说是要从重处罚，分明是做好的圈套，究竟是否真的处罚，中村等人就不得而知了。

三天之后，经日本领事的交涉，中村、野村和那两个日本浪人具保引渡，总算把人领回去了。至于那四个白俄则说啥也不放，几番疏通均遭拒绝，也就只好自认倒霉了。

回到新亚酒店之后，中村越想越觉得憋气，此次衔命远征，长途跋涉赶到上海，期望能马到成功，一鼓奏捷。没想到进了租界竟然一枪没发，连范斯白的人影都没看见，便全部遭擒，真够丢人的！第一个回合手下的四员干将就都陷进去了，这下

221

步棋可该怎么走呢？他在沐浴更衣之后，点着一支香烟，茫然若失地颓坐在沙发上。这时，房间里的电话铃声忽然响起，他无精打采地拿起了听筒，里边传来发音不够标准但讲得十分流利的中国话。

"您是中村先生吗？很久不见了，您好吗？"

"你是谁？"

"科斯加，你从那么远跑到上海来，不就是为了找我吗？你和我都不应该忘记，我们在极乐寺最后一次见面的那个晚上，那很有诗意的月光。"

"哼，范斯白！我真后悔那天晚上没把你抓起来，让你溜了。"

"现在说这话有什么用呢？当时你不会有这样的胆量，因为我的身份远远在你之上。我看还是谈一谈现在吧，难道说你不感到你目前的处境有些难堪吗？"

"哼，用不着你操心！你欠的账我们总要找你算的，不要以为这就完事了。"

"老朋友，我想提醒你！科斯明将军也在上海，就是那位符拉基米尔·德米特里耶维奇·科斯明，你们之间不是有更多的账没有算清吗？他正在找你，他的俄罗斯真理兄弟会在上海的势力确实是很可怕呀！所以我劝你还是尽快回满洲去吧！对你来说在那里可能要更安全一些。在这儿，你是不会有什么好果子吃的！"

说到这，对方把电话挂断了。中村愣在那里，连手中的话筒都忘了放下，对他来说那科斯明比范斯白要可怕多了。虽然这个前沙皇的将领早已失去了军权，但百足之虫，死而不僵，他的追随者和老部下依然是人数众多，照样可以兴妖作怪。因为此时在上海公共租界和法租界里聚居着两万多名俄国流亡者，其中有许多人曾经是身经百战的白卫军精锐，这些亡命的帝俄官兵依旧是身强体壮，他们似乎正在向两极分化。一部分人以其丰富的军旅生涯为资历，而跻身警界，效命于公共租界"万国商团"的两个俄罗斯巡捕队和法国租界捕房的俄罗斯常备分遣团，或是受雇当大公司、大银行、大富商的保镖或门卫；而另一部分人则因其凶狠残暴，肯于玩命，受到黑社会恶势力的青睐，加入了流氓盗匪的团伙。但科斯明的俄罗斯真理兄弟会远东分会在警匪双方都有它的支部或行动小组，是共患难的命运把这些亡命者凑在一起，他们互相靠拢以求得慰藉、依赖，所以科斯明的影响力能在这两部分人中间并存。中村也确信科斯明如果知道他在上海，便不会饶过他，这里可不是"满洲国"，在这里谁也无法保证他的安全。也许范斯白说得对，他应该尽快离开上海，可是就这样回去又怎么向井上大佐交代呢？

就在中村前思后想、左右为难之际，上海特务机关长田中隆吉由日本驻沪总领事馆一等秘书小岛陪同到新亚酒店来看他。田中大佐很不满意地埋怨中村，不该贸然闯进租界去惹麻烦，应该先与上海特务机关打招呼。因为租界里情况复杂，多方面的势力形成很微妙的关系，就连他手下的职业间谍，在租界里也要小心谨慎，就像在外国一样。

小岛则向中村通报了与租界当局交涉要人的情况，他说："看来，这件事很棘手，法租界的总巡捕房传过话来说，哈尔滨来的这四个俄国人有政治背景，并且知道他们都是俄罗斯法西斯党特别部的人，还兼做日本宪兵队的情报员，此次潜入租界是想制造阴谋事件，所以不能轻易释放。"

田中插话说:"看来他们是有准备的,你们一进入租界,他们就已经知道你们的身份和目的。以刑事犯加以拘捕是一种掩盖,目的在于阻挠你们的行动,既不是误会也并非偶然。"

"唉,难办的是现在他们拒绝谈判!"小岛继续谈时先叹了口气,"法国领事馆说,日本人嘛,我们已经放了!这已经是给你们面子了,剩下的与你们日本无关,你们没有理由引渡。我说是受'满洲国'的委托来进行交涉,他们说法兰西共和国不承认'满洲国',请你们最好还是不要接受这种委托。"

"他们为什么要这样呢?难道说这个范斯白在这里能有那么大的本事?"中村不解地问。

"你知道这个法租界巡捕房的总巡是谁吗?"田中隆吉说时神秘地把眼一眯,盯着中村。

"不知道。"中村摇摇头茫然地说:"在他审问我们的时候,不让我们抬头,站在我们身边的安南警察很横。我偷偷地看了一眼,觉得有些面熟,但记不起来是在哪见过。"

"在哈尔滨嘛!"田中哈哈大笑起来:"他叫森罗曼,是法国国防部第二局的人,是个很能干的间谍呀!曾经在哈尔滨的法国领事馆里屈就三等秘书,不过恐怕领事、副领事都惹不起他,因为他的军衔是上校。"

"哦!森罗曼……"中村这才恍然大悟了,"原来是他……"这个森罗曼,上海法租界威风赫赫的捕房总巡,曾扮演过法国驻哈尔滨领事馆里的一个很不起眼的小角色。名为三等秘书,实际上是任凭支配差遣的打杂,仅比听差强一些,所以没人注意他,这不过是两年前的事。那时他似乎受法国副领事埃伯特·查保的直接指挥,不过现在看来谁指挥谁就很难说了,只不过是谁在前台、谁在后台罢了。正是那时法国领事馆和日本宪兵队展开了一场激烈的斗争，文的、武的、明的、暗的……几乎什么手段都用上了，引发这场斗争的导火索便是那件轰动哈埠、震惊国际的"马迭尔绑票案"。

"马迭尔绑票案"，也称"卡斯普惨案"，是哈尔滨历史上最著名的重大案件，号称是"满洲国"的头号刑事案，因为它曾经由"皇帝陛下御批"。在围绕此案的多角关系中，中村与森罗曼、范斯白都交过手。他们在刀光剑影中相互追踪角逐，轮番扮演着猎犬和野兔，就像小孩子捉迷藏，换了角色再玩。这起绑票案的与众不同之处，就在于它的"官匪合营"性质，它是由日本宪兵队指挥俄罗斯法西斯党干的。中村所操纵的那伙白俄亡命徒，号称是"满洲黑手党"，专干那些缺德的事，他们总是盯着那些有钱的人。

在 1937 年新哈尔滨旅社（现国际饭店）落成之前，马迭尔旅馆在哈尔滨的豪华旅馆中是首屈一指、独一无二的。其老板约瑟夫·卡斯普之富有，在哈尔滨也算数一数二的，他的财产数以百万计。这个犹太富商人是于 20 世纪初随着中东路的建设来到中国的，在日俄战争时曾在俄国骑兵团里作过战，战后定居在哈尔滨开了一家小小的钟表修理店，几年之后他的小店就变成了珠宝店，同时还经营转手货生意。到了 1918 年，他已成为远东最著名的珠宝商，并且是最上等的饭店——马迭尔旅馆的独资经理。关于他致富的方法和手段本来就有种种流言，更糟的是他在中央大街的商店里陈列着从苏联官方廉价买来的珠宝钻石、首饰银器。这些东西都是从它们从前的主人手中没收来的，在仇苏反共达到疯狂程度的白俄社会中出售此类物品，难免要招引许多麻烦。有许多流亡的旧贵族在商店的柜台上，甚至橱窗里，都能发现从前属于自己的东西，尤其是那些易于辨认的艺术品。

1932年底，罗扎耶夫斯基主编的报纸《我们的路》便以显著的位置报道了奥尔加·博迪斯科亲王的夫人，在卡斯普的商店里发现那里摆着她母亲留下的名贵少有的瓷器，并载文攻击卡斯普，说他贩卖的东西来路不正，是"克里姆林宫的销赃店""第三国际的代理人"。这家报纸说：卡斯普是"犹太吸血鬼的化身"，他"无情地从俄国人的不幸中牟取暴利"。并向被贫困和歧视逼得几乎发疯的白俄流亡者们煽动说："看看那些有钱的犹太人吧！他们有商店、银行和旅馆，珠宝、存款和不动产。而俄国人呢？男孩儿在要饭、女孩儿在卖身，犹太人是在我们流离失所中发了大财。"这样的鼓动很快就使陷于赤贫的俄国人怒不可遏了。

约瑟夫·卡斯普是个机警而又倔强的人，他清楚地意识到这是对他下手的舆论准备，也是攻击的信号，他精心地制定了一套防范措施。他很少出门，偶然出门时周围也布置好一个严密的警戒圈；他的卧室门窗都安装了钢板铁栏，坚固得像一座炮台；在马迭尔旅馆的里里外外有许多俄国保镖，有武装警卫昼夜巡逻；他把全部财产都转移到在法国留学的儿子名下，而在巴黎大学和音乐学院攻读的两个儿子均已加入法籍，因此法兰西的三色旗在马迭尔大楼上高傲地飘扬，警告日本人这里受外交保护，是"皇军"骚扰的禁区。

尽管这条"马迭尔防线"十分严密，但"智者千虑、必有一失"，在这条坚固防线的侧翼却留下了一个易受攻击的突破口，那就是他的小儿子西蒙·卡斯普。1933年的夏天，24岁的西蒙结束了在巴黎音乐学院的学习，回到哈尔滨之后，作为一个职业钢琴家举行了演奏会。约瑟夫·卡斯普对这个小儿子十分溺爱，认为西蒙的艺术成就超群，将来肯定会成为著名的钢琴演奏家，准备让他的儿子到东京、上海去举行演奏会。就在他为此而努力筹备的时候，西蒙·卡斯普却突然失踪了，他被警察、宪兵、匪徒组成的"联军"绑架了。

8月24日，午夜前的十几分钟，西蒙·卡斯普和他那漂亮的女朋友莉迪娅·齐尔妮茨卡娅，在马迭尔饭店一起吃过了夜宵，并用自己的汽车把她送回家。当汽车停在莉迪娅家大门口时，车门刚一打开，三个蒙面人突然从隐蔽处钻出，把手枪对准了车里的西蒙、莉迪娅以及汽车司机。匪徒们命令他们不许声张，并缴下了司机身上的左轮手枪，然后强迫司机把汽车开往南岗。过了尼古拉教堂广场便拐进了比利时街（现比乐街），在塞尔维亚街（现光芒街，即小戎街）的路口，另外一辆汽车停在那里等着接应。在那里，匪徒们把西蒙押上了另一辆汽车，释放了司机和莉迪娅。释放之前让两人把赎金的数目——30万元，转告老卡斯普，并且威胁说："如果不给钱，或者报告警署和法国领事馆，西蒙将立即丧生。"

当莉迪娅与司机把西蒙遭绑架及匪徒们威胁的话，转告给约瑟夫·卡斯普时，这个倔老头儿却没听那一套。他不但立即通知了警方，要求法国领事馆进行外交干预，还对报界宣布说决不付给绑匪分文，相信没有人敢于伤害他的儿子。"马迭尔绑票案"轰动了哈尔滨，因为此事发生在一个地位显赫的外国公民身上，警方也必须认真对待，人们有理由首先怀疑以反犹为宗旨的俄国法西斯分子，甚至《我们的路》副总编辑、该党的二号人物米哈依尔·马特科夫斯基，也受到了审问并被拘留了三天。

第 *19* 章

血案沉冤

案发后的第二天，哈尔滨特别市警察厅刑事侦查处处长戈罗日克维奇警正，派俄籍督察尼古拉·马丁诺夫警佐负责调查此案。马丁诺夫受命之后，当即分别拜访了失踪者的家属约瑟夫·卡斯普和法国驻哈尔滨的总领事雷诺，向他们表示了深切的同情和遗憾，并信誓旦旦地保证：将竭力侦破此案，以便遭绑架的法国公民能够早日脱险。

法国总领事雷诺年事已高，老练圆滑却偏于保守。虽然也表示了对此案的关切，但无非是外交辞令，因为他一向是明哲保身，尤其是不愿意得罪日本人。但是精明能干的副领事查保，却怀疑到此案有官方的背景，他料到警方的侦破必然是敷衍了事，因为"满洲国"的警察是绝不敢查到日本人的头上。于是他便与那个"三等秘书"森罗曼商议，求得他的支持，查保很清楚森罗曼先生的真实身份。

森罗曼很赞成查保的看法，但他不能轻易卷进此案，那样

229

犹太富商约瑟夫·卡斯普创办的马迭尔旅馆

很可能引起日本人的注意，暴露了他军事间谍的身份。他建议由查保出面去找老卡斯普，让他秘密雇用有经验的侦探老手来自行调查，领事馆可以尽力支持和帮助，但必须是十分隐蔽地进行。于是查保便在波法商会的一间密室里，约见了马迭尔旅馆的那位老板，提出了森罗曼的建议。约瑟夫·卡斯普不仅同意这项建议，并且愿意出超过赎金数字的钱来做经费，他并不在乎钱，而是不能容忍对犹太人的任意敲诈，不想让恶人得逞。但是由谁来进行这种秘密调查呢？能胜任这样艰巨任务的人实在是不好找，卡斯普想来想去忽然想到了他从前的老房客，大西洋电影院的经理范斯白。当年，协约国军远东情报处曾在马迭尔常年包房间，所以他们之间混得很熟，范斯白也曾多次到卡斯普家里做客。后来范斯白进入商界，偶遇资金周转不灵时，也曾向卡斯普借贷融通。因为马迭尔本身就是旅店、餐厅和电影院的联号，所以在娱乐业方面也算是同行，两人又都是奥连特影院的股东，所以目前的接触也不少。卡斯普深知范斯白的本事，也很了解他的为人，更重要的是，知道他虽给日本干事，但"身在曹营心在汉"。因为有一个日本宪兵队要抓的人住在马迭尔，是范斯白提前透风放走了，卡斯普曾帮他打马虎眼把日本人骗过去了，所以多少知道点。

查保赞同卡斯普的想法，但要先试探一下范斯白的态度，然后再交底，于是就打电话把范斯白邀到波法商会。范斯白对卡斯普的不幸遭遇十分同情，他认为此事十之八九是中村指挥俄国打手干的，他很愿意帮忙，但只能暗中出力。他推荐了一个干练的侦探吉米斯塔克，是他从前的老朋友，由他在查保的直接领导下，雇用一些可靠的助手进行暗中调查。同时，他还让老卡斯普与绑架者进行谈判，不要答应他们的要求，但也不要把门关得太死，要叫他们感到有达到目的之可能。这样既可保证西蒙的安全，又有利于侦察工作的进行，查保和卡斯普完全同意照办。

范斯白手下的密探都是些训练有素、经验丰富的职业特务，他们很快就查出这一案件的内情和参与者的名单。据他们的报告说：此案的策划人和操纵者是宪兵队的中村，指挥者是法西斯党的党魁罗扎耶夫斯基和那个"贼喊捉贼"的警察厅督察马丁诺夫警佐。在他们的指挥下有 15 个人参与了罪恶行动，其中有几个是关键人物：侦察小卡斯普行踪的是马迭尔旅馆的希腊守门人阿列克赛·桑达尔；动手绑架则是执行"特殊任务"的老手，有一年前参加绑架西药商人科弗曼的两名恶棍基里钦克和柯鲁斯克，还有职业杀手扎伊采夫。其他参与者还有康密萨兰科、俾斯拉契克，他们要在窝藏点里日夜看守着肉票，剩下的便无关紧要了。据密探们跟踪侦察的结果判断，被绑架的西蒙·卡斯普很可能是囚禁在被称作"哈尔滨老城"的香坊，俄国人叫它"斯塔莱戈拉德"。

范斯白立即将这些重要的线索，提供给查保和吉米斯塔克，这些情报基本上是准确的，但也略有些出入。国内外的许多记述都说罗扎耶夫斯基自始至终参与此案，并直接指挥其党徒干的，其实并非如此。有两个日本宪兵队的雇员，后来在他们的回忆录中说：大约在案发前的一个月，中村确曾把罗扎耶夫斯基和马丁诺夫找到一起商议过，并共同拟定一个绑架方案。但在讨论中那个宪兵大尉发现，罗扎耶夫斯基出于政治原因考虑，他想要的不是卡斯普的金钱，而是他儿子的鲜血，也就是说要把绑架变成谋杀。他认为只有这样，才能狠狠打击那些"第三国际的代理人"，警告一切"犹太猪""法国佬"，才能解恨出气大快人心。中村断然拒绝了他的主张，并提出了上司规定的约法三章：一、此次行动切勿带有政治色彩；二、不得与法西斯党的反犹主张联系起来加以宣扬；三、尽量避免引起外交麻烦，不去激怒法国人。罗扎耶夫斯基对这些限制条件十分不满，当即退出了这次行动，于是便由马丁诺夫担负起指挥绑架的全部责任。

这件事让这个白俄警官来干，那真是再合适不过了，对于绑票这种勾当他有超于常人的特殊经验，因为他既作过案，又破过案，可谓全才。对卡斯普家的防卫力量也进行了透彻的摸底，他清楚地知道马迭尔的保镖和司机都配备了什么样的枪支，子弹有多少发，因为都是经他签发的枪照。所以在绑架西蒙·卡斯普的时候，要求匪徒们必须先缴了司机身上的左轮手枪。

按照范斯白提供的线索，吉米斯塔克很快就侦悉了囚禁西蒙的具体地点，当他率众闯入那个隐蔽点的时候，匪徒们已经把绑架的肉票转移了。绑架者已经发觉有人盯住了他们的香坊据点，马丁诺夫得到报告之后立即下令转移。他们把小卡斯普藏匿在阿城县东南的小岭镇，那里是阿什河上游，离哈尔滨有80公里远，一面派人严密看守，一面加紧对老卡斯普施加压力，逼其就范。

约瑟夫·卡斯普是个杀价的能手，谈判进行了一个月，只答应付给要价的十分之一，并且还要等他儿子放回来之后才能给。为了迫使老卡斯普交出赎金，匪徒们割下了西蒙的耳朵，于9月28日打成包裹寄到马迭尔旅馆。面对着这血淋淋的信物，约瑟夫屈服了，他准备答应条件进行妥协。恰于此时，查保和吉米斯塔克的侦破工作取得了重大进展，他们抓住了绑匪中最年轻的新手康密萨兰科。在法国领事馆里进行的审讯中，他承认了罪行并供出了6名同伙，其中包括现任警官马丁诺夫，但他没有招出中村，也没说出押票地点。

法国副领事查保携带着康密萨兰科的供状，找到了警察厅刑事侦查处处长戈罗日克维奇，要求逮捕已知的6名歹徒，包括其部下马丁诺夫。同时还向各国驻哈领事馆发送了康密萨兰科供认状的副本，很快便在美、英、法等国的报刊公布了此事。各报纷纷评论，怀疑日本人与此案有同谋关系，谴责其迫害侨民的暴行，强大的舆论攻势使东京感受到了压力。

这时中村也采取了对策，他撤换了马丁诺夫，召回了罗扎耶夫斯基。并决定其他的人要尽快躲避起来，而马丁诺夫和桑

卡斯普的小儿子西蒙·卡斯普，是毕业于巴黎音乐学院的青年钢琴家

达尔则只能等候逮捕，但被捕后要否认与日本宪兵队的任何联系，要自己承担全部罪责。根据基里钦克的报告，西蒙·卡斯普在长期的禁锢中已经知道了是日本宪兵队指挥了这次绑架，因此便决定即使老卡斯普肯交赎金，也不能让西蒙再活下去，因为他知道得太多了。

10月9日清晨，马丁诺夫与桑达尔于其家中被警察厅特别勤务科逮捕，两人死不招供，拒绝承认一切。而中村则开始布置对法国领事馆的反击，他派了许多便衣特务对领事馆进行监视和封锁，并逮捕了吉米斯塔克和其他被查保雇用的侦探，使其秘密侦察无法进行；通过《哈尔滨时报》和《我们的路》对查保发起了猛烈攻击，说他是"龌龊的犹太人""第三国际的代理人"，说他"滥用外交豁免权""专与俄罗斯爱国者为敌"，甚至有一个法西斯党员要与这副领事进行一次决斗，这种无理谩骂一直持续了几个星期。中村还决定释放在押的康密萨兰科，并让他潜往滨绥铁路的终点，靠近东部国境的绥芬河。

就在这关键时刻，查保派他手下的"三等秘书"森罗曼，也就是后来的法租界巡捕房的总巡，甩开了宪兵队的密探，溜进了大西洋电影院，向范斯白紧急求援。范斯白听说日本宪兵队逮捕了吉米斯塔克，并且释放了康密萨兰科，分明是在抓好人放坏人，不禁义愤填膺，怒不可遏。但是因为他还有重大的秘密使命在身，所以仍不能过分地卷入此案，可是他又不想袖手旁观，于是便去恳求他的好友，中东铁路警务处的高等顾问尾井大佐，请他从人道和正义出发，拯救受害者，惩办恶人，维护公理。

尾井大佐是个很正直的日本人，他和范斯白的私交很深，并且对中村这个胡作非为的满洲恶棍向来痛恨，对这种伤天害理的行为感到耻辱，他慷慨地答应只要是在中东路沿线他的辖区之内，能够做到的将尽力相助。当时铁路警和宪兵之间也常有摩擦，矛盾很大，但尾井对宪兵队从不让步，从不容许宪兵到他的辖区任意胡闹。

当尾井大佐得知康密萨兰科为逃避追捕，将于10月13日乘火车去绥芬河时，他不动声色地让他登车，却命令手下的铁路警在一面坡车站将其截获。尾井大佐亲自进行了审讯，并从他那里追问出其同伙的重要线索。11月28日，扎伊采夫和俾斯拉契克乘火车去小岭接班看票时，在香坊火车站又被铁路警抓住了。因为哈尔滨特别市警察厅在50天以前逮捕马丁诺夫和桑达尔时，曾将康密萨兰科供出的其余4名同伙列为逃犯通缉。警察厅明知道这4个小子是宪兵队的人，所以发通缉令无非是走个形式，可尾井大佐却来个公事公办，顺理成章地就把他们抓起来了。

这时在小岭看票的是基里钦克和柯鲁斯克，他们见接班的两个到点儿没来，觉得事情不妙。基里钦克连忙到火车站去察看，并打电话给中村，询问是怎么回事。这时中村也慌了神，他见手下接连被捕，恐怕事情要露馅，但他强作镇静地说："放心吧！没什么事，我马上就去。"他放下电话便驱车奔赴小岭。

基里钦克打完电话回来时，走在窗外就听柯鲁斯克对小卡斯普说："你放心吧！只要你父亲见了信能给我钱，我一定想办法偷着把你放了。我要的这个数可比宪兵队要的少多了！"听到这儿，基里钦克就明白了，原来这小子想吃独食。哼，没那个好事！等着瞧吧！他又绕了一圈才进屋，就当什么事也没有发生。

一个多小时之后中村赶来了，听到汽车马达声，基里钦克便抢着迎出去，与中村在门外小声嘀咕了一阵。然后中村一进门，就拔出手枪对准了柯鲁斯克的脑壳，让基里钦克下了他的枪，一搜身果然找出一封密信。中村勃然大怒，扣动扳机将柯鲁斯克击毙，并命令基里钦克杀死西蒙·卡斯普。那个匪徒立即执行了"撕票"任务，然后两人开车跑回哈尔滨。中村替基里钦克从宪兵队领取了假名字的护照，准备让他逃往佳木斯躲起来，但在呼兰车站又被尾井大佐派人捕获了。

12月3日，警方发表公告宣布了小卡斯普的死讯，所有参加绑架的匪徒，除柯鲁斯克在拒捕中被击毙之外，已全部捕获，正拘留审讯中。

法国领事馆与马迭尔旅馆共同为受害者举行了盛大的葬礼，哈尔滨的市民愤怒了，为西蒙·卡斯普送葬的行列形成了一次激愤的群众性示威。感到愤怒的不仅是死者的亲友，也不只是犹太人和法国人，还有中国人和朝鲜人，乃至日本人，都一致要求严惩凶手，为死者申冤雪恨。

"马迭尔绑票案"的最后一幕是在法庭上演的，开始时日本军事当局是不准把6名罪犯交付法院审判的，但是由于法国领事及死者家属的坚持要求，驻哈领事团的不断抗议，外国报纸的舆论谴责，使东京招架不住，这才下令吩咐进行审判以平息风波。在西蒙死后15个月，6名案犯才移交"满洲国"司法当局。1935年的6月7日，哈尔滨地方法院终于开庭审理，不过他们竭力把悲剧演成闹剧，使观众啼笑皆非。

在这最后一幕中，日本法学家奥下卫宣读的"公诉状"堪称"杰作"，其原文云："查被告马丁诺夫等6名俄国志士，皆为最正直善良之优等国民，曾竭其大半生之精力献身于反布尔什维克斗争。倘彼等果有绑架之事，则其动机亦非谋私利，而实为其反共团体提供必要之资金以继续其崇高之战斗。如此，则盗匪条例实不可适用于彼等。试问所控者何罪耶？伤害罪乎？已确知割西蒙之耳者，乃柯鲁斯克也，岂可罪及他人？谋杀罪乎？杀人者亦为柯鲁斯克，而该犯已死，法律将无所施矣！勒索财物罪乎？则卡斯普未交付分文。鉴于上述各情，则被告等唯一可定之罪名似为'意图勒索'，然彼等出于爱国心切，见义勇为，事势所需，情有可原。盖此种'意图'并非起因于个人图财，乃纯为政治原因，而此'意图'所欲施加者乃一公认之赃物收买者，敛财不义，为富不仁，社会公敌，久蓄孽债。自古尊亲之罪，报应于其子孙，西蒙·卡斯普之死亦偿其父之恶也……被告等所为，实由爱国热忱之驱使，其过可宥，应宜从宽处之。"若照他这么一说，这几个匪徒什么罪都没有了，还应该领一笔奖金呢！

这些无耻的谰言，引得各方面的怒骂，家属骂、市民骂、外侨骂、各国领事团骂，连日本人都骂，性情刚直的尾井大佐气得直拍桌子。但不管市民们背地里怎么骂，最主要的还需在法庭上以事实驳倒它，既然这个奥下卫为了替罪犯们开脱，硬往政治问题上拉，那就必须在这方面给予揭露。此时控方的律师急需得到证据，证实 6 名被告都是刑事惯犯，所犯罪行纯属盗匪绑架，扯不到政治方面去。为此，森罗曼再次去找范斯白，请他帮忙，因为他完全清楚这些人的底细。

据范斯白掌握的情况证实，这些人都有前科在案，有的参与贩毒，有的参与抢劫案，有的拐卖人口，有的从事诈骗，就连马丁诺夫警官亦曾因杀死沙俄上校阿尔古诺夫，而受到过法庭审判，这些罪行都有案底可查。最厉害的是范斯白从尾井大佐那里，拿到了康密萨兰科、扎伊采夫、俾斯拉契克和基里钦克等人在铁道线上被捕时，所持有的宪兵队证件，证明他们都是宪兵队的探员。这下查保和森罗曼高兴得几乎跳起来，这些日子他们一直努力查找的，就是此案与日本人的牵连，把柄终于拿到了，这些证据拿到法庭上不仅会使奥下卫栽个倒仰，恐怕连他的上司屁股也坐不住板凳了。

但是事情有喜也有忧，森罗曼虽然高兴了，可是范斯白的危险也就跟着来了，因为他与法国领事馆之间的秘密联系，被俄罗斯法西斯党特别部发现了。像这样的复杂而又激烈的斗争中，本来就是你中有我，我中有你。原来，在波法商会里的一个扫地的勤杂工，是俄罗斯法西斯党特别部的密探。他发现了森罗曼一来就打电话，过一会范斯白准到；如果是范斯白先来，过一会森罗曼必来，起初一两次还没特别注意，次数多了他可就觉得可疑了，因此就向特别部报告了。

20 世纪 30 年代俄罗斯法西斯党的特别部在哈尔滨曾活跃

一时，并赢得一个美称叫"白俄红眼队"，虽然按官方的解释特别部只有两项任务：负责保护党的领袖，为党的机关和会议执行警卫，但其实质是个无恶不作的打手队。他们自称是"白色近卫军""党的中坚"，他们的"日常工作"是打、砸、抢；"特殊任务"是烧、杀、绑，这些人可以说是不折不扣的"白俄黑手党"。特别部的头目是亚历山大·亚历山德洛维奇·勃洛托夫，内部人称他为"萨沙"，此人便是在极乐寺与中村一起堵住范斯白的那位。萨沙年方27岁，身强体健，膀大腰粗，对什么思想、主义一概不感兴趣，只热衷于流血暴力，都说他"吗啡不离身，左轮不离手"，人们经常可以在中央大街125号总部3楼赌窟里碰到他，因为那里由他负责照管。他是总书记罗扎耶夫斯基的亲密战友，1926年才从苏联跑过来，在那边曾为"格别乌"（苏联国家政治保卫总局的简称，也是克格勃的前身）干过，不知道是惹了什么祸才渡江南逃，投靠了俄罗斯法西斯党，成了组织中的悍将。

对于手下密探报告的这一消息，萨沙虽然也认为特别值得怀疑，但对日本特务机关的要员，他也不敢轻易采取什么行动，于是便去请示总书记。罗扎耶夫斯基是个被法西斯主义荼毒至深的人，有着反犹、排犹的狂热激情，他早就怀疑范斯白是个犹太人，至少是有犹太血统。他得知范斯白常去满洲希伯来人联合会，并与该会会长亚伯拉罕·考夫曼私谊甚笃，和许多犹太上层人物交往密切；他看病要去犹太医院（曾为哈尔滨市眼科医院），存款要存到犹太银行；曾多次让特务机关出面制止法西斯党打砸犹太商店和犹太教堂。按照罗扎耶夫斯基的逻辑，对犹太人的祖护便是与法西斯党为敌，犹太人的朋友就是法西斯党的敌人。

尽管罗扎耶夫斯基对范斯白一直耿耿于怀，却奈何不得，虽然有日本宪兵队给他撑腰，但是他很清楚，范斯白的后台可比宪兵队大多了。这次他觉得机会来了，只要抓住真凭实据，就可以发起攻击，于是他就派手下继续对范斯白进行监视。很快就又发现了范斯白与中东铁路警务处的高等顾问官尾井大佐之间的联系，而那些被捕的案犯恰恰都是被铁路警抓住的，他这就找到了依据。

前任的宪兵队长坂本中佐，正是根据俄罗斯法西斯党的报告去找特务机关的，结果碰了一鼻子灰，叫安藤将军给训了一顿。但是这个罗扎耶夫斯基却没有就此罢手，时隔不久，范斯白便收到这位俄罗斯法西斯党魁的一封严重警告的信：

范斯白先生：

　　本党认为阁下之所为实有背吾人之主张而偏袒犹太。

　　阁下身居高位，固当知其为所当为也。

　　相应函达警告，务请停止有害吾人认为爱国同胞之所为。

全俄法西斯党领袖

K·V·罗扎耶夫斯基

1936 年 2 月 26 日

于哈尔滨

第20章

惊天逆转

罗扎耶夫斯基的反犹倾向，已偏执到无知可笑的程度，甚至把反犹主义作为宗旨，成为法西斯党的纲领中很重要的组成部分，把反犹与反苏、反共视为同等重要。他们极尽诬蔑诽谤之能事，用最令人作呕的宣传把犹太民族说得一无是处。究其原因说来也可笑，那就是在与"白俄"敌对的"红俄"当中，有不少犹太人，有一些还身居高位，因此便说布尔什维克党就是犹太人的党。

为了证实其荒谬的理论，他们在宣传中列举了托洛茨基、季诺维也夫、加米涅夫、卡冈诺维奇、拉狄克等都是犹太人。他们竟称列宁是"半个犹太人"，甚至对纯粹是格鲁吉亚人的斯大林，实在是扣不上犹太人这顶帽子时，也要给他加上一个荒唐透顶的头衔，说他是"犹太人的姘妇"。因为斯大林于1927年决定在西伯利亚的哈巴罗夫斯克（伯力）与海兰泡之间，建立比罗比詹犹太自治州，并动员了成千上万的犹太人从克里米亚、乌克兰、白俄罗斯，甚至从遥远的巴勒斯坦到比罗比詹来定居。这个自治州与我国的同江县是近邻。

说起来真是哪个庙里都有屈死鬼，虽然范斯白与犹太人的关系不错，但促使日本特务机关制止法西斯党排犹活动的却不是他，而是日本的犹太学者安江宣宏大佐。在20世纪30年代，各国的政治家对散居于世界的犹太人都曾有过战略性考虑，或加以排斥，或想到利用。而日本对犹太人和犹太文化，相对来说所知甚少，因为在日本几乎没有犹太人，因此安江奉命去中东考察，在那里他曾结识过后来的以色列总理本·古里安。安江大佐在考察报告中，赞扬了犹太民族的聪明睿智，他们在艺术、科技、政商各界都有佼佼者。因此，他向日本最高决策集团建议：向满洲输入犹太难民和犹太资本，以开发"王道乐土"。这一计划很受当局重视，到了1934年，这一建议实际上已列入了日本外务省的日程，计划把第一批5万名犹太人移入满洲。为了不刺激白俄"盟友"，当时这一计划是高度保密的，它的代号叫"河豚计划"，对此不仅罗扎耶夫斯基不知道，就连日本宪兵队长也不知道。特务机关奉命制止反犹也是知其然而不知其所以然，表面的理由就是为了"民族协和"之"建国精神"，实际上也并不知道葫芦里卖的是什么药。后来，安江大佐的宏伟计划受挫于美国犹太人协会创始人斯蒂芬·怀斯。他宣布："任何犹太人不管以什么方式对日本人表示支持，都是极大的罪孽。"不过那已经是1939年的事情了。

当时，不明真相的俄罗斯法西斯党却把此事归罪于范斯白，这当然是过高地估计了范斯白在特务机关的地位和作用。

罗扎耶夫斯基的警告信，引起了范斯白的警惕，担心他与法国领事馆之间的秘密联系被他们发现了，倘若他们知道了，那么究竟知道多少呢？本来罗扎耶夫斯基一伙法西斯党徒对范斯白曾经是尊崇备至，这不单纯是因为他是日本特务机关的要员，还因为他是意大利人，出于对法西斯鼻祖的崇拜，总想和他套近乎！但是范斯白对他们却嗤之以鼻，从来就没瞧得起这位总书记，也没瞧得起他们这个党，曾经多次公开加以蔑视。

在范斯白看来，他们的口号响亮，实力很差，理论浅薄，品行低下。无事生非，造谣谩骂，集合无赖，起哄打架，是一群不成器的东西。他认为这些人不过是一帮政治小丑，在上演一出乱哄哄不堪入目的闹剧，这个党在一切方面都是对墨索里尼和希特勒的拙劣模仿。该党的党徽，竟是纳粹党的卐字加上俄国沙皇的双头鹰（罗曼诺夫王朝的帝室标记），实在是不伦不类；该党的党礼姿势，也是右臂高伸稍高于水平线，与纳粹礼一模一样，只不过是把"嗨尔，希特勒"改成了"嗨尔，俄罗斯"，分明是东施效颦；该党的标准制服是黑色小遮船员帽、黑衫、黑裤、黑筒靴，一黑到底。由于生怕被人误认为是汽车司机，所以才加上了一条黑色武装带，完全是墨索里尼黑衫队的翻版，分明是沐猴而冠。就是这么一帮人，20 世纪 30 年代在哈尔滨横行一时。这一切都令范斯白反感。

再说俄罗斯法西斯党的总书记罗扎耶夫斯基，此人年仅 27 岁，年纪不大却留着络腮胡须。身不魁伟，常带病态，擅长蛊惑人心

俄罗斯法西斯党之党徽

的演说，不过从动作到腔调完全模仿墨索里尼。每当他情绪激动时，便要以响亮的男中音高唱起亚历山大·鲍罗丁的歌剧《伊戈尔王子》，而且总是重复那两句："悲哀在俄罗斯国土上奔流""我要拯救俄国于敌人之手"，很明显是在以当代的伊戈尔王子自命。他的演说在白俄流亡者中间很有煽动力，因为他能使本来就充满了仇恨和哀伤的人，更增加仇恨和哀伤。他总爱大言不惭地说："我是俄国法西斯主义者的领袖，就像贝尼托·墨索里尼是意大利法西斯主义者的领袖一样！"而范斯白对此评价则是："这么说，在意大利人听来是一种侮辱，在墨索里尼听来是一种冒犯，在其他人听来只会有一种感觉——恶心！"

　　在这以前，两人关系虽然不睦，但还没有到公然警告的程度，与此同时范斯白又发现有两个白俄在跟踪他。很显然，他与罗扎耶夫斯基及其法西斯党之间，冲突已经难于避免，你不去收拾他，他就会来收拾你。于是范斯白就布置了手下的人进行反跟踪，把盯梢者的鬼祟行为拍下照片，然后又在较为偏僻的罗蒙诺索夫街（现河曲街）布下了陷阱。这天晚上，他故意把跟踪的人引到那里的一间民房，前边门窗紧闭，但从后窗却可清楚地看到室内灯影幢幢，有人在朗声谈笑。那个跟踪的法西斯党徒跳过板障子，蹑手蹑脚地去贴近后窗，哪知"扑哧"一声掉进了一个很深的菜窖里，又没梯子又没绳，进去就别想出来。那小子又不敢喊，窖里边全是烂菜帮子，已经沤成了黏稠、恶臭的有机肥料供入瓮者享受，那滋味就甭提多好了。而另一个跟踪者，在第二天大清早，就被范斯白的人堵在被窝里收拾了一顿，打了个鼻青脸肿，然后还告诉他到菜窖里去救人。

　　与此同时，范斯白又来了个公开发难，把罗扎耶夫斯基的警告信和法西斯党特别部密探跟踪他的照片，都交给了安藤将军，告了这伙人一状。结果是将军发火了，宪兵队长坂本的饭碗也砸了，罗扎耶夫斯基受到申斥。这一仗范斯白是打赢了，但是"马迭尔绑票案"的官司却没能打赢，因为在"满洲帝国"，若想把日本人送上被告席那比登天还难。

从1936年6月7日开始的一审，至年底因裁判长职务调动而中断。翌年3月23日开始，对此案进行第二次审理，至6月14日宣判。不管日本宪兵队和俄罗斯法西斯党怎样设法将此案件性质转为政治问题，硬往"爱国主义行动"上拉，但由于控方当庭提出有力的人证、物证，所以最后法庭还是认定案件纯属盗匪绑票谋杀。依照法律，判处被告马丁诺夫、基里钦克、桑达尔、扎伊采夫死刑，判处被告康密萨兰科、俾斯拉契克终身监禁。

消息公布后，哈尔滨市民一片欢腾，奔走相告，大快人心。但是这种欢欣鼓舞并没有持续多久，白俄的报纸《我们的路》马上就连续发表文章攻击法院的判决，法西斯党组织了几千白俄上书"满洲帝国皇帝陛下"，为其俄罗斯臣民们受到"不公正待遇"而鸣冤叫屈。而"康德皇帝"果然是"天威无限"，在御状告上去不久，整个案子就发生了惊天逆转。其实，早在溥仪对白俄们上呈的诉状尚未御览之时，"太上皇"——关东军司令官兼驻满大使植田谦吉大将，就已经在"新京"（长春）亲自接见了马丁诺夫的妻子及其律师丘尔金，并保证重审此案。这样，什么案还翻不过来呢？很快，主审法官遭到逮捕，被告上诉于"新京"最高法院，1936年7月，"满洲国"的最高司法当局撤销原判，改由3名日本法官重新审理。结果，以被告出于爱国热忱为由加以释放，法国驻哈尔滨的副领事埃伯特·查保被宣布为"不受欢迎的人"而加以驱逐，被法国政府调往天津。至此，轰动一时的"马迭尔绑票案"便冤沉海底了！全世界的舆论——从《真理报》到《纽约时报》同声谴责，一片义愤。

三审改判一公布，万众哗然，不仅同情卡斯普、憎恨绑匪的人哗然，就连同情绑匪、憎恨卡斯普的人也同样是大跌眼镜，因为二审定罪的4个死刑、2个无期之重犯，得到的不是减刑，而是完全没事了。

为什么会发生如此的惊天大逆转呢？据知情者透露：是马丁诺夫的老婆向哥萨克首领谢苗诺夫苦苦哀求，取得了谢苗诺夫的出面相助，于是关东军司令官植田谦吉才肯接见罪犯家属及其律师，并向其保证此案定要重审改判。最后，在改换日本法官重审后，果然就扭转了乾坤。那么，这个透露此事的知情者又是谁呢？此人便是当年由苏联"契卡"总部为增强哈尔滨地区的特工力量，于1924年底向苏联驻哈总领事馆增派的第二批4名间谍之一，后来成为作家的彼得·巴拉克申。

三审改判时，哈尔滨高等法院涉外大法庭的审判长是专为审理此案调来的日本法官山口民治。此人也确有本领，果然是有回春妙手，居然能笔下超生。原来在二审判决时，中国法官依据的是《刑法》第371条，定的是"绑票杀人罪"，因此才有4个死刑、2个无期。但是到了日本人法官手里，只用了两招就把罪给判没了：第一招是把杀人罪让死人去顶着，而与其余6名罪犯摘开；第二招是以《刑法》第77条"犯罪之情况可悯恕者，得酌减其刑"为理由，强调罪犯们是出于"对其祖国——旧帝政俄国之忠心，为反苏革命筹款，实乃不得已的爱国之举"。

硬把罪犯们之"掳人勒赎"的绑票罪，改变为"非法拘禁罪"。这样，就可以将大事化小。然后，再搬出皇帝陛下的《恩赦令》来一套用，便可小事化了，万事大吉。这《恩赦令》又是怎么回事呢？原来此案的案发时间是在"满洲国"的大同元年（1932年）而审判时间则是"满洲帝国"的康德三年（1936年）这中间就有个"国体变更"的事。1934年的3月1日，溥仪登基，由执政变成"皇帝"，因而发布《恩赦令》大赦天下。就这样，6名罪犯都没事了。正是这次三审改判，使"马迭尔绑票案"成为明明白白的不明不白，清清楚楚的不清不楚。1937年2月3日《盛京时报》的《滨江特刊》上，是以"皇恩浩荡，泽及犯徒"为由，来报道此案的改判，只不过是皇帝陛下的"浩荡皇恩"却始终没有泽及老卡斯普，不久之后他怀着深切的丧子之痛，离开了哈尔滨，1938年死于巴黎。

几十年来，人们提起此案，总不免要为受害者慨叹！这卡斯普是得罪谁了？若从二战之后各方面公布的历史资料来看，卡斯普还真是得罪人了，他得罪的是关东军，是日本帝国。他所遭受的不幸，还真不是无缘无故的飞来横祸、无妄之灾，而事出有因，案中有案。

就在"马迭尔绑票案"发生一年之前，日本外务省官员与新上任的关东军参谋长桥本虎之助中将突然来哈，召开军警宪特的高层会议。因为国际联盟将派李顿调查团来华，要了解"满洲真相"。为防止民众反映真实情况，决定将调查团下榻的马迭尔旅馆严密封锁，并派便衣警探假充旅客，旅店员工全换上男女特务，外部街道密布暗探，每天有四十余人昼夜监视，防止反满抗日分子接近调查团。

在海伦领导抗日的马占山，决定派两名密使分别赴哈、齐两地，送呈马占山亲笔信，揭露日寇侵华罪行。派赴齐齐哈尔的密使王廷兰，一进城即被捕，搜去所有文件，惨遭杀害。

马占山的另一名密使姜松年参议，由铁骊县警察署的一名警尉（义勇军打入之特工）护送，假作押解的要犯，戴着手拷过了层层的关卡混进哈尔滨。通过李善恒的关系找到了范斯白，要求帮助他面见国联调查团，而范斯白对日本人的防范措施了如指掌，要会面很难。

范斯白与美驻哈总领事汉森密议后，将姜参议偷偷接入美国总领事馆。随后又密邀调查团的美国成员麦考益、法律顾问雅恩古，潜赴美国领事馆与姜松年会面。姜参议递交了马占山的亲笔信和有关文件，并邀调查团去黑河与马将军会晤。

那么，李顿为何一定要与马占山会面？对于调查团来说，马占山的价值和作用是别人无法取代的。因为在两个月之前，他亲赴沈阳，与张景惠、臧式毅、熙洽一起参加了“四巨头会议”

美国领事馆，位于东大直街291号。为突破日伪之封锁监视，调查团成员麦考易（美）曾与马占山之密使姜松年在美国领事馆会面

（即东北行政委员会）和随后演变成的"新政权准备委员会"，深知伪政权产生之内幕。当李顿率团到达北平，与张学良、荣臻等会谈之时，马占山致国联调查团的说明东北真相的长电恰好到达。这就是李顿千方百计要会见马占山的根本原因。

李顿向日方提出要去黑河面见马占山，遭到日方的无礼拒绝。李顿欲转道苏联绕行去黑河，但入苏的签证却遭苏方拒签，理由是苏联对中日之争严守"局外中立"，据说是因为日本向苏联施加了压力，李顿在与汉森密商后，声称放弃黑河之行，旋即离哈。

在李顿调查团走后，日方放松了警戒，随调查团同来的瑞士记者林德与美国《纽约时报》特派员史递尔并未离去，两人偷偷搭乘旅馆老板卡斯普的汽车，悄悄离开马迭尔，范斯白则于九站备船接应，送二人夜渡松花江。在松浦镇，两名记者装

李顿的密使林德、史递尔秘密离开马迭尔旅馆，在海伦会见了马占山

扮成传教士骑马北行，经望奎至海伦，在三门谢家见到了马占山。

两记者与马占山详谈后又进行数日采访，目睹了抗日军民浴血奋战誓死御敌之实情。一周之后，由邓文军长派人护送，两人绕道至安达归哈。然而，他们的行踪已被日本人发现。

调查团离开哈尔滨约一周时间，日本外务机关突然接到驻哈尔滨领事馆长冈领事的报告："5月27日，瑞士记者林德骑马在'支那人'向导带领下，为视察战况北去而失去音信，鉴于内地的不安全状态，应注意其安全否。"得此消息，日方迅即采取紧急措施，启动各个部门抓紧这一方面的情报工作，截获了马占山发给远在北平的前黑龙江省主席万福麟之电报："调查团派来新闻记者林德和史递尔，已向其提供了必要的资料。"日方由此断定，调查团的代表已经会见了马占山。这对于日方，无疑是一个沉重的打击。

两记者回哈后便遭日特监视，林德被捕并没收了所有资料，史递尔躲进了美国领事馆才得以幸免。

逮捕瑞士记者一事引发了外事纠纷，面对全世界的抗议和指责，日方无奈将林德释放，却把愤怒转向了马迭尔旅馆，转向了卡斯普。

因为《国联调查团报告书》一经公布，即使日本处于十分难堪的境地，它等于向全世界宣布：日本是侵略者，伪满洲国是日本指挥下的傀儡政权。正是这两点重要的调查结果，迫使日本退出了国联，丧失了极为重要的国际舞台，实行所谓的"焦土外交"。而李顿调查团得到的调查确证，恰恰是因为与马占山的会面。也就是说，两位记者的北上是从马迭尔出发，与马迭尔有关，与马迭尔老板老卡斯普有关。分明是马迭尔和卡斯普让日本人在全世界出丑，让关东军败走麦城，他们能咽下这口气吗？这正是伪满日方实施报复的前因。

那么，这场阴谋活动的幕后总指挥又是谁？在案发前的一个月（1932 年 8 月），日本军部对关东军首脑实行了大换血，撤换了包括本庄繁司令官在内的全部将领。陆军省次官小矶国昭中将，接替了上任仅 4 个月即因对李顿调查团防范不力而丢官的桥本虎之助中将，出任关东军第七任参谋长。按任职时间及掌控权力范围，用排除法来推算，小矶国昭应该就是操纵"马迭尔绑票案"幕后黑手的幕后黑手，因为除了他没有别的人了。

第 *21* 章

冤家路窄

经过范斯白的警告，再加上田中大佐的提醒，中村真的有些胆怯了。他完全明白了为什么租界警方对范斯白如此着意保护，除了有森罗曼总巡之外，还有在法租界和公共租界都很有势力的史蒂芬。更可怕的是除了警方之外，范斯白还有黑道上的朋友，不仅有科斯明这样的白俄亡命徒，还有那位从满洲逃来的王建基，此人来上海后已经投靠了黄金荣，成为上海帮派势力中很有实力的一股。现在是黑白两道都护着他，就是冒险再去也很难得手。可是他到上海来的任务就是要除掉范斯白，如果不去，那又如何向上边交代呢？他上次的行动已经打草惊蛇了，对方的防范肯定会是更严。看来，这法租界真是不能再去了！可是回去又该怎么交差呢？他一个人躲在新亚酒店两天没出屋，苦想穷思，一筹莫展。

第三天，重藤宪兵大尉特地来看望他，一见面就说："中村君，听说你遇到了很大的麻烦，看来这个范斯白很难对付，你的事恐怕很棘手啊！"

"是的，范斯白与法租界捕房总巡的关系，我们原来是没想到的，所以吃了很大的亏。老兄，我对上海的情况生疏，这事只好仰仗您的大力帮忙了！"

"嗯，我一定尽力，不过法租界你是不能再去了。"

"看来我是不能再去了，不过我回去可怎么交差啊？"

"这事好办！反正上级的要求是没有活的就要死的，有钱能使鬼推磨，也同样能使鬼杀人哪！"

"鬼杀人？你是说……"

"雇用杀手去干！上海是世界上最大的暗杀城市，职业杀手多得很，什么中国的'斧头帮'，白俄的'黑鹰团'，还有个无国籍的'暗杀公司'，都干的是要命的买卖。他们熟悉租界里的情况，善于和英法的巡捕侦探们周旋，只要你肯花钱要谁的命还不行？又何必亲自去冒险呢？"

"好主意！钱倒不成问题，只是要找一个十分可靠的人。我在这里人生地不熟的，上哪儿去找啊？"

"这事包在我的身上，你就把'老头儿'准备好吧！"

重藤所说的"老头儿"指的就是日本金票，因为当时日本银行发行的兑换银券的一元纸币，票面上印有日本大和时期右大臣武内宿弥的肖像，是一个白胡子老头儿，所以日元就被称作"老头儿票"。由于那时日本的币值坚挺，所以雇用杀手可以用日元支付。

第二天晚上，重藤便与中村驱车去沪西地区，那里是属于租界外的越界筑路地区，公共租界的工部局称之为"西区界外本局马路区域"，老百姓则叫它"沪西歹土"。那里是几种法制并行但又谁也管不了的地方，那里的马路及两侧的人行道归租界巡捕房管，并派有警察指挥交通；但离开那条道就算华界，该属中国当局管辖，都管都不管便成为两不管，因此便成为藏污纳垢之所在，一切违法的事情都可以在这干，成为真正的冒险家乐园。那里不仅开设了很多的舞厅、夜总会、咖啡馆、酒吧、高尔夫球场，而且还有赌局、花会、鸦片烟馆，乃至妓院、暗娼、脱衣舞、春宫电影一应俱全，伴之而生的便有暗杀、绑架、抢劫、坑骗和偷盗。"一·二八"事变后，租界工部局也曾就此处的管辖问题与上海市政当局达成协议，决定将界外道路交归中国，但其警权则由中外共组特别警务机关管理。日本人立即提出：此特警机关应由日本人负责，否则日本将保留界外道路的独立警权，并退出工部局。结果工部局被迫让步，停止"交还"，于是这里便允许日本人派驻宪兵分遣队，有很大的势力。

重藤与中村到沪西后，走进了丽娃·丽泰夜总会，那里是洋人和"高等华人"纸醉金迷的处所。果然是"香槟酒气满场飞，钗光鬓影共徘徊"，在如梦似幻的灯光中，在悠扬悦耳的乐声里，绅士淑女们正"勾肩搭背、进进退退"地"对对在满场飞"。但他们俩来此的目的却是醉翁之意不在酒，他们不是来寻求欢乐，而是来寻找罪恶的，很快就被重藤找到了目标。

在一个灯光幽暗的角落里，坐着一个胖胖的秃顶老头儿，看样子像个土耳其人，衣着虽非寒酸但也并不高雅，正在那独斟自饮，旁若无人。

重藤凑过去低声说："喂！艾利克斯！买卖还做吗？"

那人连头也不抬，一眼都不瞅，同样低声回答："我能到这里来，就说明是开业，还问什么？怎么，有生意吗？"

"我来找你，就说明是有生意，去办手续吧！"

"好吧！车在后面。"

艾利克斯说完，便一扬脖喝干了杯子里的酒，站起身来领他们从后门出去，果然有一辆汽车停在那里。他们上了车之后，中村才发现这辆汽车的前后隔绝，车窗四面挡得很严，既防止外面往里看，也不让里边往外看。开车之后便左绕右拐地不走正道，似乎是故意不让坐车的人知道是往哪儿开。十几分钟之后，汽车停在一座神秘的别墅式住宅院子里，四周是高墙密树，往哪边也看不出去。虽然来访者不能确切地判断出此地的方位，但估计可能是在林肯路与霍必兰路（现为天山路与古北路）交叉的一带，离市中心更远了。

在院子中心孤零零地耸立着一幢小楼，虽然只有两层，但那孟沙式双折的高屋顶，分明是一层阁楼。一排俯览四外的老虎窗像碉堡的枪眼一样，居高临下地控制着周围的开阔地。尽管院中也有花坛，墙面上也爬满了常青藤，但无论是怎样装饰打扮，它依然像一座易守难攻的堡垒。艾利克斯领他们走过了一段方石板路，踏上三层台阶，伸手按了一下门铃，里面只有很轻微的响声，但有一盏红灯随之亮了。随后从里面开亮了门灯，大约是里边的人看清了来者之后门才打开，一个精神矍铄、目光炯炯的瘦老头儿在打量着两个生人。

"来谈生意的，带他们去见头领吧！"

艾利克斯交代完之后，便坐到门厅的沙发上，看来是在等他们谈完了再把两人送走，他也就完成了牵线人的任务。那个瘦老头儿则把两人领到楼上，让进客厅之后也退出去了，另有一个漂亮的女佣端来了热茶待客。这间客厅陈设简单，宽敞但不明亮，百叶窗似乎永远是关着的，也许房间的主人并不需要阳光。电灯也很昏暗，大约这不是为了省电，而是在这种朦胧的光线中谈论杀人的生意更有情调些。

稍过片刻，通向内室的房门打开，主人出来了。那是个身材高大、肩膀宽阔、面容冷峻的欧洲人，大约没人能说清他的国籍。他是刀条子脸，鹰钩鼻子，高前额，头顶半秃，眼窝深陷，肤色煞白，看上去便觉阴森可怖。重藤曾向中村讲过，此人便是暗杀公司的老板，绰号叫"白脸阎王"（英文为 Pluto，希腊神话中的冥界之王，相当于中国的阎罗），他的化名也就叫普鲁托，至于他的真名便无人知晓了。那人向两位客人点点头便算是打招呼了，然后便开门见山地谈起生意。

"先生，凡是到我这来的只有一个目的，那就是杀人！请问，您想干掉谁呢？"

"一个中国籍的意大利人。他刚刚来到上海，住在法租界的莫利爱路；他叫范斯白，阿姆雷托·范斯白。"重藤说时便将一张支票放在桌上："我们按规定付给您 2 万日元。"

"2 万日元？哼，范斯白的脑袋可比这值得多呀！这只够半数吧，先生！"

"您为什么要抬高他的身价呢？他只不过是个普通商人，一个电影院的经理。"

"是大西洋电影院吗？"普鲁托逼视着两人惊愕的目光，"他不是个商人，也并不普通，而是个职业间谍！要杀掉这样的人要 4 万日元，可并不算多呀！"

"怎么不多呢？"重藤耸耸肩说，"不管他从前做过什么，可他现在却是个普通的人，已经没有任何官方的身份，可与当年不同了！您如果要价太高，恐怕就很难成交了！"

"哈哈，是吗？既然如此，你们为什么不自己去干呢？我想你们并不缺少武器，也不缺少使用武器的人。"说到这儿，那位"白脸阎王"故意把话停顿一下，用目光逼视着两位日本客人，制造一个短暂的冷场。然后才慢声低语地说："恐怕还是遇到不小的麻烦吧？不然的话，你们绝不会来找我。"

"哦，这……主要是考虑外交方面的复杂关系。"重藤掩饰地说，"您能不能再把价格降一降呢？无论如何不能把这样一个人的价码，提高到一个政府要员的程度，那不是有欠公允吗？"

"哦，二位是不是想喝点什么？"那位暗杀公司的老板并不想急于回答重藤的问题，而是顾左右而言他，"咖啡？白兰地？威士忌？"

"还是随便喝点茶吧！"中村开口了。

普鲁托隔窗向外做了个手势，很快就有一个欧亚混血的女郎，穿着短袖及肩、开衩到大腿的旗袍，烫着飞机头，浓妆艳抹，分外妖娆，端着托盘走进来，把茶杯放在宾主的面前，然后向两个日本人嫣然一笑又出去了。

"请问，贵公司完成此项委托大约需要多少时间？"

"最多3个月，一般来说都会提前的，这是指最后的期限。"

"假如在最后期限不能完成委托呢？"中村并不放心地追问。

"本公司恪守信誉，一向公正对待主顾，一次行动不能成功的话，可以再派两次，三次，四次，直到成功为止。假如我们到3个月后仍不能完成委托，也就是说范斯白还活着，那么我们将把付款原数退还，并外加5%的利息，说到做到。"

经过一阵讨价还价之后，他们以3万日元的价码成交了，但普鲁托坚持要现金不要支票，什么时候送来现金，什么时候开始行动。日本主顾同意在第二天把现款送到丽娃·丽泰交给艾利克斯，同时会拿到由普鲁托签署的一张收据，3万日元的购买项目是订购"意大利式的棺材一具，保证3个月内交货"。

在主人站起身来送客的时候，中村在门口回头问了一句："先生，可否请问您一下，您怎么会知道范斯白是一个间谍呢？"

"哦，这个嘛……了解一切可能成为目标的人，这是职业需要。"普鲁托神秘地眨眨眼，"他早就该死了！"

在与普鲁托谈妥条件之后，中村立刻就向井上大佐请示，声称日本外务省对进入租界行动有严格限制，因而难于完成任务，只好花钱雇凶杀人。不久井上大佐的回电出乎中村的意料，不仅同意重藤与中村商定的办法，并且还让中村安排妥当之后，从速归哈接受重要任务。上海方面的事情可由其副手野村弥之助中尉接替办理。中村很明白，井上大佐电报中所说的"重要任务"是指执行参谋本部的"铃木计划"。那是东京的陆军省军务局的铃木少佐，替俄罗斯法西斯党制定的"领导俄国国民革命的行动方案"以实现该党的"第五目标"。

回过头来再说，那个暗杀集团的头目为什么会知道范斯白的真实身份？又为什么这样憎恨他呢？那是因为，十几年前，此人曾栽在范斯白的手下，险些丧命，死里逃生，而耿耿于怀，积恨在心。普鲁托的本名叫霍特斯，原是个希腊人，从小就游手好闲，不务正业，经常打架斗殴，惹是生非，曾因行窃受监禁而被继父赶出了家门，从此流浪于社会。后来又与地痞流氓、社会渣滓沆瀣一气，结成团伙，坑蒙拐骗，讹诈偷抢，无所不为，坏事做尽。因其罪行累累受到警方的通缉，在国内站不住脚，就逃亡国外，在一艘走私船上当水手，辗转流落到上海。最初曾在查顿公司（即怡和洋行）当伙计，后因品行不端被开除，便在一家"外国咸肉庄"里当门卫。所谓"咸肉庄"，也叫"火腿店""外国咸肉庄"，也就是洋妓院，俗称"外国窑子"。此时，他结识了另一名洋无赖，一个叫沃克的瑞典人，是妓院的男鸨，也是个职业诈骗犯，人称"金毛沃克"。两人臭味相投，一拍即合，他们在 20 世纪 20 年代初一起组织了一个犯罪团伙，专门从事"贩卖白奴"。

"贩卖白奴"这个词，对许多人来说也许是个闻所未闻的新鲜事，不过它确实曾存在于 20 世纪 20 年代的旧中国，绝不是作者的笔误，颠倒了黑白。西方殖民者贩卖黑奴的罪恶行径是众所周知的，因为这种罪恶贸易长达 3 个多世纪，而且几乎是公开的；但贩卖白奴活动却是秘密的，时间也比较短暂，只有几年的工夫。这一"创举"的发明者便是那个金毛沃克，霍特斯是主要成员，它的买卖市场是在哈尔滨和上海两地，而被贩运出卖的所谓"白奴"，实际上就是因逃避战乱而流落异国、陷于困境无计谋生的白俄姑娘，经过长途贩运，把难民"加工"成妓女，以牟取暴利。这是一项产生于特殊时间、特殊地点、特殊历史背景下的"特殊买卖"。

1918—1922 年，俄国爆发革命、内战，外国干涉和饥馑加剧了社会大动乱，有 200 多万难民涌向国外。经西伯利亚进入中国的大约仅占八分之一，其中的少数人能够获得签证转去欧美和澳洲，一些有钱有依靠的去了天津和上海，有半数贫困的流亡者滞留在东北。涌入哈尔滨的成千上万逃亡者多半是身无长物、完全在赤贫状态下逃命而寄希望于投亲靠友，但那些原来在哈尔滨定居并发迹的俄国人则对这些不幸的同胞敬而远之。挤居在哈尔滨城西偏脸子一带俄国贫民区里的难民，半数以上的男人失业，女人们则当用人、做苦工，乃至操贱业以维持生计。她们能够出卖的已经只剩下自己身体上的东西了，包括奴役的劳动、生命的冒险和女性的贞操。他们的孩子很快就学会了用几种语言向不同国籍的有钱人乞讨。在这种情况下，俄国妓女一时人数大增，除了道里买卖街和田地街一带几十家俄国窑子里比较集中的专业妓女之外，还有大量以女招待为掩护的半专业妓女，她们服务的小酒吧、小饭馆都有分层营业的项目：楼下满足食欲、楼上满足性欲。更有无数业余的"游击队"在街头巷尾活动，那些在大门洞里随处可见的俄国卖花女，她们出卖鲜花，也出卖自己，按小时计价。有时她们在阴暗幽深的角落，甚至大胆地撩起裙子来直观示意，以克服不同国籍的人之间的语言障碍。当上海租界里的洋妓院需花费上百美金方可买到一夜风流的时候，在哈尔滨只需 10 块钱乃至更低廉的价格便可开一次洋荤，品尝一下白种女人的滋味，那些为"肉体市场"提供货源的人贩子，很快就注意到这种巨大的"地区差价"。

但沃克和霍特斯这两个坏家伙更有缺德的损招，他们并不想买了再卖，而是只卖不买。他们以上海租界里的大饭店，如华懋（现为锦江）、凯茜（现为和平）招收女服务员为名，诱骗了一些白俄姑娘到上海，先以暴力强奸，然后再卖给四川路和江西路一带的"神秘之街"。他们以"发洋财、玩洋姐"为诱惑，雇用了一些上海滩的流氓打手，作为拐卖白奴的帮凶。可怜那些背井离乡、孤苦无依的俄国少女，只要中了圈套落入魔掌，便很难逃脱，而沃克和霍特斯却因此而发了财，并在沪西营建了自己的巢穴。他们一共贩运了 23 次，被拐卖的俄国姑娘达数百人之多，都被销往上海、汉口、天津的租界妓院；也有的远销香港、东南亚，或出路相宜的各国，少数还当了阔佬的洋姨太，最远的被卖到了哈瓦那。

1926 年初，沃克和霍特斯再次来到哈尔滨，这次他们受卖淫业经纪人的委托，为法租界里的几家高等妓院物色一批容貌俊俏的丽人，出价很高。因此他们也改变了以往的招数，到哈之后假冒法租界公董局的秘书，租下了马迭尔旅馆两个最好的房间，并在哈埠英俄文各报纸上登出了启事：招聘 18—22 岁的俄籍独身女子，需具备中等以上的文化程度，要求品貌端庄、举止文雅。凡合格者将到上海接受短期培训，被录用为打字员或女秘书，待遇从优，欲高就者勿失良机云云。

这样的招聘，在流亡的俄国人中，是很具诱惑力的，哪里还顾得上分辨真假呢？所以才让骗子们连连得手，几天内就有近百个俄国姑娘去报名。但是范斯白手下的俄国情报员费加和吉洛夫却盯住了这两个骗子，因为他们有受过骗的亲友，所以才怀疑这种招聘又是骗局，并报告了范斯白，请他查明此事。范斯白对这种诈骗诱拐的罪恶行为十分愤恨，也知道中国当局对此类案件管的很不得力，他决心亲自出马去惩治邪恶，于是就开始对这伙人进行调查。

一天下午，范斯白闯进了马迭尔旅馆那两个坏蛋包的房间，恰好两个人都在。只见桌上摆满了登记卡、简历表和年轻姑娘的照片，两个人正对着那些照片挑肥拣瘦地议论着，说一些十分下流的脏话。见范斯白突然闯进，他们十分不悦，狠狠地瞪了他一眼。

"为什么不敲门？"沃克大声地申斥说。

"对不起！我……"

"看你的穿戴也不像个下等人，怎么连这点起码的礼貌都不懂呢？"

"懂，我懂！不过我是一时着急，真抱歉！"

"你为什么要着急呢？"

"因为我有个女儿很想求得合适的职业，得知你们招聘的消息又很晚，担心录取的名额满员，所以……"

"来的人已经很多了，不过这要看你的女儿长得怎么样？她很漂亮吗？"

"我认为招收打字员，最主要的是认真、准确、熟练、快捷，至于相貌如何，我想不会影响打字质量吧？"

"不，不！这一点十分重要，因为一般的情况下打字员都兼任女秘书，所以才着重考虑容貌。听你这么说，你的女儿大概是相貌平平吧？"

"正相反，我女儿的相貌是超群出众的！只不过她完全不懂法语，也不会英语，难道你们也要吗？"

"这无关紧要，因为在上海的租界里，已经有2万多俄国人了，所以目前对我们公董局的行政管理工作来说，对懂俄文的人比懂法文的人更加需要。"

"好极了！"范斯白说时，向桌前凑近了几步，"不知道二位哪个是招聘的负责人？也就是说，谁是上海法租界公董局政务督办的秘书先生"。

"我就是。"沃克挺胸抱肩站起，"有何见教？"

"我觉得需要看一看您的证件，足以证实阁下身份的证件！"

"证件嘛，当然是有的！不过，我要先弄清楚你有没有查看证件的资格。"

"当然！应该是这样，这是我的名片。"说时，从上衣口袋里取出一张名片，夹在两个指头上一举，当沃克伸手来拿的时候，范斯白突然一翻腕，狠攥住他的手腕，另一只手迅速、敏捷地给他掐上了手铐。

"沃克，我看这个证件更能说明我的身份！"

在沃克身后站着的霍特斯刚要伸手掏枪，费加和吉洛夫破门而入，两支枪口都对准了他的胸前。

"你还敢拒捕吗？这可是打死你的最好理由！"

霍特斯无奈，只好把两手乖乖地举起，吉洛夫过去缴下了他的六轮子手枪，也把他铐起来与沃克一起押送到警察局。随后范斯白又带着他的手下，赶到新城大街南口的考夫曼旅馆，抓了沃克的几个华人同伙，并把受骗上当的俄国少女放回去。她们是被通知录用来此集中的，沃克只给她们每人发了20元临时生活费。

4个月之后，范斯白在范塔基亚夜总会又一次遇到了金毛沃克。这可真是出乎他的意料。

"范塔基亚"本是梦幻之意，中国人一般叫它"范达记"，当时是哈尔滨最大的一家夜总会，那里装饰豪华，饮食精美，并伴有高水平的演奏。有钱的俄国流亡者可以在那里吃纯正的莫斯科鳇鱼、基辅鸡卷、俄式烤鸡和鲟鱼子酱，喝着伏特加酒和格瓦斯饮料，一面欣赏鲍罗丁和柴可夫斯基的名曲。俄罗斯的贵妇人依旧珠光宝气，沙皇颁发的勋章仍然佩在帝俄将领的

哈尔滨最著名之夜总会"范塔基亚"是灯红酒绿的销金窟

胸前，这里仿佛是革命前俄国残存的一个碎片。这里的食客都深信布尔什维克的胜利无非是一时的乾坤颠倒，他们时刻准备着返回故土去恢复失却的天堂，但正如这家夜总会的名字所示，这不过是一种梦幻，而现实却是冷酷和苦涩的。当年涉足过彼得堡上流社会的人会惊讶地发现：这里有落魄的公主在应招伴舞，掉价的亲王在门厅看管衣帽，皇家近卫军的上校在院子里看门，这正是范塔基亚梦幻中清醒的现实。

在盛夏的一个夜晚，范斯白应邀到范塔基亚去会见一个朋友，当他在歌舞餐厅里逡巡张望之际，突然在人群中发现了沃克。那个曾被他当场擒获、人赃俱在、证据确凿的人贩子，依旧是衣冠楚楚神气十足地逍遥法外。而且和他坐在一张桌上的另外两个人都很不寻常：一个是沙俄皇室近卫军亚历山德拉·费奥多罗夫娜皇后轻骑兵第五团（黑骑兵团）的团长安德烈上校，而另一个人则是中国的东省特别区警察总管理处的处长金荣桂。范斯白在他们还没有发现自己的时候，闪身躲进柱后的角落里窥视着。这两个人在座足以说明一切问题：金荣桂的在座说明沃克何以能够逍遥法外而且敢于再来，安德烈的在座则可说明沃克再次来哈的目的。因为那位帝俄的上校现在和沃克基本上是同行，所以沃克此行很可能是来"提货"的，这样由代理人来寻找"货源"，对沃克来说便省事一些，也安全一些，虽然花费多些。沃克自恃有公私两方面的保护，所以也就放心大胆地把一些"白奴"买下来，他没想到再次被范斯白盯上了。

三天之后，沃克动身离哈，他和他的那批"货"在火车站上车都受到了特别护送。沃克在火车徐徐开动时还在车门与送行者挥手道别，然后转身回到自己在头等车厢里订下的位置坐下。在他的对面坐着的另一位旅客，正在专心致志地看一份英文报纸。报纸遮住了那人的脸庞，只露出一顶山高型呢帽，身上的着装也十分考究，显然是一位绅士。沃克还没来得及点着叼在嘴里的雪茄烟，对面那人把报纸放下了，报纸的后面露出来的是一支勃朗宁手枪，还有范斯白冷森森的目光和严峻的面孔，沃克不由得激灵灵地打了个冷战。

"是你！"

"没想到吧？沃克先生！你的胆量真值得敬佩，在上次遇到我之后，你还敢干这个？"

沃克从猝然相遇的惊慌中镇定下来，他叹了口气说："算我倒霉，看来我又该破财了！你知道吗？上次你抓了我，害得我交了2万多的保释金才算完事。这次我看就把这笔钱给你吧，咱们交个朋友，你看怎么样？"

"你的钱？难道你不觉得那钱是肮脏的吗？在你的每一张钞票上都浸满了鲜血和眼泪！"

"可这并不影响它的币值啊！该能买什么还能买什么，该能买多少还能买多少，难道不是吗？"

"该让你知道了，也有钱买不动的东西！"说时他便给沃克戴上了手铐。

沃克不以为然地耸了耸肩膀说："请让我抽一支烟好吗？"

范斯白声色俱厉地咆哮着："我不许你抽！"

与此同时，范斯白的部下在另一节三等车厢中，抓住了几名沃克雇用的打手，救出了二十几个被他们看押的俄国姑娘。这一批年龄更小，只有十四五岁，将被蓄养做雏妓，几乎都是些天真的孩子。可惜的是这次行动并没有全歼，机警的霍特斯恰在离车门很近的厕所里出来，见势不妙便跳车逃跑了。在距离哈尔滨最近的一个火车站，范斯白等人押着罪犯并领着那些"迷途的羔羊"一起下车了。他命令手下的人把那些俄国少女送上了北行的列车，并把其余的罪犯押回哈尔滨。然后又雇了一辆马车，与费加和吉洛夫一起，押着金毛沃克单独往回走。坐上马车后，押解途中，沃克依然十分镇静，他还在企图说服范斯白把他放了。

"你这是何苦的白费劲呢？你就是把我送回到哈尔滨交给警察局，只要我再交一次保释金，他们还会把我放了，这样多费事呢？所以我不如把钱交给你，我可以再多加1万，3万元怎样？"

"我看你跟我说这些才是白费劲呢！我不会放过你的，这次我一定要让你受到惩罚！"

在马车行至中途的时候，沃克再次央求范斯白把他放了，并把价格提高到5万元。

范斯白怒斥道："你这个畜生！就是你肯出再多的钱也赎

不了你的罪孽，我早就说过了，你必须受到惩罚。因为这次对你的审判将不按照任何法律，而是依据《圣经》来惩恶。是'阿诺奇姆'（复仇者）行动，无须官方手续。"

沃克吓得浑身颤抖，他哀求道："如果你能够高抬贵手，我今后一定……"

"你已经不会再有今后了，沃克先生！"说到这里，范斯白一挥手马车就停下了，这里正是旷野荒郊的一处乱葬岗子。费加和吉洛夫把沃克架下马车。

沃克立即吓得面如土色，"扑通"一声就给范斯白跪下了，他知道已经是到不了哈尔滨，看样子是要把他秘密处死，所以才慌了神。

"范斯白先生！我愿意出 10 万，求你饶了我吧！"

"我早就对你说过，还有钱买不到的东西。你们动手吧！别再耽误时间了。"说完就走到一边去了。

费加和吉洛夫早就想替受害的亲友报仇，对这个丧尽天良的家伙恨之入骨，哪里还肯轻饶呢？他们没动刀也没用枪，而是用麻绳把沃克活活勒死，然后把尸体拖到事先挖好的坑埋掉了。回哈尔滨之后，他们对受骗的少女都录了证词，然后把案子移交给警察局，却把一切罪名都加在安德烈和霍特斯的头上，根本没提沃克的事。金荣桂虽然明知道沃克凶多吉少，却不敢问及，只得忍痛把安德烈抓起来定为从犯，而将霍特斯当作主犯来追究，具文列状照会上海租界的总巡捕房。

霍特斯逃回了上海之后，躲进了租界，很快又在江西路的一家外国妓院里重操旧业。他虽然没听到沃克的消息，但他却清楚地知道，他的伙伴已经不会再回来了。1926 年正是奉系军阀的全盛时代，租界巡捕房对此项通缉也只好认真对待，同时又查出霍特斯有许多前科，所以也准备缉拿霍特斯。吓得他逃往香港匿居，很长时间没敢出来兴妖作怪。江山易改，本性难移。几年之后，霍特斯又勾结了香港的黑社会恶势力，干起了暗杀、绑票的罪恶勾当，并再次回到上海纠集一帮匪盗，开起了秘密的暗杀公司，成为职业的杀手集团老板。正因为10年前他与范斯白有这么个仇口，所以中村这次雇他来杀范斯白不是正中下怀吗？就是不给钱，他都想杀了这个死对头，何况还能有3万日元的巨额收益，他又何乐而不为呢？只不过他与范斯白的这段往事，中村与重藤哪里会晓得呢？

第二天，霍特斯便派遣其爪牙刺探范斯白的行踪，观察他住宅附近的地形，掌握其活动规律，选择下手的合适地点，以便制定一个完整的行动方案。

第22章
三遇杀手

范斯白自从知道中村潜来上海，便时刻小心防范，注意警惕日本人暗下毒手。他充分利用当年在协约国军远东情报局的旧关系，找到了原来的老上司、英国军情六局远东情报专员约翰·史蒂芬司，此时这位英国上校早已退役并定居上海，他依然是英荷壳牌石油公司远东营业公司的经理、工部局的董事，在上海租界里是有权有势的大富商。难得他还很顾念老朋友的旧情，对范斯白的处境深表关切，把他在法租界的一幢房子让给朋友居住，并把一辆老式的黑色奥尔兹轿车送给了范斯白，还真诚地对他说："老伙计！有什么困难你尽管说，我会尽力帮忙的！"史蒂芬司还真不是说大话，他与当时公共租界工部局的总董 H.E. 安诺德、法租界公董局的总董博德士，以及上海市市长吴铁城，关系都很密切。对于他这样一个英国的老牌特务，一般来说谁也不敢轻易得罪。

当时在上海英美的势力仍然不小，在公共租界的巡捕房里有许多英籍警官曾是史蒂芬司手下的情报员，而法租界巡捕房的总巡森罗曼也是他的好友，两人还有一段很不寻常的交情，所以都肯帮忙。这也是因为日本的侵略势力逐步南移，深入到长江流域，侵犯了西方国家的利益，矛盾日益加深所致。范斯白虽然能得到租界当局的庇护，但是只靠警方还是不行的，人家没工夫成天来管你，所以他还要设法寻找一个保护伞，就是依靠科斯明掌握的俄罗斯真理兄弟会，那里有足够的俄国打手。由沙俄时代驻上海副领事梅兹勒领导的俄国流亡者联合会，在俄国人中间仍然有很大的势力，科斯明将军到上海后很快就在这个团体的领导核心中赢得了一个席位。而范斯白原来的部下富克斯也住在上海，他早已加入了法国国籍，就住在离范斯白不远的陶尔斐司路（现为南昌路）。富克斯在上海也是个能量很大的人。两人的关系极好，住得又近，所以经常往来。

　　一天下午，范斯白又从富克斯的家里出来，刚刚走到金神父路（现为瑞金二路）时，便听到身后不远处传来了与自己同样的脚步声，凭职业间谍的敏感，他马上就判断出这是有人在跟踪他。他没有站住也没有回头看，只是稍许加快了一点前进的脚步，果然身后的脚步声也随之加快，这使他的怀疑得到证实。范斯白猜想那个在背后跟踪的人，很可能是在等待他走到合适的地点之后再下手，而且前面一定有其同伙在拦堵，他该怎样对付这种夹击的威胁呢？

　　对一个职业间谍来说，遇到跟踪和盯梢那是常有的事，在一般的情况下只要设法摆脱就好了。对于有经验的老手而言，"甩掉尾巴"并不十分困难，可以使用各种各样的方法。但是现在的情况却有所不同，因为跟在范斯白身后的那个人，并不是要侦察他的行踪，发现些什么秘密，而是想把他偷偷干掉。虽然此人可以随时下手，但范斯白估计他不会在繁华地段行动，因为这等于是明杀，周围的行人众多容易暴露自己。他们肯定要事先选定暗杀的现场，并安排好逃脱的路线，一般来说还会有同伙的接应，地点会选在哪里呢？范斯白抬眼远望，见前边莫利爱路街口南侧的路边上停着一辆汽车，发动机罩打开着。司机伏在外侧前灯的后面，但两眼却紧盯着人行道上范斯白走过来的方向，姿势完全不像在排除机器的故障，而是在等待着什么。刹那间，范斯白全明白了，那个司机正是跟踪者的同伙，汽车两侧的前门都是敞开着的，这便是准备在得手之后脱身的退路。

出于自卫的本能，范斯白把手伸进衣袋里握住了枪柄，但他十分清楚自己注定是要被动挨打，因为在没有证实他的判断之前无论如何他是不能先动手的，而如果证实了他的判断，那一切都太晚了。不管怎么说，他是不该再往前走了，可是如果突然转身往回走，会不会促使跟踪的人提前动手呢？恰在此时，从路侧的店铺里走出来一名英国军官，正准备横过马路走向对面的一侧。范斯白以小动作在胸前向他摆手招呼，这个手势在身后是看不到的，然后凑近他低声问道："军官先生，请问这附近哪里有厕所？"

说时，他乘势很自然地转脸向后瞥了一眼，果然身后跟踪的那个人在不远处停住了脚步。那是个身材粗壮满脸横肉的中年华人，穿一身黑色便服裤褂，贼眉鼠眼地向这边张望，这就完全暴露了他自己，从而证实了范斯白的判断。因为正常的人在街上走路绝不会因为前边的行人站住，自己也跟着站住。他是发现范斯白忽然与"同伙"在"密谋",害怕阴谋已经败露,所以才止步不前的。

那个英国军官很年轻,很有礼貌地对范斯白点点头,然后用手向前后分别指一指,同样低声地回答:"那边有,那边也有!不过还是向北走近一些。"

"既然这样,那我还是往回走吧!"说时,范斯白转身抬手直指那个跟踪的人,吓得那人忙躲向路边的暗处,但仍在探头窥视着。

"你去吧,先生!就在那家绸布店的旁边。"

"谢谢你,中尉先生!向光荣的'冷水河卫队'的勇士致敬!"说时,他脱下了呢帽向上举了举。

"先生,您怎么会知道我所属部队的专名呢?"

"喏,你肩头的标志已经清楚地告诉我,您是属于英国王室近卫军一团的。我是个老兵,曾为协约国而战,退役的时候军衔是少校。年轻人,我很喜欢你也很羡慕你,谢谢!再见!"说完转身向霞飞路(现为淮海路)方向走去。

那位年轻的军官很有礼貌地把脚跟并拢,举起手臂指尖碰帽檐,恭恭敬敬地行了个军礼。这可把那个跟踪的人吓坏了,在他看来,范斯白分明向那个军官布置了些什么,那军官是在遵命执行。从他们前后左右地指点,大约是在周围早有布置,他越想越觉得是这么回事,急忙转身溜掉。范斯白要的正是这个效果,他不慌不忙地跟在那人的身后,走到繁华热闹的霞飞路,进了一家咖啡店,脸朝门坐着观察,同时要了杯咖啡和一些点心,直至确定已无人监视他的行动时,才付了账回家。

第二天一早,他就打电话找来了科斯明,把事情的经过详细地告诉了他，一起研究防范的措施。

"范斯白先生，我必须提醒您，暂时不要外出，估计日本人是雇用了职业杀手。这些人可不像上次来的那些笨手笨脚的家伙，他们很熟悉租界里的情况，防不胜防。"

"就是我不出去，他们也会找上门来的。"

"我会给你派来两个可靠的保镖，让他们时刻保护你的安全，不过你一定要尽量少到外面去。要知道，大街上有那么多的楼房，每栋楼又都有那么多扇窗户，从哪个窗户里不能往外开枪啊？"

"你说的未免太可怕了，难道说就让我永远蹲在屋里吗？"

"不过是暂时避一下，我要尽快想办法弄清楚这伙人是哪个帮的，然后我会主动去找他们，给他们一点厉害看看！"

科斯明的人很快就派来了，是两个膀大腰圆的俄罗斯壮汉，他们白天在周围巡视，晚间则轮流在院中守护，确实很尽心。当然，范斯白也要为此特别花费一笔钱。租界巡捕房也加强了对这一地区的监视，所以一连几天都安然无事。

一天下午，范斯白在他居住的二楼房间里伏案撰写他自己的经历，他决心把自己所知道的一切记述下来，用以揭露日本侵略中国的罪恶行为。他所列的提纲涉及的事情很多，总觉得千头万绪，杂乱无章，理不出来一条主线。因为他想要揭露的东西，实在是太多、太多了！每当他需要停笔思考的时候，总喜欢临窗眺望，他房间的窗户朝东，隔着一片低矮的平房屋顶可以看到法国公园（现为复兴公园）那密集高耸的树冠，还有在它上面的蓝天白云，恰似一幅优美的城市风景画。只要凝望片刻便可感到心旷神怡，思绪悠然。这天，范斯白又习惯地站在了窗前，闲眺中，他忽然看到在 80 米以外的一根电线杆子上，有一个黑乎乎的人影，好像是在修理输电的线路。他忽然想到，在难于接近他的院落之时，这是一种远距离的袭击方法，不过他猜想此刻那位高空作业者，仅仅是个"观察家"，如果要动手的话，还需要夜幕的掩护以利于狙击之后的撤退。

果然，在当晚夜幕降临之后，一辆森格尔敞篷汽车悄悄开到电线杆子的下面，在后座上站起来一个黑衣人，敏捷地爬上了电线杆。在他的身后斜背着一支"马大盖"（日本造的三八式马枪的俗称），爬至顶端之后，先向范斯白住的房间凝望了一下，见窗内灯火通明，并且隐约地看到了范斯白在房间里走动的身影，那人便向下边开车的司机打了一个口哨，似乎是在告诉他一切顺利。然后，那个黑衣人便用两腿盘住了电线杆子，腾出手来摘下了肩上背的马枪。那支枪在表尺的位置上安装了监视瞄准具，是为了提高远距离射击的瞄准精度用的，那人把枪口举向了范斯白房间的窗户。

就在他端枪的一刹那，从马路对面的矮墙后边，伸出了一支 5.5 毫米口径的气枪，"扑哧"一声打出了一发铅弹，恰好正中那黑衣人的膝盖。那人"嗷"的一声号叫，随即便"啪嚓""吧唧"两声，连人带枪都摔下来了。那司机见势不好，连忙把摔瘸的同伙连拉带拽地拉上了汽车，一溜烟似的跑开了。那埋伏着的人也并不想追赶，因为科斯明另有布置，他早已在高乃依路（现为皋兰路）的街口安排了反跟踪的专人和汽车。

当霍特斯派出的人再次失败逃回之后，这位暗杀集团的头目开始有些不安了。他原以为目前的范斯白不过是一个躲进租界的避难者，已经成为无依无靠的人，没想到要干掉他是这样的棘手，看来这件事要麻烦。据他的爪牙侦悉，日本人的失败是由于租界巡捕房的要人下令，警探抢先动手，使日本人的特遣队全军尽没。而他第一次派去暗杀的人回来又说：范斯白受军方保护，防范极严，所以未能得手。这次派去的杀手是因为范斯白的住处难于接近，才想出这个远距离狙击的高招，结果是损兵折将摔残废了一个。不仅如此，范斯白的人在成功地进行了反狙击之后，还居然进行了反跟踪，多亏他事先想到了这点，用另一辆型号相同的汽车把跟踪者引开，否则的话恐怕老巢难保了！想到这儿他开始犹豫了，难道说真的要就此罢手，认可退款付利做赔本的生意吗？他在自己的老窝里反复思考了两天，没采取任何行动。

霍特斯是个亡命徒，他有着争强好胜不服输的本性，故还是不肯就此罢手，因为这关系到他这个特种公司的生意信誉。经过反复权衡之后，他不准备打退堂鼓，但也不想再去冒险，因为范斯白发现了幕后的人是他，那会新账老账一块儿算的，事实证明，这个老间谍的手段和能力都不可低估。于是在第三天的下午，他亲自出马了，由艾利克斯驾驶着一辆雪佛兰轿车，把他送到静安寺路（现为南京西路）上的帕拉马温夜总会。"白脸阎王"可不是来寻欢作乐的，他很快就找到了一个绰号叫"花狐狸"的吉卜赛舞女，并把她叫到一间密室里。

"花狐狸"见霍特斯把她单独地叫进了小屋，而且随手就把门闩插上了，会错了意。趁他一转身的时候便用双臂紧搂住了他的脖子，把两腿一抬盘住了霍特斯的胯骨，还脸贴着脸放荡地使劲灌迷魂汤。这一整套的动作足以使任何普通的男人真魂出壳，心荡神迷。

"不想先喝一点来劲的东西？"

"宝贝！别着急！开心的事应该留到晚上，我现在来找你，是想让你帮我找个人。"

"哟，你又看上谁了？还是……谁又该倒霉了？"

"我要找布特切尔·凯菲！"

"鲍丁！你找他？该不是因为我而决斗吧？"

"少废话，告诉我，他在哪？"

"我不知道，真的不知道！"

"你应该知道，因为他和我一样地离不开你！"

"可是他也和你一样地从来不让我知道住址。"

"我想，他也会和我一样地告诉了你电话号码。"

"我不敢说，因为，说了我怕他……"

"你必须说！难道不说你就不怕我……嗯？"

霍特斯那狼一样的目光逼视着，她只好乖乖地把电话号码

旧时上海有很多家舞厅，以"百乐门""仙乐斯"最为著名

说出来，并识趣地放开她那章鱼般紧缠住男人的四肢，胆战心惊地缓缓后退着。霍特斯移步走到电话机前，按她说的号码拨通了电话，当对方的电话铃声响过一阵之后，传来了一个女人的声音："先生，您要哪里？"

"我要找哈特·鲍丁先生本人接电话。"

"先生，请问你是谁？"

"别管我是谁，我的名字和你家主人的职业一样，是不该问的！快找他本人来接电话！"

对方稍微沉默了一下，然后客气地说："是，先生！"

一分钟之后，才有一个粗鲁的男人声音："喂，我是鲍丁。你是谁？"

"感谢上帝，你还活着！"

"和耶稣基督一样，死过，又活了。你到底是谁？为什么打电话给我？"

"我是普西芬尼的丈夫！"

"哦，原来是同行！普鲁托先生，您找我有什么贵干呢？"

"当然是有好事，我要向您转让一笔买卖。"

"是转让吗？嘿嘿！我想你们是遇到什么麻烦了，先生！是不是有什么啃不动的骨头啊？"

"也可以这样说，鲍丁，我们需要你的帮助，咱们可以当面谈谈吗？"

"好，一小时之后，我们在公园里见面。"

"白脸阎王"要找的这个人，是一个独闯江湖的拉丁系杀手，绰号叫"快刀鲍丁"，此人是个单往独来的"个体户"，从不参加集团。虽然拉丁系的杀手素有贪生惜命之说，绝不干要死一块死的勾当，但由于此人工于心计，善于制订巧妙的刺杀方案，总是在别人意想不到的时间、地点，使用意想不到的方法下手，所以很难防范。由于他的成功率很高，所以要价也高。因为他在欧洲成功地刺杀了一些重要的人物，像防卫极严的军政要员、财界大亨、黑社会头目等一些"难剃的头"，所以被公认为高手，但也使他受到了官匪双方的缉拿，因此便潜来上海避风头。他纵情享乐，挥金如土，几年的光景便坐吃山空手头拮据了，于是只好旧业重操，但由于索价甚高，故问津者少，这把"快刀"也就轻易不用了。霍特斯叫他"布特切尔·凯菲"（butcher's knife 英语"屠刀"之意），也是鲍丁的外号，这一称呼知道的人更少。而霍特斯的化名"普鲁托"（Pluto），是因为他的名字与这位希腊神话中的冥王之别名"哈得斯"发音相谐之故也。当年他还是比雷埃夫斯码头上的小流氓时，便已赢得哈得斯的绰号，所以他的化名也不是随便起的。他告诉鲍丁说他是普西芬尼的丈夫，而对方马上就知道了，那是因为在希腊神话中，普西芬尼是谷物女神德墨忒耳的女儿，在园中采花时土地忽然裂开，冥王跳出把她劫走并强娶为后，这也是用的外国洋典故。

　　一小时之后，两个追魂夺命的魔鬼在极司非尔公园（也叫"兆丰公园"，现为中山公园）的一个僻静的角落会面了。由于都是黑道上的老手，做惯了血腥的交易，所以开门见山，直来直去，无任何繁文缛节，生意很快就谈成了。霍特斯以 3 万日元的原价把这个索命的差事转让给鲍丁，这样他也是赔了；因为两次没得手的行动开支要由他承担，伤残者的医疗抚恤也要他来付账。霍特斯又向鲍丁详细地介绍了暗杀对象的姓名、地址、外貌特征、生活规律、保卫措施、汽车牌号、已知的社会关系，总之一切所掌握的情况；而鲍丁则要求他先把酬金的一半存入指定的银行账户作为定金。

"朋友，你准备什么时候动手呢？"霍特斯问。

"你们已经打草惊蛇了，所以在2个月之内便不宜再去碰他，但绝不超过3个月，如果到年底他还活着大约我就该不在人世了。"

"素闻你的谋刺方案制订得十分高妙，而且从不使用相同的手法，这次你又是怎么考虑的呢？"

"哈哈，不能说，这是秘密！不过请放心，我使用的方法一定是你永远也不会想到的！"

他说的是真话，他的高招确实是霍特斯永远想不到的，因为他在收到定金之后，立刻就把他的雇主出卖了。鲍丁通过手下的"花狐狸"早已了解到科斯明在查找日本人究竟雇了谁，准备从根上铲掉，于是便把霍特斯的所为，故意泄露给俄罗斯真理兄弟会的一个小头目。当然，最后转让的事他没有说，他等待着科斯明派人去干掉他的雇主，这样那笔定金他就白赚了，因为死人是不会再来要求他去干什么事了。这一招果然灵验，在科斯明得到了确切的情报之后，很快就组织了一次成功的夜袭。他派一伙打手坐着重型卡车，加大油门直撞霍特斯院子的大铁门，然后便在院子里对那座小楼打了一阵乱枪，并向楼上霍特斯的卧室里抛进去一颗手榴弹，很快就撤走了。

在听到了科斯明的"疾风式袭击"取得全胜，不仅端掉了霍特斯的黑窝，还把这位"白脸阎王"真的"引渡"给了"鄪都城政府"的确讯之后，鲍丁开心地笑了。这样，那15 000日元预付款便稳稳当当地落进了他的囊中，而根本无须去做什么，只不过是精心地安排了一次"无意中的泄密"而已。这是一次不冒任何风险，不付任何代价的借刀杀人。买卖做到这个份上已经算是精到家了，但"快刀鲍丁"并没有满足，他还不想给这篇文章画上一个简单的句号。他估计虽然霍特斯死了，但日本人还不会死心，生意还可以继续做下去，并能得到更大的收益。于是他就按照自己的习惯方式进行了周密的策划，当他感到确有把握的时候，便拨通了驻沪日本宪兵队长的电话。

"喂，请问重藤先生在吗？"

"我就是，请问您是哪一位？"

"我是谁，这并不重要，我想您一定已经知道了关于普鲁托的不幸消息，是不是？"

"你究竟是谁？为什么要告诉我这件事情呢？"

"我已经说过了，我是谁无关紧要！不过我想问一下，如果普鲁托没办到的事，我替你们办到了的话，你们能不能付给我同样的报酬？"

"如果你能做到的话，当然……不过这是个很难做到的事，你怎么让我们相信你能够做到呢？"

"你们会相信的！因为我事先并不向你们要什么，一周之内我将把范斯白给你们送到日本宪兵队，活的！不过也可能是死的。那时候你们又该怎样酬谢我呢？"

"既然你这么有把握，那你就自己开个价吧！"

"如果我给你们送去的是一具尸体，那就维持原价；假如我送去的是活的，我要求增加一倍。"

"好吧！一言为定，我们随时等待你的消息。不过我们还是希望知道，您是谁？"

"听说过'快刀鲍丁'这个名字吗？"

"哦，就是在欧洲刺杀过许多重要人物的……"

"是的！'快刀鲍丁'只有一个。"

这个鲍丁并没有说大话，3天之后就有一个机会让他等上了。那天是范斯白和史蒂芬司一起应邀到森罗曼家里去吃饭，这位总巡的官邸就在外滩以西的公馆马路（也叫"法大马路"，现为金陵东路）老北门附近。那里距离法租界总巡捕房的大自鸣钟楼很近，可以说是在警探们的眼皮底下，谁也不会怀疑那里的安全问题。鲍丁跟踪范斯白到门口，见他把那辆黑色的奥尔兹轿车停在路边，下车走了进去之后，便计上心来。这个整天琢磨着怎么杀人的家伙，立刻就掉转车头把汽车开回去，停在了法国坟山（法人公墓，现改建为淮海公园）门外的空场，下车后又走了回去。

在森罗曼的家里，几个老朋友相聚，畅饮欢谈一直到夜深人静，客人们才纷纷告辞。总巡送客出门时，外边站岗的安南警察还立正敬礼致意，客人们各上各的车之后，即向主人挥手道别。范斯白正开车往回走，刚过了两条街，便有一把薄刃尖刀从后面伸过来，横在他的咽喉前面，同时感到一个硬家伙紧顶住了他的后背。一个低沉的声音就响在耳边："范斯白先生，请您放聪明一些！在前边的路口向北拐，明白吗？"

第 23 章

高层谈判

在前有利刃、后有枪口的胁迫下，范斯白只得遵命行事，他把汽车拐向新桥街（现为浙江南路）北行进入浙江路，一直往前开去。用不着说，他身后出现的这位正是"快刀鲍丁"。他见范斯白把汽车停在森罗曼家门前东侧，是在最外边树下，于是便有了主意。他找了两个同伙的小"瘪三"（上海方言意指流氓）在门西侧打架斗殴，吸引了门前巡捕的注意，又将小石子扔向停在门西侧的汽车，那个安南巡捕连忙上前驱赶责骂。鲍丁却趁机靠近了范斯白那辆黑色的奥尔兹，用早就准备好的万能钥匙打开后车门钻进车里，伏在前排车座的靠背后面。因为车是停在树荫下，法国梧桐的繁枝茂叶遮住了路灯，使车中光线幽暗，范斯白出门上车时也未仔细察看，开着就走了，过了两条街之后鲍丁才钻出来。

因为鲍丁的利刃紧贴着范斯白的脖子，往后一勒气就得断，他只好乖乖地把车往北开。鲍丁希望尽快离开公共租界，早点进入日本人控制的虹口地区，以免发生意外，所以一再催范斯白快开，范斯白也只好加大油门使汽车疾驰。其实鲍丁只要把他的尖刀从背后朝范斯白的后心一捅，那笔可观的收入也许就到手了，怎奈他贪心不足，总想着活的报酬要比死的多一倍。

汽车很快就开过了苏州河，再往前开便是日本人设置的架着铁丝网的路障，两侧的沙袋后面日本兵的钢盔刺刀已经隐约可见。恰于此时，范斯白在文盐师路（现为塘沽路）路口，来了一个急停左打舵，一伸腿用力直踩刹车身子往后一挺，那鲍丁却被高速行驶的惯性给扔前边去了。那个贪心的杀手一头撞进了前窗风挡玻璃，自然是头破血流，横在范斯白颈前的刀子随着握刀的手往前一甩，自然与脖子拉开了距离。而斜顶在范斯白背后的手枪，却叫他的脊背与汽车的靠背给横着挤住，枪管一打横，勾响了也白搭，"噗"的一声子弹打进了靠背的棉花与弹簧中间去了，根本没伤着范斯白。

鲍丁此时已被撞昏，脸上满是碎玻璃碴子，血肉模糊，范斯白伸手推开另一侧的车门，一脚就把他端下去了。又拾起那柄快刀一甩，向鲍丁投去，还别说这刀果然是很快，扔过去就扎上了。范斯白也无暇看他的死活，趁四下无人，关上车门一溜烟儿地就把车开跑了。回到家里仍感到心惊肉跳，他摸了下自己的脖子和后背，心里直叨咕："天哪，好险哪！"

奄奄一息的鲍丁很快就被过路的行人发现，却没敢及时拦车抢救，而是赶紧跑去报警。当公共租界甲区的老闸捕房接到报案后，赶到现场之时，看到的已经是一具无名尸体了。据法医的鉴定：死者是由于颈动脉被划破，昏迷后失血过多致死，身上虽有刀伤但并不致命。该人身上无任何证件，脸部又被大面积划伤，所以国籍、姓名、身份均无法辨认，只能说是无名男尸，因而也就成为一桩无头案了。

自从中村回哈尔滨之后，就把野村中尉一个人留在了上海，等待结果。他对鲍丁的死一无所知，因为距这个著名杀手预定的期限还有四天，所以他仍在寄希望于这把"快刀"。也是该着这小子走"桃花运"，一个在赛马场前边的仙乐斯夜总会当舞女的俄罗斯美女柳芭，从前在哈尔滨当女招待时就和野村有过一段，偏偏在这个当口上与他"邂逅"。异地重逢的旧日情侣自然会有一股热乎劲，急于旧梦重温，柳芭对野村大献殷勤，并说她目前仍是独身并租有一处公寓房子，邀其同往，野村自然是求之不得而欣然从命。两人上了一辆"出租车"，向沪西开去，在车上便搂抱到一起，忙不迭地亲吻着。在野村神魂颠倒之际，汽车一直沿界路（现为天目路）西行，在不知不觉之中早已拐进僻巷，而车后座这两位"乘客"，却仍然如胶似漆般黏在一起，早已不知此身何许了！

汽车开至沪西的一条偏僻街道后，突然拐进一个深院，司机停车后转身说道："野村先生，你生命的终点到了！"说时，那个上了年纪的胖子司机摘下了茶色眼镜，脱掉那顶鸭舌帽露出秃顶，原来他正是俄罗斯真理兄弟会远东分会的头目前俄罗斯法西斯党的主席符拉基米尔·德米特里耶维奇·科斯明将军。野村不禁大吃一惊，当时就吓得魂飞魄散，连忙推开死缠住他的女人，伸手去摸家伙，但是已经晚了，后腰上只剩个空空如也的皮套，而枪却拿在柳芭的手里，不过枪口却是朝着他的。

科期明与野村有算不清的陈年旧账，在哈尔滨的明争暗斗中，那个宪兵中尉总是赢家，而这位将军却只能忍气吞声，直到被排挤到无地容身才避居上海。这回野村落到他的手里，科斯明能轻饶他吗？不过这位沙俄的将领气度很大，既没打他又没骂他，不动刀也不动枪，仍然把他"请"到柳芭的香闺，置于红罗帐里锦衾鸳枕之间，给他注射了一针药物，使其足可魂断蓝桥，梦绕巫山。然后将床头那台灯上的灯泡卸掉，把野村两腿间那粗细合适的东西塞进灯座的螺旋口里，再把电门开关打开，使 220 伏电压的电流输入体内。

两天之后，日本领事馆接到公共租界总巡捕房的通知，说是在乙区普陀路捕房管内的一间公寓里，发现了一具日本男人的尸体。那间房子的房客是一个单身舞女叫柳芭，是个白俄，死者正是躺在她的床上一丝不挂，所以无任何证件。但在桌上却有一张男女合影的照片，女的正是柳芭，男的便是死者，却穿着日本军服。照片下边的标志是哈尔滨道里区石头道街的美华照相馆，估计是个日本人，所以希望日本方面前来认领。日方当然很快就知道这是野村，不过事情很显然是涉及女色，他们也就不便过于声张，以免为报界提供桃色新闻，有损日本皇军的声誉。虽然他们明知这个现场是伪造的，真正的死因与色情无关，但是使他们有口难辩的是那张照片，足以证明野村与柳芭有说不清楚的那种关系，所以只好哑巴吃黄连有苦难说了。他们只好要求租界警方追捕涉嫌杀人的柳芭，但是这种通缉是无济于事的，因为在此令签发之时，那女人早已从科斯明那里领了一大笔赏金远走高飞了。

在野村死后，范斯白那里也就消停了，再没发生任何暗算的事情。但是范斯白的心情却更为焦虑，主要是因为对他妻子的营救到目前为止毫无进展，而赛罗娜被日本人押回哈尔滨已经一个多月了，难道还能指望她会得到什么好的待遇吗？他也曾给几位身居高位的日本朋友写过信，希望能够帮助使其妻子获释，但都遭碰壁。有的复函说明："虽很同情，但爱莫能助。"有的还站在日本军国主义的立场，指责他背叛，并劝他速回"满洲国"以乞求宪兵当局的宽恕，则必可全家团聚。这分明是让他自投罗网，当然，如果两个人都押在监狱里，自然会"团聚"了，但范斯白还不至于那么愚蠢。

在东京任外务省情报部第二课课长的本野子爵，也曾是范斯白的好友，他在日本政界也算是个很有势力的人物，但他在回信中却说："对阁下之忧虑及尊夫人之处境，深表同情。但此事却属于'满洲帝国'之内政，无法通过外交途径加以解决，在东京毫无切实有效的办法可想。"这种函复虽然有些要滑头，但总还算是有个交代，尽管是毫无用处。还有的，根本就连信都不回。就像刚刚晋升为陆军大将的寺内寿一伯爵，便是如此。可是当年在寺内伯爵担任公主岭独立守备队司令官时，以及后来升任关东军参谋长的时候，两人曾有过许多交往，而且对范斯白总是相当敬重。可现在却表现出不屑一顾的态度，连封信都不回了，真是人情薄似纸，纸比人情厚。

正当范斯白万分忧虑却又一筹莫展之时，他忽然接到了哈顿·弗利特先生送来的一份请柬，那是为了庆祝上海的英国快讯社创办三周年而举行的招待会，地点是在国际饭店第15层夜总会。自从中村和野村到上海之后，范斯白因连遭暗算，所以深居而简出，息交以绝游，差不多是门虽设而常关了。像此类的社交活动，他本来是不准备参加的，不过弗利特先生又特意打来一个电话，使他改变了主意。

哈顿·弗利特社长在电话里说："范斯白先生，给您专门送去的请柬，您收到了吗？"

　　"是的，收到了！多谢您的盛情，不过……"

　　"听我说！今天晚上您一定要来，因为有一件十分重要的事情，需要与您面谈。至于安全方面的问题请您无须担心，我可以向您保证，不会有什么事。"

　　"哦，不知道您要和我谈的是哪方面的问题？"

　　"是关于尊夫人的事情。"

　　"好，我一定去！"

　　这天晚上将近6点钟的时候，范斯白应邀前去。上海国际饭店是在赛马场（现为人民公园）静安寺路（现南京西路）的东端。这座细长的高楼宛如积木块似的堆在上海市的中心，高达19层。招待会是在第15层的夜总会举行。出席招待会的当然都是些有头有脸的人物，有报界闻人和商业巨子，外国大班

上海国际饭店

（外国商号洋经理之俗称）及华商大亨，工部局、公董局及各国驻沪领事馆均派代表参加，市政府的秘书长则代表市长莅会，亦可算"群贤毕至、少长咸集"了。仪式举行得隆重热闹，照例须有主人讲话、来宾致辞、各界代表祝贺，新闻记者们穿梭走动着，镁光灯不时闪耀，照相机的快门按个不停。气氛十分热烈。

弗利特先生一直站在会场中心用松枝搭成的屏风前面，与各方人士周旋，忙于接待和主持，实乃中心人物，范斯白也就不便去打扰他。直到仪式结束，乐队管弦齐奏，从四面扬起了五彩的小纸花，飞雪般地飘舞，把情绪和气氛推向高潮。悠扬的华尔兹舞曲，使绅士淑女们捉对起舞，在光滑开阔的镶木地板上翩跹。范斯白正待凑过去与弗利特交谈时，只见一位衣着华丽、浓妆艳抹的女郎，已经站到那位社长的面前。她似乎是这个舞会的皇后，不仅容貌娇媚、身段迷人，而且举止端庄、姿态娴雅，弗利特当然不会拒绝她那娇滴滴的邀请，两人很快就以熟练的舞步转入舞池的人丛中去了。范斯白不想打扰人家的雅兴，也没有心情在这欢乐场中逗留，便转身到外间的休息厅里，透过敞开的玻璃窗向外眺望。此时恰是夕阳已落，暮色将临，大上海灯红酒绿、纸醉金迷的夜生活即将开始。从这层楼窗上远望，可以看到城南徐家汇大教堂的哥特式尖塔，带有咸味的海风从东南方向吹来，拂动着临窗者的衣袂与面颊，恰如壁间所悬挂的对联："月到天心处，风来水面时。"俯首下望南京路，两侧的店铺华灯初上，霓虹灯射出五颜六色的耀眼光辉，人行道上人如蚁聚，路中间的汽车、马车、黄包车，像小玩具似的移动着。只有电车不甘寂寞，在行驶中轰然作响并不时发出电火弧光，刺人眼目。在范斯白看来，这一派繁华景象所装点的太平盛世，犹如商女的强颜欢笑，它与东北铁蹄下的血泪，华北刺刀威胁下的挣扎，该是多么的不协调。就是在上海，那"一·二八"战事留下的伤口不是也还没愈合吗？虽然中国的外长张群与日本驻华大使川越茂，在南京正就调整中日关系进行会谈，但从9月15日开始至今8次会谈毫无结果。从"天羽声明"到"广田三原则"，日本政府咄咄逼人之势未减，日本军方更是剑拔弩张随时准备进攻，眼前的筵舞笙歌随时都会被枪声炮火所代替。战争威胁近在咫尺，民族灾难日益深重，怎样才能唤醒那些醉生梦死的人呢？

正当范斯白对着夜上海感叹沉思之际，忽然有人在他的肩头轻轻地拍了一下。

"对不起，范斯白先生，让您久等了。"说话的人正是上海快讯社社长弗利特，"我之所以特别邀请您来，是因为有一个重要人物想见您，这件事对您和您的太太来说也许是个喜讯。"

"他在哪？"

弗利特笑着把手向上一指说："他比我们离上帝更近一些。"

范斯白随他到了楼上，进了一个事先准备好的房间，一推开门，就看到日本驻华公使馆副武官田中隆吉大佐。他实际上是上海日本特务机关长，和范斯白可以说是老交情了，不过现在来看，是朋友还是敌人，那就很难说了！

田中见两人进来，连忙笑呵呵地迎上来，把手一伸说："老朋友！你还好吗？"

"哼，田中先生！您应该知道，我的处境并不好，可以说是很糟！原因还用说吗？"

"虽然说您的家属遇到了一些麻烦事，不过您的身体还是很健康的……"

"这可就该感谢上帝啦！因为你们几次想要我的命，都没能得手。"

"千万不要这么说，我完全不知道这些事情。这都是野村那小子干的，他不是已经得到了应有的报应了吗？宪兵和我们是两个系统，一向各自为政，这一点，我想您是应该清楚的。"

两人一照面就唇枪舌剑地交锋，使弗利特觉得很尴尬！连忙上前来打圆场："哎，二位！都是老朋友何必呢？心平气和地谈谈不好吗？"

"我很想知道，田中先生是以个人身份还是代表日本官方，来和我谈话的？"范斯白说时向田中逼视着，走近了两步。

"怎么说都可以吧！"田中并不回避他的目光，只是耸肩淡笑了一下："也可以说是两者兼有，不过我们毕竟是朋友。坦诚地说，我是真心实意地想帮你的忙，希望你不要误解。"

"是吗？那我真该感谢您了，大佐先生！"

弗利特见对峙已趋平静，连忙向双方摆手说："二位请坐下来谈嘛，何必都站着呢？"当他看到两人默然落座之后，便不失时机地告辞说："你们谈吧，还有许多事等着我去处理呢，失陪了。"

范斯白和田中不约而同地向热情的主人点头致意，但也都没说什么。弗利特转身走了之后，两人仍在沉默着，仿佛是都不愿意先开口，甚至于谁都不愿意抬头看一眼，墙上挂钟的嘀嗒声清晰可闻。

最后还是田中先开了口，他似乎很伤心地叹了口气，然后站起身来巡视了一下这个陈设简单的房间，在室内往复踱步之后才开了腔，深沉的声调似乎是语重心长："范斯白先生，我一向是很敬重您的！我曾经把您视为知己，并把您介绍给我的许多朋友。日本的许多军政要员，乃至包括荒木大将、寺内伯爵、安藤将军、本野子爵……这样一些杰出的人物，他们都很敬重您，信任您，把您看成是我们日本的朋友，一位忠实的朋友。"他说的时候是面对着墙，就好像这番话是说给墙听似的。

"这么说，本人应该感到不胜荣幸了！"范斯白说时是低头看着地，也同样没看田中一眼。

"但是您辜负了我们的信任！从这几年您的所作所为来看，阁下您，很不够朋友！我想你不会否认吧？"说到这时，他才把脸转过来以目光逼视范斯白。

"是的，我并不否认！不过从你们日本人这几年的所作所为来看，多亏我不再是你们的朋友！"也是在说这话时，范斯白才把头抬起，以同样犀利的目光去迎击田中的视线。

又是一阵子难堪的沉默，那时钟的嘀嗒声又显得大了起来。不过这次却是范斯白打破沉寂了。

"田中先生，您的指责并没有错，我确实是背弃了你们，但你们背弃的却是公理、正义和人道。所以我很怀疑，今后你们在世界上是不是还会有真正的朋友？除了走狗以外。"

"您说错了！强者是永远不缺乏朋友的，我们的朋友很多。其中包括德意志伟大的元首希特勒，还有你们意大利的国王厄曼努尔三世和墨索里尼首相。"

"哼，强盗们有时也会结成同伙的，如果是为了分赃的话。这和朋友的含义距离该有多远哪！"

"算了，范斯白先生！"田中隆吉终于走回来与范斯白面对面地坐下："我看这些事情的是非问题，应该留给政治家们去讨论，我们干情报工作的应该讨论的是具体的利害问题。尤其是关系到您本人的切身利益问题，您说对吗？"

"好！我希望直接坦率地谈，哪怕是于我不利！"

"不，恰恰相反，我要和您谈的事情对您非常有利。请相信我，尽管发生了许多不愉快的事情，我仍然以朋友的身份在尽力争取对您有利的结果。"

"那应该感谢您了！希望是真的出自善良的心。"

"事情是这样，我们注意到了您写的这封信。"说时，田中从西服上衣衣袋里掏出一封信，那是一个多月之前，范斯白刚到上海的时候，送交日本领事馆的那封求和的信。

"您在这封信里说明了您离开了满洲的原因，仅仅是为了个人的安全打算，并不想再进行任何与日本为敌的事情，这很好！我们相信您，因为事实上您已经不再处于重要的位置了，完全可以成为一个对我们来说是无害的人，为什么还要对立下去呢？我来找您谈，是受了当局的委托，想和您达成一个妥协的办法。只要您能向我们提供一个在'满洲国'活动的，并与您曾经有联系的抗日地下工作者的名单，无论是华人还是俄人，也不管是国民党或共产党，凡是反满抗日的都在其内。如果这样，我们可以保证您的太太会立刻获得自由，并且会把她和孩子一起安全地护送到上海，让你们全家团聚。至于今后你们想在哪个国家生活，那就悉听尊便了。"

"如果我做不到这点呢？"

"那连上帝也救不了你了！后果会怎么样，你很清楚。"

说时他目射凶光，任何友谊和善意连影都没了。

此刻室内复归于沉寂，时钟的嘀嗒声愈觉响亮而急促，就像定时炸弹上启动的发条，随时便可引爆。

第 *24* 章

火日行动

听了田中隆吉提出的条件，范斯白明白了，日本人并不是想讲和，而是要他投降。如果答应了他们的条件，那就会有无数人头落地，并且完全是由于他的出卖。而这些人都是曾经冒着生命危险掩护和帮助过他的人，如果把他们的名单交给日本人来换取自己的家属，那他范斯白就由人变成了狗，甚至是狗屎都不如。如果是这样，那他多年来所进行的抗争将会变得徒劳而毫无意义，他的人格也将彻底污毁，不仅仍不能见容于日本人，也将失去所有反日的朋友。剩下的只是苟活，如果仅仅是为了苟活的话，又何必当初不顺从呢？这样的"回头草"他是无论如何不能吃的！

"范斯白先生，您不要再犹豫了！这样做对您个人来说，并不损失什么，应该说是很合算的。"

"咳，我倒是想这样做，可惜的是我拿不出来这样的名单啊！我总不能随便地胡乱写吧？"

"这么说，你是不想做这样的交易了？"

"大佐阁下，既然'满洲帝国'是一个'无苦无忧'的'王道乐土'，那里的臣民都无限忠诚于皇帝陛下，和日本友邦正在'一德一心，共存共荣'地亲善着，哪里来的什么反满抗日分子啊？你这不是在给我出难题吗？"

"不要开这样的玩笑了，你应该想一想，你的太太还正在监狱里，还是多为她着想吧！何必为了别人的事，让自己的老婆吃苦头呢？划不来呀！"

"我已经考虑好了，你们要求我的事情我做不到！"

"你可不要后悔！"

"我不后悔，但也绝不后退！我警告你们，如果不立即释放我的家属，我将不会再保持沉默，我要公布一些你们所不愿意公之于众的事情，将会引起全世界舆论对你们的谴责。"

"舆论？难道说我们会怕它吗？李顿的调查报告书怎么样？就连国际联盟我们不是照样可以不理睬它，而且还堂堂正正地退出了吗？又怎么样了呢？"

"是啊！你们可以不顾及自己的名声，但是我可以让更多的人认清你们的面目。"

"哼，你有嘴，我们也有嘴。你可以说，我们可以否认。你说什么，我们就否认什么。"

"那就试试看吧！"

"范斯白先生，你应该想一想，以你个人的力量来和日本特务机关作对，你会赢吗？"

"大佐阁下，如果只有我一个人反对你们，那你还向我要什么名单呢？再见吧，先生，谈判结束了！"

"恐怕友谊也结束了！"

"不，早在我妻子从你这里被押走的时候，友谊就已经不存在了！"

"我再最后提醒你一次，如果你什么时候想接受我们的条件，可以随时来找我……"

"我看，永远不会有这样的时候！"

当范斯白推门离去时，回头瞥了一眼，田中隆吉把头向后一仰，靠在沙发背上，仰脸去看天棚。两人就这样不欢而散了，连句"再见"都没说。

离开了国际饭店之后，范斯白并没有回他的寓所，而是把车开到陶尔斐司路富克斯的住宅，他要和这位密友商量一下对策。

富克斯原是个侨居俄国的犹太商人，在敖德萨开一家妇女服装用品商店，后来资本雄厚了就开始经营珠宝首饰。在俄国的革命和动乱中，犹太人的富裕阶层受到了两面夹击，他们既遭到布尔什维克的反对又受到自卫军反犹主义的迫害。富克斯的财产遭到了洗劫，家人也都被杀害了，他只身逃到了哈尔滨。经他的表兄西药商人科弗曼的介绍，在范斯白的手下当情报员，后来他找到了在天津经商的叔叔。当时奉军的势力也正想向关内扩张，于是范斯白便把他派到天津去，以经商作为掩护，实际上是建立情报据点。富克斯确实很有经商的才干，搞情报也是足智多谋，他不仅成为范斯白手下独当一面的干将，而且把买卖也做到相当的规模。以致当他脱离情报工作之后，很快就又成为富商，但他仍然不忘范斯白的知遇之恩，不忘范斯白在他穷途潦倒的时候曾经拉过他一把。

当范斯白把会见田中的经过详细地告诉他之后，富克斯皱着眉头沉思了一阵，然后叹了口气说："你的做法值得钦敬，但是难题却不好解决了。"

"是啊，我不能指望日本人发善心。"

"你想想看，他们扣留你家属的目的就在于制服你，如果不能制服你，那就以此来惩罚你，让你难受。要想让他们放人，除非你能让他们也难受，你有这样的办法吗？"

"这样的办法是有的。事实上，我离开了满洲，已经不在特务机关内部，应该说不会对他们再有什么损害了。为什么他们还不放过我？那是因为我知道得太多，如果讲出去就会揭了他们的老底。他们害怕的事，我就一定要做，可以让他们难受！"

"可是你想过没有？这样做的结果会使他们恼羞成怒的。你不说，他们怕你说。若真说了，他们会不会觉得反正也是这样了，还怕什么？反过来会更加憎恨，赛罗娜的处境不就更危险了吗？"

"不！不能都打出去，也不能打太狠了。可以先来个点射，给他点颜色看看，然后讨价还价，争取先让我太太保释出狱，恐怕只能做到这一步。"

"但是问题并不能彻底解决呀！"

"下一步主要就看你的了。"

"什么？看我？别开玩笑了！我有什么能力可以解决这么大的难题呀？"

"我请求你帮我这个大忙。"

"当然，只要我能做到的事我一定尽力！就凭你豁出老婆来保全朋友这一点，我就愿意为你效命，更不用说多年的交情了。可是我能做些什么呢？"

"求你到哈尔滨辛苦一趟，我再三考虑，只有你最合适了。首先是你进关很早，与那里的当局没什么纠葛。其次是你与那里的几家大豆、木材出口商有业务上的往来，这就有站得住脚的理由与合法的身份，可以大摇大摆地去。再就是你有很直接的亲友关系，办起事来有个帮手，困难就少些。"

"这都没问题。问题是你到底要我去做些什么？"

范斯白狡黠地一笑，神秘地伸出一个手指头说："你要去完成一个'火日'行动！"

富克斯莫明其妙地重复着："'火日'行动？什么意思呢？是星期二吗？日本人习惯把星期二叫作火曜日。"

"嗯，有这个含意，但主要的还不在于此，这几乎像个谜语。在日语汉字里边，'火'和'日'的假名都是'ヒ'，第一个是代表'ヒミツ'，意思是'秘密'，而第二个'ヒ'字是代表'ヒキアイ'，日文表示是"引き合い"，连起来就是'秘密引合'。"

"那什么叫'秘密引合'呢？"

"就是秘密交易呀！4年前的时候，前任哈尔滨特务机关长小松原，就曾经两次派我去做这种秘密交易。当时有两批日军俘虏扣押在抗日义勇军的营地，其中有三十多个是职位不同的军官，说不上是出于什么原因，很可能是其中有重要人物的子弟，日本军方同意以两个义勇军游击队的俘虏换回一个日军俘虏。但是对于怎样交换和在哪里交换，双方都不放心，谈判进行了两个多月但毫无结果，最后他们想到了我，由我亲自到对方的营地去作人质，让游击队先放一半日军俘虏。然后由我的报告证实剩余的日俘人数，日本当局便按谈妥的条件放回义勇军的俘虏，这些人回到营地之后，我才能领回其余的日本人。这就是'火日'行动，我一共执行过两次：一次是去海伦，一次是去穆棱。由于日本当局绝对不肯承认有那么多的日军做了游击队的俘虏，所以谈判、交换都是极端机密的。原来这次行动就叫'秘密引合'，后来说关东军参谋长三宅光治在批准这项方案时，恰好是星期二，所以就定名为'火日'行动。"

"这当然是上策。可是你让我拿什么去和日本人交换呢？我手里可没有筹码呀！"

"我自然会给你筹码，但不会是现成的。"

接着，范斯白便把自己的"火日行动"方案，如此这般地授计于富克斯，两人又仔细地研究了一些行动细节。富克斯感到事不宜迟，便立刻准备动身去哈尔滨。第二天就乘邮轮去了大连，然后转火车赴哈。

由于长期做特务工作，范斯白对日本人的机密掌握了很多，有些是他亲身参与的，有些则是他知道的。但目前要拿出来一些先敲打一下的，却要掌握好分寸：分量太轻不行，这将不起作用；分量太重也不行，那会形成决裂，促使日本人下毒手。所以他确定暂时避开特务机关的间谍活动，先抖落两件日本人干的缺德丢脸的事，至于那些高度机密他也不会放过，只不过是暂隐锋芒罢了。时机一到，他还是要毫不留情地彻底揭穿，给日本人一个狠狠的打击。

范斯白果然是旧业重操了，他曾经是一个职业记者，虽然多年不干了，但写起文章来还是轻车熟路的。他既有敏锐的头脑，犀利的文笔，又善于运用所掌握的生动事例，所以他揭露的东西是很能抓住要害的。

五天之后，一家在租界内出版的，具有反日倾向的报纸《晨星报》，便刊登了系列报道《铁蹄下的"乐土"》的第一章，题目是《满洲盛开罂粟花》，内容是揭露在日本占领下的伪满洲国，如何纵毒谋利，实行鸦片专卖，是由官方独占经营植毒、制毒、贩毒，并大规模向境外输出。作者署名为"虻"，日本人当然知道这文章的作者是谁，因为 Vespa（范斯白）在意大利文中，意思就是个咬人的飞虫。

"王道乐土"

文章的开头就说："日本人宣称'满洲帝国'是一个'王道乐土'，如今这片'乐土'在皇军的庇护下果然成了一座大花园，不过在那里盛开的却是美丽的罂粟花……"他在文章中指出：在伪满洲国成立的当年即筹设鸦片专卖机构，翌年即正式成立鸦片专卖公署，下设分署 32 处及大满号、大东号两个专业公司。由官方经营而公开贩卖鸦片，这在世界上也属罕见，而鸦片的栽种，在日伪当局的倡导下，已遍及伪满 7 省 31 县旗，总面积达 68 万亩。日本人在大连、奉天、哈尔滨、吉林都设有制造吗啡、海洛因、可卡因及其他毒品的工厂，而销售毒品的网络则遍及城乡。由政府向持证嗜毒者配售的鸦片是合法商品，名之为"官烟泡"。

文中具体讲述了开设在哈尔滨偏脸子的一家日本贩卖毒

的商店，店主通过悬赏来鼓励瘾客引诱新的顾客，用此毒计来养成新的瘾者以扩大销售。对一些贫困的瘾者，则不必让他们走进店里，只要轻轻叩一下门，门上便开个小洞。嗜毒者把衣袖撩高，将胳膊伸进洞里，手下捏着两角钱，店主收款后便在那臂上注射一针，交易便完成了。在哈尔滨这样的店铺共有194家，都是官许的专营毒品商店。在道里的地段街（亦称"乌卡次科瓦亚街"）有一家日本商行，专营鸦片输出，所有运往关内的烟土箱上都赫然标明"日本皇军军需品"，货主为"关东军司令部补给总监部"。该行的经理是一个关东军的现役大佐，所有重要职员都是军官，虽然他们都穿着便服，但管理上却按军令行事。这些毒品均由日本军舰经海途运送，收货人则为关内各地的日本驻屯军或派遣军司令部，没有日军的地方这种货件即由日本领事馆来接收。日本的毒品贸易并不限于中国，他们也把数量巨大的毒品销往南洋群岛、澳大利亚和南北美洲。这个大买卖的总资本金达2000万日元，它的总经理便是伪国务院的总务厅长官大达茂雄。

文章最后说："用枪弹、炮弹和炸弹杀人是很费钱的，而以毒品杀人不但不费钱还赚钱。日本人大力纵毒可达双重目的：一可毒害他国人民，实现不流血的征服；二可'以战养战'，取得重大财源，可谓是一箭双雕。这便是'日本的文明'，这便是'王道乐土'，只可惜他们把'满洲国'国旗设计错了颜色，应该是红黄蓝白满地黑，那就更准确了！"

这篇文章写得有凭有据、知根知底，既有翔实的具体事例，又有全局的概括分析。把日本人干的缺德勾当挖苦得十分辛辣，但又无捕风捉影之弊，因而无懈可击。见报之后，上海快讯社立即转发，各报亦纷纷转载，很快就使日本人狼狈不堪，但又不敢吭声，因为害怕越描越黑，所以只好干生哑巴气。哪知没过两天，那家报纸又刊登出了《铁蹄下的"乐土"》系列报道之二，内容是揭露在日本占领下的伪满洲国，为军部所特许的专营买卖女性肉体的独占公司，把成千上万的日本妓女输入满洲，以繁荣"王道乐土"，题目是《万千日妓入满洲》。

文章的一开头便说："在世界上任何国度里，男盗女娼都被认为是一种可耻的道德沦丧，所以绝没有公然倡导的道理。而在日本占领下的'满洲帝国'，官办的卖淫业却大行其道，由官厅独占并获得军部特许的专营日本娼妓贩卖的特种公司，正把大批日本妓女输入满洲，这种大规模的贩运是从1932年4月开始，到目前为止，在吉、黑两省共有日本人开设的领照妓院550家，共有日本妓女7万名之多。"

文章列举在哈尔滨托尔戈伐亚街开设的专营日本妓女输入公司，这家公司门口有日本宪兵守卫，共有11间办公室，设经理、副经理和秘书各1人，以及20名雇员。他们接待来自各方的顾客，而不论其人种与国籍，可以批发与零售，就是说既可订购100个，也可买走1个。规格也比较齐全，有可供"马希牙伊"（高等妓院）之上等货，也有供普通人泄欲的"发洛雅"（下等妓院）之大路货。有顾客光临时，一般由秘书接待，在一间陈设华丽的欧式房间里洽谈，顾客按需要提出数量、规格之后填好订单，然后到另一房间去看"货样"。所谓的"货样"，便是大本的"阿利巴木"（照片簿），里边全是日本"牟斯妹写真"（姑娘照片），每张照片旁边都有详细的文字说明，除年龄籍贯、身高体重、教育程度、歌舞技艺水平之外，还特别注明是否处女。选择一定，便开始议价，商定包用时间与包用价格，讲妥后订立合同并预付 20％ 的定金，待定货到来时另行通知。娼寮主接通知后去银行补齐余款，然后持收据去娼妓公司，由该公司职员陪同去储存女子的日本旅馆里当面"交货"。

从此以后，那些女人便成为包账者的绝对私产，可以随意处置，为所欲为。大多数的合同以五年为期，保护这些不幸妇女的法律是没有的，想逃走比越狱还困难，警察把搜索逃妓当作己任，与缉捕逃犯一样。如被抓回交还妓院老板，难免受到严厉处罚，辱骂、毒打，乃至杀害，日本妓院龟鸨之兽性是名震远东的。

文章详述了哈尔滨自从日军占领之后，日本妓院如雨后春笋般大量开设。仅以道里来说，除了地段街上的"武藏野"、端街上的"加贺"、透笼街的"矢仓""富美"等比较著名的妓院之外，在炮队街上即有"丸""照""立花""荣乐""深川""松""开进""池田"8 家。而在一面街则有"大黑""朝日""妇歌川""醉月""春日""宫崎""本田""日升""新福""本进"10 家。在田地街则有"千里登""一富士""喜乐""安永""竹叶"5 家。此外尚有斜纹街的"江户""美"，马街（即外国五道街，现为东风街）上的"春吉""叶"，大安街（即外国六道街）上的"群芳"，商市街（即外国三道街，现为红霞街）上的"喜久"等，可谓遍地开"花"。所列虽仅为道里一区，但管中窥豹，可见一斑，斯业之繁荣昌盛，全貌庶可知矣！

最为精彩的是在哈尔滨的 112 家日本妓院中，竟有 5 家是由日本宪兵队直接经营的，这是在宪兵队与独占公司之间发生火并之后，通过协商争得的权利。

文章最后说："日本当局这种寡廉鲜耻之行为，丢尽了大和民族的脸面，乃至引起了有民族自尊心的正直之士极大的反感。《日本纪事周刊》在评论此事时曾说：'这种事情如果能够不干，还是尽可能地不干为好！因为这绝对不会使日本人赢得人们的尊敬。但当局对此似乎并不介意，而那些急于想从新征服地区牟取暴利的人却很懂得：贩运女人到荒野之地，比运出男人更能赚钱。'看来这家杂志的勇气值得敬佩，虽然他未敢就皇军在满的'男盗'行为加以指责，但对日妓在满的'女娼'勾当进行抨击，也算难得！"

范斯白是十分清楚日本有哪些见不得人的地方，所以能直戳其痛处，就像点穴一样，轻轻地一捅就让他难受难耐。这篇文章与前一篇一样，把日本人剥个精光，使其丢人现眼，不用说反击，就连否认都很困难。上海的英国快讯社又加以转发，各报又是纷纷转载，并很快就引起了海外各国新闻界的注目，使日本立即成为道德法庭上的被告。这种口诛笔伐的爆炸性威力不仅使南京的日本驻华大使川越坐立不安，就连东京的广田首相也是气得火冒三丈。因此，上海特务机关长田中隆吉很快就接到最高当局的指示，要采取一切可能的办法，尽快制止此类文章的出现。

其实田中隆吉对范斯白的图谋也是从未停止，但无奈这位谍报高手的防范甚严，不仅在他住所周围建立了许多明岗暗哨，并且在院内和屋里都有极妥善的防卫措施。例如在他的卧室角落里，就有一个像公用电话间形状的用钢筋水泥与防弹玻璃建起的屋内屋，一旦袭击者能越过层层防线突然侵入时，他不仅可以立刻跳进那个小堡垒，迅速从暗道逃走，而且还可以在离去时，摘下挂在小屋里的手榴弹，通过小转门甩回到屋里，然后再走。田中也曾经想对报馆进行袭击，但据了解，这家报纸的后台是英国特务机关，同时又受到公共租界总巡捕房的周密保护，想去碰它麻烦也不小。

当川越大使责成他尽快制止《晨星报》再继续发表署名"虹"的系列文章时，田中便向他陈述了此事之棘手，并提议与范斯白再次进行谈判。

第25章
密使北上

田中隆吉向川越大使建议，鉴于当前与英国的关系日趋紧张，为了不刺激英国，不引起外交上的麻烦，所以不宜用武力去袭击租界内之目标。而派人暗杀行刺之类的行动，因为对方已多次挫败了中村，早已加强防范，难于短期内奏效。所以，不如做些让步以求平息，然后再徐图之，这是一条缓兵之计。

川越接受了田中的建议，并通过外务省的协调，取得了关东军司令部第二课长兼哈尔滨特务机关长富永宫次的谅解，同意谋求妥协。还是经过弗利特先生的安排，把信息传递给范斯白，希望约定会面的时间和地点。范斯白虽然没拒绝谈判，却不愿见面，于是便约定了时间，通过电话进行商谈，田中在规定的时间里，拨通了指定给他的电话号码，那是富克斯的家。

电话接通之后，田中便用英语说："喂，请问您是哪里？"

"不必问了，田中先生！这里当然是法租界。"

"范斯白先生，您不该写那样的文章！因为你曾经答应过我们，不泄露您所知道的一切机密。您似乎忘记了自己的诺言，而您亲笔写的信，就是我上次曾给您看过的那封信，现在还拿在我的手里。"

"田中先生，您看来已经知道我写了些什么，并且肯定是过目了。那您就应该知道我在文章中谈的并无机密可言，不过是些路人皆知的事情，丝毫没有涉及特务的内部情况，而且我所谈的绝对都是走在街上就能看到的事实。"

"范斯白先生，请不要忘记您的太太仍然在哈尔滨，并受到了良好的待遇……"

"这样当面扯谎，连我都替你害羞。她受到的良好待遇就是关押在道里刑事犯的监狱女囚第 18 号肮脏的牢房。睡在潮湿的地上，享受着饥饿与折磨。"

"你既然知道得如此详细，那就应该知道宪兵队对她从未用过刑。"

"但总是以此来恐吓她，并以残酷用刑的血淋淋情景来刺激她的神经。"

"你听着，范斯白先生，她在宪兵队的监狱里，能够免受皮肉之苦，这已经是一种特殊的优待了。所以你必须停止那种无聊的文字游戏，否则的话，你的太太将会和所有的在押犯人一样，也许更糟！你应该明白会有什么样的厄运降临到她的头上，宪兵队并不缺乏惩治的手段，只是暂时没用而已。"

"田中先生，间谍与间谍之间的交谈，是不是可以更直接坦率一些？到目前为止，我所披露的只不过是一些表面问题，真正致命的还没有涉及，你们很清楚我还掌握些什么可怕的东西，如果抛出去你们会更难堪的！假如你们不希望出现这种情况，那就只有让我的太太恢复自由，起码是不能押在监狱里。"

"我们可以尽量改善她在监狱里的生活条件……"

"不，必须让她离开那所监狱！"

"嗯，可以改到另一所条件好一些的地方，比如说专门关押政治犯的甲等监……"

"必须不是监狱！她是无辜的，这一点用不着谁来证明，因为她从未参与任何跟谍报有关的工作。你们扣押她就是为了制服我，制服不了也可以使我难过。所以我才写文章让你们也难过。要想不难过，只有双方都让步，这才公平。"

"我们可以向'满洲国'当局建议，希望能取得他们的谅解，也许……"

"田中先生，如果你本人想往哪走的话，难道还需要和自己的影子商量吗？我的妻子已经被你们'优待'了80多天，而且由于你们的这种'优待'，体重已经减轻25磅。监狱的医官亚辛斯基先生，已经提出过关于我妻子健康状况的报告，他警告说：如果不改善赛罗娜的生活条件，恐怕将会病死在狱中。所以说用保外就医的名义放她出狱，这是并不困难的。"

"你应该明白，就是离开监狱不等于不受监视，不离开监狱不能说就无法改善她的生活条件。"

"我再说一遍：必须离开监狱！因为她需要和家人生活在一起，尤其是和孩子。"

"这是很困难的……因为……"

"田中先生，明天又到了我的系列文章下稿的时间，第三篇的题目叫作《谁是满洲黑手党》，内容主要是讲发生在哈尔滨的无数起绑票案，像华人富商王尧卿、莫惠堂、张庆和、吕泰等人的遭遇，以及外国富商梯司明尼斯基、爱司金、科福曼、塞洛狄、弗罗伦斯等人的厄运，他们都曾用几万到几十万的巨款，来赎回被绑架的亲人或他们自己。不过我要谈的最精彩之处就是这些绑匪与日本宪兵警察的合作关系，假如你感兴趣的话，我现在可以念给你听……"

"你答应过不泄露机密。"

"可这是宪兵队的机密，不是特务机关的机密！"

"好吧，范斯白先生！我们同意你提出的条件，您的夫人可以立即出狱，但还是不能离开哈尔滨。不过你必须停止发表你的文章！"

"好！一言为定，希望你们能遵守诺言。"

果然，赛罗娜在被监禁了88天之后获得释放，她和孩子们一同住进西伯利亚旅馆。在她离开监狱那天早晨，哈尔滨特务机关代理机关长富永宫次还特地赶来道歉，并嘱咐她要立即拍封电报到上海，把出狱的消息告诉范斯白。赛罗娜照办了，随后又写了一封长信，详述了别后的一切遭遇，这使范斯白稍感宽慰。

虽然范斯白的打算已经初步如愿，但富克斯的"火日行动"却遇到了不小的麻烦。主要是按照范斯白的布置，到哈尔滨之后必须先与他原来建立的网络接上头，没想到，刚迈出这第一步，就别马腿了。

从"九一八"事变以来，虽然中日关系空前紧张，南京国民政府坚决不承认伪满洲国，但关内外的交通却一直未曾中断。山海关那里的陆路交通检查得很严，进关里的要"出国证"，出关外的要"入境证"，对所有过关的人都要进行盘查。但对大连的海路交通控制相对地松一些，因为那里一直是日本人直接管理的租借地，欧美商人也多，出入就更方便一些。富克斯由大连转乘火车的时候，先通过在大连的商务机构给在哈的有关客户拍发电报，要求做好一切接待事宜。同时利用短暂的逗留，携带着科斯明将军的亲笔信和厚重的礼物，

俄国远东哥萨克首领谢苗诺夫

专程到大连市郊夏家河子别墅去拜访在那隐居的哥萨克首领格里高利·米哈伊洛维奇·谢苗诺夫。这位最受日本人尊崇的，被誉为"反共勇士"和"皇军最亲密的朋友"的人，在当地拥有宽敞豪华的住宅，经营农场，过着安逸的生活。他每月从大连特务机关领取1000日元的机密工作费，并从满铁得到一定的津贴，但他的任务只不过是用日本人特别发给他的高功率短波收音机，每天收听苏联广播，并做出附有评论的报告，或在日本人训练白俄时请他去做反共演说。尽管好多人都认为这位"反共勇士"的实际用处不大了，但日本当局仍把他看作是白俄的精神领袖，事实上他仍在通过他在哈尔滨的代理人培克谢夫将军领导着远东哥萨克联盟，并与他的追随者保持着联系。

富克斯之所以要去纳礼拜见，主要是想利用谢苗诺夫的影响，给他去哈尔滨活动增添一个保护伞。而那位白俄领袖则对同是帝制派的白俄将领科斯明满怀钦敬，而对排挤他的俄罗斯

法西斯党总书记罗扎耶夫斯基十分厌恶。富克斯则按范斯白的密嘱，对谢苗诺夫大加恭维，把他吹嘘成英勇盖世、威震八方的统帅，是"白俄国际"的精神支柱。这一招果然奏效，客人谦卑地奉承迎合，又加上重金厚礼，并代表流亡上海的白俄表示对精神领袖的仰慕，足以使主人飘然陶醉。谢苗诺夫当即盛情邀请富克斯到哈尔滨之后，顺便光临他在安达拥有的牧场，并写信给他在哈尔滨的代理人，远东哥萨克联盟副主席、主持常务的培克谢夫将军，要派专人陪同。还写信给他的老部下，露西亚居留民事务局局长、全俄法西斯党军事处主任维尼亚米·里契柯夫中将，请他对富克斯在哈期间的活动给予关照。这两封信对富克斯来说是何等重要啊！这样他就可以拉大旗作虎皮，把他的哈尔滨之行说成是受谢苗诺夫的委托，去安达了解一下牧场的经营情况，顺便处理一点商业事务，那就没人敢怀疑他了。

其实，富克斯很了解谢苗诺夫的底细，俄国沙皇尼古拉二世在位时，他不过是个骑兵大尉。1917 年，克伦斯基临时政府委派这个 28 岁的年轻人在东西伯利亚招募 120 名哥萨克骑兵，准备派赴东欧前线对德作战。这时发生了十月革命，谢苗诺夫乘乱盘踞了赤塔，将他的私有部队扩建为 5 万人的"满洲特别先遣军"，宣称自己是远东三州的统治者。在日本侵略军的羽翼下，谢苗诺夫成为外贝加尔地区独立的军阀，统率着数万人马，但他仍佩戴沙皇授予的大尉军衔，而他的随行副官却是大校。他的英勇主要表现在对老百姓统治的残暴，对高尔察克政权的分庭抗礼，以及与霍尔瓦特政府的争权夺势。他每月都从日本政府得到 50 万元的资助，并于 1918 年 3 月 12 日打开了俄国国立银行的金库，劫走价值3000万卢布的金币和沙金，存入日本的横滨正金银行。以致10年之后，苏联政府还曾向日本政府交涉，要求返还这笔巨额财富，官司打了两年。为此，当时的日本首相兼外务相田中义一大将，曾在国会上受到反对党——宪政党议员的追究。1920年7月，日本从外贝加尔地区撤军，这位"反共勇士"只把他的统治勉强地维持了3个月，便带着两车皮的"战利品"逃到了大连，这便是那个了不起的大人物之"光荣史"。但富克斯只用了几顶高帽、一份厚礼，便换来了十分有效的护身符，自然感到是很合算的买卖。富克斯到了哈尔滨之后，下榻于马迭尔旅馆，第二天便找到了培克谢夫将军和里契柯夫局长，向他们递交了谢苗诺夫将军的亲笔信。两人见是老长官的朋友不禁肃然起敬，当晚便在温特伯格餐厅为他接风洗尘，还特别邀请了白俄事务局的日本指导官铃木少佐，协和会滨江省本部俄国科的两位科长，俄国人姆秋明和日本人嘉藤廉一。他们都把富克斯敬为上宾，因为他们摸不清这位来客与谢苗诺夫的关系究竟密切到什么程度，所以不敢怠慢。有这样一伙人围着他转，今天宴请，明天拜会，日伪的宪兵警察自然就不敢靠前了。

虽然富克斯前两步走得不错，但是未能和他真正要找的人接上头。他已经在约定的三天时间到约定的地点——道里区西经纬街犹太新教堂东侧的廊柱下，去等候雷蒙特与他接头，可是在规定的六点半到七点的时间内，并没有人来和他对暗号。他猜想可能是出了问题，后来他通过出租汽车司机了解到，开设在符拉基米尔街上的维斯杜拉汽车修理厂最近被宪兵队查封，厂主雷蒙特已经被捕，其他人下落不明。维斯杜拉这条线看来是已经断了，但是还有个备用的联络方法，不过比较费事，那需要他去主动招引。此刻也别无他策了，因为想要在这个日伪统治下五十多万人口的大城市里，要找到暗藏的抗日分子，不仅是无异于大海捞针，而且是相当危险的。

第四天的上午，富克斯到他的表兄家去看望寡居的表嫂。他的表兄科弗曼原是个富有的犹太商人，在中央大街开了一家西药店。罗扎耶夫斯基领导的俄罗斯法西斯党是以反苏、反犹为宗旨的，他所指挥的暴徒武装黑衫队经常袭击犹太人的住宅，捣毁犹太商店，砸破犹太教堂、会馆、医院、银行的窗户。哈尔滨的犹太人为了自卫，不得不组织一个半军事性的团体，通称为"贝塔"，以与法西斯黑衫队武力对抗。后来在日本宪兵队的指使与操纵下，俄罗斯法西斯党的特别部开始专门绑架富商，勒索巨额赎金，首先遭殃的是犹太人。富科斯的表兄成了第一个牺牲者，1932 年 3 月 11 日也就是"满洲帝国"成立后的第 10 天晚上 10 点钟，科弗曼在中央大街上被绑架了，他被关押在马家沟东南郊的一个地窖里。第二天俄文报纸《鲁波尔晚报》刊登了科弗曼遭绑架的消息，并且说报馆接到了匪徒的来信，向其家属索要 3 万元赎款。这次绑架的组织者正是日本宪兵队的中村大尉，而执行者则是他手下的 6 名白俄密探，科弗曼因交不出巨额的赎金而遭受酷刑毒打。当科弗曼的妻子倾其所有，凑了 18 000 元赎金交付给匪徒时，她的丈夫却早已被折磨致死了。

从此以后，科弗曼家里生活困难，常受到富克斯的接济，富克斯到哈尔滨来自然要去看望这门亲戚。不过除了串门之外，富克斯还有另外的目的，他的备用联络法是"图姆贝"方式，需要他们来协助。所谓的"图姆贝"便是耸立街头的圆形广告塔，这种东西在哈尔滨是随处可见的，富克斯写了许多张"寻狗启事"，请科弗曼家的孩子们替他去张贴。在启事中隐藏着一些暗语，说明急于要与寻找的人联系，但从表面上看却仅仅是丢失了一条贝鲁道古种狗，主人十分焦急，希望知其下落者通知失主，必有重谢云云。告白是用俄文写的，不知道的人看不出什么问题，知道的人则完全可以看出里边暗藏的哑谜，只要把每一行的第一个字母竖着拼起来就明白了。

从寻狗启事贴出去的第二天起，富克斯每晚都到马迭尔旅馆附近的马尔斯咖啡店（现为华梅西餐馆）去坐上两个小时，喝一点咖啡、啤酒，吃一点俄式菜肴。那里烤制的法式糕点十分精美，在哈尔滨是很著名的。富克斯每次都要坐在比较明显的位置，还要把一盒克雷温香烟、一盒火柴、三枚硬币放在桌面上，如果有人来借用火柴并把一张当天的报纸扔在桌上，那就应该跟出去到外面接头，这就是"图姆贝"方式的全部过程。

哈尔滨随处可见的"图姆贝"（即广告塔）

但是接连三天都没有人来借用火柴，第四天虽然有一个中年华人来借用火柴，但没有放下报纸，很显然并不是他等待的人。富克斯一直等到夜阑人散，店铺打烊，方才失望地离开马尔斯咖啡店，和每天一样把香烟和火柴收起，而把那三枚硬币作为小费赏给侍者。

离开了咖啡店之后，富克斯独自在街头漫步行走，心里十分焦急，如果不能和范斯白的部下接上头，那此行将是徒劳往返，一事无成，所策划的"火日行动"也将会白费心机，难道说范斯白的党羽已经被日本人一网打尽了吗？接连7天的等候使他感到焦躁和烦恼，而每天还要和那些白俄老朽们周旋，也使他感到无聊。刚才又多喝了几杯闷酒，使他略觉晕眩，不觉步履有些蹒跚，那种惘然若失的感觉就像找不到出口的流水，憋在心里打转转，难道说，他要找的真是断线的风筝吗？

此刻，中央大街已是行人稀少了，两侧的店铺多已关上了闸板，偶有汽车驶过时，低角度射出的灯光把方石块砌成的马路照得条格分明，像一条长长的网，伸展在林立的高楼所形成的峡谷之间。而那些高低错落的欧式建筑此刻只剩下黑黢黢的轮廓，更像是壁立的巉岩，使人只能看到一线的天空。也许是长时期脱离开秘密工作，或者是酒喝多了，竟使他那敏感的神经麻木了，居然对身后的跟踪者毫无察觉。直到前边不远处有一辆停在路旁的汽车突然开灯，把强烈的光直射到他的脸上，把他照得眼花缭乱时，两个跟踪他的人才从两侧夹来，把手枪顶在他的腰上，将他架进了汽车。

那辆汽车从前面的街口拐向西边的背街，然后又从哥萨克街向南拐，一直驶向道里的西南部，俄国人称之为"纳哈罗夫卡"

村，中国人管那里叫"偏脸子"，而日本人则叫它作"ナハロフカ"。一路上双方都保持着冷静的沉默。此时富克斯的酒劲早就没了，他开始分析判断绑架他的这些人该是哪一伙的，是日伪方面的吗？不可能！他从自己来哈后所受的接待来看，丝毫没什么能引起他们怀疑之处，若是有些怀疑，他们完全可以派军警正面检查盘问，用不着来这套。是匪徒绑票？也不大可能！因为一般的绑票都要事先摸准目标，主要得有人拿钱来赎，大都是有房有地有买卖、有家有业有亲眷的主。若是对单身的人进行路劫，目的在随身携带的财物，用不着费这么大的事，再说自己也不曾露白，没什么招引之处，恐怕目的不在于金钱，那么究竟是为什么呢？

劫持他的人连司机在内一共只有三个，他们都戴着口罩，把帽遮压得很低，目不转睛地盯着他，但都一声不响，虽非善意但似乎亦无恶意，起码是并无粗鲁野蛮之相。汽车拐来拐去终于停在了几堆木材之间的空隙，四处都是木头垛，看不出去多远，富克斯判断是在沃斯特罗乌莫夫村（即正阳河）与半拉城子（即顾乡屯）之间的某个地方。停车之后，司机并没有开灯，此刻夜色更加昏沉黑暗，周围既没有人家也没有路灯，真是伸手难辨五指。看来这是特意选择的环境。

"先生，您必须坦率地告诉我们，您的真实身份和来哈尔滨的目的！"是他左侧的人先开了腔，在用俄语问他。

"我是个法国商人，在上海经营木材和大豆的出口生意，身份就是上海隆发贸易公司的经理和南京信大运输公司的董事长。"

"这我们知道，我们要问的是另外的身份！"

"另外就没有了！"

"那么谢苗诺夫的特派代表呢？"

"没有这样的职务关系，先生！我是一周前才认识他的，那是因为我路过大连时去拜访过他，带去了科斯明将军的一封信才受到这样的抬举。至于我来哈尔滨的目的，除了商业事务之外，主要是受朋友的委托来找一个人。"

"请问是受谁的委托？要找的又是什么人呢？"

富克斯虽然已经猜到了这几个人的身份，但他仍然把要说的话咽回去了，却反问了一句："可以吸烟吗？先生！"

"当然可以。"

富克斯从衣兜里掏出那盒克雷温香烟，叼在嘴里一支，然后擦着一支火柴，故意照亮了那个烟盒，然后向对方说："请吸烟吧，这是克雷温牌的！至于那三枚硬币，我想您已经收起来了。"

原来，富克斯虽然看不清对方的面孔，但他从声音中分辨出来，向他问话的人就是马尔斯咖啡店的侍者，尽管他在变换着腔调，却逃不过富克斯的听觉。这时，他身旁的人才哈哈大笑地把一份当天的俄文报纸递过来说："富克斯先生，现在你可以直说了！"

第26章

断线结网

富克斯并没有回答对方的问话，而是郑重地向他反问道:"可以问一下时间吗？"

"18 点零 9 分 31 秒。"

"更准确地说是 20 点 25 分零 4 秒。"

这个问答才是"图姆贝"联络方式所规定的最后接头暗语，按照欧洲人的习惯对年月日的排列总是倒过来说成是日月年，因此 18.9.31 便是"九一八"事变的日期。而富克斯的回答则是日本侵略军炮轰北大营的开火时间，对暗号的时候只能问"时间"而不能问"现在的时间"，因为任何时间问起都得按规定来回答，否则便不能证明自己。

经过这最后的接头，双方才都放下心来。

"真不容易呀，总算找到你们了！"富克斯长出了一口气说，并情不自禁地拍了下那人的肩膀:"你分明已经看到我好几天了，为什么不跟我接头呢？让我好着急，你是不是想多收我几次小费呀？"

"自从维斯杜拉出了事，雷蒙特被捕之后，我们的一切活动都停止了，人都隐藏起来，和各方面的联络也都中断了。由于害怕我们的联络方法被敌人掌握，用来设陷阱，所以不敢轻易接头，因此只好用这种方式来接待你，真对不起了！"

"照你这么说，我三次去犹太教堂不是更危险吗？为什么不把维斯杜拉号沉没的消息通知上海呢？"

"恐怕上海接到通知的时候，你已经在路上了。"

"你们了解赛罗娜的情况吗？我是说范斯白先生的夫人。"

"她已经出狱了，现在和她的母亲与两个孩子都住在西伯利亚旅馆，当然还是在日本特务的监视之下。至于日本人为什么要释放她？那就不清楚了！"

"这原因我知道，是范斯白的文章让他们受不了啦！我这次来哈尔滨的目的，就是为了让她彻底摆脱日本人的虎口。范斯白先生制订了一个'火日行动'的计划，他要求我一定要与雷蒙特和秦雅臣先生联系，因为维斯杜拉出了事，找不到他们，我才使用了'图姆贝'……"

这时，前面开车那位司机忽然转过身来说："富克斯先生，我就是秦雅臣！"

"哎呀！原来你没有……"

"是的，维斯杜拉沉没的时候，我侥幸地没在船上。和您一样，我也在焦急地等待着与您会面。我想范斯白先生一定和您讲过，是我把赛罗娜和孩子送到大连去的。在我回来的时候，顺便到铁岭我的老家去看望父母，不料由于母亲病重而耽搁了归期，当我回到哈尔滨的时候，雷蒙特已经出事了。"

使维斯杜拉号沉没的原因不是别的，恰恰是他们送走赛罗娜时，开往双城去的那辆汽车。宪兵队长井上大佐也并不是白吃饭的，虽然他让范斯白妙计脱身，从他设下的包围圈里溜掉，因此而遭到宪兵司令东条的严厉申斥；但他事后还是动了一番脑筋，尽力想从失败中挽回一点面子。因此他在范斯白走后的第二天，亲自到范宅进行调查，从邻居家孩子那里了解到，拉走赛罗娜的那辆汽车是一辆塞登型号的轿车。当然这是根据那个孩子对汽车外形的描述分析出来的，但双城县警察署的一个警尉却报告说：在9月4日那天中午他到外地出张（伪满时对因公出差的说法），在上火车时看到，确实有一辆塞登轿车在火车站前停留过，并且还记得汽车的牌号是"滨·2636"。这种意外的发现使井上大佐喜出望外，他连忙进一步调查，得知该车的主人是日本三井物产株式会社的哈尔滨支店，便到该处了解这辆车的使用情况。据车主介绍说：这辆车当时已在维斯杜拉汽车修理厂大修，是在9月6日才交付车主使用的。

井上终于找到了侦察的突破口，但他并没有立即动手去抓人，而是派两名得力的密探潜藏到维斯杜拉隔壁的镜框店和煤样子铺去暗中监视。他又派人去查阅警察局的刑事档案，发现雷蒙特曾于6年前因涉嫌一桩抢劫案被捕，后经范斯白保释出狱。虽然后来查明此人确实无罪，但可据此证实这个波兰人与范斯白早有联系，而且关系非同一般。这时井上大佐已经确有把握了，但他还是没有动手，他还想扩大战果，放长线钓大鱼。

半个月之后，那两个潜伏的密探报告说：他们发现雷蒙特在汽车修理厂的后院，把两个用锡焊封死的马口铁箱塞入没底的大汽油桶里。然后又用铁板将底焊上，并从上面灌进去汽油，准备装车运走。这回井上认为时机到了，就在第二天来人运货的时候，连人带车一起扣下。经检查发现，小铁箱里装的是准备运给游击队的药品，藏在汽油桶里再灌满汽油，检查时就很难发现。雷蒙特被当场逮捕了，因为从他的卧室里搜出了武器和收发报机。维斯杜拉厂的工人被逐个加以审问，到现在一个也没放出来。

秦雅臣从老家回来之后，一直没敢露面，躲在郊区猞猁屯的亲戚家里避了几天风头，刚刚设法与城里的内线联系上。目前他们已经人单势孤，很难进行什么重要活动，因为与游击队的联络也中断了。其实当富克斯在马尔斯咖啡店出现的时候，他们就已经发现了，因为该店的侍者刘锋就是抗日地下组织的成员，并与秦雅臣有直接的联系。这时他们不敢贸然接头，是怕中计，因为组织遭到重大破坏，有那么多人被捕，唯恐有叛徒出卖。但又不愿放弃这个接头的机会，因为他们太需要和自己人恢复关系了，所以才决定采取这种比较保险的方式，拉出圈外再接头，是真的就算接上了，万一是假的就处理掉，可以保证自己方面不受损失。

当富克斯了解到这些情况之后，不禁大失所望，他叹了口气说："唉，想不到你们的处境如此艰难！看来范斯白先生的'火日行动'恐怕是要成泡影了！"

"请问这'火日行动'到底是一个什么计划呀？"

"日本人抓不到范斯白先生，就扣住了他的家属不放，想以此来制服他。在我临来之前，日本的上海特务机关长找范斯白先生谈判，要用他的家属来换取在满洲的抗日地下工作者的名单，被他断然拒绝了。"

"日本人要的名单当然不仅是我们几个，但肯定是包括我们几个，事实上范斯白先生这是在牺牲自己的家属，来保全我们啊！"

"是这样的。所以范斯白先生才是个值得尊敬的人，现在他把拯救家属的期望都寄托在这个'火日行动'上面了。可是根据你们目前的力量和条件，要执行这样重大的计划实在是难以想象的。"

"您还是快说说这个'火日行动'计划，究竟是个什么计划吧！"秦雅臣再次急切地追问。

"自从日本人退出了国际联盟，便感到在世界上很孤立，他们用刺刀制造的'满洲帝国'在国际上无人承认，这也使他们很丢面子。为改变这种狼狈的处境，他们正在加紧拉拢德国、意大利和西班牙，催促这几个法西斯国家尽快和'满洲国'建交。德国已经正式派来了经济使团并正式签订了《满德贸易协定》，意大利也准备步德国后尘。据范斯白先生掌握的可靠情报，现在有两个意大利政府的贸易官员正在新京谈判，将于下月初来哈尔滨举行经济恳谈。如果能把这两个人扣起来，然后和日本人谈判，逼他们放人做交换，他们由于害怕造成国际影响就必然会让步，这就是'火日行动'的全部内容。"

"这确实是个好计划，但是很难办到！因为目前我们已经没有这样的实力了，而日本人将会特别加强保安措施。就是侥幸得手了，也很难有条件把两个人质安全地转移到游击队的营地，或者是就地隐藏起来。抗日义勇军现在的活动地区，距离哈尔滨实在是太远了。"

"是不是可以说，完全没有希望了呢？"

"不，也不能这么说。只要有一线希望我们都会尽力去争取，你让我们动动脑筋，想一想看，也许能够找到解决问题的办法。"

"那就一切拜托了。我明天还要和那几个俄国老头儿周旋，后天将去安达谢苗诺夫的牧场走一趟。回来之后咱们再联系，希望你能找到一个妙计。"

"好，到时候请你再到马尔斯咖啡店去坐坐。我们会和你碰头的。"

"对，无论如何总要把回信带给范斯白先生，他的希望可都寄托在你们的身上了！"

"走吧，我们现在送你回去。"

"不要回马迭尔了，回去太晚容易引起怀疑，反正他们知道我在本地有亲戚，就送我到表兄家里去吧！他家是在……"

"是在箭射街！"刘锋抢着说，并且嘿嘿一笑。

富克斯也笑了，很显然他是跟踪过自己，并且还不止一天了，可是这个老资格的特工，受过反跟踪专门训练的人却毫无察觉。秦雅臣把汽车开出了木楞垛，绕道驶向南岗，从大直街，向南拐进箭射街（现建设街），科弗曼家是在南头，靠近马家沟河。

第二天，富克斯按约定，要到露西亚居留民事务局局长、全俄法西斯党军事处（第七处）主任维尼亚米·维尼亚米诺维奇·里契柯夫中将家里去做客。尽管白俄在哈尔滨的各种组织五花八门，各派势力钩心斗角，从来就没有真正团结过，但里契柯夫却成为公认的领袖，虽非众望所归，却是官方认可的。两年前——1934 年 12 月 28 日，哈尔滨特务机关的俄国事务专家秋草俊少佐（此人现已晋升中佐，并调回日本任陆军中野学校校长，负责培养谍报专门人才）代表日满政府宣布成立超党派的白俄官方管理机构——白俄事务局，并由里契柯夫出任首任局长，统辖所有俄侨，从此奠定了里契柯夫将军的地位。

里契柯夫中将的宅邸坐落于马家沟的巴尔干街（现为巴山街），是一座带花园的平房。晚上主人设盛宴款待嘉宾。餐桌就摆在花园里的树荫下，将近4点钟时，客人陆续到来，他们几乎都曾经是显赫一时的人物。他们当中有王政派的帝制贵族、罗曼诺夫王朝的元老重臣；也有推翻了前者统治的俄国资产阶级民主派、立宪民主党人、克伦斯基临时政府的要员；还有在后者推翻了前者之后，再把后者政权打倒，但又在大清洗中逃命的苏维埃政府官员，他们是左派社会党和苏共中的托洛茨基派。这些曾经水火不容的政敌，竟然融洽地坐在一起宴饮欢谈，他们的命运曾经是那样的不同，而又那样的相同。现在，这些有家难奔、有国难投的流亡者，都被统称为"白俄"，不管你追求什么，信仰什么，出身财产如何，他们都是在日本"皇军"的庇护下，共同生活在"王道乐土"上，成为"康德陛下"的臣民。虽然已经"同是天涯沦落人"，但他们并没有忘却旧时恩怨，依旧是耿耿于怀。可是在皇军的撮合下他们终于殊途同归了，均已皈依了法西斯主义，都成为罗扎耶夫斯基总书记领导下的法西斯党党员。也许在他们碰杯之后，随伏特加酒一起咽下去的，会有各自的酸甜苦辣。

宴会的主人里契柯夫将军虽已须发斑白，但依旧是威风凛凛，他身穿哥萨克袍，腰间佩有象牙柄上雕镂着古老的银色花纹之传统佩刀。他亲自把富克斯一一介绍给那些白俄的头面人物，并给这位宴会的主宾封衔为"谢苗诺夫将军的私人代表"。虽然富克斯对这种场合应付自如，未露任何破绽，但仍然引起了一个人的怀疑，那就是哈尔滨日本特务机关的"哈透斯"（哈特谍）的高等情报员伊万·安德里亚诺维奇·米哈依洛夫。这位前高尔察克鄂木斯克政府财政部部长，现在正是日本特务机关的红人，他已经注意到了这个突然出现的贵客有些面熟，但又一时想不起来是在哪里见过，所以一直注意地盯着他。

当宴会已经进行了两小时之后，最后一道菜——几只烤得吱吱冒烟皮酥肉嫩的乳猪，插着铁叉子端上来的时候，米哈依洛夫终于想起来了，这个富克斯他确实见过。原来在高尔察克政府的老巢鄂木斯克失守之后，白军将领和政府官员纷纷逃命，米哈依洛夫逃到哈尔滨投靠霍尔瓦特，被任命为中东铁路局的经济调查局长。1924 年，北洋政府与苏联建交，东三省与苏联签订了《奉俄协定》，苏联派来的局长上任，米哈依洛夫与原来的局长沃斯特罗乌莫夫和地亩处长关达基一起被撤职看押，一年之后由张作霖具保才被释放出来。出于安全方面的考虑，张作霖不敢让他们再待在哈尔滨，便密遣范斯白把这些沙俄残余护送到关里，安置在天津已经破落的原俄国租界，而奉命照看他们的正是西城洋行经理富克斯先生。所以米哈依洛夫敢肯定，这位所谓的"谢苗诺夫将军的私人代表"也曾经是张作霖的部下，或者也正是范斯白的部下，说不定他……他越想越觉得有问题。嗅觉灵敏是猎犬的特性。米哈依洛夫是个作风稳健、经验丰富的特务，他虽然识破却绝不会贸然说破，尤其是不能在这种场合里有任何流露，而是不动声色地偷偷观察。在宴会结束之后，他立即布置了手下的两名密探，对富克斯进行跟踪监视，他要等待着那位"嘉宾"露出马脚。

按照培克谢夫的安排，第二天该去安达参观谢苗诺夫经营的牧场和别墅式的庄园。除了陪同他去的远东哥萨克联盟秘书长和一名干事之外，还有两个不露面的陪同者在偷偷地看着他，但除了吃喝玩乐之外，他们什么也没看到。两天之后富克斯回到哈尔滨，宣告此行任务圆满完成，该向主人告别了，但热情的培克谢夫还是为他安排了许多余兴节目。次日上午乘汽艇游览了松花江，在江北野餐之后又到米娜鸠鲁水上乐园玩了半天，那是一座修建在江面上的木结构二层楼建筑，很像是一艘华丽的游艇，周围用栏杆圈起了很大一片浅滩供人游泳嬉戏，它与南岸的江上俱乐部遥相呼应，是一个很迷人的游乐场所（此建筑已毁，其故址即现在的太阳岛）。晚上，富克斯在温特伯格餐厅举行了告别宴会，以答谢主人的盛情接待。在所有这些活动中都有人在暗中监视，富克斯早已察觉了跟踪者的行动，但他觉得没必要去惊动他们。

松花江北岸之水上乐园米娜鸠鲁

富克斯已经订好了归程的车票，他在哈尔滨逗留的时间只剩下最后一天了，在这天里他必须要到马尔斯去接头，把秦雅臣的打算了解清楚。因此，他必须摆脱跟踪的人，但是为了不引起密探的疑心，一定要摆脱得十分巧妙才行。这天晚上他早早就睡了，他要充分休息以应付明天的一切。富克斯虽已洗手多年，但他毕竟是受过专门训练的职业特工，为和跟踪者巧妙周旋，他开始大摆迷魂阵了。次日上午，他装出游览市容的样子到处游逛，他很快就发现身后有两个"尾巴"，是一高一矮两个俄国人。富克斯在教堂、商店、公园、市场之间转来转去，同时又以了解商情的姿态，在南市场（即道里市场，也叫"八杂市"，当时的名称是"劝业商场"）他到处与商贩搭讪闲聊，问这问那的，时而高声谈笑，时而低声私语。虽然净说些没用的废话，但跟踪的密探却都要一一加以记录，搞不清哪一个可能是他的同党，哪句话可能是接头的暗号，什么也不敢漏掉。

道里区南北市场

从市场里出来，富克斯又挨家逛商店，从新城大街的南头开始，先进日升恒，后逛同发隆，再到公和利，这样走马灯似的转悠，使跟踪者疲于奔命；和不相干的人广泛交谈，又牵制了特务们的注意力，一直折腾到下午5点才进了中央大街上的金角饭店（即原俄国人经营的著名餐馆"基都良"）坐下。在吃饱喝足之后，跑堂的过来算账，富克斯十分慷慨大方，不仅该找回的零钱不要，又赏了1元的票子做小费。那跑堂的惊喜万分，以为是财神天降，点头哈腰地连声道谢，富克斯把手指向里一勾，他便俯身凑到跟前低声问道："有什么吩咐吗？先生！"样子十分神秘。

　　"小点声，请问这附近有玩姑娘的地方吗？我是说哪有俄国窑子？"富克斯的样子装得更神秘。

　　"有，大大的有！离这不远的高加索街，也就是中国三道街就有一家'菲丽茨必'，买卖街有'普捷娃娅'。工厂街的最有意思，那里有个'尼兹艾依'舞厅，有俄国姑娘光屁股跳舞，叫'哈达卡'，浑身上下一丝不挂，瞅着过瘾极了！若相中了还可以……就跟点菜似的。"

　　"好！我会选择一家痛痛快快地玩玩，不过我这有一封信，能麻烦你替我送一下吗？离这不远，就是中央大街125号俄国俱乐部。"富克斯说时取出一封写好的信，同时抽出一张5元的钞票，那意思是不言自明的。当时的伪满国币与日元等价，跑腿费很不少，那个跑堂的一见钱眉开眼笑，连忙伸手把信和钱都接过去，嘴里说："乐意为您效劳，先生！我现在马上就去替您送。"他说完深鞠一躬，转身到柜台说了一声，就往门外走。

　　在门口跟踪的两个密探一使眼色，做了个手势，便有一个矮个子跟着跑堂的走了。这正是富克斯所要的，因为支开一个，只剩一个就好对付了。他隔窗看到两人一前一后地往南走了，便起身离座，出门往北走去，这时，在他的身后仅有一个高个儿的"尾巴"跟着。

富克斯不慌不忙地"领着"那小子"逛"了半天江岸，往回走时已是夜幕降临之际，到了马迭尔附近却没有回旅馆，而是在丽都电影院门前买了张票，进了电影院。后边盯梢的密探连忙也买了张票，跟了进去。那时的电影院都是轮回上映，不分场次，可以随时买票入场，两场之间并不休息。

在丽都影院的门脸上部有两组美丽的雕塑，那是希腊神话中6位主管文艺的缪斯女神的雕像。中间有4对爱奥尼式半圆柱把整个建筑立面分隔成5个部分，中间是3扇大门供观众出入，左侧的经理室和右侧的售票室都有个单独的小门。富克斯进了大门但没进剧场，而是从休息厅向左拐进了经理室，假装要联系包场询问价格，和剧场经理敷衍了几句。当那个跟踪的特务从中间的大门直入剧场后，富克斯已经很从容地由经理室的小门溜出来了，回头看了一下"尾巴"确实没了，便大步奔向马尔斯咖啡店。

第 27 章

密林深处

在马尔斯咖啡店里，富克斯刚一进门，刘锋就迎上来，低声说："美国影院东门口！"然后又提高嗓门说："请坐吧，先生！想吃点什么？"

富克斯故意向左右巡视了一下，然后摇摇头，把手一摆说："哼！这里太吵了，过一会儿再说吧！"

说完之后，富克斯便转身出门顺着中央大街往南走去，在保险街（现西九道街）往东一拐，很快就到了美国电影院（后改为大光明电影院）。果然，秦雅臣穿着阔绰，打扮得像个大富商，在东门的外侧伫立等候。见富克斯走过来，便转身往东走。

当两人并肩同行之时，才开始低声谈话。

"富克斯先生，根据我们现在的情况，实在是没有办法来实行范斯白先生的计划。但是我们对这件事绝不会袖手旁观，要尽一切努力抓住重要的人质，迫使日本人来交换，不过不一定在哈尔滨干。"

"那么，打算在哪儿行动呢？目标又是什么呀？"

"今年5月，关东军制订了'百万户移民计划'。不久前，广田内阁和伪满政府都把向满洲移民定为国策。最近日本拓务省组织了一个移民考察团，到佳木斯和牡丹江一带去考察，准备具体实施这个移民计划。所以我准备明天就去穆棱找游击队，想办法在这个考察团身上打打主意，或者……"

"这样能迫使日本人同意接受条件吗？"

"完全可能！因为这个考察团有日本许多团体的代表人物，各府县主管移民事务的官员。如果不能安全地回国，影响太大，也不好交代，可能会动摇他们移民的国策，所以能达到目的。再说，对这样的团体他们不会像对外国经济使团那样来加强防卫，如果策划得好是很容易得手的。"

"好！我回去以后，就把你的计划向范斯白先生转告，就全看你们的了！"

"我一定尽一切努力去干，你们就等候佳音吧。"

"听说日本军队加强了对那一带的控制，去找游击队就必须通过封锁线，那将是很危险的。所以希望你千万小心谨慎，多多保重。"

秦雅臣默默地点头，这时他们已经走到新城大街，便转身往回走，一直到中央大街谁也没吱一声。在保险街的西口拐角处，两人深情地凝视了一下，然后无言地分手了，心里都感到很沉重。

富克斯回到丽都电影院，重新买张票又进去了，见那个盯梢的密探在休息厅里站着吸烟，不过脸是朝向剧场的出入口，因为他只注意往外走的人。富克斯便悄悄溜到侧面的小卖部买了一包香烟，要了一瓶汽水，故意想办法让他看见。那个特务果然以为富克斯一直在里边看电影，对他的金蝉脱壳之计毫无察觉。

散场后，这家伙又尽职尽责把富克斯送回马迭尔才算完事。而那个矮个密探，跟着金角饭店跑堂的到了中央大街125号，原来那里是俄罗斯法西斯党的总部。富克斯特意事先写好了一封礼节性告别感谢信，是捎给里契柯夫中将的，信的内容无关紧要，无非是一些客套话，其用意仅在于把两个特务支开一个，白遛他一趟狗腿罢了。

第二天上午，当富克斯乘去大连的火车南归之后，秦雅臣也乘绥滨线东行列车赶往穆棱，去找游击队。当时的穆棱县是在老九站（现穆棱市，当年也叫"八面通"），秦雅臣一下火车立刻就感觉出这里的气氛紧张，站台里有日本警备队荷枪实弹在站岗，伪警察在人群中巡视，宪兵在把门盘查，稍感可疑就拽出来搜身，若有一点不顺从便非打即骂，先关两天再说。

秦雅臣下了车就到车站的行李房，那里原来有个抗日救国会的负责人老李头儿，经常掩护进城的游击队员和抗日的地下工作者，但在那里并没有看到他，而是另外一个陌生人。但他还是有点不死心，他知道自从日本人接管了中东铁路之后，各方面都有许多变动，就像行李房改成了"小荷物"一样，人员上也许会有些调转。他想打听一下老李头儿的下落，但没敢去问新换的那个人，就到旁边去问道边摆摊卖瓜子的老太太："老大娘，请问行李房原来的那个老李头儿……"说到这儿，他觉得没有必要再往下问了，因为他看到那老太太惊恐的表情，一听到"老李头儿"几个字脸色唰地一下就变了，嗫嚅着小声地说："别打听了，他摊事啦！"他会意地点点头，连忙走开了。

在县城里的小饭馆会春园对面的道边上，应该有一个掌破鞋的孙瘸子，一年到头风雨无阻地在他的小棚子门口坐着，他是游击队的耳目。可现在棚子也关了，人也看不见影了，八成也出事了吧？接受在车站的教训，他不敢再随便打听了，进小饭馆去随便要了点饭菜，坐在靠窗户的桌上连吃带瞅着，看了半天也看不出啥门道来。

正在这时，一个县警察署的警尉补，率领两名警士，后边还跟着几个"棒子队"，进饭馆来检查。所谓的"警尉补"，相当于军队里的准尉，肩牌上有杠没花，实际上是候补警官。大多数这类的走狗为了往上爬，干好了能闹个警尉，所以给日本人溜须溜得最厉害，勒大脖子（即对百姓的敲诈勒索行为）也勒得最凶。所以老百姓都说："警尉补，刚进署，专门帮着洋爹唬。"至于那些"棒子队"，当时是指"自卫团"（在讨伐区由伪军警机关建立的军训组织），后来是指"国兵漏"（即征兵选择剩余之适龄青年所组成的"协和义勇奉公队"和"勤劳奉仕队"）。对这种准军事组织，日本既强迫他们必须接受军事训练，又对他们不放心，所以不发给武器，只持有一支木头枪或木棒。因此人们也给他们编了一套词："棒子队儿唬洋气儿，人家扛枪他扛棍儿。屁股眼上拔罐子，没事也得找点事儿。"现在，他们闯进饭馆来，这不就是来找事儿了吗？

这帮人进来之后，挨桌验"国民身份证"，看谁不顺眼就得单提溜出来"熊"一顿。那个警尉补拿眼一看，立刻就发现了秦雅臣不像本地人，他倒背着手就凑过来了，突然问道："你的，什么人？"

"'满洲国'人！"秦雅臣知道这小子这样问是没安好心，如果若是随口说出"我是中国人"，那就可以用"不服从新国家"的罪名，马上把你带走。

那个警尉补拿过身份证仔细看了看，转动一下眼珠子，又突然问道："干什么的？"

"工人！在祥泰铁工厂吃劳金。"

"认字吗？"

"念过几天书，警官先生！"

"到穆棱来干什么？"

"是来串亲戚，我姥姥家在八站，老太太身体不好，所以……"

"为什么不到马桥河，要在这儿下车？"

"我三姨家是住在县里，想顺便看一看。"

"住在什么地方？叫什么名？是干什么的？"

"城北铁道西，老张家豆腐房。我三姨夫是个豆腐匠，是县城里的老户，差不离都能认识他。"

那个警尉补又转动一下眼珠子，向旁边的一个警士摆了摆手，让他过来。秦雅臣一见连忙点头赔笑，说："警官先生，我这就去看我三姨，您若是啥时候有闲空，就请到我三姨夫家坐坐，请您赏光！"

"嗯，好吧！你走吧！"

"好，回头见吧！"秦雅臣说完便从桌上拿起礼帽转身就走了。他所以要抢先告辞并邀那个警尉补到老张家去，是怕他派那个警察先去张家豆腐房核对，那就容易露馅。因为那个老张太太并不是他的三姨，而是一家与游击队有联络的关系户，从前吉东抗日救国联合军左路指挥部在穆棱的时候，抗日救国会曾安排秦雅臣在他家住过。他和房东老太太关系处得不错，认过干妈，但没有亲戚关系，若是老太太说实话拐不过弯，那就合不上牙了。

那个警尉补也是看他说得有根有蔓的，一时也拿不准是真的假的，不如先放他一马就让他去，然后派人跟着，若是真的就拉倒，若是假的再抓也不迟。这样既跑不了他，又留个退身步，免得得罪熟人。

秦雅臣也明白，知道那小子并不是完全相信了他，身后准跟了个"尾巴"。于是他出了饭馆就到点心铺，买了两个上等的果匣（那时的点心盒都是木板做的长方形匣子，上边开糟插上抽盖），装上大八件、小八件、槽子糕、沙琪玛，外边包上花花绿绿的彩纸，那礼品显得沉甸甸的。从点心店出来就看到对门的茶馆外边有俩小子在那儿闲溜达，知道那是"尾巴"，他装着没事一样大步流星地往北走，直奔铁道西的张豆腐房。他心里很有数，因为他和老张太太的关系怕打听，不怕见面，姨妈是假的，可干妈却是真的。

到了老张家一进大门口，秦雅臣在当院子里就喊上了："老张家，来'且'啦！"东北人的方言，管客人叫作"且"，请客叫"请且"，来客人叫"来且"。他这么一喊，老张太太就从下屋磨房里走出来了。

"姨妈！我来看你老来啦！"

秦雅臣抢先叫姨妈，是怕老张太太叫出干儿子来，所以先递个话。没想到这老太太耳有点背，姨妈和干妈也没太分清，一高兴张口就说："哎哟，我当是谁呢？闹半天是干……"

"干等也不来的外甥！三姨，你老想我了吧？"

秦雅臣不等她把"儿子"两字说出口，就把话抢过去了，一面连忙使眼神、做手势，让老太太明白外边有"狗"。老张太太虽说耳朵稍许背点，眼神还行，心眼也不慢，接着话茬儿就给全圆上了："想你干啥？'外甥狗、外甥狗，吃饱了就走，出门都不往回瞅'，才不稀罕想你呢。"

所说的院子无非是圈着板障子，两个人说的话外边全听清楚了。隔着板障子缝都能瞅见，人家娘俩亲亲热热地进了上屋，那两个狗腿子觉得没戏了，转身回去报告了，这场危机才算应付过去。

进屋后，秦雅臣和老太太唠了几句家常，这才打听起游击队的情况。据老张太太讲，自从去年日本鬼子实行"冬季大讨伐"之后，牡丹江附近的抗日游击队大部分都转移了，东边的进了锅盔山，西边的上了老爷岭，剩下一些小股的也都联系不上了。县城里的秘密联络点因为出了叛徒，都叫日本人给抓起来了，重新建立的联络点十分隐蔽，一直没联系上，所以想找游击队十分困难，除非是冒险进山。

晚上，下屯拉豆子的老张头儿回来了，见了秦雅臣像见了久别的亲人，据他说游击队的"交通"（指联络员）虽然很少进城里，但在下边村屯还是有活动。他听可靠的人说，在穆棱县界内游击队还有两大股，北边的一股听说在大顶子山，南边的一股是在磨刀石车站正南的大架子山。和秦雅臣有密切联系的那一股听说是在老爷岭一带，这他在哈尔滨就听说过，所以他决定去大架子山，想办法找到游击队。可是正如富克斯所说的，日伪军加强了对游击区的封锁，要想穿过那条围困山区的封锁线将十分困难。

自从半年前关东军参谋部制订了《治安肃正三年计划》，除了派重兵讨伐，实行"篦梳山林""来回拉网"等武力围剿手段之外，为了隔断抗日游击队与老百姓的联系，还实行了《匪民分离要纲》，即大力实行归屯并户，制造无人区隔离带，建立"集团部落"。他们强迫小村庄的居民离开土地和家园，迁到指定的部落集中，而对原来的村庄一律实行烧光、杀光、抢光的"三光政策"，所以，建立"集团部落"的过程就是制造无人区的过程。

　　据老张头儿介绍说，从穆棱往西到磨刀石，在铁道线南边出去20公里就算"半匪区"，过了40公里则算"匪区"。在所谓"半匪区"内住有警察队，许可百姓居住，但对户口和居民活动实行严格控制。当地人都发给印有指纹的"住民票"，外地人如进入"半匪区"则必须持有本区警察署长签发的通行证，凡无上述证件者一经发现即予逮捕，知情不举者也同样逮捕。再往南走就更困难了，因为在"匪区"内，禁止一切居民居住，原有百姓都已归并到"集团部落"，出入部落都要挂号，其农耕地限制在4公里之内，过了界就算是"通匪"。

　　虽然老张头儿两口子再三劝阻，但秦雅臣还是决心要去，他说，日本人管得再严总会有漏洞，在"满洲国"想抗日哪有不冒险的呢？既然已经到了穆棱，绝不能半途而废，反正是豁出去啦！老张头儿见他决心已定，死不回头，也就不往下劝了，反而帮他想主意、出点子。老张头儿说："你若一定豁出去了，也不能硬闯这个鬼门关，因为这趟线鬼子防备的实在太严了！倒不如豁出遭罪去，从县城往南走，由腰岭子奔泉眼河拉山往西绕，从老道沟南边过大石头河再奔大架子。这条道虽说是难走，可是危险稍许小一点。"

"太谢谢您老啦！多亏干爹给我指条明路啊！"当天晚上两个人商量了半宿，研究好了行走的路线，编好了进山的理由，应付紧急情况的办法。第二天老张头儿到县城兴源号山货庄，求掌柜的给开了个收购木耳的合同，又花钱托人办了个采购许可证，让秦雅臣顶他儿子的名进山。老张太太则给他准备好了衣服、干粮和两条麻袋，第三天，他就离开县城顺着穆棱河往南走了。

按照老张头儿给设计的这条路线走，开始的时候还挺顺利，从县城往南走属于"治安确保区"，真没遇到什么麻烦，路也挺顺当。可是过了泉眼河往西一拐，就大不相同了，越走人家越稀少，尤其是拉山钻林子，那罪遭的可就大了。不仅没有路，而且除了沟就是坎，越往西地势越高，越走越难走。不仅山高坡陡，而且林隙间布满了荆棘、藤蔓，衣服被树条子刮得浑身开花，脸和手也都划出横一道、竖一道的伤痕，腿上和身上也磕磕碰碰地坏了很多处。山里的溪流很多，有时要蹚过齐腰深的水，最难走的是山沟里的"红眼蛤塘"，塘上面是坑坑洼洼的塔头块子，下边是没膝深的锈水稀泥，深一脚浅一脚的，走起来最累人，一不留神就把人陷住。

这一带虽然山高林密，无路可行，走起来特别费劲，但因为它本来就是自然的无人区，没有日本兵也没有老百姓，除了飞禽走兽就再没有喘气的，所以还算是挺安全。一连走了两天拉山道，已把带的干粮吃光了，第三天就得到处找食吃了，过红松林就拣松子吃，过榛柴岗就嗑榛子，遇着老橡树就啃橡子，各种各样的山果野菜都得往肚子里塞。到了晚上困累交加，找个背风的地方躺下就睡过去了，可是到了下半夜林子里起小风，阴冷潮湿，冻得浑身直打冷战，再困也就睡不着了，这时，困劲没过去，饿劲又上来了。

就这样又走了一天多，秦雅臣真有些支撑不住了，走起来直打晃，身子挺不起来个儿，只是觉得又困、又累、又饿，全身一点劲都没有了。他艰难地转过一个山弯，赶上一个下坡，正好是个小陡崖子。走着走着，冷不防地被树棵子一绊，一脚踩空了，身子突然一沉，脑袋"嗡"的一下子就跌下去了。他只是一阵眩晕，整个身子腾云驾雾似的往下骨碌着滚，突然"咣当"一下子，脑袋撞到了树桩子上，就立刻什么也不知道了……

不知道过了多久，他才苏醒过来，那是峡谷里的刺骨寒风把他吹醒的，不过仍感到头晕目眩，两耳轰鸣，心里发闷，神志模糊。这一绊、一摔、一滚、一撞，差点把他折腾零碎了，虽然没有粉身碎骨，可也是遍体鳞伤，真是不死也发昏了。透过茂密的枝丫看看天空，已是时近黄昏，暮色苍茫，使这个阳光照不到的峡谷更显得阴森可怖。他全身瘫软得像一团泥，真想躺在这儿再多睡一会儿，可是不行啊！这样趴下去只有等死，这100多斤就得喂野牲口，不叫狼掏了也得让黑瞎子啃了，虽说死不足惜，可是肩负的使命谁来完成呢？

总不能白死在这里呀？那不是太窝囊了吗？

他决心要尽快离开这里，于是便用两只颤抖的手支撑着身体慢慢地坐了起来，只觉得眼前发黑，头发沉。他想强挺着站起来，可是下半个身子有点不听使唤，腿脚发木，像灌了铅似的沉重，不知道是摔坏了还是扭伤了，腿好像不是自己的。他往身旁一看，离他不远有棵树，于是他就又躺下身子往那边滚，滚到树跟前便扶着树，一点一点地往起拱。因为心里着急，站起来就想往前走，可是扶着树的手刚一撒开，身子就往前栽过去，一头就扎在地上再也起不来了，他终于又失去了知觉，再次昏了过去……

当秦雅臣再次醒来的时候，感觉不是原来的那个地方了，不像是山沟峡谷，倒像是在屋里。往身子底下一摸，也不再是乱草淤泥，而是软乎乎的狍皮褥子，这是在哪呢？他想睁眼看看，可是就好像年轻人戴上了老花镜，看啥都觉得模模糊糊，看不清楚。他把眼睛眯缝起来，等了一会儿再睁开一看，这回看清楚了，这确实是屋子，是山里盖的那种木刻楞的房子，是用圆木头垛起来的。再歪过头去往两边看看，屋子还挺宽敞，一个大通铺放着许多行李卷，没箱子没柜的不像个住家户，不是工棚子便是个大伙房（地主家给长工住的房子）。

当他忍不住翘起头来往屋地下一看，不禁大吃一惊，只见靠墙角立个枪架子，上边摆着一排锃明瓦亮的三八大盖枪，墙上挂着一排军用水壶，墙角戳着两把日本长把大战刀。在一堆弹药箱上架着一挺 38 年式歪把子轻机关枪，箱子上写着"萱岛联队"，莫非这里是日军或者伪军的营房、哨所吗？

他正自怀疑地猜想着，忽听外间屋有人说话。

"那个从沟里抬回来的人，还没醒过来吗？"

"还没有！刚才李军医来看过了，说他虽然头部撞伤，但伤的并不重。有些轻微的脑震荡，所以一直昏迷不醒。看样子也是连困带饿的，累过劲了！"

"他若醒了，你们赶快去叫我！"

"是，参谋长！"

这时，另外一个人问："这个人的身份查清楚了吗？"

"咳，还查什么？这是咱们派过去的人，长期潜伏在哈尔滨侦察敌情，所以你们都不认识。"

谢天谢地，这个参谋长正是秦雅臣所要找的人。

第 *28* 章
说客临门

当秦雅臣在穆棱县西南的大架子山找到游击队的时候，富克斯已经返回上海了，他把此次哈尔滨之行的经过详情，都向范斯白讲了。

范斯白听说秦雅臣冒险去穆棱找游击队，既深受感动又十分担心。关于维斯杜拉汽车修理厂这个据点遭到摧毁，雷蒙特被捕的事，他已经知道了，因为在富克斯走后他曾收到一封隐语电报。电文是："生意亏损、店铺停业、经理病重住院状况堪忧。老家已将地卖掉，恐已迁居，迄无信来。"范斯白一看什么都明白了，所说的"老家卖地"，就是指游击队的根据地失掉了。"经理"当然是指雷蒙特，"住院"一般就是指被捕，若加上"是传染病"那就可能是叛变了。在"九一八"事变一年之后，南京政府决定对伪满实行二重课税，并断绝了邮政关系，直到 1935 年 2 月才开始恢复有线电报直通的业务，但日伪当局对电文是要严格检查的，所以没法把话说得更详细。

收到了这封电报之后，又听了富克斯的详细介绍，范斯白才感到自己原来的设想，脱离实际真有些太远了。秦雅臣的办法倒是切实可行的，因为德国和意大利的经贸官员在"满洲国"的活动，日本当局是必然要采取严格的保安措施的。而对来自日本国内的移民考察团，却不会那么过分重视，这才叫攻其不备，如果真能得手，他们也会害怕造成严重的影响而同意进行交换，那么目的也就达到了。可是这办法能否成功？那就要看秦雅臣的穆棱之行了，如果能和游击队接上关系，成功的希望还是有的。现在无论是富克斯还是秦雅臣，他们都已经竭尽全力了，但俗话说"谋事在人，成事在天"，上帝的倾向性从来都是很重要的，人们管它叫"机遇"。

1936 年 11 月 23 日，一支游击队的精兵从牡丹江与宁安之间，穿过敌人封锁线，突然袭击了离牡丹江市只有 22 公里的海林镇，在那里捕捉到 31 名日本人，22 名是男人，9 名是妇女，其中便有 8 人是日本拓务省组织的，由"帝国在乡军人会""大日本联合妇人会""日本殖拓协会""移民后援会"等团体的代表所组成的移民考察团。抗日游击队把这些俘虏作为人质，押回到山林里的根据地，此次精心策划的奇袭，取得了很大的胜利。

两天之后，穆棱煤矿矿主、波兰籍犹太人斯奇德尔斯基，收到了抗日游击队的通知，让他转告日本当局：在游击队的根据地里扣留着 31 名日本人，如果日本当局能许可范斯白的家属安全地离开满洲，并释放雷蒙特出狱，游击队方面就准备释放他们。同时，附有一张被掳获的 31 个日本人的名单。

这个斯奇德尔斯基原是个白俄大富豪，他拥有横道河子至

343

绥芬河之间的一片广大林区以及穆棱煤矿等巨大的产业。后来他通过其老相识、日本大特务头子柳田元三中将，向日本特务机关捐献了一笔巨额款项，买到了一个波兰名誉领事的头衔，是一个相当有影响、有势力的人物。他在哈尔滨的大直街有一座豪华的宅邸，与日本上层人物有广泛的联系，并经常往返于哈尔滨与穆棱之间。通过他来传话，是个比较理想的中间人。那通知和名单很快就直接送到特务机关。

关东军第二课（情报课）课长、哈尔滨特务机关代理机关长富永宫次大佐，接到斯奇德尔斯基转来的游击队通知和被掳去的日本人名单之后，不禁大吃一惊。他知道此事非同小可。他很清楚这个日本移民考察团的来头。日本首相广田弘毅为了实现其永远霸占中国领土、改变东北地区的人口构成状况，达到"在实质上强化日满两国不可分割之关系"，因此在1936年8月25日正式宣布：把日本向满洲移民作为"七大国策"之一。伪满的傀儡政府，亦将"配合日本移民"作为"三大国策"之一。这个被游击队掳去的移民考察团，正是为了推行"移民国策化"而派来的。再说这个考察团代表了日本国内有广泛影响的各团体，如果有来无回，必然会使日本朝野震惊，有碍于"国策"的推行，所以虽然这个考察团的级别不高、官职不显，但其重要性却不可忽视。而范斯白的家属对日本来说，就是掐在手里用处也并不是太大了，但是这条件他不敢随便答应，因为扣留的命令是宪兵司令东条下的，要放人也得经过东条将军的批准。

想来想去，富永大佐通过斯奇德尔斯基向游击队提出了一个方案：关东军愿意用两个被俘的游击队员，换回一个日本人。但是抗日游击队不肯改变条件，并且声明：如果日方迁延不决，限于条件，游击队将无法长时间保证日本被俘人员的生命安全。富永宫次无奈只好去请示东条将军，请他来亲自裁定，并说明了换回那批日本人的重要性。

　　此时的东条英机已非三个月前可比了，他刚刚被晋升为陆军中将，在满金的肩牌上又增添了一个豆豆，并且还代理关东军参谋长的职务，陆军省已经内定由他接替西尾寿造出任参谋长，天皇陛下的亲任状很快就要下达，所以这种代理等于是提前接任。在当时，这可是个炙手可热的职务，关东军已经不是原来的1个师团6个独立守备队加一起的1万多人，而是拥有2个方面军、14个精锐师团的16万4000余众的大军，成了日本军部的灵魂。"满洲国"的大权操于关东军，而关东军的大权则操之于参谋长，从本庄繁开始到战败投降为止，关东军司令官先后换了7个，但没有一个人阁当首相的，可是在关东军参谋长里则出了两个——小矶国昭和东条英机，可见参谋长地位之重要了。听了富永大佐的报告之后，东条沉吟半天，经过一番思考之后，才眯缝起眼睛隔着深度的近视镜片，凝视着问道："富永君，依你的意见该怎么处理呢？"

　　"国内来的这8个人十分重要，满洲拓殖株式会社的一名干事，是内阁大臣的独生子，也是应该不惜代价换回来的，其余的人就无足轻重了。而范斯白的家属对我们来说，实际用处已经不大了，正如鸡肋一样，食之无肉，弃之可惜。"

　　"嗯，是这样！"东条用两只手指有节奏地叩着桌子，眼睛眯缝得更细了，他等着富永再说下去。

　　"中国有一句很有哲理的名言说：'两利相权取其重，两害相权取其轻'，所以我们应该同意所提出的'秘密引合'条件……"

"不，这不是正确的方案！"东条霍地站起来，把眼睛瞪得溜圆："最好的方案是两利相权，我们都要，两害相权，我们都不要！"

"您的意思是……"富永茫然不解地望着新上任的顶头上司。

"你忘了，三十六计的精华就是兵不厌诈。孙子兵法曾经说：'兵者，诡道也。''战阵之间，不厌诈伪。'对游击队这般匪类就不必讲什么信誉，更不能当正人君子。所以你应该去欺骗他们，让他们上当！关于双方放人的方法，他们是怎么说的？"

"我们先放雷蒙特出狱，他们立即释放4个，这是第一步；然后当范斯白的家属到大连上了船，他们再放9个，到上海之后发回电报时再放9个，这是第二步；当赛罗娜和孩子，还有雷蒙特平安地进入租界之后，才放最后的9个日本人。"

"对了，奥妙就在这！我们表面上可以完全接受他们的条件，第一步和第二步都可以认真执行，也就是说那个雷蒙特可以释放，范斯白家属也可以让他们上船到上海。但是在这3批22个人里，如果得到我们必须赎回来的人，那么第三步就可以不往前，明白吗？"

"完全明白，将军阁下！不过……如果对方……也就是说匪徒们把那些至关重要的人一直留到最后，留在第三批才放，我们又该怎么办呢？"

"嗯，也有这种可能！"东条中将挠了下秃顶又抽动一下鼻子，"如果是这样，我们也就只好兑现那第三步了。不过，放了他们不等于就让他们飞了，更不能允许他们称心如意地、逍遥自在地活着。至于具体地该怎么办，我想用不着由我一样一样地教你吧？"

"是，将军！"富永宫次站起身来，把脚跟一碰举手敬礼："一切遵照执行！"

离开了东条的办公室之后，富永宫次才松了一口气，他心里明白，这个"剃刀东条"是个刚愎自用、狂傲专横的人，一向自以为是，总想高人一等。游击队所以要绕过宁安，奇袭海林，分明就是冲着移民考察团去的，其余的日本人无非是顺便捎走的，人家也不是傻瓜，怎么能上这个当呢？再说，只要把人放走让他们进入上海租借地，再想去收拾可就不那么容易了，中村的失败便是证明。如果那时再想下手，也不过是洗了牌重抓，谁输谁赢那就很难说了。所以东条这两招看似很高明，但难奏效，根本就达不到两利并收的目的，只不过说明他对放走范斯白家属不太甘心罢了。尽管富永心里明白，却"知白守黑"，不去说破，反而顺从地遵命，这正是他的"官场经验"。

经过斯奇德尔斯基的居间斡旋，双方很快就达成了"秘密引合"的协议。按约定，日本宪兵队把雷蒙特放了，游击队方面则放回了4个日本人，是由不同的方向，送到距离很远的两个不同的火车站。果然不出富永宫次所料，第一批释放的是4个担任警卫任务的日军，最高的军阶才是个曹长（旧时日本的陆军上士，相当于中国的班长），其余的是上等兵。当雷蒙特护送着赛罗娜和两个孩子乘火车抵达大连时，在上船之前拍回电报，游击队又放了9个日本人，全是妇女，她们是当地任职的日本职员家属。等船到了上海之后，再次发回电报，游击队又把9个日本职员放了，留下的9人正是那至关重要的9个，这说明东条想要的花招根本就不灵。

这时，富永大佐又去再次禀告东条，向他报告他最不愿意听到的消息，说明现在除了认真兑现之外，已经别无他策了。

"将军，现在是不是应该退一步执行您的第二种方案了？"

"嗯！"东条气哼哼地把上下唇咬在牙缝里，两只手在办公桌上握成了拳，说不上他想揍谁，半天也没吭声，可以看出他那份难受的劲。正如他的老师涤井鉴一郎所言："在不服输和爱打架方面，英机是全校的冠军。"这种天性他保持终生。

富永宫次恭立在那里，静待吩咐，什么也不说。

沉默良久之后，东条无奈地挥挥手，意思是只好如此了，放人吧！可是当富永大佐敬礼告退，转身要走的时候，东条忽然又叫住了他。

"富永君，请等一等！虽然形势所迫，我们不得不做出这样的抉择，但是我要求你拖后5天再把人质放到租界，明白吗？"

"是，完全明白！5天之后再执行您的命令。"

富永转身出去了，其实他什么也没明白，虽然东条拖延时间肯定是又想耍新的花招，可是中将大人什么也没说，让他怎么才能明白呢？富永走了之后，东条开始排兵布阵了，他心里想的还是他那最佳的方案，"两利都要、两害全消"，虽然他的第一招没灵，他还要打出他的第二招、第三招、第四招……实在没招了，也得拼个鱼死网破，这才是他好勇斗狠、打到底的武士道精神。

这时候，范斯白在上海已经收到了秦雅臣的密电，电文更简短，只是说："货已到手，生意成交，近期付款。"实际上是已经把很复杂的情况，浓缩到这12个字的密语当中了。亲人脱险在即，全家团聚有望，他自然是欣喜若狂，连忙把这一喜讯告诉了他的好友富克斯、森罗曼、史蒂芬司、科斯明，剩下的便是佳期临近时那种难熬的期待。就在他掐着指头数日子的时候，那位结交广泛、八面玲珑的上海快讯社社长哈顿·弗利特先生，又突然打电话来告诉范斯白，说有一位满铁的外籍职员坎纳先生刚从满洲来，有很重要的事情要和范斯白谈，希望能安排一次会面。

范斯白听了之后，稍许犹疑了一下，弗利特所说的这位坎纳先生他早就认识，但是谁也很难说清他是属于哪一个国家的人。此人的父亲是丹麦与印第安混血的美国人，而母亲则是波利尼西亚人与爪哇人混血的夏威夷人，他却娶了个日本人做妻子，因此而入赘于满铁。他的政治背景也和他的种族关系一样的复杂，从前他曾当过情报掮客，不管是哪个国家，也不管对谁有利，只要能卖上价钱，谁要他都给。但从目前的情况看来，他和日、德、意三国贴得很紧，已经不能完全把他看成是"中立国"了，那么在他的背后是不是会有什么东洋阴谋呢？不过范斯白还是答应和他见面，约定是第二天到坎纳下榻的百老汇大厦去拜访这位坎纳先生，他住在 304 房间里。

百老汇大厦（现为上海大厦）是在公共租界内苏州河的北岸，门前对着外白渡桥的桥头，当时是上海最大的旅馆。坎纳在约定的时间里没敢出屋，等候在房间里，但是范斯白并没有去，而是在约定的时间里打来了电话，坎纳从听筒里听到了范斯白的声音。

"喂，请问是坎纳先生吗？"

"对，我是！您是范斯白先生吧？"

上海的百老汇大厦，与汇中饭店只隔着一座外白渡桥

"您找我究竟有什么事呢？"

"很重要的事，不过需要当面谈。"

"那好吧，请您过桥到汇中饭店来，我将在同样号的房间里等您。"

"为什么您不能过桥到我这里来呢？"

"这样对我来说方便一些！"

"过分谨慎了吧？范斯白先生！"

对方笑而不答。

"那好，您等着吧！我马上就到。"

汇中饭店（现为和平饭店）与百老汇大厦相隔不远，但是范斯白却不肯到对方的指定地点去会面，是担心那里有别的布置。但是，他选定了一个距离不远的地方反邀请，这样就是让你进我的圈，我绝不进你的圈，免得上当。两人见面之后，握手寒暄了一阵，很快活地开了一阵玩笑，似乎都不急于亮开底牌。

"范斯白先生，应该恭喜您！"

"身处危难之中，生活在威胁之下，何喜之有啊？"

"呃，日本当局已经改变了主意，决定释放尊夫人和孩子。你们很快就全家团聚了，难道这不是可喜可贺的事情吗？"

"哦，这么说是日本人的仁慈了！是吗？"

"是这样的！您还不知道，关于您的问题东京已经过问了，他们认为宪兵方面对您和您家属的行为有些过分。所以最近决定，除了把您的太太和孩子送到上海之外，还正在调查您的经济损失，例如被没收的产业和财物，准备退还或赔偿……"

"这可是个新闻，看来豺狼准备行善了！"

"不能够这么说嘛，日本当局可是一直都很器重老兄啊！总认为您是个难得的人才……"

"所以总是把我的脑袋放在准星的位置上！"

"总该看事实嘛！他们肯于释放您的家属，愿意赔偿您的损失，都是出于一个目的，那就是和解。"

"跟我吗？一个微不足道的人？要知道，他们连国际联盟都没放在眼里呀！怎么会这么瞧得起我呢？"

"哦，这个吗，他们总还是要考虑你的贡献嘛！再说，事已至此，好离好散总还是可以避免树敌呀，冤家宜解不宜结嘛。"

"你以为他们会有这样善良的愿望？"

"这也是一种很明智的考虑嘛！对了，我听说你正在写一本书？是想要记述你在4年多的时间里，给日本人所干的事情，难道真有这么回事？"

"嗯，是有这个打算。"

"我实在是不敢相信，像你这样绝顶聪明的人，会做这种傻事情？"

"为什么不能呢？"

"因为你虽然加入过中国籍，但你毕竟是意大利人，而墨索里尼首相领导下的意大利，却是日本最好的朋友。请你仔细地想一想，如果你是在做反日的宣传，那么也就等于是在反对你自己的国家，反对意大利了，那岂不是自绝于祖国？我想你总有一天要回到意大利去的。"

"承蒙指教，也多谢你的关心！不过我想我写不写这样的书，回不回意大利，都是我个人的事情，至于您先生，我想就不必为此特别操心了吧！"

"问题是这里涉及一笔巨额的收入，先生！"

"收入？我不明白您的意思……"

"我刚说过，日本当局已经决定赔偿您的损失，据初步估算，其价值大约在5万元。所以我劝你为了这笔可观数额的钱，也不该去写那种没什么实际用处的书。顺便说一下，这笔巨款将由满铁的驻华机构——兴中公司上海办事处在这里直接支付，也就是说只要您保持沉默，这笔钱就会转入您的账户，不需要您付出什么。"

"难道说我付出的还少吗？我的房产、我的影院、我的存款和拥有的股份……他们把我当犯人一样追捕，派刺客，雇杀手，几乎要了我的命；把我的妻子拘禁了6个月。有3个月是关押在暗无天日的土牢。对这种狂暴的劫掠、迫害和侮辱，难道还要我一声不吭吗？"

"所以才要考虑赔偿您的损失啊！这笔钱可不少啦，只要您把嘴巴闭上，它就是您的了。"

"谢天谢地，我终于知道您来的目的是想收买……"

"否则的话，我想用不着我提醒您，日本特务机关的厉害您是十分清楚的，恐怕今后您就……"

"哦，还有威胁！我想您可以回去向主人复命了。"

"主人？您是指……"

"哼！满铁的情报头目西义显，还有他的副手伊藤芳男先生。您可以转告他们，我替日本人服务不是为了钱，是被迫的；我帮助抗日义勇军也不是为了钱，是自愿的；难道说现在我还能为了钱去出卖自己吗？日本的特务机关虽然十分厉害，但正如您所说的，我对它十分了解，所以我就必然有办法对付！"

话说到这儿，坎纳这个说客也就只好告辞了。

第 *29* 章

往事如烟

坎纳离开了汇中饭店之后，范斯白一直在想：为什么日本人会知道他正在写这样的书呢？是谁把这个消息泄露给日本人的呢？思来想去，最后终于猜到了，很可能就是那位哈顿·弗利特先生多嘴多舌的毛病。因为在上海快讯社转发《晨星报》上那两篇文章时，范斯白曾无意中说起："这两篇文章只不过是用手指头轻轻地弹一下日本人的脑壳，等我的书写完了出版的时候，那才是狠揍他们的拳头！"事情很可能就是这样传出去的，日本特务的嗅觉是十分灵敏的。

不能说坎纳这番威胁利诱的话，对他一点作用也不起，他十分清楚，如果他的书一出版，日本人是不会善罢甘休的。可是话又说回来了，即使不出版这本书，日本人能就此罢手，轻易放过他吗？他们的诺言从来都是毫无信义的，就像狼发誓不吃肉一样。

这天晚上，他的回忆录写不下去了，坎纳最后说的那句话，一直在他脑子里转："……日本特务机关的厉害，您是十分清楚的，恐怕今后您就……"他确实是在想：一个人再有本事，能否和一个庞大的特务组织斗下去呢？他已经筋疲力尽了，还能支撑多久呢？他曾经把写书的事情告诉过史蒂芬司和森罗曼，他俩都不同意这件事情。史蒂芬司对他说："算了吧！别去惹这个麻烦了！"而森罗曼则说："除非你离开上海，躲到日本人够不到的地方去。否则的话，你的安全就更难保障了，我能提供的保护是有限的！"说实在的，对自己的一些并不光彩的往事，他自己也并不太愿意写，因为要揭露日本的罪行，他可不只是法庭上的证人，而是被告的同伙。

他为什么要抛开个人的体面，并理直气壮地揭发自己也参与的罪恶呢？因为他忘不了对知己的承诺和良心的谴责。强烈的憎恨和忏悔的心灵，驱使他要说出赤裸裸的真相，正视血淋淋的事实也正视自己的丑恶：在上海的朋友当中，最坚决支持他这样做的是富克斯，富克斯为此向他提供了一台崭新的英文打字机，并向他保证将为此书的出版发行尽一切努力，必要的时候由他来承担出版所需的费用。

在范斯白的写字台上摆着一叠厚厚的稿子，他的回忆录已经完成了三分之二，但他还不知道这故事如何结局，因为最后的这一幕还没有展开呢，谁也无法预知其结果。白天他到汇中饭店去的时候，把汽车停在了外滩公园的路边，他再一次看到了连排耸立的楼群，仿佛是上海的容貌，也是这座城市的象征。黄浦江终日无语东流，而在它身后的楼群容颜依旧；上海总会、麦克贝思大厦、汇丰银行、怡和洋行……一幢幢都那么堂皇而有气派，高低错落的组合又构成了一种综合的美感。旧地重游，脑海间倏尔浮现往事悠悠，恍惚之间，时光仿佛倒流回去……

23年前，也是在这样的一个季节，也是在上海这个地方，他第一次踏上了中国领土，教他汉语的老师告诉他说：那一年是民国二年（1913年）。他想起了第一次坐黄包车、第一次拿筷子、第一次吃饺子、第一次吃元宵、第一次吃粽子……直到他加入中国国籍，完全变成了一个中国人。回忆常常能唤醒某些沉睡的感情：欢乐、痛苦、热爱、仇恨，但更多的是懊悔。因为命运是一个花言巧语、轻于许诺的骗子，它总是先给你希望，然后再让你失望，也许捉弄人是它的坏习惯。

人生的旅途本来就有许多岔道，究竟能走到哪儿去，那就要看命运的转折器由谁来扳动。他为了到远东来游历才当上了职业记者，可是由于史蒂芬司先生的赏识，使他由记者变成了间谍；又由于鲍贵卿督军的器重，使他由间谍变成了双重间谍；在他决心告别间谍生涯洗手不干的时候，又由于荒木贞夫大将的抬举，使他由电影院的经理又变成了日本的高级特务。只有帮助义勇军抗日，因此再次成为双重间谍，这个道岔是他自己扳的，没有人强迫，也没有人付钱，但是他很乐于这样做，因为这是他的个人意愿。

史蒂芬司的劝阻是有来头的，他明确地告诉范斯白：英王陛下的政府认为，日本经过一段时间的侵略扩张，现在愿意回到国际社会以结束退出国联后的孤立状态。日本驻伦敦大使最近做了这样明确地表示。英国政府认为，促进日本这一新的态度，合乎不列颠的利益，尤其是在希特勒德国进行疯狂的战争叫嚣的时候。所以不希望去激怒日本人，虽然他们的行为是野蛮残酷的，也就是说英国不会因此而打抱不平。范斯白不能接受这种观点，这还有是非善恶的标准吗？压在他心头的积怨难消，他更忘不了自从他来中国以后，所结识的最要好的朋友马忠骏临别之时的那句充满了信任与期望的话——答应我，你要说出在日本人的铁蹄下，这片沦陷的土地上，所发生的一切实情，赤裸裸的实情。

原来这位总办大人在55岁的时候，忽然厌倦了宦海生涯，乃效仿陶渊明，辞官退隐。不过他并没有回他的海城故里，而是在哈尔滨的郊区马家屯自辟田园，躬耕垄亩，闭门谢客，号"无闷主人"，又号"遁庵"，并名居所为"遁园"。曾与众多的文士结社吟诗，"遁园吟社"亦曾颇负盛名。其自咏之诗："宦海飘萧只自嗟，哪知乐事在农家？百年生计从今始，手把犁锄学种麻。"道尽了他当时的心境。其侧室韩素，美艳而有才名，自号"耐冷馆主人"，其诗作《秋夜》曾传诵一时。在哈尔滨沦陷之后，任凭日本人威逼利诱，马忠骏拒不出任伪职，表现了高尚的民族气节。

当范斯白知道自己处境不妙之时，曾去遁园拜访过那位挚友，并向他说明准备设法脱身离开伪满洲国。马忠骏衷心地祝福他平安地逃出虎口，说："上帝会保护你的，因为你是个好人。"

"我在哈尔滨住了二十多年，我已经把它看作是我的家乡，可现在我却不得不离开它了！老朋友，说不定我真走的时候，都会来不及和你话别。而且，什么时候再见面，那就很难说喽！"

"朋友，我现在已经老啦！对于我的同胞、我的祖国，是不能再有所作为了，但是你还年富力强。你是知道的，日本强盗是怎样践踏我们的国土，杀戮我们的人民，掠夺我们的财富。

所谓的'王道乐土'是怎样一座人间地狱，百姓们又受着何等的煎熬！所有这一切你都是身经目击的。你是个欧洲人，作为历史的见证人，没有人比你更有资格了。要叙述这些悲惨的真相，你是再合适不过了，因为你恰好又当过新闻记者。"

"咳，那已经是 20 年前的事情了！"范斯白苦笑了一下。

"倘若事情果能如愿，你能平安地回到关内，你必须竭尽全力揭露真相，让全世界都知道在满洲发生的实情。现在，西方的许多政治家被日本人的欺骗性宣传蒙上了眼睛，有些言论简直是在为强盗喝彩。"

"是啊！有些人甚至说：'满洲国已经成立 5 年，现在不论法理如何，其存在已成为事实。'他们是在麻木、苟安中逃避责任，实际上就成为对强盗的包庇和怂恿。"

"所以才需要用活生生的事实去唤醒他们，这一点你能做到！你是现身说法，不会被各为其主的通讯社所歪曲，不会被日元操纵的报纸所掩盖。要把日本侵略者的残暴罪行公之于众，去震撼全世界的良心，我以老朋友的身份，代表我所有的苦难同胞恳求你，你能做到吗？"

马忠骏态度十分庄重严肃地走过去，站在范斯白的面前，双手抚着他的肩头，眼睛注视着他的眼睛，期待着他的庄严承诺。

"我能做到！"范斯白也站起来毫不含糊地说。

"记住，是赤裸裸的真相！"

"当然，是如实的、不折不扣的，整个真相！"

"谢谢你！衷心地谢谢你！"马忠骏的声音哽咽了。

这次会面果然就成为他们最后的诀别。

范斯白没有忘记，也不会忘记那庄严的承诺，老朋友的面容随时显现在他的眼前，那哽咽的声音还不时回响在耳边："你能做到吗？"

夜深人静，这里没有公共租界那种喧闹，甚至连白天都是很安静的。范斯白深深地陷于回忆之中，这天晚间他很久没能入睡，但一个字也没写。

接连数日，范斯白都在焦虑不安地期待着。

经过种种周折之后，范斯白的妻子赛罗娜和他们的两个孩子，终于在1937年2月25日脱离了日本特务的魔掌，进入了上海租界，他们全家团聚了。雷蒙特也和他们一起住进香山路的寓所，他们生活在重逢的欢乐中，似乎一切艰辛和苦难都已经熬过去了。但是，就在这同一座城市里，在苏州河北边虹口新公园近旁的一间房子里，日本的头号阴谋家和著名的"谍海女妖"正在密室中，密谋着追魂夺命的计划。

坐落在虹口新公园北侧东体育路7号的那座宅邸，在历史上很有些名气，它叫"重光堂"。那里原是日侨六三亭立的私人住所，自从成为土肥原公馆之后，就变成侵华特务活动的指挥中心。后来诱降汪精卫的"梅机关"便设在这里，日汪双方曾在这里举行过臭名昭著的"重光堂会谈"。这公馆的主人刚从天津赶来上海，他本想与老对手决战，亲自给范斯白布下必死之阵，但是现在他顾不上了。因为陆军省与总参谋部已决定在上海设立直属于日本政府的土肥原机关，它的内部名称叫"对支那谋略行动特别机关"。其成员有老牌特务坂西利八郎中将、津田静枝海军中将、伪满洲国治安部首席顾问大臣通贞大佐等，由土肥原主持研究对华的通盘谋略（该机关在1938年7月以后正式定名为"对华特别委员会"），所以对他来说已经无暇顾及此事了。但是，由于他和东条是士官学校和陆大的老同学，都是"一夕会"的成员，对东条的请求协助不能不管，又加上对青岛之事耿耿于怀，所以也希望尽快剪除这个"帝国的死敌"。因此便将此一重任，布置给了长期潜伏在租界的女间谍、人称"眼镜蛇皇后"的乃上夫人。

在日本的女间谍当中，从知名度来讲，乃上夫人稍逊于川岛芳子，但从"狠劲"和"媚劲"这两个方面来说，却都有过之无不及。35岁的乃上夫人仍具有迷人的魅力，她有着宪兵大尉的军衔，这在日本妇女中是十分罕见的。她有很高的文化与军事素养，受过严格的特务训练，熟谙于情报、化装、射击、擒拿、格斗、驾驶、劈刺、爆破、密码通信等特务必备的技能。受蒋介石雇用的普鲁士间谍沃尔特·斯坦奈斯曾经说："和乃上夫人周旋时，就好像同一条眼镜蛇待在一间关着灯的小屋里一样。你的窘境在于既要摸到开关，又不能惊动那条蛇。"从此，这位女宪兵大尉就得到了一个美称，叫"眼镜蛇皇后"。

在重光堂领受了土肥原中将（刚刚晋升）的密令之后，乃上夫人回到租界内南京路哈同大楼三层的通原洋行，这里是她的"蛇窟"。她马上就找来了租界捕房中被她收买的内线，英捕探马德荣和法租界捕房包探陈阿六，布置对范斯白的寓所进行秘密监视，寻找下手的机会。由于目标区内防护严密，袭击目标深居简出，所以一连几天毫无进展。

一周之后，乃上夫人忽然接到手下特务员的报告，说范斯白上午驾车离家，跟踪的包打听伙计（包探的雇用人员，即特务跑腿）说，他的黑色奥尔兹轿车开进海格路（现华山路）与白赛仲路（现复兴西路）拐角处一个大院。乃上夫人立即派出手下得力的干将，在必经的路口埋伏，准备在其归途中劫杀；因为不了解那个大院的虚实，所以才决定"打飞不打卧"。时近中午，只见那辆奥尔兹轿车从大院里开出，顺着白赛仲路南行向东一拐之时，突然从福开森路（现武康路）冲出了一辆摩托车，向那辆轿车贴近跟来。开摩托的男子穿一身米色派力斯西装，敞着怀，领带被风打得左右摇曳飘拂，显得十分潇洒。后座上载着一个标致的女郎，穿戴时髦，一手搭在男人的肩上，另一只手里捧着一束鲜花，披肩的长发随风后掠，分明像一对兜风的情侣。其实，这正是乃上夫人和她的部下兼情人寺西少尉。

就在两车并行之际，那摩托突然加速冲上，当两车贴近之时，乃上夫人将捧着的花束向轿车里一甩，勾响了藏在花间叶底的手枪，"叭！叭！叭！"接连就是三声枪响。当那辆汽车失控后向路边冲去之时，摩托车早已从古神父路（现永福路）向北拐去，很快就逃得无影无踪了。当天晚上，乃上夫人便以电话向土肥原中将告捷，干掉范斯白的重任已经完成了。土肥原将军对她大加慰勉，并告知她将为其向宪兵司令官请功。

但是，他们都空欢喜一场，因为那天在白赛仲路遭到袭击的是雷蒙特，而不是范斯白。那天雷蒙特要到海格路去看他的姐姐，于是便驾驶着那辆奥尔兹轿车去了，被包打听伙计误以为是范斯白，因而在归途中不幸遇害了。

正当范斯白为痛失良朋而悲痛不已，忙于处理后事的时候，又发生了一起令人震惊的事件。那家有着反日倾向，曾经发表过范斯白揭露日寇暴行文章的报馆被炸了。原来是日本特务机关在一件平版新闻纸的夹层中间，割出一个空洞，放进去一枚由发条控制的定时炸弹，然后再重新打上木夹板加以捆扎。当报馆运纸的汽车通过租界外日本关卡时，故意加以刁难，然后伺机调包，将藏有炸弹的纸件运到了报馆。那炸弹在午夜时间起爆，将报社的库房及印刷所车间的部分机械炸毁，所幸的是没有人员伤亡，这明显是一次有针对性的报复行动。这两次暴行不仅激怒了范斯白，也惹恼了史蒂芬司和森罗曼，虽然英法领事一再嘱咐租界当局，要他们对日本人的挑衅行为克制忍让，但是他们不能容忍对租界当局的权威挑战。

乃上夫人得悉，在白赛仲路袭击的并非范斯白，便觉得在土肥原面前不好交代，于是便准备冒险袭击范斯白的寓所。但是由于日本领事馆的干涉，要求在租界内绝对不许日本人直接动手，乃上只好派寺西少尉到法租界亚尔培路（现陕西南路）的俄罗斯总会，去找原来曾给军阀张宗昌当军事顾问的索洛蒙列夫，让他去招纳亡命的白俄来完成这一使命。但在归途中却发生了"意外的"车祸，将寺西少尉撞成重伤，被送入福民医院抢救，而肇事之车早已逃之夭夭。当天下午，索洛蒙列夫被法租界总巡捕房召去，总巡森罗曼向他发出了严厉警告说：如果还想在租界栖身的话，就应该好自为之，不要和日本人靠得太近，否则，租界捕房有许多现成的理由来惩治他。并且含蓄地暗示说，如果不就此罢手的话，类似寺西少尉这样的"意外"事件还会发生。索洛蒙列夫吓得连声应诺，并再三保证绝不卷入此类活动中去，回去之后只好对乃上夫人打退堂鼓了。

在雷蒙特遭到暗算之后，范斯白一家悄然失踪了，他所住的莫利爱路寓所已是人去楼空，再也不需要保镖来昼夜警卫了，这也给租界巡捕们减少了许多麻烦。虽然乃上夫人通过各种关系多方面打听，但毫无收获，据法租界捕房包探陈阿六透露：

范斯白全家去了香港，准备远遁澳洲以逃避日本特务机关的迫害。但是日本人对此说法却不肯完全相信，因为后来他们获悉，这一消息是租界警方有意散布的，范斯白一家根本就没离开上海，只不过是藏在一个更隐蔽的地方保护起来了。因此，他们判断这个陈阿六是个靠不住的人物，很可能从一开始就是对方打进来的线头人物，寺西少尉所遭遇的预谋制造的"车祸"，也可能是此人向对方提供了准确的情报所致。当乃上夫人发觉上当之后，再想找那个陈阿六的时候，此人已无影无踪了。

此后，日本特务机关虽然花费了很大力气，多方寻找，却始终不知道范斯白的下落。当时，范斯白确实不曾离开上海，而是躲进了史蒂芬司的家里闭门不出，继续完成他回忆录的写作。史蒂芬司的家宅深院大，防护森严，因此日本的特务们很难发现。时隔不久，"七七"事变爆发，紧接着"八一三"事变，日军进攻上海，中日战争全面开始了。当范斯白的著作完成之后，上海已经沦陷，租界成为孤岛，处在日军的四面包围之中。

日军占领上海后，华中方面军司令松井石根大将即发表谈话威胁说："日军必要时可对租界采取任何行动。"11月12日日本驻沪总领事冈本季正向租界当局提出5项条件，其中第一条便是"取缔一切反日机关，禁止一切反日性质的宣传品"。工部局总裁费信惇不敢直接顶撞骄横的日本人，只好答应考虑日方的要求，但是松井大将却没有那么多的耐心，决定用炫耀武力来"帮助"租界当局更好地"考虑"。12月3日上午，5000名日军携带野炮、机枪等轻重武器，整队通过公共租界，第二天日军又分乘5辆卡车在法租界武装游行示威。租界当局对此种挑衅行动不敢阻拦，只得派出大批巡捕在日军经过地区沿途布岗，并断绝交通，以保护日军通过，随后便将"考虑日方的要求"变成为"尽力满足日方的要求"了。

在这种形势下，范斯白的书虽然写完了，但是在上海却很难出版了。由于租界当局屈从于日本要在租界捕房增加日籍警员的要求，任命日本人赤木亲之为警务处特别副处长，并低三下四地表示"欢迎日本警察宪兵合作，保卫租界"。日本特务随即开始向租界里渗透，范斯白的自身安全也已岌岌可危了。

当上海已成为日本侵略者囊中之物时，土肥原中将并没有忘记仍躲藏在上海租界里的范斯白，当即派遣与租界里黑社会势力、流氓头子有广泛联系的著名女间谍川岛芳子赶赴上海，责令其务必抓到范斯白。川岛芳子抵达上海后，即以男装进入租界，通过已被日本特务机关收买的工部局捕房包探长陆连奎，得知范斯白的藏身之地，立即派手下的吴四宝率领一大批特务将该处包围，她亲自带4名高手，闯进去抓人。

第30章
轰动世界

对于赫赫有名的日本女间谍川岛芳子,似乎不必过多介绍,尽人皆知,她是清王朝肃亲王善耆之第十四女,原名为爱新觉罗·显玗,小字东珍。如果论起辈分来,她还是末代皇帝宣统,也就是伪满洲国傀儡皇帝溥仪的堂妹呢。从6岁时起,由其父过继给日本特务川岛浪速,在其继父的精心培育下,成为一名超级间谍,在20世纪30年代的上海滩、北平城、天津卫,有一系列的惊人表演,故而也赢得了一连串的绰号和美称:谍海妖女、蛇蝎美人、双枪司令、男装丽人。捧她的还称她为"东方的玛塔·哈丽""满洲的圣女贞德",此外她还有个常用的化名叫"金碧辉"。

川岛芳子执行特殊重大任务时,一般是独往独来的,因为她长期由土肥原垂直领导。她之所以出名,就是因为总让她去干大事,像制造"上海事件""天津事件",劫持宣统,密渡婉容,因而成为日特中的第一女谍。然而她却总爱着男装,偕女伴，出入于交际场所，正因为她时男时女，或日或中，才更让人感到神出鬼没、变幻莫测，增添了不少神秘感。这次她奉命来上海，又是打扮成一个风度翩翩的美少年，她也知道这个范斯白不好斗，但是争强好胜的天性，驱使她乐意去干别人干不成的事情。

当川岛芳子带领着4名日本特务闯进史蒂芬司住宅的时候，才发现那里只有仆人，没有主人。史蒂芬司早在上海沦陷之前，便全家迁回英国。因为这世界风云变幻，国家多事之秋，这个情报高手被英国国防部请回到伦敦梅费尔区莱肯费尔德大厦的情报总部去了。但是根据工部局捕房包探长陆连奎提供的可靠情报，范斯白确实没有走，因为这几天他还一直在向外打电话，他的家属却早已随富克斯迁往香港。

川岛芳子在史蒂芬司的住宅里四处搜查，尤其对范斯白寄居的房间，检查得更仔细。最后从一件脱下来要洗的上衣兜里，找到了一封电报，是刚刚从武汉拍来的。电文是："一切安排就绪，只等你来。璇宫饭店13号Ｓ·Ｔ。"这可能是一个重要的线索，但也可能是故布疑阵，声东而击西。但这却证实了陆连奎的情报是准确的，范斯白确实仍在上海，无论如何不能让他逃脱。

这时，日本陆军司令部宣布："英国侨民不许视察其在租界以外的企业，未经日方允许不得擅离租界。"日本海军司令部又宣布："不允许外国船只沿长江行驶。"11月26日，日本夺取了上海海关对外滩沿江码头的管理权，于是日本特务机关便派人严密地监视每一班轮船，审视着所有登船的旅客。

日本特务们每个人都持有范斯白的照片，对一切乘船离境的外国人逐一加以对照，稍有疑点便拦住盘查，因为他们知道范斯白的化装术是十分高明的。但是他们最大的疏忽，便是只注意了旅客中的外国人，却忽略了那些搬运工中的华人。那些苦力们衣服破烂、手脸肮脏，扛着麻袋包，"嗨哟，嗨哟"地从特务眼皮底下走过，并未引起特务们的注意，对他们只点个人数就行了，只要上下船的人数相符也就罢了。范斯白正是扛着个麻袋包上船的，不过"亚洲皇后号"船上的一个华人水手，却化好了装等在船上替他下船，他便留在了货舱里。

他在那里期待着引擎的轰鸣与震动，谛听着起锚时汽笛的鸣叫，直到感觉出船已出江入海，才从货舱中钻了出来。30分钟之后，范斯白先生已经洗漱整洁，换了一身灰色法兰绒的西装，配着一条浑绛色的领带，衣冠楚楚、神态悠闲地出现在一等舱船客散步的甲板上。望着那波光粼粼的碧海，浪潮激荡着心潮，对于他一生中的大部分时间在那里度过的中国，临别时竟然没能看它一眼。此刻涌上他心头的是几多依恋，几多苦涩，几多快慰，几多忧伤，是失败与胜利的混合。一个发自内心的声音回响着："再见了，中国！"

他怀着极为复杂的心绪，凭栏眺望着远方，在海天交接之处，阳光射透云层，撒出金色的流霞，装饰着空阔的无垠。就在范斯白乘坐英国客轮"亚洲皇后号"逃离上海时，他的那部书稿却早已送达伦敦，正准备付印呢。

1938年6月，范斯白以亲身经历揭露日本帝国主义种种侵华暴行的书，在伦敦出版了，书名叫《日本的间谍活动》。在书的封面上，印着美国著名记者埃德加·斯诺的一句对此书之预言："必定轰动世界。"卷首刊登有英国路透社记者、《曼彻斯特卫报》的专栏撰稿人哈罗德·约翰·田伯烈所写的序言，在序言里，他介绍了这本非同寻常的书，和它非同寻常的作者，以及此书之非同寻常的出版经过。伦敦戈兰茨图书公司的英文版同时在美英两国发行，不久又出版了法文版和俄文版。随后，生活书店的中译本《日本的间谍》也问世了，在半年之内即连续刊行了5版，以后新生书局及国光印书馆、文华出版社和美华书局又多次出版发行。

正如斯诺事前所预见的那样，这本书确实轰动了世界，曾被许多重要的著作所引用，各国的许多报刊纷纷发表对此书的评介。一位曾帮助审阅书稿之有资格的西方外交官说："这是我所读过的最强有力的公诉状。""对书中所述之种种暴虐罪行，虽然我在调查中曾知道那些事实，但是读到其中所揭发出来日军统治新征服地人民之方法时，那种残酷、恶劣、野蛮的内幕，对我来说是一种战栗的体验。"斯诺的评语是："据我所知，书中叙及的某些事件、人物和情境，都是具有十分真确之内幕实证的。这是一本揭开大秘密的书，有着毫无疑问的独特价值。"《密勒氏评论报》的主笔鲍威尔则说："这本书有着惊人的内容。"而田伯烈在序言中却是这样评价的："从来没有过，以后或许也不会再有谁能获得在日本人手下的这种不可多得的地位，来宣布这样的真相。他所言种种是值得我们注意的，而他本人也是值得我们钦佩的，因为他有勇气发表他这些惊人的经历。"范斯白的书在他写完之后，本来是难于出版的，他也曾因谋求出版此书而到处碰壁，求助无门。怎么又能远渡重洋，忽然在英国出版了呢？而且是由很著名的维克多·戈兰茨出版公司，以英、法、俄多种文本出版，并在多国发行，一下子就铺天盖地的散布开来，真的给了日本人狠命的一击。这件事他是怎么办成的呢？原来，他是在困境之下遇到了两位贵人相助，才促成了此书的问世。这两位贵人便是为此书作序的英国记者田伯烈和预言此书"必将轰动世界"的美国记者斯诺。

范斯白与此二人本是属于隔代同行，他与斯诺是素不相识，从未谋面的；而与田伯烈也仅是在一位老朋友，上海新闻界的元老、上海《字林西报》的老主笔詹姆斯的生日宴会上，偶然相遇，曾经有一面之识，但并无深交。为什么此公会帮这么大的忙呢？这就多亏上海新闻界的另一位元老，也是范斯白的老相识，上海《密勒氏评论报》之主笔、美国记者"密新帮"（指密苏里大学之新闻学院毕业生）的代表人物，约翰·本杰明·鲍威尔先生的鼎力相助了。范斯白离开记者这一行，已将近20年了，在上海新闻界已经没有几个人能认得他了。在詹姆斯的生日宴会上，范斯白已经是一个被冷落的边缘人物了。在人们谈论着新闻界里的许多事情时，他插不上嘴、也搭不上话，只能在一旁呆坐。这时，忽然有一个人从大客厅的另一侧老远的奔他走过来，两眼直盯着他说："您是……范斯白先生！您还记得我吗？"这位在人堆里把他认出来的人，正是鲍威尔。按资历来说，鲍威尔的从业年份也晚于范斯白当记者的时代，他是1917年才从密苏里大学新闻学院来上海的。当年，他就是拿着威廉斯院长的亲笔推荐信来华，给《密勒氏评论报》的创办人汤姆斯·密勒当助手。这时，范斯白早已离开上海去哈尔滨，并秘密地加入了协约国远东军谍局。但是后来，鲍威尔在1922年收购了《密勒氏评论报》的产权，成为该报的老板，同时又继任密勒当上了主笔。翌年，他就接连采访了吴佩孚、冯玉祥和张作霖，使报纸的销量猛增，声望日隆。而他于北京采访张作霖之时，恰是由范斯白亲自安排并陪同接见的。因此，他能够一眼就认出来范斯白。当然，范斯白也没有忘记这位上海新闻界的后起之秀。

当鲍威尔走过来与范斯白欢谈叙旧之时，田伯烈就在他俩的身旁，而他与鲍威尔是很熟的。通过鲍威尔的介绍，范斯白才与这位英国记者《曼彻斯特卫报》驻远东的特派记者相识。

对于田伯烈来说，鲍威尔是他的引路人，是他崇敬的前辈。至于那位大名鼎鼎的埃德加·斯诺先生，那更是鲍威尔的自己人。因为斯诺在1928年来华时，就是投奔鲍威尔来的，当时他也是拿着密苏里大学新闻学院院长威廉斯的亲笔推荐信，来找鲍威尔的。《密勒氏评论报》是斯诺大显身手的最初舞台，他很快就成为大主笔的得力助手，鲍威尔曾给他许多的帮助和指引。对于鲍威尔的知遇之恩，斯诺是终生难忘的。自从"九一八"事变和"一·二八"淞沪抗战之后，鲍威尔和他的报纸反日倾向越发明显，他曾撰写了大量宣传抗日和揭露日军侵略罪行的文章，他对受害者的同情及对施暴者之愤怒溢于言表。正是由于有鲍威尔的策划和推动，田伯烈和斯诺才肯于大力相助，把范斯白的书稿送达伦敦，并向出版公司全力推荐，这才有此书的问世。

此书出版之后，弄得日本人十分狼狈，日本驻英大使馆连忙加以否认，他们宣称："我们从未听见过范斯白这样一个名字，所以也就不会有这么回事！"但是这样说似乎又埋没了关东军宪兵在防谍方面的功绩，所以关东军也不肯替外交人员圆谎，他们在伪都新京的大同书局出版了引间功著的《战时防谍与秘密战之全貌》，书中以范斯白事件为例，进行警惕性教育，这无疑是在自打嘴巴。

写到这里，本书的故事已经结束了，但是人物的命运却没有结束。也许读者们很想知道这些人的最终结局，好在书中所提到的诸多人物都确有其人，又都不是等闲之辈，所以不妨对此有个交代，以作尾声。

范斯白在离开上海之后到了菲律宾，一直避居于马尼拉，日本特务机关虽然对他气得发疯，恨得咬牙，但也奈何他不得。三年之后，日本发动了太平洋战争，在偷袭珍珠港的同时，派出轰炸机群偷袭了美国在菲律宾的空军基地——克拉克机场，摧毁了美国的远东航空大队。紧接着日本陆军第 14 军，海军第 3 舰队和空军第 5 飞行集团与第 11 航空舰队便开始协同进攻菲律宾，分三路在吕宋岛登陆，并进军马尼拉。

1942 年 1 月 2 日马尼拉失守，美菲联军节节败退，损失惨重，退守巴丹半岛。两个月之后，美国远东军司令麦克阿瑟上将乘 PT–41 鱼雷艇偷偷遁走，这是美国政府为了保全面子将他调离，免得这位名将成为日军俘虏；继任的总司令温赖特中将在一个月后下令投降，7 万 6000 名美菲联军尽成战俘，菲律宾群岛陷落了。

范斯白怎么也没想到，号称强大无比的美国海空军力量——太平洋舰队和远东航空大队，会在开战的第一天就顷刻间灰飞烟灭。更没有想到拥有 13 万之众的美菲联军竟会这样的不堪一击，这么快就举起了白旗，致使他逃出了虎口之后又掉进了狼窝。在马尼拉失守之后，他不得不改名换姓，躲避于穷乡僻壤，以免引起日军的注意。但是意外的事件发生了，范斯白著作的中译本翻译者尊闻被日本宪兵队捕获，在严刑拷问下招出了范斯白的下落，范斯白不幸被捕了。当时的日伪报纸曾刊发了这一消息。日本特务机关对他恨之入骨，自然是不肯放过，范斯白在受尽折磨之后，于1943年被处死，其家属则下落不明。

那位曾向张作霖引荐范斯白的吉林督军、中东铁路督办兼护路军司令、霆威将军鲍贵卿，在1921年曾任北洋政府梁士诒内阁时的陆军总长，不久便因第一次直奉战爆发而辞职。1924年又重任东省铁路督办，后来又当过故宫博物院管理委员会委员。1928年出任张作霖军政府的审计院院长，在张作霖被炸后即隐居于北京，1934年逝世。死后葬于北京西山证果寺北之"海城鲍氏家祠"，鲍贵卿墓至今尚有石坊幸存，是一座火焰牌坊，被列为北京市一级保护文物。

与范斯白有知己之交的著名爱国人士马忠骏，自1925年辞官隐居之后，一直没离开过哈尔滨。"九一八"事变后在漫长的14年中，任凭敌伪威胁利诱，拒不出任伪职，表现了高尚的民族气节。中华人民共和国成立之后，热心于社会活动，投身于社会主义建设，在1956年5月当选为哈尔滨市政协委员，翌年逝世。葬于哈尔滨东门火车站附近的马家花园（即遁园）的南端，并立有3米多高的石碑，人称"马道台坟"。

范斯白的另一位好友，东北海军司令、青岛市市长、山东省主席沈鸿烈，在抗战初期任鲁苏战区副总司令，1941年调大后方任重庆政府农林部部长。抗战胜利后曾出任浙江省主席，蒋介石对他一直重用，他也就一直追随蒋介石到台湾。在台湾时，曾任总统府战略顾问，晚年闭门谢客埋头写书，著述颇丰。

此公作古时，台湾的报纸说他"三度封疆，历居政要""遗芬未沫，世有令名"，显然是"党国的柱石"了。

一直与范斯白作对的俄罗斯法西斯党总书记、露西亚居留民事务局第二部（宣传教育部）部长、《我们的路》报社主编罗扎耶夫斯基，一直是死心塌地地投靠日本。但是不知道是哪炷香没烧正道，哈尔滨的日本宪兵队从1943年2月开始，奉命对俄国法西斯联盟（当时"党"已奉命改为"联盟"）进行审查，至5月时罗扎耶夫斯基被日本宪兵队拘留审问，一个月之后获释，与他同时被拘禁的其他法西斯联盟的几个头目，也都不加解释地恢复了自由。当时，人们曾普遍猜想是由于佐尔格事件发生后，日本人对苏联的间谍活动怀有过分的戒心所致。但在战后，从日本外务省的机密档案中发现，那次的怀疑是由于日本外相从外交渠道获悉：俄国法西斯联盟驻欧非两洲的总负责人在德国的头目鲍里斯·彼特洛维奇·特德利，于柏林的瓦尔茨堡大街该联盟驻欧总部，被盖世太保当作苏联间谍加以逮捕。这消息从柏林经过东京传到了哈尔滨，同时也就把怀疑或戒心带来，但从那之后，日本人对罗扎耶夫斯基依旧是重用不疑。

1945年在日本天皇的投降诏书颁布的前两天，罗扎耶夫斯基在日本特务机关的安排下，抛妻弃子逃亡天津，如果他就此隐姓埋名远走高飞，也许就真成为漏网之鱼。但他忽发奇想，竟然写信给斯大林和外贝加尔方面军司令马林诺夫斯基元帅，表示忏悔和进行剖白，并乞求宽恕。他把这两封信送到苏联驻北平领事馆，交给了一个负有特殊使命的苏联官员伊万·帕特里基夫。此人正是"斯麦尔什"（SMERSH，是苏联国家政治保安总局特别处）派来的，任务就是要抓他，罗扎耶夫斯基自投罗网，倒也给他减去了不少麻烦。

1946 年 8 月 26 日，由审判官乌尔利希军法大将、卡拉贝克军法少将、检察官克里契斯基上校组成的苏联最高法院特别军事法庭，开始对 8 名白俄反革命分子进行审判。被告席中有罗扎耶夫斯基、"哈特谍"的主角伊万·安德里亚诺维奇·米哈依洛夫，还有白卫军将领、哥萨克首脑谢苗诺夫和培克谢夫中将。在证人席上有 7 个被俘的日本军官，他们都是关东军情报部中操纵白俄的人，其中就有哈尔滨特务机关的最后一任机关长秋草俊少将，他最清楚这些受他指挥的白俄都干过什么，他的证词真是再有力不过了。法庭最后宣布对 8 名被告的终审判决，以卖国通敌、反苏叛乱、进行间谍破坏活动等罪名判处 6 名被告死刑。8 月 30 日在莫斯科市中心的卢比昂卡内政部大楼中央的特别监狱里，在距离克里姆林宫只有几百码的地方，罗扎耶夫斯基、米哈依洛夫、谢苗诺夫、培克谢夫等被处决了。执刑的时候考虑到他们级别待遇的不同，只把其中的 5 个人枪毙了，留下谢苗诺夫单独执行了绞刑，以符合其身份的高人一等。

罗扎耶夫斯基的妻子涅昂尼娜一直留在哈尔滨，她以姑娘时的名字雅莉谢娃登记了侨民户口，带着两个孩子一直住到了 1952 年。以后在巴西住了 10 年又移居旧金山，并取得了美国国籍，恢复了她丈夫的名字，在海斯街歌剧院附近开了一家俄国餐馆。1974 年又在萨克拉门托开了一家"哥萨克餐厅"，她的两个孩子奥尔加和符拉基米尔，如今还在旧金山。

那位著名的"眼镜蛇皇后"乃上夫人，在太平洋战争爆发后，日本人接管租界时，才公开佩戴宪兵大尉的军衔。据英国在远东的海军间谍机关说，她一直奉命追查宋美龄在沪隐藏的财产。后来当日本战败投降时，在北平自杀，结束了她罪恶的生命。

本书中那个小人物科斯加·中村之下场，也该有所交代。据日本《读卖新闻》著名记者砂村哲也先生透露：此人之本名叫阿部幸一，日本投降后他被苏联红军俘虏，押送至西伯利亚劳动营。1950年左右回到日本，1985年病死。砂村先生曾感慨地说："像中村这样的恶棍，竟然活到如此高龄，真是上帝的不公啊！"

故事所涉及的那几个日本帝国的大人物，最后差不多都上了远东国际军事法庭的被告席，同被定为甲级战犯，所以交代他们的末日也就比较省事了。

关东军宪兵司令东条英机，在升任关东军参谋长之后不到一年，便成为坐镇陆军省的常务次官（即副部长）。随后又被任命为航空总监，兼陆军航空部部长（即空军司令），1940年遴任近卫内阁的陆军大臣，兼对满事务局总裁。一年之后他迫使近卫文磨下台，由他组阁担任首相，兼内务大臣和陆军大臣，集军政全权于一身，并被钦定为陆军大将，上台后不到两个月就发动了太平洋战争。到了1944年2月除了首相、内相、陆相之外，他又兼任了参谋总长，当他把所有的权力抓到手的时候，也正是日本海空军在西南太平洋遭到惨败的时候。5个月之后东条内阁被迫辞职，从此退出军政舞台，此时已不仅是他个人完蛋了，整个帝国也快完蛋了，日本法西斯已是行将就木。

战争结束后，这个在日本历史上权势无比的第一人，又当选为甲级战犯的第一名，因此也必然成为日本历史上第一个受外国审判、被外国绞死的首相。在受审之前，他想到了同伙墨索里尼死后被倒挂在洛雷托广场示众的情景，更觉不寒而栗。

为了逃避审判，东条英机于 1945 年 9 月 12 日下午 4 点 17 分，在东京世田谷的寓所用 0.32 口径的科尔特手枪，准确地对着自己的心脏开了一枪。他事先请来过医生，在胸部给他画好了心脏的位置，在心脏收缩的瞬间，"嘭"的一声枪响了，子弹擦着心脏在上方几毫米处穿过。这位宪兵司令出身的首相虽然杀人的手段很毒辣，但对自杀却缺乏研究，应该对太阳穴开枪才更有效。美国占领军有很高明的医生，把他从另一个世界拉回来，并像保护某些珍稀动物那样看护着他。他不应当自己死去，更不能让他用自己的手结束自己，那样就逃避了惩罚。

经过这样一折腾，东条的入狱推迟了 3 个月，到了 12 月 8 日才关进了东京的巢鸭监狱。很有讽刺意味的是，这一天恰好是 4 年前东条下令偷袭珍珠港的日子，那次进攻的密码代号便是"登新高山 1208"。更使东条触目伤情的是，远东国际军事法庭的审判庭偏偏设在原陆军省大楼的礼堂，他必须在他当年发号施令的地方登上被告席，接受全人类的审判。

与他一拨处理的土肥原贤二，虽然爬得没有东条那么高，但自从他在 1936 年 3 月晋级中将出任第 14 师团（宇都宫）师团长之后，便青云直上，步步高升。1941 年 4 月，他先于东条晋升为陆军大将，先后曾任航空总监、军事参议院参议官、东部方面军司令官、第 7 方面军（驻东南亚）司令官、陆军教育总监（陆军三长官之一），官职虽然都很显赫，但总是比东条差多了，不过最后一次总算找平了，都是处以绞刑的甲级战犯。临刑之前他留下了一首绝命诗，从中既可看出他的花岗岩脑袋至死不改，同时也体现出这个日本头号大特务真不愧是个中国通，如果他只写诗不杀人的话，也许会成为一个一流的汉学家。现录其绝命诗如下："苍天永恒兮，吾魂欲往。君主万世兮，永保无恙。吾命已绝兮，后继有望。尧舜升平兮，日益隆昌。"

曾是范斯白好友"马斯库行动"的策划者荒木贞夫，在远东国际军事法庭定罪量刑时，仅以一票之差，逃脱了死罪，被判无期徒刑。在巢鸭监狱服刑8年，于1955年因病获得假释。1966年11月2日因病猝死于奈良。本书的另一个出场人物松冈洋右，也属甲级战犯。但在审判期间死于肺病，所以算他捡着。

1948年12月22日24点整，在东京的巢鸭监狱院内对东条英机和土肥原执行绞刑，与其同时处死的还有广田弘毅、板垣征四郎、松井石根、木村兵太郎和武藤章。实施绞刑的是美军中士约翰·伍德，他在纽伦堡法庭就干这个，所以业务熟练，仅用30分钟就处理得利利索索了。战犯处死后遗骸不准家人认领，但有3个右翼分子，于深夜潜入由美军守卫的横滨久保山火葬场，盗取遗骨偷葬于爱知县浦郡三根山上的风景区。12年之后才敢公开修墓建碑，题写碑文的恰是范斯白的老朋友，被远东国际军事法庭判处无期徒刑，因而免于处死的日本甲级战犯荒木贞夫。

尚有其他一些人物，或因作者之所知有限，或因无凭可考，所以也就无可奉告了。

50年风云变幻，人世间沧海桑田。在今天的哈尔滨，已经没有多少人知道范斯白了，所幸的是中国大百科全书出版社1991年出版的《黑龙江百科全书》，把他作为黑龙江的历史人物收进去了，放在该书的505页（译作万斯白）。人们再也看不见范斯白开设的那家大西洋电影院了，因为它在1938年失火烧掉了，旧址上盖起的新楼曾经是哈尔滨市人大常委会的办公之处，现为哈尔滨市审计局所在。医院街（现颐园街）3 号的哈尔滨特务机关，现已成为黑龙江省直属机关的老干部活动中心，而设在邮政街 95 号的日本宪兵队本部，就在亚细亚电影院的后边，早已没有昔日的威风，因年久失修而狼狈不堪，最近已经拆迁了。

　　现在如果有谁想看看故事中涉及的一些场所，那得费点劲才能找到。不过虽然城市变化很大，但哈尔滨毕竟还是哈尔滨，当年国际城的格局仍在，风韵犹存。读完了这本书如果再去看那些地方，也许能想象得出当年那场惊心动魄的斗争。

附 录
范斯白考
——探究一个间谍的隐秘及考证经过

我对哈尔滨历史的探寻，始于 25 年前，目的并非想研究历史，而是为了写范斯白的故事。因为要写的是 70 多年前的真实人物，就必须在史海的深层下潜，去捞取那些沉埋已久，不易寻得的残渣碎片。于是我便深深地卷进了历史的波涛……

现在我的小说已经发表 17 年之久了，但我对那个人物、那段历史的研究和考证，却一直在继续着，可以说是欲罢不能了。由于在写作过程中，结识了许多研究地方史的学者，共同筹办过老照片展览，又一起编辑出了几本画册。结果就被哈尔滨的历史把我们捆在一起了。在此期间，总是有关于范斯白事件的新发现，在补充和丰富着已知的历史。其实有趣的不仅是那个离奇故事的本身，而且还有许多故事背后的故事，历史背后的历史。

关于范斯白其人

刚看到抗战时期在中国香港出版的范斯白自述《日本在华的间谍活动》时，我甚至怀疑过这故事的真实性。因为它太传奇了！我当时甚至花很多的时间，去考证其人其事是否存在，我要找到的是直接证据。

要说清范斯白的来历，那可不是三句两句话的事，这个人物实在太复杂了。简而言之，他是个国际间谍，而且还是多重间谍。根据英国著名记者田伯烈（曾报道过南京大屠杀，并在远东国际军事法庭上作证，抗战后期曾任国民党中宣部顾问）的介绍：此人原名叫 Amleto Vespa，中文名叫范斯白（曾被译作"范士白""范斯伯""万斯白""维斯帕""韦斯帕"，见于各种译本），他是一个中国籍的意大利人，具体地说是哈尔滨人，在哈尔滨有他的房产户籍，他是在这里娶妻生子，成家立业，生活了二十多年，哈尔滨也是他从事间谍活动的主要舞台。此人 1888 年生于意大利中部的小城阿罗纳，22 岁时参加了墨西哥革命军，两次负伤并晋升为上尉。1912 年退役后，曾以《华盛顿邮报》（国际版）自由记者的身份，游历美、澳和东南亚各国。不久即来华，曾深入西藏及蒙古。"一战"时加入协约国军远东军谍局，并随军去西伯利亚。同时，他又受张作霖的秘密聘用，成为奉军的洋密探。后因查扣意大利走私军火事件得罪于母国，乃于 1924 年正式加入中国国籍，成为张大帅的情报幕僚。

"九一八"事变之后，哈尔滨沦陷，范斯白被土肥原"请"进了日本特务机关，逼迫他为其效力。4 年之后，日本宪兵队却发现了这位关东军情报本部的高等特务与抗日武装有密切联系。就在日本当局决定捕杀范斯白时，他居然脱身逃离，匿居于上海租界。日本特务机关多次派人追杀，但均未得手，他曾多次拒绝了日本人的威胁利诱，以其亲身经历揭露日军的侵华暴行，使日本侵略者对其恨之入骨。"七七"事变之后上海沦陷，他逃离上海避居菲律宾，其他史料记载：在太平洋战争爆发后，日军攻占南洋诸岛，1943年范斯白被日军捕获，并于马尼拉处死。

这就是范斯白传奇的一生。

在二十多年前刚刚接触有关史料时，我真的是不敢相信会有这样的人物和事件。因为当时手头资料仅有一本范斯白的自述而无任何旁证。考虑到该书在英国和中国香港出版时，哈尔滨尚处于日伪统治，许多事是无法查证的。虽然田伯烈和斯诺都确信其真实，但他们的查核方法也仅是请一些"报界同业"和"外国官员"来加以认定，是否可靠呢？为了验证范斯白其人其事的真实存在，我决心要在哈尔滨找到一些当年的痕迹，来验证其真伪。首先想到的是调查范斯白经营的大西洋电影院。为此我曾询问过关沫南、陈堤等文艺界老宿，然而他们都不知有此影院，在黑龙江省政协开会时，亦曾遍询诸老，亦无所获。后来，我终于在收藏界的友人处，找到了当年大西洋电影院的海报，彼时还是无声电影。随后，又于当年的出版物中，找到大西洋电影院的英、俄文广告，并附有其外景照片，初步证实其存在。再后来，又于日伪之秘密档案中，查到了大西洋电影院的股东确为范斯白。至此，已毫无疑问了。再想进一步查证就比较困难了，因为特务机关是没有档案的。据老友关成和（原哈尔滨地方史研究所所长）讲，黑龙江省图书馆曾有本日文书《战时防谍与秘密战之全貌》，书中曾提到范斯白事件，可惜此书现已无存。

电影史中的旁证

1938年6月，范斯白的书在伦敦出版后，翌年中国香港生活书店即出版了中译本。半年内就印行了五版。1939年4月，该书由国光出版社在大后方出版了，著名的剧作家阳翰笙把它改编成电影剧本，并由中国电影制片厂（简称"中制"，隶属于军事委员会政治部三厅）拍成了故事片。

1943年初，重庆的三家大影院国泰、唯一、抗建堂，开始公演新片《日本间谍》，该片表现的正是范斯白的故事。影片深受广大观众的欢迎。刚演了几天，"中制"的厂长突然接到蒋介石侍从室的紧急电话，说"蒋委员长要调看此片"，时隔不久，该片即被勒令停演。当时，不仅一般观众莫明其妙，就是电影界圈里的人也不知所以，为什么蒋介石对此片要亲自过问呢？原来其中另有隐情。

阳翰笙有篇日记大致记述了事情的经过，因为当时是处在国民党统治下的重庆，最关键的细节也不便于写。据该片导演袁丛美获悉，蒋介石看了影片之后大发雷霆，连声追问"怎么拍这样的片子？""是谁搞的？"听说是张治中审查通过的，他气愤地说："他没生眼睛啊？这里夹带了私货，立即给我停下来！"第二天张治中先生正要去向蒋介石解释时，蒋纬国劝他不要去碰钉子了。张仍不服地说："这有什么问题？"蒋纬国说："这是在宣传'抗联'，宣传共产党！"随后，蒋纬国就奉命监改该片，让游击队都穿上军装，营地里挂上蒋介石的照片，才获准公演。

其实，对范斯白的政治背景，蒋介石不是不清楚，而是因为当时他正在发动第三次反共高潮，作这样的文章完全是政治需要。

谍报史专家的质疑

英国的谍报史专家理查德·迪肯，曾著有《英国谍报史》《苏俄谍报史》《以色列谍报史》《无声的战争》等书，他的真名叫唐纳德·麦考米克。他在 1982 年出版的《日谍秘史》曾得到过日本政府的合作，日本的《朝日新闻》于 1983 年翻译连载。书中的第 14 章曾谈起过范斯白，从土肥原强迫他为日本特务机关工作，一直讲述到他的出逃。但最后却说："范斯白没有讲到他被解职的理由，所以他的叙述总难免有一面之词之嫌。"

迪肯的这句话，在我的头脑中投下了很大的阴影，并笼罩了多年。在我研究史料和写作过程中一直心存疑问："难道真是一面之词吗？"当年，《密勒氏评论报》曾报道：在范斯白的书《日本的间谍》于 1938 年由戈兰茨图书公司出版发行时，日本驻英大使馆曾坚决予以否认。尽管在该报的书评中，在迪肯的书中，也都强调了美国作家埃德加·斯诺和英国的权威记者田伯烈对该书的真实性做出过认定。但是我总觉得也还是一方的声音，就好像只有原告的起诉，没有被告的申辩。

日本《读卖新闻》记者砂村哲也对范斯白倒是谈了很多，做出过合理的推断，其论点使我敬佩，然而那只是私人信件，并未见之于他的著作。其实，我们并不知道，范斯白的那本书战后也曾在日本出版过，书名叫《侵华秘史》，是由山村一郎译成日文，由大雅堂出版发行。从封面的设计印刷来看，应该是战后初期。

尽管如此，也还是回答不了迪肯的疑问，因为虽然变成了日文但还是那本书，仍旧是范斯白自己说的，日方的说法呢？

太原要的重要证言

直到小说出版 10 年之后，这疑问终于解开。几年前，我在黑龙江省社会科学院历史研究所研究员王希亮先生的家里，看到了他从日本带回来的一部丛书，叫《目击者亲述昭和史》，封面上还特别注明："是昭和时期有亲身体验的当事者之贵重证言集"。这是日本新人物往来社于 1989 年出版的，遗憾的是迟至十几年后才看到它。

该书的第三卷中有两篇文章是与范斯白有关：一是第三章中的《关东军对李顿调查团的欺骗》这是将《日本的间谍》书中的两章原文照登，作者署名便是"原关东军特务机关员阿姆雷托·范斯白"。另一篇则是第四章中，原满洲日报社社长太原要的文章《特务机关员范斯白逃离满洲》，这倒真是一篇很有价值的"贵重证言"。

这篇文章之所以重要，就在于作者既是范斯白的朋友，又是报界要员，对许多事深知内情。范斯白提到的人，有些他都见过；范斯白讲过的事，有时他就在场，他确是以亲身经历证实了范斯白言之不妄。最简单的问题，如范斯白在特务机关的身份，许多史料都没有明确交代。乃至有人认为他是"相谈役"（顾问），有人认为他是"嘱托"（特约人员），其实都是推测，砂村先生甚至认为他并不直属特务机关。关于这个问题太原要在文章标题中就回答了，他在文中更明确地说："委他为外籍谍报班主任"此疑问也就迎刃而解了。

再如范斯白的部下，代号为"影"的王建基（被音译为"王庆吉"）。而此人称范斯白为"凤大人"是因为范曾化名为"凤弗斯"，所以应该是"凤"而不是"蜂"。太原要是认识王建基的，他用的都是汉字，因而是准确的，而此前史料多译自英文。这些，当然都是枝节问题，太原要文章的重要性并不在于这里。

几个关键性的根本问题

可以认为，太原要的文章点透了几个根本性的问题。诸如：日本当局重用范的原因？后来又决定捕杀他的原因？还有范斯白反日的根本原因？这些才是要害！

太原要把为什么要重用范斯白？归结为两点：一是哈尔滨是个国际城市，外侨众多，难于统治，利用范斯白可以加强对外侨的监视和统治；二是利用范斯白与原东北军的上层关系，可以进行招抚和策反。这两点简明扼要，确实说到了关键之处。

一般来说，读过《日本的间谍》一书的人，都会认为：与范斯白关系密切，并受他直接指挥的武装别动队头目王建基率部哗变，并抢劫了伪满中央银行一笔巨款，这事会牵连到他；他手下的 2 号谍报员携 50 磅炸药失踪，随后即发生了军用列车被炸，这事范斯白也有嫌疑；宪兵队又多次告发他涉嫌私通抗日武装，这些都可能成为逮捕他的理由，但据太原要的披露："导致关东军参谋会议决定枪杀他的直接原因，则是为了掩盖范斯白知情的横道河子屠杀事件。"这却是许多人难以预料的。

谈到范斯白反日的原因，太原要认为："主要原因是对土肥原私怨"，"他曾对哈尔滨特务机关长百武中佐说过，范得到了土肥原是杀害张作霖主谋的情报，对我也说过"，因为范"在张作霖幕下八年有余，他得到了张的信任和厚爱。据说能进入张作霖寝室的只有两个人，一个是他，另一个是吴俊升"。范斯白曾说张是"顶好的上司"，"我觉得他是一个高尚且勇敢的人，言出如山"。还说"从张大帅死的那一天起,我的生活就全改变了!"张作霖对他确实是恩深义重,他要替张报仇也很合于情理。

太原要的文章说:范斯白的出逃"酿成了轰动海内外的大事件。而且,英国报纸刊登了他所提供的满洲事件以来关东军的谋略工作情况,被国联所采用,作为伪满洲国是日本的傀儡政府之证据。当时,这事件被禁止报道,直到今天其内情并未发表。"这就是想查找日方有关范斯白的史料,十分困难的根本原因。这段话也足以说明范斯白的揭露起着何等重要的历史作用,它对日本侵略者的打击有多大?因为只有挨打的人,才最清楚拳头的轻重。

青史凭谁定是非?

17年前,我曾在小说的序言中说范斯白是"一个真正的日本特务,却变成为一个真正的反法西斯主义者。"听说史学界有人对此颇有异议。其理由不外乎是两条:

一是范斯白曾信奉过法西斯,早年也曾是墨索里尼的崇拜者。

二是作为一个职业间谍,所为是受利害驱使,与立场无关,朝秦暮楚是常有的事。因此,范斯白的反日不等于就是反法西斯。

这些我也很清楚,但人的思想情感是可变的,早年崇拜不等于终身崇拜,"二战"中的反法西斯阵线,实际上就是反轴心国阵线。是不同制度,不同信仰的广泛联盟,看历史人物应还原于历史环境。

范斯白的反日是冒着杀身之险而又无利可图,当时中国国土大部分沦陷而日本侵略者凶焰正盛。日本人对他除了威胁之外还有利诱,提出的以抗日地下工作者名单来换取其家属自由,被范所拒绝。随后,游击队俘房31名日本人,要求换回范斯白的家属;日方提出以两名被俘的游击队员换一个日本人的方式赎回,也同样遭到游击队的拒绝。双方的表现，难道不算大义凛然吗？

就在范斯白的揭露公布之前，日本当局还派满铁的外籍雇员进行劝说，允许包赔他财产损失五万元，条件就是别透露其所知。而且还特别提到日本是意大利的盟邦，反日即是反意，范斯白并未妥协，而是断然拒绝，毫不留情地揭露。所有这些事实都为太原要的文章所再次证实，其所作所为，都是很难用间谍的行为准则来解释。因此，辛培林先生在文章中谈到范斯白之死时，使用了"就义"二字是很有道理的。

评价一个人当然要看其全部历史，但三国时的姜维虽早年仕魏，然史称其为蜀汉大将；洪承畴虽仕明数十载，历经四帝，却终因晚节不忠而沦为清之贰臣。因为历史评价总是看重其历史作用和最终归属，我想，对范斯白也不应例外。

秘密战争的历史，隐藏着无数历史的秘密，不过，它的面纱太厚，而且是多层的，要看清庐山真面。只靠轻轻地撩一下是不行的。非常感谢王希亮兄，在极为繁忙之际挤时间将太原要证言译成中文，这对我修改小说和剧本，无疑是巨大的帮助。

孟烈

2008 年仲春于哈尔滨

注：本文为黑龙江省社会科学院学术年会论文。

初版后记

这部小说是写特殊的年代中，特殊的领域里，一个极为特殊的人物之特殊事件。它虽然是一部小说，却有较大的纪实性。

在间谍当中流行着一个隐语，即是把干这行的都叫作"鬼"，这也许是个很恰当的称呼。他们的本事就在于不能让人们看出真实面孔和真正意图，他们经常出没的是一个昏暗朦胧的世界。他们无时无刻不处在这样或那样的危险当中，因而必须与自己的秘密共存亡；他们开的是绝不挂牌匾的买卖，最好的间谍是不留任何痕迹的间谍，所以想搞清楚他们的来龙去脉必然是十分困难的。为了完成此书的写作，我花费了多年的时间去搜寻那些陈旧的隐秘，在历史阴影中捕捉那些魑魅世界的幽灵，真如同在古墓中探寻先朝的秘藏，难度是可想而知的。

在我的创作计划里，这个题材被列为"战略2号"，它是怎么来的呢？这要从6年前说起。1986年初我被调到黑龙江电视台，省里领导的意图是希望我在电视剧创作方面能有所突破。当时曾与领导商定，把《雪城》定为重点拍摄的"战略1号"，因为它既是知青题材，又是梁晓声的作品，若拍得好则可与《今夜有暴风雪》相媲美。同时还议定了要找一个与《夜幕下的哈尔滨》内容近似的惊险故事，作为"战略2号"。当时所以会有这种针对性地选择，完全是因为那两部成功作品反映的都是黑龙江的故事，却由外省拍摄并引起了轰动，还在全国获了奖，因此才有这种被动中的谋划。不过这个所谓的"战略2号"，在当时仅是个笼统的目标，并没有具体落实到哪个故事，这便是6年前的最初酝酿。

说起来很有趣，第一个向我讲起范斯白故事的人，竟然是著名的影星秦怡。1987年4月我在上海，到秦怡家里去访问，她向我讲起了当年在重庆初登银幕时的往事。她第一次演能上演员表的配角，正是在《日本间谍》那部影片中扮演范斯白的妻子。她对我说："这是发生在你们哈尔滨的故事啊！"就这样，她给我简单地讲述了影片的内容，这是我最初听到范斯白。

随后，我又在中国电影资料馆调看了那部片子仅存的半部拷贝，同时朋友也帮助我找到了范斯白自述其经历的书。我发现这是一个很值得下一番功夫去深入挖掘的好题材，限于历史条件，无论是书还是影片都局限于简单地揭露一些事实，没有充分地展开来形成一个完整的情节性故事。范斯白有着非凡的复杂经历，广泛地接触过各方面的上层人物，如果以此来贯穿，一定可以反映出二十世纪二三十年代的国际风云变幻和丰富多彩的社会生活图景。于是范斯白的故事也就成了我们拟议中的"战略2号"。

在方案确定之后，我便开始着手搜集一切有用的素材，这可是个艰苦的工程，但我确信自己在重新创作中具备了两项优势：首先是现在已经能够掌握比那时更丰富的史料，许多在当年来说是高度机密的事情于战后有不少披露，恰可补其不足；其次是我就生活在原故事发生的城市，可以更深入地了解哈尔滨的过去，便于深入到历史的社会生活细节中去。几年来我正是从这两个方面不间断地准备着，直到去年夏初开始动笔。

小说又属于历史纪实性质，那就是说允许在一定程度上虚构，但不能与史实相悖；有合理想象的部分，但要经得起推敲。写历史而加以演绎，原则上是应该达到"事真而理不妄，事妄而理亦真"，也就是说虽属演绎出来的情节，也要使人感觉到它是真的。它必须经得起读者的理性判断，而让史学家提不出否定它的反证，那才算成功了。我国有许多历史演绎小说的名著，在这方面树立了光辉的范例，而写并不遥远的往事，健在者多；写近在身旁的历史，知情者众，那就更应该如此。

从我选定题材开始，便有许多友人帮助我查找线索、复印文字资料、提供国外书刊、翻拍历史照片，做了大量的工作。每逢省政协开会的时候，我都要向一些年龄比我大许多的老先生请教，核正每一件事情，了解一切与故事有关地址的沿革和变迁。我也曾多次到故事发生地去体察，即使是当年的建筑已不存在，但对故址我还是要去看一看，有些从前的机关早已变成了民宅，我也要硬着头皮去打扰那家的主人。为了写好这本书，需要翻阅大量日伪时期的书籍报刊，因而我也就成了黑龙江省图书馆社科阅览室里的常客，是他们的大力支持，才使我从故纸堆中找出许多有价值的东西。

当此拙著付梓之际，应该特别感谢文学界的前辈关沫南，方志学家关成和，新闻界的老朋友戚贵元、张国昌、李寿山、郑志宏、于葆琳、满汝毅等，他们始终关注着此书的进展，并在写作过程中给予了重要的帮助和支持。美术界的老朋友石揖、施鹤良、杨力等对此书的完成做出了许多实际的贡献，此外还有更多的热心帮助过我的朋友，虽不能一一列举，但感激之情是同样的。可以这样说，是许多人的学识、阅历、智慧和辛劳集中到我这里，凝结在这本书中，而非一人之力所能及。

被遗忘的历史角落，犹如废弃已久的矿床，但在那里才可能掘取到照射历史巷道的煤火。写日本特务机关内部，写他们上层之间的权力斗争，写伪满时期的社会生活与白俄在中国的亡命生涯，这在文艺领域中尚属新鲜课题。如果此书能使读者从中获致参悟历史的簇新感受，那么我和我众多朋友们的努力，就是有价值的。

孟烈

于壬申之仲秋

再版附言

近现代的历史，经常会由于新史料的公之于世，而使人们对历史往事的认知得以更新。此际，再回过头去，重新审视多年前出版之涉及历史的书籍，便会发现有很多的不足，乃至错讹之处。因为当年写作时，限于那个时代的历史条件，作者囿于资料的限制，困于信息之闭塞，存在一些纰漏和谬误也是难免的。当你在阅读新的史料之时，惊叹"真相原来如此！"之际，但对已经印成成千上万册，摆放在各地读者书架上的书本，却又无可奈何了！这是件很苦恼但又毫无办法的事情。

十分感谢北方文艺出版社，对我25年前写的历史小说重新再版，这也就给了我弥补许多遗憾、使拙作更加完整和充实的机会。

此次再版，除对全书做了修订之外，还特别着重对"马迭尔绑票案"和"苏奉间谍战"做了重要的补充。增加了"李顿密使密会马占山"和"张作霖枪毙杨卓"两大段故事。这两段故事不仅情节热闹精彩，而且在史实上也确有实据。前者曾见之于日本NHK放送局刊发之《文献昭和》某期。后者杨卓之史料，在莫斯科的东方档案馆及黑龙江省档

392

案馆均可查到。这种以史补史的写作方法，实乃遵照"论从史出，史由证来"的史学原则，而绝非是作者之凭空杜撰。

此外，还将我的一篇论文《范斯白考》附于书后。文中讲述了我从写书到出书，乃至出书之后的十几年中，对范斯白生平与史实的搜寻与考证，一直在不懈努力地进行着，并终于找到了有关范斯白事件的日方史料。此事非同小可，因为连日本人也说确有其事时，咱就不怕那些惯于赖账之人再出来赖账了。以前希望让所有读过这本书与范斯白自述的人都能知道日本人对范斯白是怎么评价的这个愿望，随着此书的再版，也就圆满地实现了。

此次再版，还应特别感谢李述笑先生为本书撰写了精彩的序言，以及老友刘延年提供之珍贵照片，都为本书增色不少，谨致由衷的谢忱！

孟烈

己亥深秋于哈尔滨